高田崇史
TAKAFUMI TAKADA

源平の怨霊

小余綾《こゆるぎ》俊輔の最終講義

講談社

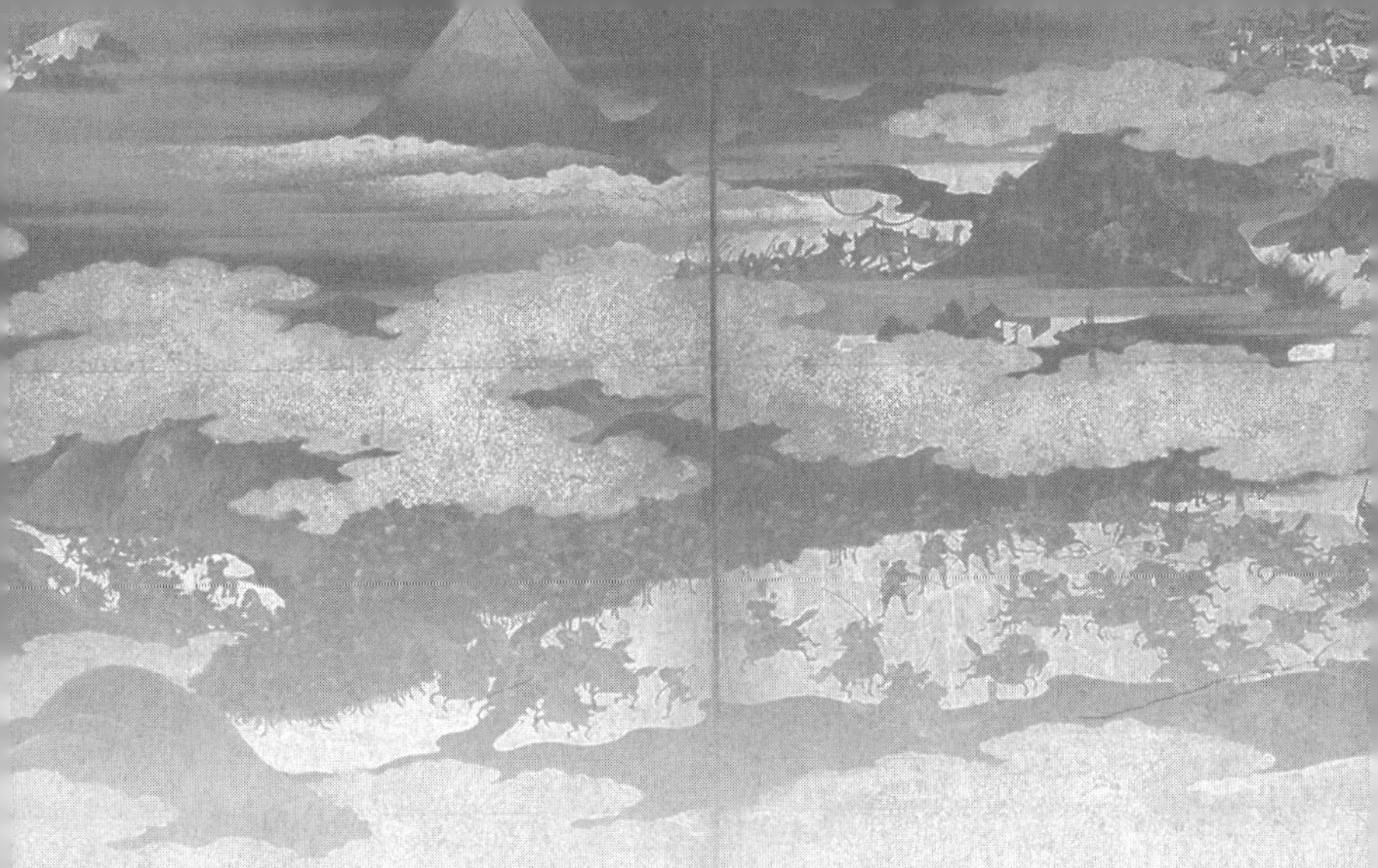

目次

装幀　坂野公一＋吉田友美（welle design）

写真　「清盛布引滝遊覧　義平霊難波討図」歌川芳房（カバー）

「保元平治合戦図屏風」（カバー／本文）

「船弁慶」北尾政美〈鍬形蕙斎〉（扉）

源平の怨霊

小余綾《こゆるぎ》俊輔
の
最終講義

偖《さて》も義臣すぐつて此《こ》の城《じょう》にこもり、
功名一時《こうめいいちじ》の叢《くさむら》となる。
「国破れて山河あり、城春にして草青みたり」と、
笠打敷《かさうちし》きて、時のうつるまで泪《なみだ》を落《おと》し侍りぬ。

夏草や兵《つわもの》どもが夢の跡

(『おくのほそ道』松尾芭蕉《まつおばしょう》)

《 プロローグ 》

〝まったくもって、面倒なことになったわい〞

伊勢《いせ》平氏嫡男、実質上の平氏の棟梁《とうりょう》となった四十三歳の平清盛《たいらのきよもり》は、手にした蝙蝠扇《かわほりおうぎ》を音高くパチリと鳴らすと、大きく嘆息した。

〝義母上《ははうえ》は、一体何を考えておられるのか……〞

清盛の父・忠盛《ただもり》の継室、藤原宗子《ふじわらのむねこ》のことだ。宗子は、仁平《にんぺい》三年（一一五三）正月に忠盛が世を去ると、出家して尼となった。その後、六波羅《ろくはら》の池殿《いけどの》で暮らしているため「池禅尼《いけのぜんに》」と呼ばれている。絶大なる権力を手にした清盛が苦手にしている、数少ない人間の一人だった。

清盛とは直接の血の繋《つな》がりはない上に、今は尼になって隠棲《いんせい》しているとはいうものの、父の継室だった女性であり、未《いま》だに朝廷との結びつきも非常に深く広い。故《ゆえ》に、とても無下にはできないのだが、

〝しかし、これぱかりは〞

清盛は思い切り顔をしかめると、先日の池禅尼との会話を思い出した――。

平治《へいじ》元年（一一五九）十二月九日から始まった平治の乱は、一ヵ月足らずで終息した。その三年前、保元《ほうげん》元年（一一五六）に勃発した保元の乱で共に戦った、源氏の棟梁・源義朝《みなもとのよしとも》は、今回の戦いでは清盛たちと敵対し敗れ去った。

義朝と共に源氏の柱だった長男の悪源太義平《あくげんたよしひら》は、不埒《ふらち》にも清盛の命を狙《ねら》っていたところを捕縛し、今年の初めに六条河原《ろくじようがわら》で斬首《ざんしゆ》した。更に、深手《ふかで》を負っていた次男の朝長《ともなが》も、美濃《みの》国で自ら願って義朝に首を落としてもらったと聞く。三男の頼朝《よりとも》は、一行にはぐれていたところを捕縛し、六波羅に軟禁してある。

当の義朝も、東国へ逃げ帰る途中の尾張《おわり》国で郎党の裏切りに遭い、乳兄弟《ちきようだい》の鎌田政清《かまたまさきよ》と共に命を落とした。

大勝利である。

これは、同じ源氏の源頼政《よりまさ》が彼らを見捨て、手を貸さなかったおかげが大きかった。もしもあの時、頼政が義朝たちに与《くみ》していたら、情勢がどう動いたかは分からなかったろう。

そのおかげで今、平氏の全盛を迎えている。この世の春爛漫《はるらんまん》である。

ところがここで清盛は、突然、池禅尼から呼び出された。何事かと思って急ぎ伺えば、六波羅の頼朝の話をしたいという。

清盛は、胸騒ぎを覚えながら禅尼と対面したが、その予感は的中した。

「例の源氏の子ですが」禅尼は清盛を、じろりと見た。「あなたは、どうなさるおつもりか」

もちろん、と清盛は笑う。

「いずれ、首を落とさざるを得ないでしょう。何といっても、我ら平氏一門に矢を引いた下野《しもつけの》守《かみ》・義朝の嫡男ですから」

「今や、平氏の世は盤石《ばんじゃく》。ここで幼子《おさなご》の一人殺して、何とする」

「いかな幼子といえ、将来、どんな禍《わざわい》をもたらすか知れませぬ。禍根は全《すべ》て断っておかねば」

「しかし、まだ元服《げんぷく》前の子供とか」

「万が一の話とはいえ、いずれ我らが家に立ち向かってくるやも知れません。何しろ我らは、あ奴《やつ》の父親始め一族兄弟を、数えきれぬほど殺し去っていますから」

「それならば尚更《なおさら》、生かしおくことが供養ではありませぬか」

「いえいえ、そうは参りませぬ」

しかし、と池禅尼は、清盛を睨《にら》む。

「あなたは近頃、その頼朝の亡き父の側室、常盤御前《ときわごぜん》とやらにうつつを抜かしているという話」

事実、常盤御前は清盛のもとへ、幼い子ら三人を引き連れて命乞《いのちご》いに来ていた。天下に名だたる美女といわれたその常盤を、清盛は自分の愛妾《あいしょう》にしていたのである。

「いや、それは――」

「巷間《こうかん》、そういう噂《うわさ》で溢《あふ》れております」

「だが、それとこれとは」清盛は苦い顔をする。「全く別の話です」

「あわれ恋しき昔かな」

池禅尼は、自分に言い聞かせるように呟《つぶや》き、さめざめと泣いた。

「刑部卿《ぎょうぶきょう》忠盛さまが生きておわさば、私《わたし》のたった一つの願いが、こうもすげなくあしらわれることはなかったであろうに……」

「いや、義母上――」

しかも、と池禅尼は目を細めて清盛を見た。

「我が子、頼盛《よりもり》が申すには、頼朝は若くして亡くなった、頼盛の兄・家盛《いえもり》と瓜二《うりふた》つとか」

「何と申される、義母上」

「私は、そう聞きましたが、そうなのですか」

春浅い庭では鹿威《ししおど》しが、コン……と乾いた音を立てた――。

袂《たもと》で涙を拭《ぬぐ》いながらの長い池禅尼の言葉が終わると、清盛は心の中でため息をついた。

そうは言われても――。

やはり、その助命嘆願を受け入れるわけにはいかない。

清盛は、青ざめた顔でよろりと席を立った。


実に迷惑な嘆願だ。

敵の子孫は根絶やしにするというのが常識ではないか。現に六波羅の頼朝も、幼いながらに覚悟を決めているように聞いた。

どうして、突然こんな面倒なことを言い出されたのか。このような話を聞かされるくらいなら、敵も味方も目を見張った唐皮鎧《からかわよろい》を身にまとい、鏑矢《かぶらや》の飛《と》び交《か》う戦場を駆け巡っている方が余程楽だ。

清盛が苦虫を噛《か》みつぶしたような顔で座っていると、嫡男の重盛《しげもり》がやって来た。平氏一族の中でも、とても人望が篤《あつ》く、清盛の跡を継ぐのはこの男しかいないと平氏の誰もが思っている、実に頼もしい男だ。

しかし今、重盛は「父上」と硬い顔で告げた。

「少々忌々《ゆゆ》しき事態に」

「なんだ」

先日の池禅尼の頼朝助命嘆願の話は、重盛にも伝えてある。もちろん彼も、聞かぬことにしておいた方がよろしいでしょうと答えた。清盛と同じ考えだ。

ところが今、重盛の口から出てきたのは、思いもよらない話だった。

何と、池禅尼が断食に入っているという。

「どういうことだ！」

「自らのたっての願いを聞き入れてもらえなかったため、もうこの世に未練はないとおっしゃったそうで。ところが、ご高齢のため、あっという間に体調を崩され、このままでは命に関《かか》わるのではないかと――」

「馬鹿《ばか》なっ」重盛の言葉に、清盛は忿怒《ふんぬ》の形相で立ち上がった。「何故《なにゆえ》に禅尼は、そこまでするのかっ」

「ご本心までは分かりかねますが、しかし――」

重盛の話を聞き終えて、清盛は叫んだ。

「わしに一体、どうしろというのだ！」

すると重盛は、清盛に近づいて囁《ささや》くように告げた。

「先年の、鎮西八郎為朝《ちんぜいはちろうためとも》のように、遠島という手段がよろしいかと」

「遠流《おんる》か……」

「そして時期を見て、謀反《むほん》の疑いありといって攻め、奴の細首を討ち取ってしまえばよろしいのでは……」

「なるほど」

これで、全て丸く収まるか。

さすが重盛、智恵が働く。

清盛は、重盛を見ながら呵々《かか》大笑した。

「頼朝の斬罪《ざんざい》は取り止めて、遠流とする」

「私から禅尼にお伝えしましょう」

いや、と清盛は手を振った。

「見舞いがてら、わしが行く」

「承知致しました」重盛は、深々と頭を下げた。「では、すぐに手配を」

「頼む」

そう言うと清盛は、扇で自分の肩を叩《たた》いた。

〝だがそうなると……。あの頼朝の命を救う以上、やはり常盤御前の子供たちの命も救わなくてはならぬか〟

清盛は遠い目で庭を見やりながら思った。

《　プロローグ　》

永暦《えいりゃく》元年（一一六〇）早春。

後に権大納言・時忠《ときただ》が、

「此一門《このいちもん》にあらざらむ人は、皆人非人《みなにんぴにん》なるべし」

とまで言い放ち、知行国三十余国、荘園五百ヵ所、田園その数を知らずと言われるまでに栄華を誇った平家一門の命運は、この瞬間に窮《きわ》まったのである。

《 三月十三日（土）赤口・神吉 》

「人間というものを本当に理解している人は歴史を書こうというあこがれなんか持ちませんよ。歴史なんて、おもちゃの兵隊です」

三月半《なか》ばの柔らかい日差しが、東京・麴町《こうじまち》、日枝山王《ひえさんのう》大学のキャンパスを若草色に包みこんでいた。

入学試験も卒業式も終わって入学式までの数週間、校内は開花を待つ桜の木のように静かになり、時折キャンパスをよぎる研究室生や、学校関係者の姿が認められるばかりだった。C棟三階の民俗学研究室も、普段なら教授たちや学生の出入りで騒がしいが、今日は助教授の小余綾《こゆるぎ》俊《しゅん》輔《すけ》が一人、自分の机の前に渋い顔で腰を下ろしているだけ。

開け放たれた窓から、花の香りを乗せた冷たい風が流れてきた時、俊輔は手にしていた月刊誌を閉じると、芸術的ともいえるバランスを保って机の上に積み上げられている書物の山に向かって、ポンと放り投げた。

それは日本史関係の専門誌で、今月号の特集は「源平合戦」。

この辺りは歴史学的にも謎が多いようだが、俊輔たち民俗学的立場から見ても大きな疑問点が一つある。

それは「源義経《みなもとのよしつね》は何故、怨霊になっていないのか」という点だ。

一の谷・屋島《やしま》・壇《だん》ノ浦《うら》と立て続けに平氏を破り、ついに一族滅亡にまで追い込んだ、日本史上に燦然と輝く天才武将・義経。こうした数々の戦果を挙げたにもかかわらず、兄・頼朝から不興を買って、落ち延びて行った奥州で頼った藤原氏の寝返りに遭い、家族主従共々討ち取られてしまった。そんな大きな恨みを呑んでいる（実際にそう口にしている）のだから、死後は当然「怨霊」になるはず。

ところが、義経が怨霊となったという話は、全く残っていない。そのため、実は密かに北国へ逃げて生き延びたのではないか、という説が流布した。

しかし俊輔は、その説に違和感を持っている。間違いなく義経は、奥州・高館《たかだち》で命を落としているはず。しかも非常な怨念を抱いて。

そうであれば、怨霊として祀られていてもおかしくはない。いや、祀られていると考えるのが常識だ。なのに、そんな痕跡は全くと言って良いほど見当たらない。

更に——。

〝ここも理解に苦しむ……〟

俊輔は眉根《まゆね》を強く寄せると、首を何度も横に振った。

何年か前にも、大きく引っかかった部分。だが、日本中世史は俊輔の専門分野ではなく、同時に個人的な研究も忙しくなったため、そのまま放っておくしかなかった問題だ。それが再び頭をもたげる。

永暦元年（一一六〇）の、池禅尼による頼朝助命嘆願と清盛の容認だ。

『義経記《ぎけいき》』巻第六「関東より勧修坊《かんじゅぼう》を召さるる事」の条に「池殿の憐《あわれ》み深くて、死罪を流罪に申し行なひて」とある。

「すんでに処刑されるはずでおありのところを、池殿のご憐憫《れんびん》が深く、死刑を流罪におなだめになり、弥平兵衛宗清《やへいひょうえむねきよ》にその身柄《みがら》を預け、永暦の春のころであったか、伊豆《いず》の北条《ほうじょう》にある奈古谷《なごや》の蛭ヶ小島《ひるがこじま》という所に流されて」——云々《うんぬん》。

この時の清盛の決断が、二十五年後の平家滅亡を決定づけてしまったのだ。

治承五年（一一八一）、原因不明の高熱病に襲われた清盛が「あつち死に」してから、たった四年後の元暦《げんりゃく》二年（一一八五）三月二十四日に、平家は壇ノ浦の戦いで全滅する。しかもその際、わずか六歳、数えでも八歳の幼帝・安徳《あんとく》天皇が入水《じゅすい》。三種の神器のうち草薙剣《くさなぎのつるぎ》が海の底に沈んでしまうという、日本史上かつてない大悲劇を巻き起こした。

壇ノ浦の戦いから十三年後の建久《けんきゅう》九年（一一九八）には、清盛の血を引く最後の平氏・六代《ろくだい》御前が由比《ゆい》ヶ浜で斬首され、直系の血筋は完全に絶える。まさに『平家物語』の冒頭の「諸行無常」であり、その言葉通り「たけき者も遂《つい》にはほろびぬ、偏《ひとえ》に風の前の塵《ちり》に同じ」だ。

だが、考えれば考えるほど不可思議な助命嘆願ではないか。どうして自分も、もっと早くから疑問を抱かなかったのか。これは間違いなく、源平合戦の中で最大級の謎だ。

いや、ひょっとすると、日本史上、特筆されるような大きな謎なのではないか。

何故あれほどの大政治家である清盛が、継母《ままはは》・池禅尼の助命嘆願を最終的に受け入れたのか。

当の頼朝でさえ、すでに死罪を覚悟していた状況だったというのに。

池禅尼の嘆願が命懸けだったから。断食まで決行したその必死さが、清盛や嫡子の重盛の心を動かしたのだという。

では、どうして彼女は、それほど必死に助命を願い出たのか？

彼女ももちろん、敵方の男子は殺し尽くさなくては危険だということを、充分に承知していたはずだ。にもかかわらず、こともあろうに最大のライバルである源氏の子、頼朝の命を救おうとしたのは、二十代という若さで病死してしまった池禅尼の息子・家盛と、頼朝の顔がそっくりだったから。

本当か？

当時、頼朝は十三歳。子供の顔は似ているように見えるというものの、全く血筋の違う頼朝だ。偶然としてもその確率は低いはずだから、禅尼の単なる思い込みだったのかも知れない。いや、百歩譲って本当に似ていたとしても、たかがそれだけの理由で、自らの命まで懸けて助命嘆願するだろうか？

実は頼朝助命のために、母方の実家である尾張《おわり》国の熱田《あつた》神宮や、鳥羽《とば》天皇中宮の待賢門院《たいけんもんいん》の娘・上西《じょうさい》門院が動いたのだが、物語としては池禅尼の話の方が感動的だからという説もある。あるいはこの時、命を救われたわずか二人の子供によって、日本国に君臨していた平家が倒されてしまうという、ドラマティックな展開が面白いから、というものも。

よくもまあ、好き勝手な理由を考えつくものだと感心してしまうが、どちらにしても、この時の池禅尼の嘆願と、清盛の下した決断が、結果的に自分たちの子孫を全滅させてしまったのだから、史上稀《まれ》に見るほど愚かな行為だったとする点に関しては、殆《ほとん》ど異論がない。

しかし——これが、この事件に関しての最大の謎だ。

どうして、こんな通常では考えられない状況説明が、歴史の専門家を含め、現在まで長年にわたって素直に受け入れられてきたのか？　誰もが本当に、その理由で納得しているのか。

そして、池禅尼や清盛の「愚かな行為」とする評価は、本当に正しいのか。彼らにしてみれば、そうせざるをえない理由があったのではないか。

もしもあったとすれば——？

俊輔は、集中する時の癖《くせ》で自分の顎《あご》を強く捻《ひね》ったが、

〝分からない……〟

見当すらつかなかった。

俊輔は脱力してイスの背に体を預けると、研究室の薄汚れた天井を仰いだ。

これらの解答には、強い違和感がある。

これが「義経の非怨霊化」の謎と並ぶ、大きな謎。

一見何の関連もない話に思えるこの二つの謎は、絶対にどこかで関連しているはず。これも俊輔の「直感」だが、きっと水面下で繋がっていると確信している。まだそれが見えないだけで。

そしてこの謎の答えこそが「源平合戦」の真の姿に直結している。そう確信できる。

俊輔は民俗学科助教授で、歴史が専門ではない。

しかし以前に、俊輔の研究室教授からこんなことを言われた。

「『遠野《とおの》物語』だけを読んでいては、決して『遠野物語』を理解することはできないよ。『平家物

語』を、どれだけ精密に研究したところで、それだけでは永遠に『平家物語』を理解できないようにね」

確かにその通りだと思った。

俊輔は、民俗学の枠組みを飛び越えて、文学・古代史・戦国史・伝統芸能などの分野に手を出した。そしてそれが、他の学部の教授たちから嫌悪される原因となった。あいつは自分の専門分野も一人前ではないくせに、勝手に他人の庭に入って来ては、綺麗に手入れされた緑の芝生を散々荒らして帰って行く。身の程知らずの、とんでもない男だ――。

俊輔は、苦笑するしかなかった。

大きなお世話だ。『日本書紀』を読んでいない人間に、『源氏物語』や『蜻蛉《かげろう》日記』が読めるか。『古事記』の内容を知らないで、能や歌舞伎《かぶき》や文楽が理解できるか。

できるわけがない。

全部繋がっているのだ。ただ便宜上、日本史、国文学、民俗学などと分けているだけだ。それに留まらず、化学、数学、物理学も、全部繋がっているはずだ。

しかし……。

そんなアウトローな生活も、もう終わる。

俊輔は今月、正確に言えば五日後に、この日枝山王大学を退職する。それからは、悠々自適の気ままな生活を送るつもりだ。

研究に関しては、優秀な後輩たちが引き継いでくれることになっているから、何の心配もないし、大学にも未練はない。強がりではなく、安閑恬静《あんかんてんせい》・明鏡《めいきょう》止水《しすい》。清々としている。

これからは時間や規則に囚われることもなく、分野も関係なく、毎日自分の好きなことだけを考えながら、ゆったりと日々を過ごすことができるのだから。そしてすぐに、遠方の寺社に出かけることになっている。

俊輔は机の上に広がっている――今までならば間違いなく破り捨ててしまっただろう――煩雑な書類に視線を落とした。

〝といって……〟

今の疑問をここに積み残したまま、研究室を去って良いものだろうか。後悔しないか？

後から改めてゆっくり考えるとしても、この研究室を離れてどこまでできる？

俊輔は、再び深い皺《しわ》を眉根に刻ませた。

*

心地《ここち》好い風が頰《ほお》を撫《な》で渡る、弥生《やよい》三月の土曜日。

神戸《こうべ》市兵庫区・鵯越《ひよどりごえ》に足を運んだ堀越誠也《ほりこしせいや》は、眼下に広がる市街を眺《なが》めながら逸《はや》る心を落ち着かせるように、大きく深呼吸した。

一の谷の古戦場だ。

近くには大きな森林公園があり、辺りは緑一面。そこに一本、緩《ゆる》く曲がりくねった道が通っている。ここから一連の「源平合戦」が始まったとは、とても想像できない爽《さわ》やかなシチュエーションだった。

誠也は、東京・日枝山王大学歴史学研究室の助教。教授の熊谷源二郎《くまがいげんじろう》にはとても気に入られていて、そう遠くない時期に助教授になることは確実だろうといわれている。

ちなみに座右の銘は「果報は寝て待て」だけれど、今回ばかりはそう言っているわけにもいかず、神戸まで一人でやってきた。研究テーマ「源平合戦」のフィールドワーク。

だがそれは、あくまでも表向きの理由で、昔から源義経が好きでたまらない。何しろ誠也の誕生日は、四月三十日。もちろんこれは、文治《ぶんじ》五年（一一八九）義経の命日だ。

その上、幼い頃に自分たちは源氏の家系であることが自慢の祖父母が、毎晩のように話してくれた「義経と弁慶《べんけい》」の物語を聞いて育ち、小さかった誠也の心の中に、血湧《わ》き肉躍る「義経伝説」が刷り込まれた。

だから、いつかきちんと「源平合戦」を研究したくて、歴史学科を卒業後は大学院へと進み、こうして歴史学研究室に入ったのだ。修士論文も「源義経」だった。

研究室の熊谷教授は、まさに歴史学の王道を行くような謹厳実直な教授で、専門は日本中世史。鎌倉《かまくら》時代から江戸時代の辺りだ。しかし当然ながら、平安時代も非常に詳しかったし、数々の持論も持っているようだった。そこで誠也は学んでいる。

そもそも歴史を研究しようと思い始めたきっかけは、高校時代に入っていた「旅行好き」のサークルだった。ただ単に旅行をして遊んでいただけでは余りに身も蓋《ふた》もないということで「史跡巡り研究会」という名称をつけて、実際に日本各地をまわっているうち、いつしか誠也は本心から史跡や歴史に心を惹《ひ》かれるようになっていた。

そのサークル活動で、一の谷には以前に一度やって来ていたが、その時は半ば観光だけで終わってしまったのを、ずっと後悔していた。だが、今回は違う。関連史跡を、全てきちんとまわる。そして確認することは、この一点。

〝本当に、義経の坂落としは行われたのか？〟

寿永《じゅえい》三年（一一八四）二月七日。

摂津国・一の谷において、源範頼《のりより》・義経の率いる源氏と、平氏が激突した。現在の、神戸市須《す》磨区《まく》一ノ谷町の辺りだ。平氏は数万の軍勢で福原《ふくはら》を抱きかかえるようにして、東は生田口《いくたぐち》、西は一の谷口から塩屋《しおや》まで陣を敷き、南面している海域は軍船で守り固めた上に、北面は険《けわ》しく「屏風《びょうぶ》のように」立ち並ぶ山々が守っている。東西南北、平氏の陣容は鉄壁で盤石と思われた。

ところがその時、範頼軍と分かれて山中を進軍してきた義経率いる三千の精鋭たちが、突如、峻険《しゅんけん》な鵯越からそれぞれの愛馬共々、坂落としを仕掛け、平氏軍の背後を奇襲した。

一の谷の合戦のハイライトシーンだ。

この時の様子が『平家物語』や『源平盛衰記』には、こう描かれている——。

本隊の範頼軍とは別の搦《から》め手《て》として、義経一行は平氏の背後の鵯越に立った。しかし下方を見れば七、八十メートルの小石混じりの断崖で、とても馬では駆け下れそうもない。

誰もが諦《あきら》めかけたその時、地元の猟師から、この崖を鹿が通うという話を聞いた義経は、「鹿が通る道は、馬場と同じ。ここを駆け降りる！」

命じると同時に、自ら馬に鞭《むち》を入れた。

大きく嘶《いなな》く名馬・大夫黒《たゆうぐろ》にまたがり、赤絲縅《あかいとおどし》、七段の大袖付《おおそでつき》の鎧《よろい》を身にまとった義経が、かけ声と共に颪のように崖を下って行く。

胸躍る場面だ。

まさか大将だけ駆け降りさせるわけにもいかず、覚悟を決めた精鋭数十騎が真っ逆さまに落ちるようにして続いた。この時、怪力で知られた畠山次郎重忠《はたけやまじろうしげただ》は「三日月」と名づけた逞《たくま》しい栗《くり》毛《げ》の馬に乗っていたが、

「ここは大変な悪所、馬を転ばせては一大事。今は馬を労《いたわ》ってやらねば」

と言うや否や、身に纏《まと》っている重厚な鎧の上から馬を背負って、崖を降りて行った。それを眺めた誰もが「まさに鬼神の仕業」と舌を巻いたと伝えられている。

頭から転げ落ちるように山を下った義経たちは、完全に油断していた平氏軍の背後から襲いかかる。片端から草を薙《な》ぐように斬《き》りまくり、浜辺に建てられている屋形や仮屋に火を放っては、あわてふためく兵士たちをまた斬り殺した。

この突然の攻撃に、平氏の軍は為《な》す術《すべ》もなく散り散りになって波打ち際まで逃げ惑い、停泊している船に飛び乗ろうとした。しかし、武装した何百人という兵士が乗り込んできたために、船が何艘《そう》も沈んでしまった。そこで、すでに乗り込んでいた兵たちは「雑兵《ぞうひょう》は乗せるな！」と言いながら、船縁《ふなべり》に取りついた味方の兵士たちの手や腕を次々に斬り落とす。そのため、彼らの血で一の谷の水際は真っ赤に染まった。

結果、平氏軍は全く収拾のつかない混乱の中、大惨敗。

主将軍の宗盛《むねもり》以下は、続々と四国へと逃げ渡ったが、越前《えちぜん》三位・通盛《みちもり》、弟の蔵人大夫《くろうどのたいふ》・業《なり》

盛《もり》、薩摩守《さつまのかみ》・忠度《ただのり》、武蔵《むさし》守・知章《ともあきら》、備中《びっちゅう》守・師盛《もろもり》、尾張守・清貞《きよさだ》、淡路《あわじ》守・清房《きよふさ》、皇太后宮《こうたいごうぐう》・経正《つねまさ》、弟の若狭《わかさ》守・経俊《つねとし》、その弟の大夫《たいふ》・敦盛《あつもり》ら、名だたる武将たちが戦死した。

更に、副将軍の三位中将・重衡《しげひら》は、乳母子《めのとご》の後藤《ごとう》兵衛《びょうえ》盛長《もりなが》に裏切られ、生け捕られる。

その後、権中納言・維盛《これもり》は熊野《くまの》・那智《なち》の、青岸渡寺《せいがんとじ》から東方極楽浄土を目指して船出（入水）する補陀洛渡海《ふだらくとかい》へと旅立ち、左近衛権中将・清経《きよつね》は、大分・宇佐《うさ》の柳《やなぎ》ケ浦《うら》で入水。また通盛の妻・小宰相《こざいしょう》は、屋島への帰路で夫の後を追うように入水して自ら命を絶った。

平氏は非常な劣勢に追い込まれ、源氏は圧倒的優勢に立ったのである。

その一の谷の戦いを決定づけたのが、今の「義経による鵯越の坂落とし」。源平合戦となれば、さまざまな小説や舞台・映画などで必ずクローズアップされる場面だ。

——と、誰もが長い間そう思って信じ込んでいる。

こうして現地にやって来れば、坂の上に建てられた石碑には、

「この道は摂播《せつばん》交通の古道で、源平合戦のとき源義経が、この山道のあたりから一の谷へ攻め下ったと伝えられる」

そう刻まれている。

しかし。

〝確かに変だ……〟

地図を眺めてみると、大きな疑問点が一つ浮かび上がってくる。

鵯越と一の谷との距離が遠すぎるのだ。

確かに『平家物語』や『吾妻鏡《あずまかがみ》』には、義経が鵯越から一の谷を攻撃したと書かれている。ところが、こうやって確認してみると鵯越から一の谷までは、かなり遠い。最短距離の山沿いの道を取っても、南西に向かって七、八キロ行かなくては到着しない。

地理的、物理的に無理があるのではないか。

その上、平安から鎌倉にかけて執筆された、公家・九条兼実《くじょうかねざね》の日記の『玉葉《ぎょくよう》』によれば、戦いの時間は「辰の刻から巳の刻まで」とある。辰の刻は、現在の午前八時。巳の刻は、午前十時。つまり、たった二時間の間に決着がついたことになる。

東の砦《とりで》の生田口は、ここから北東に三、四キロだから、そこから福原を経由して一の谷までは、およそ十キロ。そして最西端の塩屋までを考えると、約十五キロにわたる長い戦線を、義経たちはわずか二時間で制圧したことになる。

いくらなんでも不可能なのではないか。

平氏が大慌てで退散したとしても、数万の軍勢だ。二時間で撃破することは無理では――。

実はこの辺りのことに関して、日枝山王大学の「ブラック・ボックス」と陰口を叩かれている民俗学研究室の、小余綾俊輔助教授に言われたことがある。

「きみは、実際に一の谷に行ったことがあるのかな？」

と。そこで「もちろん行きました！」と訴える誠也に、

「じゃあ、もう一度ゆっくり考え直してみると良いよ。きっと疑問がたくさん湧いてくるから」

小余綾はそう言い残して去って行ってしまった……。

誠也は鵯越駅に戻り、神戸電鉄に乗り込むと、新開地《しんかいち》へと向かった。

新開地からは、タクシーを使うことにした。このまま一の谷から、敦盛たちゆかりの須磨寺《すまでら》もまわる予定だからだ。タクシーを捕まえると、取りあえず一の谷へと向かってもらいながら、地元の人たちの間では「鵯越と一の谷」に関してどう言い伝えられているのか、運転手に尋ねてみた。するとも、

「そこらへんの詳しいことは、私らにはよう分かりませんわ」運転手は言った。「せやけど、昔から鵯越も一の谷も同じように言われてますし。いつの間にか鵯越と一の谷が、ごっちゃになってしもたんと違いますかね。何や知らんけど」

「八キロも離れているのにですか？」

「まあねえ」と運転手は、曖昧《あいまい》に答える。「歴史関係の本には、何て書いとったかなあ」

そこで誠也は『平家物語』と『吾妻鏡』、そして『玉葉』の話をした。

「おたく、えらい詳しいですなあ。どこの大学行きよってん？」

「いえ――」

誠也は苦笑いしながら、東京の日枝山王大学歴史学研究室の助教だと自己紹介した。誠也は若く見えるようで、しばしばこうして学生と間違えられてしまう。三十歳を過ぎると、それも微妙なところ……。

「そうなん」と運転手はバックミラーで覗《のぞ》き込《こ》みながら頷《うなず》いた。

「ほしたら、やっぱりいつの間にか、鵯越と一の谷が一緒くたになってしもたんやろね。ああ、

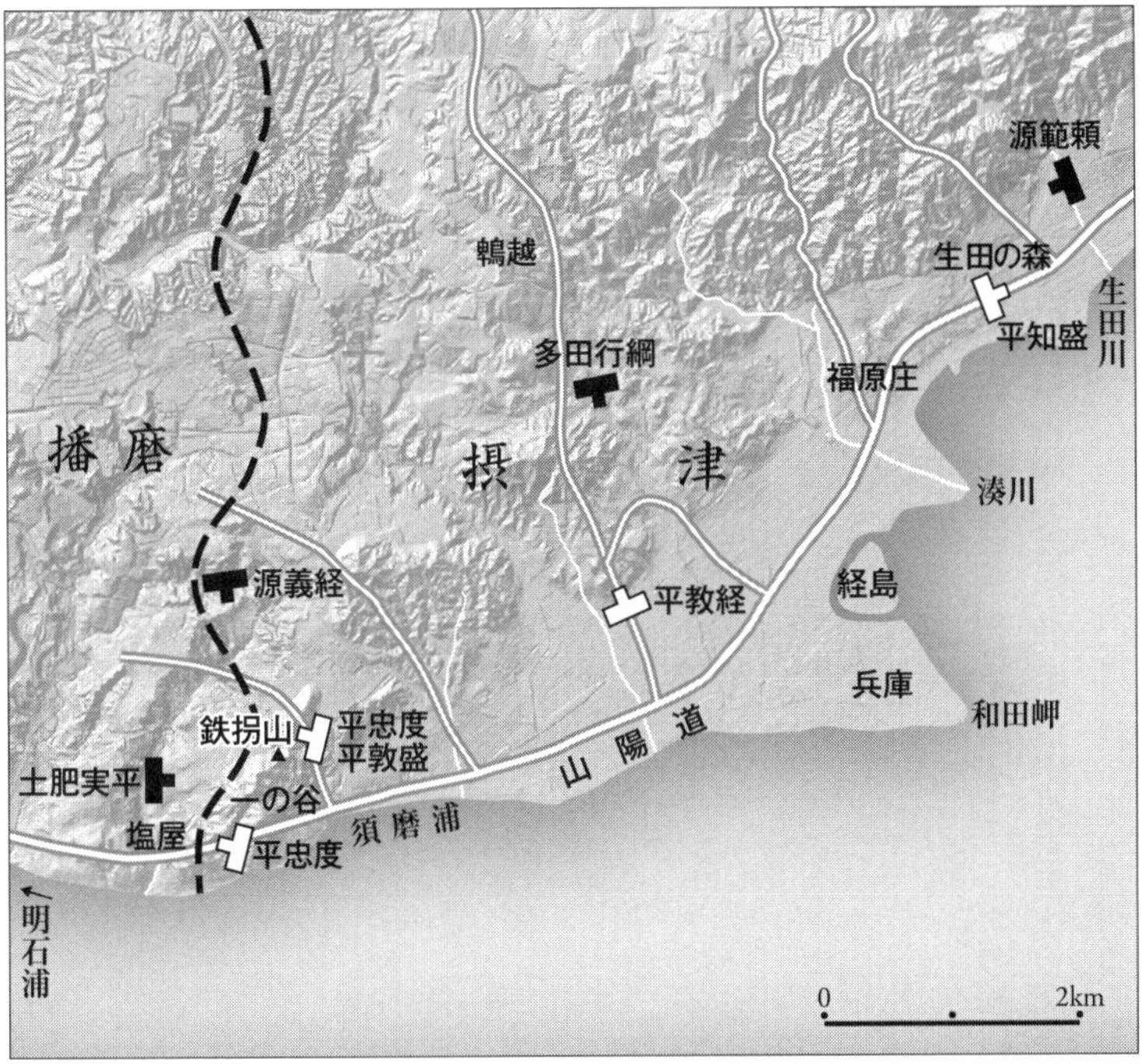

源範頼
鵯越
生田の森
生田川
平知盛
多田行綱
福原庄
播磨
摂
津
湊川
源義経
平教経
経島
兵庫
和田岬
鉄拐山
平忠度
平敦盛
山陽道
土肥実平
一の谷
塩屋
平忠度
須磨浦
明石浦
0
2km

一の谷周辺源平布陣図

そうゆうたら、義経が駆け降りたんは、ほんまは鉄拐山《てっかいさん》や、ちゅう話を聞いたことがあるわ。須磨に住んではるお客さんが言うてはったなあ」

「鉄拐山？」

「一の谷の裏手の山やで。標高は確か……鵯越と同じ位で二百メートルくらいやて聞いとるわ。そこの東南の斜面を、義経やら弁慶やらが頭から転げ落ちたゆうて」

「その山、見られますか？」

「見られるも何も」運転手は笑った。「一の谷の裏手に、そびえとるわ。けど、登るのは大変やね。何や知らんけど、六甲山縦走コースに入っとるや入っとらんや……。けど、隣の鉢伏山《はちぶせやま》なら、ロープウェイで頂上まで行かれるよ。展望閣もあるし、今日は天気がええから、須磨の浦が一望できるんやないかな」

「そうですか……」

その辺りのことは行った時の様子で決めようと思い、誠也はシートに体を預けると軽く目を閉じた。

実は、誠也を悩ませ続けている問題が、もう一つある。義経たちが鵯越を駆け降りて、一気に一の谷まで制圧したと考えにくい理由。

それは、義経たち源氏の軍勢の数だった。

平氏の軍勢は、どの本を見ても「数万騎」と書かれているし、一方の源氏軍に関しては『平家物語』や『吾妻鏡』では、範頼軍五万余騎、義経軍二万余騎などとなっている。そして更に義経軍は一の谷直前で分かれ『平家物語』によれば、直接義経が率いたのは三千騎だということになっている。ところが『玉葉』によると、平氏は九州からの加勢が未《ま》だ到着していなかったにもかかわらず数万騎。それに対して源氏は、わずか一、二千騎にすぎなかったと書かれている。

そう考えると、鵯越で義経と共に坂落としを掛けたのは、わずか数十騎だったという『源平盛衰記』の話が納得できる。

というのも『平家物語』の言うように、坂落とし直前の義経軍が三千騎だったとすると「精鋭数十騎」が鵯越を駆け降りて行った後、その場には二千九百騎以上もの軍勢が残されたことになる。彼らはただ茫然《ぼうぜん》と、崖の上から義経たちを見送ったことになってしまうのだ。かといって、そんな急峻な崖を三千もの人馬が一斉に、雪崩《なだれ》のように駆け降りたなどという話も信じ難い。だから、おそらく『玉葉』の説が正しく、源氏の軍勢は範頼たちを合わせても、たかだか数千騎だったのだろう。

それは良い。

しかしそうなると、また新たな疑問が湧く。

義経たちは、自分たちの数十倍もの人数の敵を本当に打ち破れたのか？　果たして、そんなことが可能だったのか？

いくら「一騎当千」の武者だといっても、それは単なる喩《たと》えだし、現代の格闘技のプロでさえ、相手が素人でも必死にかかってこられたら、せいぜい四人を相手にするのが限界だと聞いたことがある。事実、『義経記』などでは、義経たちが奥州・高館《たかだち》で攻め込まれた時に、彼の郎党たちは、それぞれ敵を三、四人倒した後で誰もが「良く戦った。今はこれまで」と言い残して自害している。

なのに一の谷では、数十倍の敵を相手に勝利した。これは、おそらく不可能だ。

ただ――。

可能性が一つある。

それは、後白河《ごしらかわ》法皇と頼朝が仕組んだ「陰謀」に、平氏がはまってしまったという説だ。

実はこの戦いの直前、後白河法皇から源氏と平氏に向けて、休戦命令が出ていた。というのも、前年の寿永二年（一一八三）に後鳥羽天皇《ごとばてんのう》の践祚《せんそ》を強行したのだが、三種の神器は安徳天皇、つまり平氏の手元にあった。それがどうしても欲しい後白河法皇は、神器を取り戻すべく平氏と交渉していたのだ。

また、清盛亡き平氏としても、可能であれば以前のように源氏・平氏と並び立って朝廷に仕えることを望んでいた。そこで二位尼《にいのあま》・時子《ときこ》たち平氏は、自分たちは戦いを好んでいるわけではないという和平案を、後白河法皇の使者に渡していた。ゆえに平氏は、陣は敷いたものの鎧兜《よろいかぶと》を脱ぎ武装を解いていた。そこにいきなり、休戦命令や和平案など知ったことではないと、義経たちは攻め込んだ。

しかも、背後から。

この作戦ならば、たとえ数では何十倍の敵がいようとも、一気に蹴散《けち》らすことは可能だ。

誠也としては、義経がそんな卑怯《ひきょう》な作戦を執ったとは考えたくなかったけれど、冷静に俯瞰《ふかん》すればその可能性が一番高いかも知れない。

複雑な気持ちで嘆息しながら、左手に広がる須磨浦を眺めていると、

「着きましたで」

運転手が言った。

国道二号線とＪＲ神戸線、そして山陽電鉄本線の線路に挟まれた緑の木立から広がる空間が、須磨浦公園だった。国道脇《わき》の神戸線の向こうには、青い波をたたえて須磨浦が広がっている。海の中に建っている白い大きな建物は「須磨海づり公園」だそうだ。海と山をパノラマのように眺めながらの釣りは、心が洗われるようでとても楽しそうだったが……今日は目的が違う。

誠也は早速「源平史蹟《しせき》　戦の濱」と刻まれた、須磨浦に向かって立つ石碑を見学すると、その近くに設置されている、一の谷の戦いの説明板に目を落とした。そこには「一の谷から西一帯の海岸（昭和三十八年頃）」というタイトルがつけられた白黒の写真が掲げられていた。それこそ、一の谷の戦場を彷彿《ほうふつ》させるような、何もない長い海岸線が続いており、写真の下には、

「一の谷と戦の濱
『一の谷』は、鉄拐山と高倉《たかくら》山との間から流れ出た渓流にそう地域で、この公園の東の境界にあたる。
一一八四年（寿永三年）二月七日の源平の戦いでは、平氏の陣があったといわれ、この谷を二百メートルあまりさかのぼると二つに分かれ、東の一の谷本流に対して、西の谷を赤旗の谷と呼び、平家の赤旗で満ちていた谷だと伝えられている。
一の谷から西一帯の海岸は、『戦の濱』といわれ、毎年二月七日の夜明けには松風と波音のなかに軍馬の嘶く声が聞こえたとも伝えられ、ここが源平の戦のなかでも特筆される激戦の地であったことが偲《しの》ばれる」

とあった。

しかし、こうやって実際に足を運んでみると、やはりこの戦いは、あくまでも「福原合戦」であり「一の谷の戦い」と呼ぶのは無理があると感じた。実際に、鵯越からここまで、タクシーでも二十分ほどかかった。当時であれば、辿《たど》り着《つ》くだけでも一時間は必要だったろう。

誠也は、公園の背後にそびえ立つ鉄拐山を眺めて、大きく溜息《ためいき》をついた。

〝やっぱり無理だな、これは……〟

標高は、鵯越とさほど変わらないというし、当時の地形がどうなっていたのかも分からない。だが、少なくとも現状では不可能だ。鵯越よりも、遥《はる》かに峻険すぎる――。


誠也は次に、須磨浦公園の南西に建てられている敦盛塚にまわってもらうことにした。須磨浦ロープウェイに乗って鉢伏山上駅まで行くことのできる「須磨浦公園駅」の近くだ。

この辺りは『源氏物語』第十二帖の「須磨」の舞台でもある。光源氏の言葉に神が感応し、須磨浦が大荒れになってしまう場面が描かれている。波が荒々しく浜に襲いかかり、人々は足が地に着かぬほど慌てふためき、誰もがこの世は滅びてしまうのか、と不安におののいた――。

今は、海も穏やかに凪《な》いで、午後の日差しをキラキラと反射させているだけだ。

国道を少し走ると、右手に案内板と細い路地が見えた。

「一の谷敦盛卿の墓」

「史蹟　敦盛塚」

と刻まれた石碑が、路地の入り口左右に門柱のように建っている。誠也はその前でタクシーから降りると、そのまま待っていてもらう。路地を覗けば、白く延びる石畳の突き当たりに鬱蒼《うっそう》と繁《しげ》る木々に包まれて、立派な五輪塔が建てられていた。

敦盛塚だ。

石畳を進むと塔の手前に説明板があり、そこには、

「敦盛塚石造五輪塔
○総高　三百九十七センチメートル
○製作年代　室町時代末期〜桃山時代」

——云々と塔の説明があり、最後の方に、

「この付近は源平一の谷合戦場として知られ、寿永三年（一一八四）二月七日に、当時十六歳の平敦盛が、熊谷次郎直実《くまがいじろうなおざね》によって首を討たれ、それを供養するためにこの塔を建立したという伝承から〝敦盛塚〟と呼ばれるようになった」

——と書かれていた。

自分の研究室の熊谷教授も、この「熊谷」に繋がっているのかも……。

だが、今はそんなことは関係ない。

現実に戻って塚の前に立つと、おそらくは地元の人だろう、綺麗な花が活《い》けられ、線香の灰も山のようだった。

石畳の道を戻る途中の句碑に大きく刻まれた「青葉の笛」という文字を目にしながらタクシーに乗り込むと、運転手に須磨寺にまわってもらうように告げた。車が走り出すと、今度は須磨浦を右手に眺めながら『平家物語』の「敦盛最期」を思い出す——。


一の谷での平氏の敗北が明らかになり、誰もが続々と海に浮かぶ船へと逃げ出した時、源氏側の熊谷次郎直実は、誰か良い敵がいないものかと思いながら、海辺を目指して馬を走らせていた。すると前方に、萌黄《もえぎ》色の鎧を着て黄金《こがね》造りの太刀を佩《は》き、葦毛《あしげ》の馬に黄覆輪《きぶくりん》の鞍《くら》を置いた堂々たる武者が、ただ一騎、沖に浮かぶ船目指して馬を海に乗り入れさせようとしていた。

それを目にした直実は叫ぶ。

「そこを落ち行かれるのは、大将軍とお見受けした。卑怯にも、敵に後ろを見せられるのか。返させ給《たま》え！」

その声を聞いた武者は、もうすでに海に入っていたにもかかわらず、取って返すと直実に向かってきた。直実は、望むところと、馬上から組みついて浜辺に引きずり落とし、取って押さえて首を掻《か》き斬《き》ろうとして、立派な兜《かぶと》を押し上げた時、驚きの余り目を見張る。

自分が砂浜に組み敷いているのは、薄化粧をして鉄漿《かね》で歯を黒く染めた美少年だったのだ。年の頃は、十六、七。おそらく直実の子供の小次郎《こじろう》と同じ年頃ではないか。

激しく動揺した直実が、命を助けようとして名を尋ねると、

「汝《なんじ》は誰《た》そ」

　と問うので直実は名乗ったが、若武者は答えない。位が違うというのだ。身分の低い直実に自分の名を名乗るくらいなら、命などいらぬというわけだ。命よりも名を取った、その凜《りん》とした威《い》厳《げん》に、

「あっぱれ、大将軍や」

　直実は感激する。

　すでに戦の大勢は、源氏の勝利で決している。ここで、この若武者一人の命を取ったところで、何も変わらないだろう。

　そう思った直実は、若武者を見逃そうとしたが、その時、運悪く後方から、五十騎ばかりの源氏の兵たちが蹄《ひづめ》を蹴立てて駆けつけて来た。しかも彼らを率いているのは、大手と搦め手のそれぞれの侍大将、梶原景時《かじわらかげとき》と土肥次郎《といのじろう》だった。

　ここで見逃しても、多勢に無勢。沖の船に辿り着く前に、間違いなく彼らの手で討たれてしまうに違いない。しかも彼らは軍監——軍の監督も務めているから、間違っても敵将を見逃すようなことはしない。

　焦った直実が、それならばいっそ自分の手で……と思い、再度名を尋ねてもその若武者は、

「すみやかに首を取れ」

　と言うばかり。

　その潔さと哀れさに、直実の目から突如涙が溢れ出した。

　つい昨日、息子の小次郎と共に平氏の軍を攻めた時、息子が左腕を射られて負傷した。それだ

けでも心が痛かったのに、討たれたと聞いたら、この若武者の父親の嘆きはいかばかりか。流れ落ちる涙で景色も曇って、前後不覚。しかし、ぐずぐずしている時間はない。直実は無我夢中で若武者の首を掻き斬った。

返り血を浴びたまま涙にくれていたが、いつまでもそうしているわけにはいかない。若武者の鎧・直垂《ひたたれ》をほどいて、首を包もうとした時、彼が腰に挿していた錦の袋に、一本の笛を見つけた。それを見て、「あっ」と直実は息を呑む。

そういえば今朝、須磨の浜辺に笛の音が響き渡ったのだ。時に優しく、時に哀しく、その澄んだ音色が直実たちの陣にまで届いていた。命懸けの戦の場に笛を持ち込むなど、どんな優雅な武将だろうと想像していた。それがまさに。

「あの笛は、この若武者のものだったのか……」

直実の胸は一層、締めつけられるように痛んだ。

この若武者こそが、清盛の甥・敦盛。享年十七（満十六歳）。

彼が所持していた笛は、祖父の忠盛が鳥羽院から賜った物で、いわゆる「青葉の笛」。弘法大師《こうぼうだい》空海《しくうかい》が、天竺《てんじく》の竹を使って作ったという伝説の笛だ。直実は、敦盛の首と青葉の笛とを、源氏が陣地としていた須磨寺に持ち帰ったが、それらを見て涙を流さなかった者は、誰一人としていなかったと伝えられている。

約十年後、世を儚《はかな》んだ直実は自ら髻《もとどり》を切り、名を「蓮生《れんしょう》」と改めて出家した——。

須磨寺に到着すると、誠也は「おおきに」と微笑《ほほえ》む運転手の声を背にしてタクシーを降りる。

帰りは須磨寺駅まで歩き、そこから山陽電鉄に乗れば良い。誠也は、寺の前の「真言宗須磨寺派大本山」などの須磨寺略史が書かれている説明板を横目で見ながら正面にそびえ立つ仁王門《におうもん》をくぐる。

左手には、海岸線で直実が敦盛を呼び止めたシーンを表す等身大の勇壮なオブジェが建てられていて、その庭前には、

笛の音に波もよりくる須磨の秋

という、与謝蕪村《よさのぶそん》の句碑があった。

誠也は正面の石段を登って唐門をくぐる。手水《ちょうず》所で口と手を清めた後、豊臣秀頼《とよとみひでより》が再建したという本堂にお参りした。

立派な本堂に並んで大師堂があり、その斜め前には「義経腰掛けの松」と「敦盛首洗《くびあらい》池」がある。屋根で覆《おお》われて太く古い松の幹が飾られており、義経はこの幹に腰を下ろして、敦盛の首実検をしたと説明板にあった。池の周囲には、一時期この寺で過ごしたという放浪の自由律俳人、尾崎放哉《おざきほうさい》の句碑や、

公達《きんだち》の血のりを秘めて七百年
水静かなり須磨寺の池
白崎弘皓《しろさきひろあき》

という歌碑が建っていた。

八角堂や弁天社、出世稲荷《いなり》などを過ぎ、朱色にそびえ立つ立派な三重塔を眺めながら少し行くと、右手に「敦盛公首塚」が見えた。

つい先ほど誠也が参ってきた「敦盛塚」は「胴塚」だ。そちらと比べると遥かに小さな五輪の塔が、狭い祠《ほこら》の中に祀《まつ》られていた。近くには、謡曲『敦盛』の簡単な紹介と、直実が首実検の後、敦盛の遺品や戦死の様子をしたためた文を、義経の許しを得て敦盛の父・経盛《つねもり》に送った——という説明書きが立てられている。直実は、心底敦盛に同情したようだ。

その帰り道、「敦盛首洗池」の向かいに「青葉の笛歌碑」が建っていたことに気がついた。歌碑の隣には、ボタンを押すと曲が流れる装置（？）が用意されている。

その曲は、もちろん文部省唱歌の、

『青葉の笛』

大和田建樹：作詞
田村虎蔵《とらぞう》：作曲

一の谷の軍《いくさ》破れ
討たれし平家の公達《きんだち》あわれ
暁寒き須磨の嵐に

聞こえしはこれか青葉の笛
更《ふ》くる夜半《よわ》に門《かど》を敲《たた》き
わが師に託せし言の葉あわれ
今わの際《きわ》まで持ちし箙《えびら》に
残れるは「花や今宵《こよい》」の歌

という有名な曲だ。

誠也はそのまま宝物館へと向かい「敦盛卿木像」や、黄金の厨子《ずし》に納められている「敦盛卿所持」の「青葉の笛」を見学した。ちなみに今の「青葉の笛」の歌の、一番はもちろん敦盛。そして、二番に登場する武士は敦盛の叔父、薩摩守・忠度である。忠度に関しては『平家物語』「忠度最期」に、こう載っている——。


剛勇で知られた薩摩守忠度は、一の谷の西の手の大将軍だった。しかし、義経たちの奇襲を受けて総崩れとなったため、部下の兵たちに守られて落ちようとした。その姿を、武蔵国猪俣《いのまた》党の岡部六弥太忠純《おかべろくやたただずみ》が見つけ、馬上から大声で呼び止める。

大音声に、部下の兵たちは蜘蛛《くも》の子を散らすように逃げ、忠度も誤魔化そうとしたが、口を開いた時に歯の鉄漿黒《かねぐろ》を見られてしまい、平氏の武将だと見破られてしまう。忠度たちは組み討ちになったものの、やはり圧倒的に忠度が強く、六弥太を馬から浜辺に引きずり落として、首を掻き斬ろうとした。しかしその時、後方から駆けつけて来た六弥太の郎党が、刀を握っている忠度の右の腕を、二の腕の辺りからスッパリと斬り落としてしまった。

吹き出る血潮を眺めて、忠度は「今はこれまで」と観念し、

「最期の念仏を唱える」

と言うと、残った左手で六弥太を投げ飛ばし、西方に向かって覚悟の念仏を唱え始めたが、それが終わらぬうちに首を落とされてしまった。

六弥太たちは、これは相当名のある武将に違いないと思ったものの、誰なのか分からない。やがて、矢入れである箙に結びつけられていた文に「旅宿花《りょしゅくのはな》」という題で、

ゆきくれて木の下陰を宿とせば
花や今宵の主《あるじ》ならまし

という歌が一首、したためられているのを発見する。

旅路に日が暮れて、桜の木の下陰を一夜の宿とする私を、花が今宵の主人となってもてなしてくれるだろう、という歌意だ。この頃の宿屋の主人は、大抵が女性だったというから、それも踏まえた風情ある歌である。

そこで初めて、自分が討ち取った大将首は、薩摩守・忠度であったと分かり、六弥太始め源平双方の兵たちは、涙で袖を濡《ぬ》らしたという。

この一首でも分かるように、忠度は歌人としても非常に優れた才能を持ち、藤原定家《ふじわらていか》の父・

俊成《しゅんぜい》に師事していた。しかし平氏の都落ちの後、覚悟を決めていた忠度は、密《ひそ》かに都へ戻って俊成の邸《やしき》を訪ね、自分の歌を納めた巻物を託した。

その後、忠度は一の谷で命を落とし、『千載和歌集』の選者となった俊成は巻物の中から、

さざなみや志賀の都は荒れにしを
　昔ながらの山桜かな

という一首を、あえて「よみ人知らず」として掲載した。この逸話が、先ほどの歌の二番の歌詞だ――。

〝わが師に託せし言の葉あわれ……か〞

『平家物語』における鵯越や一の谷の記述の矛盾は、単なる書き間違いではない気がするし、何かもっと大きな問題を孕《はら》んでいる……と、改めて感じる。

となれば、やはりあの人――小余綾俊輔だ。

問題を投げかけておいて、何の解答も示さず去って行ってしまった助教授。

そういえば、もうすぐ大学を辞めると聞いた。

だが、ちょっと待って欲しい。

彼が問題提起したのだから、その解答だけは残していってもらいたい。

誠也は、須磨寺駅に着くと時刻表を確認した。今から新神戸駅に向かって、すぐ新幹線に飛び乗れば、夕方遅くには東京駅に着ける。すぐ俊輔に連絡を入れて、アポイントを取りつけてしま

おう。
誠也は勝手にそう決めると、携帯を取り出した。

*

まだ大学の研究室にいた俊輔と連絡が取れ、誠也は足早に日暮れの四谷《よつや》の街を歩いていた。以前に二人で行ったことのある日本蕎麦《そば》屋で、夕食を摂《と》ることになったのだ。急な約束だったが、お互いに独《ひと》り身《み》なので、その辺りはいくらでも融通が利く。四谷ならば大学から徒歩圏内だし、誠也にとっても東京駅から中央線快速で十分ほど。双方に都合が良い。

夕暮れになるとまだ少し寒い春風の中、年季の入った暖簾《のれん》をくぐり、引き戸をガラリと開けて店に入ると、俊輔はすでに焼き海苔をつまみに、蕎麦焼酎《しょうちゅう》の蕎麦湯割りを飲んでいた。

誠也は、そのテーブルに近づき、

「お久しぶりです」と挨拶《あいさつ》しながら詫《わ》びる。「突然お呼び立てしてしまい、申し訳ありません」

すると俊輔は、顔の前でひらひらと手を振りながら「一足お先に」と言って微笑んだ。

誠也は、もう殆ど空いている信楽《しがらき》焼の焼酎グラスを覗き込んで、

「相変わらず、良いペースですね」

笑いながら俊輔の前に腰を下ろした。俊輔は、なかなかの酒豪なのだ。

「研究室にいても、大して生産性のある仕事がないから、早めに切り上げて、一杯やっていた」

「お忙しい中、すみませんでした」

「むしろ、堂々と飲めて嬉しいよ」

「もしかして、二杯目ですか？」

ああ、と俊輔はグラスを空けた。

「もう、なくなった。一緒に頼もう」

誠也は生ビールを、俊輔は三杯目の蕎麦湯割りを注文する。あとは、板わさと、つくねと、タラの芽の天ぷら。

飲み物が運ばれてくると、二人は乾杯する。

生ビールを、ぐいっと一口飲むと、今日の日帰りフィールドワークの疲れが吹き飛ぶように感じた誠也は、突き出しの蕗《ふき》の煮物をつまみながら口を開いた。

「もうすぐ、大学をお辞めになるんですね」

「綺麗サッパリね」俊輔は、グラスに口をつけながら答える。「今やってる面倒臭い後片づけが終われば、ようやく自由の身だ。木曜日までは、毎日必ず出てこいと言われているから仕方ないが、それが済めば大学とは縁が切れる」

「輝ける未来が小余綾助教授を待っている、ってわけですね」

「その肩書は、今日を入れてもあと六日だよ」

「その後の肩書は？」

「趣味人・小余綾俊輔」

「それは素敵です」

誠也は笑いながら尋ねる。

「小余綾先生のことだから、すぐに日本各地の神社仏閣巡りに出かけられるんじゃないんですか？」

「まず、高千穂から宇佐だね。できればその際に少し足を延ばして、宗像《むなかた》三女神にも久しぶりにご挨拶したい」

「もう、手配済みなんですか」

「ホテルと旅館を予約してある。金曜日の朝に東京を発《た》つつもりだ」

「その後は？」

さあ、と俊輔は笑った。

「伊勢《いせ》神宮百二十五社を全てまわるかな。まだ九十社ほどしか行ったことがないからね」

「いいですねえ」

本心から羨《うらや》ましいと感じた誠也に、俊輔は言う。

「何より良いのは、あの煩わしい携帯電話を家に置いていけることだ。だから出発後は、ぼくと連絡が取れないよ。まあ、取るようなこともないだろうが、念のため」

予想通りだ。早めに会えて良かった。

「水野教授とは？」

「戻ってきたら連絡するかも知れないが、しないかも知れない。ぼくが辞めるという話をしても、全く驚いていらっしゃらなかったし」

この二人は非常に仲が良い（その後の研究室の後片づけで大変だったという大喧嘩《げんか》も含めて）ので有名だから、その辺りの機微はお互いに充分承知し合えているのだろう。

誠也は、軽い嫉妬《しっと》を覚えながら尋ねる。

「そうは言っても、ここで先生がいらっしゃらなくなると、教授も心細いんじゃないですかね」

「大丈夫だよ」俊輔は、グラスを傾ける。「ぼくの後には御子神《みこがみ》くんもいる。彼はとても優秀だ」

こちらもまた、偏屈な男性講師だった。この研究室は大学の「ブラック・ボックス」というより「ブラック・ホール」なのではないか——。

「じゃあ、そうなると後顧の憂《うれ》いもなく、まさに悠々自適ですね。あとは、奥さんだけですか」

未だ独身の俊輔に向かって、わざときわどい冗談を言う誠也に向かって、

「バカな」と俊輔は苦笑いした。「全く縁がないし、ぼくは女性から嫌われるタイプらしいから」

そんなことはない。女子学生から、とても人気と信頼があったことは誠也も知っている。気づいていないのは、本人だけ。

「それより、きみはどうした？」俊輔がいきなり切り返してきた。「あの、可愛らしい彼女は」

「は？」

「この間、三人で少し話したじゃないか。うちの大学の卒業生で、きみの後輩にあたる——」

「あっ」誠也は、あわててビールを一口飲むと答えた。「加藤橙子《かとうとうこ》ですよね。ご、誤解のないように言っておきますが、いわゆる『彼女』じゃないです。全然、違います」

「そうだ。橙《だいだい》に子、だった」

「変な名前だって、本人は余り気に入っていないようですけど。それに彼女は、後輩といっても五学年年下なので、学生時代に顔を合わせたことはありません。彼女が社会人になって、同窓会で紹介——というのもまた変ですけど、知り合いました」

一方俊輔は、誠也の話を聞いていなかったように、

「良い画数だ」テーブルの上に人差し指で字を書いて、なぜか楽しそうに笑った。「実に頼もしい女性だな」

「そうかも知れませんがね」誠也は、板わさを口に運びながら答える。「何といっても名字が『加藤』。彼女の家系は『加賀の藤原氏』ですから。そもそもぼくは、藤原氏は苦手です」

「それはまた、異常に時代錯誤な意見だな」俊輔は楽しそうに笑う。「きみは確か、源氏の家系と言っていたね」

「はい」誠也は胸を張る。「うちの家紋は『二《に》引両《びきりょう》』なので。先生もご存知とは思いますが、この家紋の『堀越』姓は、清和《せいわ》源氏。足利《あしかが》氏の末裔《まつえい》です」

「確かに、何となく源氏っぽい顔つきだよ」

「え？」

それで、と俊輔は尋ねる。

「今日の用件は何かな？」

いきなり本題に入った。

誠也もビールを飲み干すと「源平です」と告げた。

「ほう……。きみは修論もそうだったけど、確か卒論も源氏だったんじゃないか？」

「はいっ」

覚えてくれていたことに驚いて、誠也は身を乗り出した。そして以前、俊輔に言われた通り、また「実際に一の谷」に行き「もう一度ゆっくり考え直して」みた結果、やはり一の谷での義経

の坂落としはなかったんじゃないか。

「なので、先生にお話を伺おうと思いまして」

「歴史はむしろ、きみの専門分野じゃないか。それに研究室には、熊谷教授もいらっしゃる」

「それは充分承知の上でお願いしているんです。かなり前でしたけれど『平家物語』が云々とおっしゃっていた記憶があります」

「ぼくの源平に関する論考は、暇人のお遊びみたいなものだ」

「そんなことはありません」

「そう断定できる根拠が不明だ」

「いえ。ぜひ」

テーブルの上に両手をついて頭を下げる誠也を見て、

「しかし」俊輔は、微笑んだ。「不思議なこともあるもんだ。実を言うと、さっきぼくも源平に関して、チラリと考えていたんだ」

「それはっ？」

ぐっと身を乗り出した誠也に向かって、

「いや、ぼくの話は後回しでいい」俊輔は答える。「これも、何かの縁だろうから、先にきみの話を聞こうか。それと、飲み物も」

「はいっ」

誠也は手を挙げて店員を呼ぶ。すると俊輔は、

「そろそろ日本酒に切り替えよう」

と言う。誠也も同意して冷酒を二合と、追加のつまみを注文する。冷酒が運ばれてくると、お互いに手酌《てじゃく》でお猪口《ちょこ》に注ぎ、改めて乾杯した。

これが俊輔のいつものパターン。

香り立つ冷酒を味わいながら、誠也は俊輔に改めて今日のフィールドワークの具体的な報告をする。

実際に鵯越から須磨の浦、そして一の谷まで行き改めて感じたが、あの寿永三年二月七日の戦いは、正確に言えば「一の谷の戦い」ではなく「福原合戦」だったのではないのか。地図で確認しても、一の谷は須磨の海岸線の南西の端に位置していて、源氏軍の総大将の範頼や、平氏軍の主力だった知盛《とももり》・教経《のりつね》たちが陣を敷いていた生田口や山手口から、十キロ近くも離れている。

また、これに関して『平家物語』でも記述のブレがある。

義経たちの坂落としが行われたという一の谷は「一の谷」とピンポイントで書き、ところが広域の福原全体も「一の谷」と表記している。そうなると、後者の「一の谷」には当然、鵯越も含まれることになってしまう。

後世、この物語を広めていった琵琶《びわ》法師たちや、更に時代が下って、数多くの講談師たちによって新たに創作、あるいは補足された部分もあると思われ、結果として現在のような形で残されることになったのではないだろうか——。

確かに、と俊輔は言った。

「あの辺りの『平家物語』の記述は、かなり脚色されているし、創作も多く入っている」

「ということは、やはり先生も、義経の坂落としはなかったというお考えですか」

ああ、と俊輔はあっさり頷いた。

「細かい点に関しては、改めて検討してみなくてはならないだろうが、正直なところぼくは、不可能だったんじゃないかと思っている」

「それなんですが――」

と言って、誠也は身を乗り出した。

そして今日、実際に見て来た一の谷や、鉄拐山の様子を伝えた。間違いなく『平家物語』のハイライトシーンの一つではあるけれど、鵯越ならまだしも鉄拐山からの坂落としは、少し無理がある。あれは、あくまでも「物語」だろう。

すると、

「そうだろうな」俊輔は言った。「何しろ当時の馬は、山道に非常に弱かった」

「えっ」

「平地で育った馬と比べれば、多少は山道に強いとされる地元の馬でも、厳しい道には弱く、そのような道で物を運ぶ際には牛が使われていた」

「牛ですか……」

倶利伽羅峠《くりからとうげ》の木曾義仲《きそよしなか》を何となく思い出した誠也に向かって、俊輔は続ける。

「というより、当時の馬を現在の分類に当てはめると、絵巻物で描かれているような立派なサラブレッドみたいな馬が存在していたわけもなく、大体が肩までの高さ百四十八センチメートル以下の馬、つまり『ポニー』だった。当時の馬が貧弱だったことは、信長・秀吉の時代にやって来た宣教師のルイス・フロイスも言っているし、戦国時代以降になってもまだ『駄馬』だと書かれている」

「それでは、ますます無理だ」

「戦となれば、そこに鎧兜で武装した武者がまたがるわけだから、時速二十キロ程度で走るのが精一杯だったのではないかという説もある。もちろん、長時間は走れない」

「鎧兜を身にまとった武者の体重は、百キロ超になるでしょうからね」誠也は納得する。「それじゃあ、坂落としなんて物理的にも無理だったでしょう」

「しかし逆に、畠山重忠が馬を背負って坂を下ったという話は、俄然《がぜん》、現実味を帯びてくるよ。ポニーならばサラブレッドと違って、馬体重も三百キロ程度だろうから、担いで坂道を滑り落ちることが不可能だったとも言い切れない。その時の重忠は、アドレナリンの血中濃度も最高値だったろうし」

俊輔は笑いながら日本酒を注いだ。

「では当然、敦盛塚や須磨寺にも行ったんだね」

「ええ、行きました。予想以上に、敦盛が丁重に祀られていました」

「敦盛は、当時から絶大な人気があった。人気というのが正確でなければ、誰もが供養しなくてはならないと感じていた。直実だけでなくね。極論とは思うが『平家物語』自体が、一の谷の敦盛を描くために書かれたのだという説もある」

「それはまた凄《すご》い話です」

「永禄《えいろく》三年（一五六〇）の桶狭間《おけはざま》の戦いの直前に、織田信長《おだのぶなが》が舞ったという、幸若舞《こうわかまい》の『敦盛』も、この敦盛だね。直実が出家して世を儚む場面だ」

《　三月十三日（土）赤口・神吉　》

「『人間五十年、化天《けてん》のうちを比ぶれば、夢幻《ゆめまぼろし》の如《ごと》くなり』という歌詞の部分ですね」

そう、と俊輔は頷いた。

「だが、ここの『人間』は、正しくは『じんかん』で、人の世の五十年などは神や仏の世界にすればあっという間だ、という意味になる。また、もちろん能でも『敦盛』や『生田《いくた》敦盛』などの曲がある」

「ちなみに、それはどんな内容なんですか？」

「『生田敦盛』は『御伽草子《おとぎぞうし》』の中の『小敦盛』をもとにした曲で、敦盛に子供がいて、その子供が法然《ほうねん》上人によって立派に育て上げられ、やがて生田の森で父親の敦盛の幽霊と対面するという、完全なるフィクションだ。また『敦盛』に関しては、ストーリー的に『平家物語』と殆ど一緒だよ。ただ少し違っているのは、敦盛が一騎だけ逃げ遅れてしまったのは、大切な笛を置き忘れてしまって、それを取りに戻ったためとしている」

「宝物だった、青葉の笛ですね」

「そこも違っている。敦盛は笛を惜しんだのではなく『大事な笛を置き忘れて逃げるほど浮き足だっていた』と言われるのを嫌ったからともなっている」

「名を惜しんだわけですか」

「その結果、熊谷次郎直実に追いつかれて、首を掻き斬られてしまうわけだが、その時、敦盛の顔を見た直実は驚嘆した」

「敦盛が、自分の子供と同い年くらいの若者だったから」

「それ以前に、敦盛が美しすぎて、どこにも刃を立てられなかった。彼の美貌に圧倒されてしまったらしい」

「え……」

「しかし、合戦で敵の首を取ることは手柄に直結するし、同時にまた、軍神に捧げる『血祭り』の意味もあるから、直実は泣く泣く彼の首を落とした」

「『敦盛首洗池』も見て来ました。あの場所で、義経による敦盛の首実検が、本当に行われたのかと思うと、ちょっと鳥肌がたちました。その後で、青葉の笛も見学しました」

「実際に敦盛の持っていた笛は『小枝《さえだ》』で、いわゆる『青葉の笛』とは違うようだがね。いつのまにか、混同されてしまったらしい」

「そうなんですか……」

「それと、あの寺には『若木の桜』もあったろう」

「桜ですか？」

「敦盛と直実が睨み合っている『源平の庭』の、すぐ近くに立っていたはずだ」

「そういえば……あったかも知れません。まだ咲いていなかったから、特に意識しませんでしたけど」

「あの桜も有名でね。『源氏物語』の『須磨』の帖で、光源氏が桜の木を植えたことになっているんだが、それになぞらえて植樹されたらしい。歌舞伎の『一谷嫩軍記《いちのたにふたば》』の『熊谷陣屋《くまがいじんや》』の段の冒頭にも登場して、話の重要なポイントになっているし、能だと『忠度』にも登場する。『又、この須磨の山陰に、一本の桜の候』云々、とね」

伝統芸能は専門外のはずなのに、さすが詳しい。

感心する誠也に向かって、俊輔は続けた。

「まあ『平家物語』に戻って言えば、記述に関しては色々と混乱が見られるようだが」

「戦いの日時は、各書物とも同じですから、それは間違っていないようですね」

「源氏側としては、本当は四日に攻撃を開始したかったようだ。しかしその日は、故・清盛の命日だったため、平氏に法要を営ませるために見送った」

「義理堅い話です」

「次の五日は、暦《こよみ》の『西塞り《にしふさがり》』で、西に進むのは不吉と出た。また六日も、陰陽道《おんみょうどう》の『道虚日《どうこにち》』で、出立には不吉な日に当たったので、総攻撃の日時は二月七日の午前六時と決まった」

「こちらは、迷信深い」

笑い飛ばす誠也の言葉を、

「いや、違う」俊輔は真面目《まじめ》な顔で否定した。「陰陽道、特に暦や方位は迷信などではない。歴とした統計学だ。しかも、最近よく見かける、自分たちの都合が良いように計算されている虚偽《れつき》の統計学などではなく、気が遠くなるような数のサンプリングから弾《はじ》き出《だ》されている統計だ」

「そうなんですね……」

「歴史学的には軽視されているようだがね」俊輔は苦笑する。「だが、この視点は非常に重要なポイントだよ」

「なるほど……」

誠也は頷きながら日本酒を空けた。すぐにお代わりを頼む。俊輔と飲んでいると、いつしかペースが早くなる。

「それはともかくとして——」俊輔は続ける。「鵯越に関しての『玉葉』の記述は知っているね」

はい、と誠也は答える。

「朝廷に届いた報告では、最初に搦め手の義経が一の谷を落とし、二番目に生田口の範頼が福原を落とし、多田行綱《ただのゆきつな》が山方から攻めて山手口を陥落させた、とあります」

「二月八日の日記だ。それによれば、山手口——つまり鵯越から襲いかかったのは、摂津源氏の多田行綱だったという。この行綱は、義経の名声に隠れてしまって、一般的にはすっかり忘れ去られてしまっている人物だが」

「そこも、混乱するところなんです。まさしく鵯越は、山手口の裏手の山ですからね。でも『平家物語』などでは、そこは義経が攻めたとなっている」

「だが現実は、北東の生田口では範頼軍と知盛軍が、福原の裏手の山手口では行綱軍と教経軍が、そして南西の一の谷口では義経軍と忠度・敦盛軍が、更に南西に進んだ塩屋では土肥次郎実平と、やはり忠度軍が睨み合っていた。しかも、口火が切られたのは生田口。鵯越の近くだった。そう考えれば、戦闘が開始されたことを知った行綱が、坂落としをかけたという説の方が自然だ。そもそも行綱は、あの辺りが地元なんだから地形にも詳しかったろう」

「そのために、教経軍があわてふためいて敗れてしまったわけですね」

「平氏の猛将というと、まず筆頭に挙げられるのは知盛だが、実質上は教経が頭抜けていて、敵方の誰もが彼を恐れていた。その教経が敗れたことが、戦況に大きく影響した」

「『平家物語』の中の『六ヶ度軍《ろくかどのいくさ》』では、教経の勇猛果敢さが延々と述べられています」

「教経が、阿波《あわ》、讃岐《さぬき》、淡路、備前《びぜん》、備後《びんご》、安芸《あき》などの源氏方の敵を撃破するという話だね」

「はい」

「知盛が猛将として歴史に刻まれるようになったのは、文楽や歌舞伎の『義経千本桜《よしつねせんぼんざくら》』中の『大物浦《だいもつのうら》の場』の影響が大きい。源氏との激しい死闘の末、全身血まみれになった知盛が、義経を苦しめる怨霊《おんりょう》となると宣言して、碇《いかり》を担いで海に沈む。きみも観《み》ているだろう」

誠也は、昔見た舞台——知盛に扮《ふん》した勘九郎《かんくろう》だったか、吉右衛門《きちえもん》だったかが、大きな碇を両手で頭の上に持ち上げ、その太い綱を体中《からだじゅう》ぐるぐる巻きにして海に飛び込む、あの壮絶なラストシーンを思い出した。

「物凄い迫力でした」頷きながら尋ねる。「お能にもあるんでしょうか？」

「滅多《めった》にかからないが、『碇潜《いかりかずき》』という曲目がある。作者不詳で、二番目物——修羅《しゅら》物あるいは切能《きりのう》物として舞われる。但し、こちらは文楽や歌舞伎とは少し違っている」

「とおっしゃいますと？」

「未だに安徳天皇や平氏の亡霊が漂っているという設定の壇ノ浦で、いきなり教経の霊が僧となって登場するんだ。その僧は、教経がいかに勇壮に戦い、あと一歩の所まで義経を追い詰め、やがて最後には、自分にかかってきた敵将二人の頭を両脇に抱え『冥土《めいど》の供に』と、道連れにして海に飛び込んだと語る」

「それもまた、壮絶な最期ですね。ということは、教経が主人公なんですか」

「いや。中入り後は、やはり知盛が登場し、敗色が濃い中で大長刀《おおなぎなた》を振るって奮戦し、今はこれまでと鎧と兜を重ね着して、浄瑠璃と同じく碇を頭上に掲げて海に飛び込む」

やはり詳しい。

心の中で舌を巻く誠也に、俊輔は言う。

「確かに知盛も、勇猛で立派な武将だった。しかし、激烈に強かったのは、猛将・教経だ。ところがいつしか、教経の名前は殆ど忘れ去られてしまい、知盛だけが残った。これはまるで、鵯越での多田行綱と同じ――」

突然、俊輔の言葉が途切れた。

口を閉ざしたまま一点を見つめ、何度も自分の顎を捻《ひね》る。

「どう……」

されたんですか、と声をかけようとして誠也は止めた。

これは、俊輔が何かを真剣に考え始めた時の癖だということを思い出したからだ。こうなると、外から声をかけても、彼の耳には届かないし、むしろ俊輔の思考を妨げないように、静かにしておくべきだ。

誠也は一人、静かにお猪口を傾けた。

やがて、

「いや……すまなかった」俊輔は、真剣な顔つきのまま口を開いた。「教経と行綱に関して、ちょっと考え事をしていた。家に帰ったら、改めて調べてみる」

それは一体どんなことですか、という野暮な質問はしない。その時が来れば、きっと俊輔の方から話してくれる。

誠也が微笑みながら箸《はし》を進めていると、

「それで」と俊輔は尋ねてきた。「結局、一の谷の戦いに関して、きみはどう感じた?」

はい、と誠也は答える。

「やはり問題は、一の谷と鵯越と福原をごちゃ混ぜにしてしまった『平家物語』にあると思います。もちろん、あくまでも『物語』ですから、多少のフィクションを盛り込むのは当然だったでしょうけれど、少し盛りすぎました」

「では、何故そんなことをしたんだと思う？　ただ、大衆受けを狙っただけかな」

「それは……分かりません」

「『物語』なんだから、現実離れした内容を書き連ねても、全く構わないとぼくは思う。それこそ、歌舞伎のようにね。しかし、ここで重要なのは、そのフィクションの裏に何か隠れていないか、ということだ。そして、もしも何かが隠れているとしたら、それはたまたまなのか、それとも誰かが意識して意図的に隠したのか、という点が問題になる。もしもそうであれば、その動機は何だったのか」

「確かにその通りです」誠也は首肯した。「とすると……やはり、義経辺りが絡んでくるんでしょうか？」

「その先は、また今度にしよう」珍しく俊輔が、話を打ち切った。「先ほど引っかかった箇所を、きちんと調べてからにしたいから。良かったら、また明日にでも」

「ぼくは大歓迎ですけど、明日は日曜ですよ」

「土日関係なく、大学に顔を出さなくてはならない羽目に陥《おちい》っていると言っただろう」俊輔は苦笑する。「といっても、昼間は時間が取れないから、またこうして夕食でもどうだい」

「喜んでおつき合いさせていただきます！」

「じゃあ今日は、あと冷酒を一本頼んでから、せいろで仕上げようか」

「はいっ」

誠也は店員に注文した。


俊輔と別れて家路を辿りながら、誠也は思う。

自分の知識の少なさを実感させられたし、まだ殆ど何も分かっていない。いつしか、熊谷や俊輔のようになれるのだろうか。

突然、自信がなくなる。

いや。それはこれからの、自分の頑張り次第。

それに、せっかく源氏の血を引いて生まれたのだ。先祖に関する謎を追うのだから、生まれついての義務のようなものだ。

冷たい春風に吹かれながら、心の中でそう決意した。

《　三月十四日（日）先勝・黒日　》

「結局、何事によらず、真実というのは、誰かがそれについて説明したもののなかにはまったく含まれていないんです。真実はその時代の些細《ささい》な物事すべてのなかに含まれているんです」

加藤橙子は、山口県下関《しものせき》市の国道九号線沿いに立つ、白い石の明神鳥居を見上げた。赤間《あかま》神宮だ。

橙子は日枝山王大学卒業後、フリーの編集者として大手出版社で働きながら、志高く日本伝統芸能、特に歌舞伎や文楽の評論家を目指している。しかしその夢にはまだほど遠く、出版社での事務的な仕事に忙殺される日々が続いていた。

どちらにしても、まだまだ吸収しなくてはならない知識や、勉強しなくてはいけないことがたくさんあるので、出版社で仕事ができることは大きなメリットだった。何しろ、資料なら唸《うな》るほどある。そこで橙子は、実利と将来の夢の両方のため、一所懸命に働いている。

今回、仕事の合間を見て大分《おおいた》県・安心院《あじむ》の実家に帰った。彼岸前の墓参りで、一泊しただけの慌《あわ》ただしい里帰りだったが、橙子の大きな目的は、もう一つあった。

久しぶりに、下関・壇ノ浦に寄ろうと思い立ったのだ。

歌舞伎や文楽を学ぶためには『平家物語』の知識は欠かせない。というより、戦記物の殆どがこの物語を下敷きにしているといっても過言ではない。だからこの機会に壇ノ浦に足を運ぶというのは、非常に理に適《かな》っている——と勝手に決めた。

下関に到着すると、早速「壇の浦古戦場跡」や、戦いの舞台となった「みもすそ川公園」の、軽やかに波の上を飛ぶ源義経や、大きな碇を肩の上に担ぎ上げた平　知盛《たいらのとももり》の銅像などを見物する。その後、関門海峡の荒波が寄せ来る浜辺で、所々赤く錆《さ》びついた大きな碇のモニュメントを眺め、今こうして、赤間神宮前にいる。

神宮の主祭神は、もちろん安徳《あんとく》天皇。

故清盛の妻であると同時に自らの祖母である二位尼《にいのあま》・時子《ときこ》らと共に、元暦《げんりゃく》二年（一一八五）三月二十四日、ここ壇ノ浦で入水した。

建久二年（一一九一）、後鳥羽《ごとば》天皇の勅によって陵上に廟堂《びょうどう》が建立される。その際に平氏の女官が尼僧・命阿《めいあ》となって、尼寺である阿弥陀《あみだ》寺が創建され、安徳天皇の冥福《めいふく》と戦没将士の菩提《ぼだい》を弔《とむら》った。翌年には、頼朝によって御影堂《みえいどう》も建立された。

また、神宮の阿弥陀堂は、明治維新の英雄の一人、高杉晋作《たかすぎしんさく》の発案によって編成された奇兵隊《きへいたい》が本陣を構えた場所でもあり、晋作や奇兵隊に資金面で多大な援助を行ったことで知られる下関の豪商・白石正一郎《しらいししょういちろう》は、後にこの神宮の宮司となっている。

橙子は、龍神池脇の石段を登る。見上げた正面の楼閣には、安徳天皇と今年の干支《えと》の「申《さる》」が並んで描かれている大きな絵馬が掛かっていた。

石段を登り切ると、右側には白く緩やかにカーブを描いた、竜宮造りの「水天門」が見えた。まるで「かまくら」の入り口を連想させるような門の上に鮮やかな朱色の楼閣がひときわ目を引いている。幼い安徳天皇が辿り着かれたであろう、竜宮城の入り口を表しているのだ。

橙子は神宮参拝前に、水天門の左手に並ぶ、白い漆喰《しっくい》の壁でしっかりと周りを囲まれ、正門も固く閉ざされている「安徳天皇阿弥陀寺陵」に向かう。

やはり赤間神宮参拝は、この場所からだ。

安徳天皇、享年六歳四ヵ月。数えでも、ほんの数ヵ月前に八歳になったばかり。崇徳上皇《すとくじょうこう》とはまた違った意味で日本史上最大級、言葉に尽くせないほどの悲劇の天皇だ。門の脇の板柵《いたさく》の隙《すき》間《ま》から中を覗き込めば、「安徳天皇陵」と刻まれた白い石碑が、春だというのに寒々しく立っている。橙子は、重く閉じている門の前で手を合わせると、水天門へと歩いた。

門をくぐって手水舎《てみずや》で手と口を清め、立派な大安殿を眺めながら持参した資料を開く。


元暦二年（一一八五）二月。

義経たちによる背後からの奇襲によって屋島《やしま》の戦いに敗れた平氏は、翌月、壇ノ浦で源氏との最終決戦に臨む。現在でいえば四月。花の匂い溢れる爽やかな季節だ。

長門《ながと》の南西に位置する彦島《ひこしま》（山口県下関市）の本陣を出発した平氏の船は三手に分かれ、山鹿《やまが》兵藤次秀遠《ひょうどうじひでとお》が五百余艘、松浦《まつら》党が三百余艘、そして平氏の公達が二百余艘。

それに対する源氏は、武蔵坊弁慶《むさしぼうべんけい》の父親といわれる熊野別当湛増《くまのべっとうたんぞう》率いる二百艘の熊野水軍を加えた五百余艘を壇ノ浦の北東、干珠島《かんじゅ》・満珠島《まんじゅ》近くに集結させた。

両軍の距離は、わずか三町——約三百メートル。

但し、平氏と源氏との水軍数には諸説あり、数を逆に記している書物もあるが、おそらく「源氏：平氏＝五：八」が妥当なところだったのではないか。当時の水軍力は、間違いなく平氏の方が勝《まさ》っており、悪七兵衛景清《あくしちびょうえかげきよ》などは、

「坂東武者は、馬の上でこそ大きな口を叩くが、船戦《ふないくさ》は、いつ訓練したというのだ。魚が木に登ったようなものだ」

と、馬鹿にしていたというのだから。『吾妻鏡』にも、熊野の湛増と、讃岐の橘次公業《きつじきんなり》そして、周防《すおう》の船所正利《ふなどこまさとし》の加勢があって、初めて平家方と五分以上の戦いが可能になったことが記されている。

そしてついに、戦いの火蓋が切られた。

諸説あるが『玉葉』によると「午の刻」つまり正午に戦闘が始まったとなっている。平氏は総大将の知盛以下、一斉に強弓《つよゆみ》で源氏の兵を射倒しながら前へ前へと進み、一方の義経たちは押されるばかりだった。

船の規模からして違う。義経たちは、ごく普通の戦船だが、平氏は百人乗りや二階建ての唐船までも擁している。その他にも、数え切れないほどの立派な船を持ち、船縁から物凄い勢いで矢を射かけた。おかげで大将の義経も散々に射込まれ、こらえきれずに退却するほどだった。平氏は、既に勝ったと見て太鼓を打ち鳴らし、鬨《とき》の声を上げながら更に攻めかかった。

ところが突然、平氏側についていた阿波民部重能《あわのみんぶしげよし》の水軍が裏切って源氏側に寝返った。しかも

重能は、今まで義経たちが標的としていた立派な唐船には安徳天皇たちは乗っておらず、それには雑兵が乗り込んで囮《おとり》の船とし、三種の神器を携えた貴人は、ごく普通の兵船に乗っているという極秘事項までも伝えてしまった。重能が何故、そんなことをしたのかといえば、彼の息子・田《でん》内左衛門《ないざえもん》が、義経たちに生け捕られてしまっていたからだった。そこで、仕方なく源氏に味方したのだという。

ここで義経は、あの有名な命令を下す。

「水夫《かこ》、楫取《かんどり》――舵取りを射よ！」

それまでの戦いの歴史では、お互いに射てはならぬという暗黙の了解のもとに戦闘に参加させていた水夫・楫取を射ろ、と全軍に命じたのだ。つまり、非戦闘員への攻撃だ。

そのため、雪崩《なだれ》を打つように状況は一変した。

〝だから、義経は大嫌い〟

橙子は一人、憤る。

戦争は兵士だけで戦え。一般人を巻き込むな！

これでは、太平洋戦争における米軍の無差別攻撃と同じじゃないか。

この辺りの状況に関しては、それまでの関門海峡の潮流が変わり、最初は平氏に有利だった流れが、時間が経《た》つにつれて源氏に有利な方向に変化したのだという説があることも、知っている。だが、その説に科学的根拠はなく、現実的にはさほど影響がなかったのではないかという意見が主流だ。

事実、その日の潮流の速さは緩やかで、しかも実際に合戦場となったのは、殆ど潮流のない海域だったという。また、潮流があったとしても、同じ潮流上に乗っている源平両船の対水速度は、物理的に変わりないはずだと。

だがそれ以前に、壇ノ浦の潮流に関しては、源氏よりも平氏の方が遥かに詳しかったのではないか。清盛の頃から呉《くれ》の音戸《おんど》の瀬戸《せと》などの潮流の厳しい場所を開拓してきているのだ。その上、宋《そう》との交易も行っている。当然、関門海峡の潮流も、いつどのように変化するかなど百も承知だったはず。

全て義経の姑息《こそく》な作戦勝ちだ。

結果、水夫や楫取を失って動きが取れなくなってしまった平氏の船に、今度は源氏が雨のように矢を降らせ、近づいて飛び移っては散々に斬りまくった。また、退却しようとする兵士たちには、背後の陸地から範頼軍が矢を射かける。海と陸、前後からの攻撃を受けて、あっという間に平氏は手の打ちようのないほどの壊滅状態に陥っていた。

ますます義経が嫌いになる。

橙子は、嘘つきと卑怯な男性が、昔から許せない。そんな話をすると、高校時代の同級生は勝手に邪推して「ははん……」と笑いながら納得することが多いけれど、そういう意味ではない。生まれつき、大嫌いなのだ——。

この状況を見た大将の知盛は、安徳天皇のいらっしゃる御座船に乗り移ると、

「平家の世も、もはやこれまでと思われます。見苦しい物は、みな海へお捨てくださいませ」

そう告げて、自らも船の清掃を始めた。女官たちも、おろおろとやって来て戦いの様子を尋ねると、

「もうすぐ、珍しい東男《あずまおとこ》を、ご覧になれることでしょう」

知盛は笑った。

その言葉を聞いた女官たちは青ざめて騒ぎ立てたが、二位尼・時子はすでに覚悟を決めていた。喪に用いる衣を頭から被《かぶ》り、八尺瓊勾玉《やさかにのまがたま》を脇に抱え、草薙剣《くさなぎのつるぎ》を腰に挿すと、安徳天皇を抱きかかえた。そして、

「私は、敵の手にかかりません」

と言って、船端に進み出る。

すると、まだ幼い安徳天皇が、

「尼ぜ。我をば、いずちへ具《ぐ》して行かんとするぞ」

――どこへ連れて行こうとするのか？　と尋ねる。

その問いに時子は涙を抑えながら、西方に向かって念仏を唱えさせると、

「浪《なみ》の下にも都のさぶろうぞ」

――この海の下にも都がございます。

天皇に告げると、二人揃《そろ》って、あるいは按察局《あぜちのつぼね》と共に、海中へと身を躍らせた。

ここで時子は、

　今ぞ知るみもすそ川の御流《おんなが》れ

波の下にも都ありとは

と詠《よ》んだという話もあるが、これは完全に後世の創作に違いない。先ほどの言葉にしてもそうだが、時子たちにはそんな余裕などなかったはずだ。パニックに陥って、だからこそ三種の神器さえも海に沈めるという、前代未聞の愚挙を犯してしまったのだろう。

天皇入水を目にした多くの女官たちも、後に続く。

そのため壇ノ浦の海上は、紅、白、藤《ふじ》、朽葉《くちば》……色とりどりの唐衣《からぎぬ》や袿《うちぎ》で花が咲いたようになったが、それも一瞬で、長く黒い垂髪《たれがみ》と一つになって海に引き込まれ、藻屑《もくず》のように沈んで行く。やがて海面には、きらびやかな装飾が施された衵扇《あこめおうぎ》が、ゆらゆらと波に漂うばかり。

今までの戦であれば、婦女子たち非戦闘員は見逃し、たとえ生け捕られたとしても命は助かった。時代が下って戦国時代でも、落城した際には女官や女子だけは城外に逃げ延びられたが、この時は違った。源氏の武者たちは、情け容赦なく女子にも襲いかかって殺戮《さつりく》した。そういう意味でこの戦いは、間違いなく日本戦史の中でも特筆される最悪の戦いの一つだ。

一方、能登守《のとのかみ》・教経は阿修羅《あしゅら》と化し、誰彼構わず強弓の矢を射かけた。それを射尽くすと、白木の柄《え》の大長刀を手に左右の敵を斬りまくった。

その様子を遠目に見ていた知盛が、

「もう戦いの趨勢《すうせい》は決した。良い敵でもあるまいに、余分な罪作りは無用」

と使者を送る。それを受けて教経は、

「それでは、いっそ大将と」

と大声を上げながら、義経を捜して船をいくつも乗り移った。やがて義経らしき赤絲縅の鎧をまとった武将を見つけた教経は、大声で呼ばわる。

思わず義経が振り返ると、そこには赤地錦の直垂の上に唐綾縅《からあやおどし》の鎧をまとい、鍬形《くわがた》打った兜を被り、憎々しげに自分を睨みつけている血まみれになった悪鬼のような大男がいた。これは大事《おおごと》とばかり、義経の周りの武者たちが立ち塞がるが、誰もが教経の繰り出す大長刀の餌食《えじき》となって、次から次へ海の藻屑と消えてゆく。

教経と義経の距離が詰まる。

まさに今、教経が大長刀を振りかぶって義経に襲いかかろうとした瞬間、義経はフワリと宙を飛び、二丈——六メートルほど離れていた隣の船に飛び移った。

義経八艘飛びだ。

これにはさすがの教経も追いつけず、もはやこれまでと覚悟を決めると、腰の大刀と大長刀を海に投げ込み兜をかなぐり捨て鎧を引きちぎり、髪を振り乱して仁王立ちのまま、

「我こそはと思わん者は、寄って教経を生け捕りにせよ。さあ、かかって来い！」

大手を広げて大音声で呼ばわったが、もちろん誰一人として近づく者はいない。

やがて、大力でならした安芸太郎実光《あきのたろうさねみつ》が、弟の次郎と共に挑みかかる。だが、教経は全くあわてず、太郎を左の脇、次郎を右の脇に抱え込むと、

「おのれら、死出の旅路の供をせよ！」

と叫ぶや否や、茫然と見つめる源氏の武将たちの目の前で、海へと飛び込んだ。

平氏一の猛将、教経の最期。

それら全ての光景を見守っていた知盛は、

「見るべきほどの事は見つ」

見届けるべきこと――平家の栄枯盛衰、息子・知章《ともあきら》の死、そして今日の合戦を全て見届けた。

「今は、自害せん」

と言うと、乳母子《めのとご》の家長《いえなが》を呼び寄せ、浮き上がらないように鎧を二領ずつ着て体に碇の紐を巻きつけ、二人で手を取り合って海中へ沈んで行った。

今まで知盛たちのいた船上では、立派な黒絲縅《くろいとおどし》の鎧を身にまとった武者が、海面をじっと見つめていた。これは、万が一、知盛たちが浮かび上がって見苦しいところを見せたら、きちんと「始末」してくれと言いつけられていた武者だった。彼は、知盛たちが再び浮かび上がってこないことを確認すると続いて海へと飛び込んだ。

用意周到なこと、敵ながら天晴《あっぱ》れと感心する源氏の兵たちが見つめる中で、船に残った数十人の武者たちも、大将に遅れてはならじと、次々に海へ飛び込む。

海上は、平氏の赤旗や赤い印で埋め尽くされ、まるで「竜田河《たつたがわ》の紅葉葉《もみじば》を、嵐の吹きちらした」ようで、海水も両軍の血で染まってむせ返る。無数の兵士が呻《うめ》き声を上げながら横たわる浜辺に打ち寄せる波も、薄紅に泡立《あわだ》っていたという。

やがて、そんな兵士たちの声も止《や》み、静まりかえった夕暮れの海上には、乗り手のいなくなった唐船だけが空《むな》しく漂うばかりとなった――。

橙子は、京の都の大極殿を思わせる朱塗りの大安殿の前に立ち、水庭に浮かぶようにして建てられた、まるで嚴島神社本殿を思わせるような内拝殿に向かって一礼すると、この奥の奥にある神殿に向かって手を合わせた。

〝安らかにお眠りください……〟

この悲惨な歴史の前に、それ以外の言葉はない。

参拝を終えると、橙子は左手奥の平家塚へと向かう。

いわゆる「七盛塚《ななもり》」だ。右手には「耳なし芳一《ほういち》」を祀る「芳一堂」が建ち、「平家一門之墓」という石碑が建てられている。その入り口近くには、

前列
左近衛《さこんえ》少将　平有盛《ありもり》
左近衛中将　平清経
右近衛《うこんえ》中将　平資盛《すけもり》
副将能登守　平教経
参議修理大夫　平経盛
大将中納言　平知盛
参議中納言　平教盛《のりもり》

後列
伊賀平内左衛門《いがへいないざえもん》　平家長

上総《かずさ》五郎兵衛《ごろべえ》　忠光《ただみつ》
飛騨《ひだ》三郎左衛門《さぶろうさえもん》　景経《かげつね》
飛騨四郎兵衛《しろべえ》　景俊《かげとし》
越中《えっちゅう》次郎兵衛《じろべえ》　盛継《もりつぐ》
丹後守侍従　平忠房《ただふさ》
従二位尼　平時子

黒々と刻まれた石板があった。

橙子は、墓所に入る。

一段高くなった壇の上に、前列七基・後列七基の、形や大きさもさまざまな自然石にそれぞれの名前が刻まれた塚が、ひっそり静かに、そして整然と並んでいた。

塚の横に建つ石碑には、

七盛の墓包み降る椎《しい》の露

という高浜虚子《たかはまきょし》の句が刻まれていた。悲しい、しかし同時に優しさを感じさせる句だ。

橙子はお線香を供えて拝む。

と同時に、軽い違和感を覚えた。

目の前に並んだ十四基の塚をじっと眺めたが、

何かがおかしい。

橙子は一度深呼吸してから、再び石板の前に立つ。そして、そこに並んでいる名前を、一人ずつ確認した。

〝やっぱり――〟

「七盛塚」なのに、名前に「盛」の字がつく人間が六人しかいないではないか。ここに祀られているのは、有盛・資盛・経盛・知盛・教盛・盛継の「六人」だ。

〝どういうこと？〟

橙子はその場に立《た》ち竦《すく》んで、眉根を寄せて考えたが――。

帰りに必ず社務所で訊《き》いてみようと決めて、橙子は「七盛塚」を後にした。


今度は、先ほどの「芳一堂」にお参りする。

平家琵琶と語りの流れている小さなお堂には、千羽鶴《せんばづる》やたくさんの花が供えられ「耳なし芳一」の伝説通りに、琵琶を手にした耳のない芳一の木像が祀られていた。

この『耳なし芳一』は、壇ノ浦の戦いから七百年も経っているにもかかわらず平家にまつわる亡霊譚《たん》が語り継がれていることに驚いたギリシャ生まれの小説家、ラフカディオ・ハーン――小《こ》泉《いずみ》八雲《やくも》が『臥遊奇談《がゆうきだん》』巻ノ二「琵琶秘曲、幽霊を泣かしむ」を原拠として書いた、彼の代表作の一つだ。その内容といえば――。

平家が敗れ去った後の壇ノ浦。

怪異が度々起こるという赤間関の近くに、芳一という名の盲人が住んでいた。

芳一は、琵琶を弾いては物語を謡っていたが、特に彼の奏《かな》でる『平家物語』は素晴らしく、その噂を聞いた詩歌《しいか》管弦を好む阿弥陀寺の和尚は、芳一を寺住まいの法師とし、しばしば琵琶の伴奏による『平家物語』を演奏させては、しみじみと聴き入っていた。

そんな、ある夏の夜。

芳一が独り縁側で涼を取りながら琵琶を奏でていると、何者かが近寄って来る気配と共に、低い男の声が「芳一」と呼ぶ。それが誰なのか、もちろん芳一には認められなかったが、圧倒的な威厳に押されて、思わず「はい」と答えた。するとその男は、

「今、この赤間が関には大勢の高貴な方々と共に、更に大変身分の高いお方が逗留《とうりゅう》されている」と言う。そして、「おまえにその方々の前で一曲披露してもらいたいので、迎えに来た。急ぎ、琵琶を持ってついて参れ」と問答無用で命令する。

やがて芳一が立派そうな邸に入ると、大勢の人々の気配が満ち、あちらこちらで衣擦《きぬず》れの音も聞こえた。恐る恐る着座した芳一に向かって気品ある老女の声が、

「『平家物語』を弾《だん》ぜよ。特に、壇ノ浦の段を語れ」

と命じたので芳一は琵琶を弾き、声を張り上げて謡い語った。

しばらくすると周囲からは感嘆の声が上がり、終盤では大きな嗚咽《おえつ》と、すすり泣く声に変わった。曲が終わると老女は、

「御主君が、これから六晩にわたって聴きたいと所望しておられる。毎夜迎えを使わすゆえに、

明日も必ずやって来るように」

そう告げ、芳一は約束して帰路に就いた。

ところが数日後、日に日にやつれてゆく芳一が、深夜一人で寺を抜け出していることが露見し、和尚に命じられた寺男たちが後をつけて行くと、芳一は阿弥陀寺近くの墓地の地べたに座り、壇ノ浦で没した平氏たちの墓（七盛塚）に向かってただ一人、琵琶を弾じ、ひたすら『平家物語』を語っていた――。


というストーリーだ、物語はこの後、なぜ芳一が耳をなくしてしまったのかという話が続き、『臥遊奇談』では「あやふき命《めい》を拾ひける琵琶ハ尚々妙《みょう》をきハめて世に耳きれ芳一が琵琶と称じけるとぞ」と結んでいるが、背景の歴史を知っていると、単なる怪談話ではすまない、心を鷲《わし》づかみにされるような怪奇譚だ。

橙子は社務所に展示されている、壇ノ浦で命を落とした平氏の亡霊の顔が写し出されたという甲羅を持つ、不気味な「平家蟹《へいけがに》」を眺め、先ほどの「何故『七盛塚』なのに、名前に『盛』の字がつく人間が『六人』しかいないのか？」という疑問を、その場にいた巫女《みこ》に尋ねてみた。

すると、その巫女は「え？」と首を捻り「少々、お待ちください」と言って、奥にいた神職に尋ねてくれた。しかし、神宮の資料を片手にやって来た神職も、

「ここに書かれているように、昔からそう呼ばれていたとしか、お答えのしようがありません」

とすまなそうに答えた。

〝分からなかったか……〟

橙子はお礼の言葉を述べて社務所を後にすると、平家茶屋前のベンチで休憩する。そこでは、壇ノ浦で生き延びた女官たちが花を売りながらも、何とか赤間関近くで暮らし、安徳天皇の命日には必ず神宮を詣《もう》でたという習慣から始まった「先帝祭」の映像が流れていた。

それらを眺めながら、橙子は思う。

〝やっぱり、義経は嫌い〟

合戦だから、どちらかが勝ち、もう一方は負ける。これは当たり前の出来事だ。しかし、義経の取る戦法は、いつも卑怯だ。一の谷の坂落としもそうだし、壇ノ浦での「水夫、楫取を射よ！」という命令もそうだ。

義経は非力な小男だったというから、教経や知盛たちとは違って強い矢も放てず、大長刀もふるえないのは分かる。なので、仕方ない面もあったかも知れない。また、戦は必ず勝たなくてはならなかったのも事実だ。言葉上でいくら「必死」とか「命懸け」と言っても、競技スポーツとは違って「敗れる＝本当に死ぬ」ことなのだから、それも理解できる。

しかし当時、武士には「命を惜しむな。名を惜しめ」という思想が存在していた。義経は、その真逆の戦法を執り続けたことによって平氏に討ち勝ち、源氏隆盛の礎を築いた。

そんな戦い方が、世に認められたのだろうか。

京の都では、義経は歓呼の声を以《もっ》て迎えられたというし、更に後世、大人気を博す。

だがそれはあくまでも「判官贔屓《ほうがんびいき》」。兄・頼朝によって、自害に追い込まれたからなのではないか。そうでなければ、そこまでの人気が出たか。

奇襲をかけた一の谷、ルールを破った壇ノ浦。その間に行われた、屋島の戦いもそうだ。こちらもまた、奇襲に次ぐ奇襲だった。

寿永三年（一一八四）二月七日の一の谷の合戦に大敗した後、平氏は讃岐《さぬき》の屋島（香川県高松市）に内裏を構え、彦島に知盛を配して、未だ勢力を保っていた。

義経は一刻も早く追討に赴きたかったが、鎌倉の許しを得ずに後白河《ごしらかわ》法皇から拝領した「左衛《さえ》門少尉《もんのしょうじょう》検非違使《けびいし》」の役に対する頼朝の怒りは激しく、その許可は下りなかった。その代わりに追討使となったのは、一の谷の時の大将軍・範頼だったが、平氏を攻めあぐねた。

その戦況に痺《しび》れを切らした頼朝は、ついに元暦二年（一一八五）一月十日、義経に平氏追討の命を下す。その報《しら》せに喜び勇んだ義経は、飛ぶように西国へと向かった。しかし、その時の兵船二百余艘が、次々と瀬戸内海の強風に煽《あお》られて破損してしまい、それでも強行する義経の命令に、水夫たちは従おうとしなくなる。

そこに、同行していた軍事奉行・梶原景時《かじわらかげとき》との間で、有名な「逆櫓《さかろ》論争」が勃発した。

景時は、源氏が船戦には慣れていない状況を鑑《かんが》み、軍事会議の場で、

「今回の合戦には、船に逆櫓を立てるべき」だと注進する。

それを聞いた義経が、

「逆櫓とは何か？」

と尋ね返してきたので、景時は戦船の艫《とも》――後方と、舳先《へさき》――先方に櫓を立て、更に脇楫《わいかじ》を立て、前後自由に動かせるようにする物だと説明した。そのために少々時間をいただきたいと。

途端に義経は皮肉な顔つきになり、

「戦いというものは、退くことを考えぬものだ。初めから、逃げ出す支度《したく》を整えて、勝てると思うのか」

と怒鳴る。それを聞いた景時は顔を真っ赤にして、

「大将は、駆けるべきところは駆け、退くべきところは退くものなり。進むことのみを知って退くことを知らぬは猪《いのしし》武者《むしゃ》とこそ申せ！」

攻めることしか考えていない者は猪武者というのだ、と反論したのだ。今度は、その言葉に顔色を変えた義経が、

「猪《いのしし》か鹿《かのしし》かは知らぬが、戦というのは敵に向かって行き、討ち勝つだけだ。あなたの船には逆櫓でも何でも、百も千も立てるが良い。我らの船には、逃げ支度などいらぬ」

大声で罵《ののし》ると、周りの武士たちがどっと笑った。義経は畳みかける。

「そもそも、平三《へいぞう》（景時）如きが、この義経に向かって『猪武者』とは無礼千万。この場から叩き出せ！」

その言葉に伊勢《いせ》三郎《さぶろう》や弁慶たちが立ち上がると、そうはさせじと景時の周囲を息子の景季《かげすえ》たちが守る。

場に緊張が走った。

景時は更に言う。

「戦談義において、軍事奉行がおのれの意見を述べるのは当たり前のこと。提言の取捨選択は、大将次第。それすらも許されない判官殿は、鎌倉殿に対して不忠を行うのか」

すると義経は「なにい」と応《こた》えて、自分の太刀を手元に引き寄せた。このままでは間違いなく

血を見ると慌てた武将たちが、二人の間に「お鎮まりくださいっ！」と割って入り、義経と景時を背後から抱きかかえて喧嘩を止めた。

やがて義経は、全員に向き直ると下知した。

「少しでも命が惜しい者は、都へ帰れ。命の惜しくない者だけ、義経について参れ！」


義経の性格の悪さが前面に出ている場面だ。

頼朝からの追討命令という、ようやく手に入れたチャンスを逃したくない、しかも早急にやり遂げて見せたいという気持ちは充分理解できる。だが、冷静になって考えれば、間違いなく景時の意見が正しい。

福岡《ふくおか》ダイエーホークスファンの橙子が、野球を使って喩えるならこういうことだ。

ワンアウト三塁、あるいは満塁の時などに備えて、チームキャプテンであり、コーチも兼ねているあなたは、選手にスクイズの練習をさせるように監督に推奨・提案した。ところが監督は「そんなことは、お前だけがやればいい。勝手に百回も千回も練習しろ。俺たちは、ただ長打やホームランを狙うのだ」と笑った。

常識外れの発言ではないか。

しかも義経は、軍事奉行に対して「平三如き」と呼び捨てた上に、勝手にやれば良いと侮辱した。「無礼千万」なのは義経の方だ。

といっても……。

ここは戦場だ。「理性」や「常識」が通じるとは限らないし、何が「正しい」のかは分からない。実際にこの時は——あくまでも結果論だけど——義経の意見の方が正しかった。

義経に関して『平家物語』には平氏側の言葉として、こんな風に書かれている。

「九郎はすすどき男《おのこ》にてさぶらふなれば、大風大浪《おおかぜおおなみ》をもきらはず、寄せさぶらふらんとおぼえさぶらふ」

義経は気性が鋭く勇敢な男ですから、大風大波も物ともせず、攻め寄せて来るであろうと思われます——と。但し、この「すすどき」という言葉には、勇敢という意味の他に「抜け目がない」「狡賢《ずるがしこ》い」という、賞《ほ》められない意味も含まれている。


結局、その義経の言葉に、畠山重忠《はたけやましげただ》、和田義盛《わだよしもり》、熊谷次郎直実《くまがいじろうなおざね》、佐々木四郎高綱《ささきしろうたかつな》、片岡八郎《かたおかはちろう》、伊勢三郎義盛《よしもり》、武蔵坊弁慶、そして奥州から義経に付き従ってきた、佐藤継信《さとうつぐのぶ》、忠信《ただのぶ》兄弟らが立ち上がった。

だが、その二月十六日、瀬戸内海は大荒れの天候となる。

それを押して義経は出帆したものの、強い南風が吹き始め、船は渚《なぎさ》に打ち上げられて、多数破損してしまった。そこで、一日待った十七日の夜半、風がぴたりと止まった。ところが出帆しようと思った矢先、またしても激しい風が吹きつける。

もう待てなくなった義経は、船頭たちに向かって「船を出せ!」と命じる。その命令に誰もが肝を潰《つぶ》し、

「この大風に、いかで船が出せましょう!」

と答える。すると義経は怒って叫んだ。

「このような追い風は、願ってもないこと。疾《と》く出せ！」

「しかし」船頭たちは哀願《あいがん》する。「このような強風の中、船を出したことはありません。間違いなく沈没してしまいます」

　ところが義経は、

「この強風で敵は油断している。今攻めずしてどうするかっ。船を出さぬと言うのなら、おのれら朝敵ぞ。三郎っ」

　その声に伊勢三郎が「はっ」と控《ひか》えると、義経は下知した。

「こいつら、みな射殺《いころ》せ！」

　その命に伊勢三郎は、弓に矢をつがえて船頭たちを追い回し、大声で脅す。そこで船頭たちは仕方なく、「どちらにしても死ぬのなら、海の上で……」と覚悟を決め、日付が変わった十八日丑刻――午前二時頃に義経たちは、たった五艘、百五十余騎で出帆する。

　予想通り海は大荒れだったが、誰もが必死に船を漕《こ》ぎ、船内に溜《た》まった海水を掻き出し、大きくあおられそうになった帆に破れ目を入れて風を逃がす。結果、義経の言う通り風に乗ったのか、通常の行程では三日かかるところを、わずか四時間で阿波国勝浦《かつうら》に上陸した――。

　ただ、この所要時間に関しても諸説ある。

『吾妻鏡』は四時間、『平家物語』は六時間と記しているが、現在の定期航路でも、この距離だと三時間から五時間は、かかってしまうというから、いくら追い風だったとしても、当時の船がそれほど速く進めるわけもない。そこで、到着日を十九日（あるいは、十七日未明出発、十八日朝到着）と考えて、一日と三、四時間だったのではないかと考えられている。しかし、どちらにしたところで、とんでもない強行軍だったことに違いはない。

ようやくのことで勝浦浜に上陸した義経たちは、またしても平氏軍の背後から奇襲をかける。義経たちは、その後も快進撃を続け、いよいよ平氏の内裏がある屋島に迫った。ところがそこで、義経たちの兵力は、百五十騎余りの少数であることが発覚してしまう。

それを知った教経が、

「源氏は小勢。全員射殺せ！」

下知すると、自ら五百騎を率いて攻めかかってくる。

教経は「強弓」で名を馳《は》せている猛将。その射る矢は、鎧を二領、三領重ねても、あっさり貫いたという。保元《ほうげん》の乱で亡くなった義経の叔父、鎮西八郎為朝《ちんぜいはちろうためとも》を彷彿させるかのようだった。腕前通り何人もの源氏の武将を射落とすと、教経は義経目がけて一閃《いっせん》、矢を放った。

義経には避ける暇もない。

命運尽きたか、と思われたその時、黒革縅《くろかわおどし》の鎧に身を包んだ佐藤継信が馬を飛ばし、義経の前に割って入った。教経の稲妻のような矢は、継信の喉《のど》に突き刺さり、首の骨を錣《しころ》——兜の鉢から後方に垂れて頸《くび》を覆っている部分まで貫通する。

継信はたまらず、血を吹き上げながら落馬した。

それを見た教経の童子・菊王丸《きくおうまる》が駆け寄り、継信の首を掻き斬ろうとする。継信の弟・忠信は、兄の首を取られてたまるかとばかり、矢を放つ。矢は見事に菊王丸に命中し、彼は「わっ」と地に倒れ伏す。その様子を茫然と眺めていた教経は我に返ると、太刀を振り回しながら敵中に飛び込み、菊王丸の手を取って馬上へ抱え上げた。しかし菊王丸はすでに瀕死《ひんし》で、落胆した教経は馬に鞭を入れて引き下がって行った。

一方、忠信は兄を担いで、後方の陣まで必死に戻る。継信を横たえると、義経は必死に呼びかける。すると継信の目から涙が一条《ひとすじ》こぼれ、頬を伝った。

義経は更に大声で「継信ほどの勇将が、矢の一本程度で死ぬなっ」と励《はげ》ます。その言葉に継信は、視点の定まらぬ目を開いて、

「今は、これまでと思います」と口を開いた。「しかし、武士として敵の矢に当たって命を落とすことは、もとより覚悟しています。特にこの屋島の合戦で、奥州の佐藤三郎継信という者が、主君の身代わりとなって矢に当たり斃《たお》れたと末代までの語りぐさになれば、武士としてこれほどの名誉はなく、冥土への素晴らしい土産となりましょう……」

言い残して息を引き取ると、取り囲んでいた武将たちは一斉に号泣する。義経も、はらはらと涙を流しながら、

「今日は、一旦退く」

と命じて全軍を引き上げさせた。すぐに近くの寺から僧侶を招き、自分の乗っていた馬に金覆《きんぷく》輪《りん》の鞍を置いて、継信と、そして一の谷で命を落とした部下の鎌田盛政《かまたもりまさ》たち二人の供養料として僧侶に贈った。この馬は、奥州を出立する時、藤原秀衡《ふじわらのひでひら》から拝領した名馬で「大夫黒」。義経を乗せて一の谷を駆け下りた名馬だった。

義経の部下に対する厚い温情に、付き従っていた武将誰もが驚き、感銘を受ける。『平家物語』にも、「此君《このきみ》の御《おん》ために命を失なはん事、まつたく露塵《つゆちり》程も惜しからず」と言って涙を流した、と書かれている。

当時は、部下が主君や大将のために命を落とすのは当たり前のことだったし、誰もがそう考えていた。それなのに、義経は自分のために命を落とした部下を丁重に供養している。しかも、自分の宝物を添えて。

〝もしかして……義経は情け深い人？〟

いや、そんなはずはない。

一方の教経も、継信の首を斬ろうとして逆に討たれた愛童・菊王丸が不憫《ふびん》で、以降の合戦を止めてしまっているから、当時の武将たちは今の我々が考えるよりも、ずっとナイーブで繊細だったのかも知れない。日々、血で血を洗う戦いに明け暮れていたからこそ、心が純粋に研ぎ澄まされていたのかも……。

こうした戦が続く硬直した状況の中で、日が暮れて、勝敗を決するのは翌日になるだろうとお互いに感じた時、夕日に赤く染まった海の上を、一艘の船が滑るように義経たちに向かって進み出てきた。

何事かと思って見れば、その船上には、柳の五重《いつつかさね》——衣を五枚重ねて着ているように見える袿《うちき》を身に着け、紅の袴《はかま》を穿《は》いた美しい女官が立っていた。この女官は、建礼門院《けんれいもんいん》が高倉《たかくら》天皇に嫁がれる際に、千人の中から選ばれた雑色女《ぞうしきめ》の一人で、今年十八歳になる「花の顔《かんばせ》」「雪の肌」の持ち主の、玉虫《たまむし》という美麗な女性だった。

やがて玉虫は、紅地《こんじき》に金色の日輪が描かれた扇を長い竿《さお》の先に挟んで舳先に立つ。浜から七、八段——約九十メートルまで近づくと船が停まり、玉虫は義経たちに向かって「おいで、おいで」と、何度も手招きをする。

「あれは、どういう意味か？」

尋ねる義経に、家来の後藤兵衛実基《さねもと》が、

「射てみよ、という趣向にございましょう」

と答えた。あの扇の的を見事に射られたら源氏が、外したならば平氏が、この戦いに勝利するという占いだと告げた。いわゆる「戦占《いくさうらない》」だ。事実、その扇は嚴島神社から平氏が頂いてきたもので、平氏の守り神ともなっている物だった。それを用いて「戦占」をしようというのだ。

源氏の将たちは、夕暮れの海に浮かぶ船に立つ美しい玉虫の姿と、見事な扇にしばし見とれてしまっていたが、平氏からの挑戦とあれば気を引き締め直す。義経共々、誰を射手にするか相談をしたが、誰もが気後れして名乗りを上げない。

見事に射落とせば、もちろん一門の名誉。後世にまで語り継がれることは間違いない。しかし万が一にでも失敗しようものなら源氏の名折れ、それ以上に義経に恥をかかせることになってしまい、射手はそこで自害するしか道は残されていない。しかも、扇の的までの距離は七、八段。

普通、弓矢の有効射程距離は三、四段——三十から五十メートルといわれている。それ以上は「遠矢《とおや》」と呼ばれ、命中率は遥かに下がる。その上、的を掲げている船は、波にゆらりゆらりと揺れている。そこに掲げた小さな扇の的を射よ（しかも命懸けで）というのだから、誰もが尻込《しりご》みするのは当然だ。

だが、そうこうしているうちに日が傾き、ますます的が暗く小さくなってゆく。すでに時間は余り残されていない。何人もの武将が辞退する中、やがて下野《しもつけの》国の住人で、まだ二十歳ばかりの那須与一宗高《なすのよいちむねたか》に白羽の矢が立てられた。与一は、小さな的や飛ぶ小鳥を射落とす技に長《た》けているという。

ちなみに当時、弓矢の上手とされる射手は、三種類に分けられた。一つめは、教経のように、鎧を何重ねも射通してしまうような「強弓」。二つめは「矢継ぎ早《やつぎばや》」。次から次へと、息をもつかせぬ早さで矢を射つ技術だ。そして三つめが「精兵《せいびょう》」。森の葉陰《はかげ》の小鳥を殺さず射落とすような正確さで、矢を放つことができる射手である。

与一は、この「精兵」の腕を買われたのだった。

召し出された与一は兜を脱いで童子に手渡すと、揉烏帽子《もみえぼし》の上から薄紅色の鉢巻を締め、重籐《しげどう》の弓を手に馬に跨《また》がり、静かに波打ち際へと進んだ。沖を眺めれば、大きな御座船の中には、二位尼・時子や、建礼門院を始めとする、高貴な女房たちの姿が見える。奥の御簾《みす》の中には、もちろん安徳天皇がいらっしゃるに違いない。

兵船では、大将軍・宗盛《むねもり》を始めとして、知盛、教経、悪七兵衛景清たちが、じっと与一を見つめていた。背後を振り返れば、こちらは源氏の名だたる武将たちが勢揃《せいぞろ》いし、固唾《かたず》を呑んで与一を見守っている。

再び野球に喩えれば——。

超満員の球場での日本シリーズの試合途中に、突然のアトラクションが行われた。オーナー、監督、選手、観客の誰もが見つめる中、ボールを一個だけ手渡されたセンター守備のあなたは、ホームベース後方にしゃがんだキャッチャーのミットを目がけて、ノーバウンドで返球しろと命じられた。しかも、選手生命どころか本物の命を懸けて。

そんなシチュエーションに近いだろうか。

ところがその時――。

折からの西風で海上の船が揺れ出し、竿の先に掲げられた扇も、激しく上下して小さく見える。その光景を眺めた与一の顔は青ざめ、頭が真っ白になった。これではとても、射落とすどころの話ではない。

だが、今言ったような状況で、源平の兵士・女官、そして安徳天皇を始めとする全ての人々の視線が、与一ただ一人に集中しているのだ。

与一は、心を落ち着かせるために目を閉じて祈る。

「帰命頂礼《きみょうちょうらい》、南無八幡大菩薩《なむはちまんだいぼさつ》。日本国中の神々。日光権現。宇都宮二荒山《うつのみやふたらさん》神社。そして氏神、那須《なす》大明神。扇の的、当てさせ給え。もしもこれを射損じたならば、弓を折り、この場で自害する覚悟。この与一を、もう一度生きて本国へと思《おぼ》し召すなら、この矢を外させ給うな！」

強く祈念して目を開けると、不思議なことに海は凪ぎ、扇の的は先ほどより大きく見えた。与一は、背後の箙《えびら》から鏑矢《かぶらや》を一本取り出すと、弓につがえてキリキリと引き絞って射放つ。鏑矢は夕暮れの海の上を、乾いた音を立てながら飛び、扇の要《かなめ》の一寸ばかり上に命中する。紅の扇は、くるくると宙を舞って海上に落下し、描かれた金色の日輪が、夕陽《ゆうひ》にきらきらと輝いた。

一瞬の静寂の後、

「見事なり！」

源平、双方の武将、女官共に声を上げる。特に源氏の将兵たちは、どっと鬨の声を上げて与一を誉《ほ》め称《たた》えた。

その時、平氏の船の中から、年の頃五十ばかりの男が現れた。伊賀十郎家員《いがのじゅうろういえかず》という武士で、与一の腕前に感嘆した余り、船上で舞を披露し始めたのだ。

すると、それを眺めていた義経は冷ややかに、

「あれを射よ」

と告げ、伊勢三郎が与一に伝言し、与一は再び矢を放った。

その矢も過《あやま》たず命中し、家員は海中に転落した――。


〝何よ！〟

橙子は、またしても憤慨《ふんがい》する。

与一の腕前を誉め称えた老武将をも射殺した？

信じられない。

やっぱり義経は、非情の男だ。

自分の目的のためであれば、他人の命なんて露ほども気に留めない。佐藤継信の場合は、義経自身を守ってくれたから感謝しただけ。他の人間など、どうでも良いのだ。事実、この行為に関して、こんな意見もある。

「源義経の命を受けた与一は、つづけてこの老武者までも射殺してしまうのである。これは源平合戦において鎌倉方軍勢がおこなった露骨なルール違反の一つであった」

――と。

そうであれば義経は、

〝やっぱり、最低じゃない〟

義経の立場になれば「ここは命懸けの戦場だ。余計なことなどいらない」ということなのかも知れない。

〝でも、それにしたって……〟


やがて、再び戦端が開かれ、悪七兵衛景清が、三保谷《みほのや》十郎の被っていた兜の錣を手で引きちぎったり、六十人力の鞆六郎《とものろくろう》が、水練達者の小男によって海に引きずり込まれて首を落としたりするなど、凄惨な戦いが続いた。

しかしここで、アクシデントが義経を襲う。

海に馬を入れて戦っていた義経に、敵船から何本もの熊手が伸びてきた。熊手の先に引っかけて、海へ落とし込んでしまおうという作戦だ。義経は必死に打ち払っていたが、その拍子に脇に抱えていた弓を海中に取り落としてしまった。そこで、それを拾うために馬を泳がせる。

「今ぞ！」

平氏の兵士たちが、熊手を差し出して義経を狙う。

一方、源氏の武将たちは「弓を捨てて、戻られよ！」と口々に叫んだが、義経は必死に弓を追いかけ、何とか拾い上げると、ようやくのことで陣に戻った。

当然、源氏の老武者たちは、義経をたしなめる。

「とんでもないことを！　それがたとえ金銀で飾られた高価な弓であったとしても、どうしてあなたの命に代えられますでしょうか」

口々に非難する声を聞いて、

「そうではないのだ」義経は笑った。「たとえばこの弓が、叔父・為朝のように五人張りの強弓であれば、わざとでも落として、敵に拾わせよう。しかし、私の弓は弱弓《よわゆみ》だ。万が一にでも敵の手に渡り、源氏の大将はこんな弱弓なのかと、あざけ笑われることは、とても耐えられない。しかもそれを、船から攻められて取り落としたとなれば、末代までの恥。ゆえに、命を賭《と》して拾い戻してきたのだ」

その言葉を耳にして、源氏の郎等たちは、

「さすがは、真《まこと》の大将よ」

と誰もが感じ入ったというけれど……橙子には、この行為とその意味がそれほど感銘を与えたこと自体、良く理解できなかった……。


その後、ようやく源氏側の加勢の兵がぞくぞくと到着し、平氏は更に西、壇ノ浦方面へと退却する。平氏の軍船が西方の海上に去った直後に、伊予《いよ》の河野《こうの》水軍三十余艘が海上に現れた。続いて梶原景時率いる源氏の水軍百四十余艘が、屋島に到着した。しかし、河野・梶原両水軍が遅刻したわけではない。義経が、かねて打ち合わせしてあった日時よりも早く攻撃を開始してしまっただけで、河野や景時の落ち度ではなかった。

こうして屋島の戦いは終焉《しゅうえん》を迎え、平氏滅亡の壇ノ浦の戦いへと移ってゆく。

しかし壇ノ浦の戦いで、またしても義経と梶原景時は衝突する。壇ノ浦先陣争いだ。

三月二十四日の卯刻《うのこく》（午前六時頃）に戦闘開始の矢あわせを行うと決定した時、景時が「ぜひ、先陣を自分に」と義経に頼み込んだ。しかし義経は、先陣は自分が行うと答えた。

この回答に、景時は腰を抜かす。


またまた大好きな野球に喩えると、こんな感じ。

勝てば優勝が決まる最後の一戦。しかも味方は、かなり有利にここまで試合を進めて来ている。満を持していたあなたは監督に、ぜひ自分を先発ピッチャーにと志願する。相手チームも追い詰められているから必死だろうが、見事に抑えられれば、名誉ある胴上げ投手になれるのだ。

ところが監督は、あなたの請願をあっさり却下した上に、こう言った。

「先発ピッチャーは、俺だ」

一瞬、呆然としたあなたは、すぐに怒りがこみ上げてくる。

冗談じゃない。普通の監督ならば、こんなチャンスは選手に譲るものではないか！


景時は憤って義経に訴えたが、義経は頑として譲らない。

諦めた景時は首を振って、

「この殿は、侍の主にはなり難し」

と呟いた。それを耳にした義経は、

「日本一の大馬鹿ものめが」

叫ぶと同時に太刀に手をかける。それを見て景時も、自分の太刀の柄を握った。すぐに景時の嫡男たちは父を取り囲んで義経を睨みつけ、一方の義経の周囲は、佐藤忠信や伊勢三郎や弁慶たちが固める。ついに血の雨が降るかと見えた時、三浦介《みうらのすけ》や土肥次郎《といのじろう》らが飛んで入り、やっとのことで双方をなだめ落ち着かせた。

屋島の逆櫓と、壇ノ浦の先陣争いの二つの事件が、景時の心に重く暗い影を落として義経への怨恨《えんこん》となり、やがて頼朝への讒言《ざんげん》に繋がって、義経が命を落とすこととなった、と『平家物語』には書かれている――。

確かにここまで義経は「強運」に支えられている。しかもそれは、単に与えられたものではなく、自らが引き寄せた「強運」だ。

といって、それが義経の人格がもたらしたものかと言えば、決してそうとは言えない。「天晴れ」と褒めそやした武将もいたかもしれないが、橙子には、とてもそうは思えない。むしろ、梶原景時の言動の方が納得できる。

それに対して義経は、卑怯で心の狭い男だ。

ところが。

時代が下って江戸時代になると「判官贔屓《ほうがんびいき》」、あるいは「判官《はんがん》贔屓」といわれ、絶大な人気を誇ることになる。「判官」というのはもちろん、左衛門少尉検非違使であった義経が「九郎判官」と呼ばれていたことによる。義経関連の浄瑠璃は『義経千本桜』『鬼一法眼三略巻《きいちほうげんさんりゃくのまき》』『一谷嫩《ふたば》軍記』などを始めとして無数に作られ、全てが大当たりした。その上、義経に全く関係のない話でも、観劇に来た江戸っ子たちから、

「義経を出せ！」

という声がかかり、そのために仕方なく、

「かかるところへ義経公、ひと間《ま》のうちより出《い》で給ひ、さしたる用事もあらざれば、ふたたび奥へと入り給ふ」

という義太夫《ぎだゆう》の謡と共に義経が登場し、すぐに引っ込むという冗談のような演出が取られ、更にまた江戸っ子たちに大受けする。

これは、昭和の時代に流行《はや》った誰かのギャグで、全く無関係な場面に登場しては、

「お呼びでない。これまた失礼いたしましたっ」

と笑わせて引っ込む芸に通じるものがあるかも知れない。とにかく観客は、義経の姿を一目だけでも見たがり、それだけで満足できた。それほどまでに義経は大人気だったのだ。

この義経人気の理由に関しては、当時からスターだった彼が、最後は兄・頼朝によって自害に追い込まれてしまうという不幸な運命に誰もが同情したから、というのが定説だ。

しかし本当なのか。

他に何か理由はないのか。

橙子は赤間神宮を後にすると、午後の太陽が反射する壇ノ浦を眺めながらバス停に向かった。

確かに浄瑠璃では、それ以上のことは語られていないし、実際に文楽の床本《ゆかほん》や、歌舞伎の台本を読んでも、特にそれ以上のことは書かれてはいない。

〝じゃあ、お能はどうなの？〟

義経に関する、表立って言われていないようなことが、何か書かれていないのか。

そうだ！

橙子は、思わず手を打つ。

あの人に訊いてみよう。

誠也から紹介されて、その後何かと相談に乗ってもらっている、日枝山王大学の変人助教授・小余綾俊輔に。

そういえば今日は三月十四日。ホワイト・デーではないか。

先月のバレンタイン・デーに、橙子は俊輔にチョコレートをあげた。当然と言えば当然だが、全く何の連絡もない……。

できすぎのタイミングだけど、この機会を逃す手はない!

橙子は、急いで携帯を取り出した。

＊

誠也は俊輔と二人、四ッ谷《よや》駅近くの居酒屋「なかむら」にいた。

俊輔は麦焼酎のロックを、誠也は生ビールと鰆《さわら》の刺身やヌタなどの簡単なつまみを注文し、飲み物が運ばれてくると早速乾杯する。

「今日は一日中、図書館にいました」誠也は生ビールを一口飲んで言った。「ずっと源平関係の資料に当たっていたんですけれど、改めて調べてみると、実に膨大でした」

「虚実取り混ぜてね」俊輔もカラリとグラスを傾ける。「それほど人々の関心が高かったというわけだ」

「室町から江戸時代にかけての謡や浄瑠璃にも、数多くありました」

「今現在も舞われている曲だけ数えてみても、ザッと四十曲はあるからね」

「四十曲もですか！　何故そんなにたくさん」

驚く誠也の前で、

「そっちの話は長くなるから、先に昨日の話の続きをしようか」

はい、と答えて誠也はメモを取りだして読み上げた。

「一の谷で活躍した多田行綱の名前が、いつの間にか消えてしまったこと。あと同じように、知盛よりも多くの戦績を残している教経の名前も、彼とは比較にならないほど埋もれてしまっている。行綱は義経に、教経は知盛に、功績の殆どを持って行かれてしまった」

「一の谷から言えば」俊輔は言う。「おそらく、というより間違いなく、義経の坂落としはなかった。きみが言ったように、物理的にも時間的にも無理だ。実際に、義経は普通に塩屋辺りから一の谷に入ったのではないかという説もある」

「それでは、話としてつまらないというわけですね」誠也は苦笑する。「物語やドラマにならないから」

「後世、琵琶法師たちによる物語として語られる時、多少のフィクションが入っていた方が、話す方も聞く方も楽しいことは間違いないからね」

「ぼくも、幼い頃に祖父たちの読んでくれた義経の物語を、わくわくしながら聞きました」

「それは一向に構わないと思う。『物語』は『モノの語り』、つまり物《もの》の怪《け》たちが語るフィクションだから。問題は、その歴史をフィクションにアレンジする際に、何らかの意志が裏で働いていなかったかという点だ。何かを隠蔽《いんぺい》する意図で書かれたのではないかと」

「そうなると、単なるエンターテイメントではなくなってしまいますからね。多分に政治的なレベルの話になる」

「一例を挙げれば、一の谷の戦いにしても、そこから何キロも離れた鵯越の地で、実際に行綱が坂落としを仕掛けて成功している。それによって、中軸ともいえる教経たちの軍が撃破されて、平氏は潰走《かいそう》した。しかし『平家物語』巻九、一の谷合戦の前夜の『三草勢揃《みくさせいぞろい》』では、系譜の明らかではない、それこそフィクションではないかと思われるような武将たちの名前までが載っているのに、鵯越攻略最大の功労者である行綱の名前が載っていない。どう考えてもおかしい。これは何故だと思う？」

「行綱の功績を義経に集約しようとしたんじゃないでしょうか」誠也は首を傾げた。「平家討伐に関する全ての勲功を義経一人に集めて、更にその人気を高めようと考えた人物がいた。それは誰かというと――」

「後白河法皇だね」

「はい」

誠也は、ビールを一口飲む。

「その頃の法皇の動きを見ていると、源氏・平氏の間の微妙なバランスの中で、自分の地位を安定させようとしていますから」

「一の谷でも、休戦の提案のような罠《わな》を仕掛けたしね」

「そうです。だから、平氏が全滅してしまった後で、今度は鎌倉の頼朝たちが、台頭してくると、またしても自分の頭を押さえられてしまって、嬉しくない。そこで平氏の代わりに、頼朝に対抗する駒《コマ》として、義経を京における一大勢力に仕立て上げようとしたんじゃないですか」

「自分の楯《たて》として」

「ええ。事実、義経が壇ノ浦で平氏を殲滅《せんめつ》した後に、冠位を与えて、彼を抱き込もうと画策していますす。しかもまた、義経がそれを快《こころよ》く受けてしまった」

「そのことが義経と頼朝の仲を裂く、決定的な原因となった」

俊輔は言う。

「頼朝は、朝廷から権力を奪い取って今までとは違う、新しい武士の世を目指していたからな。『勲功賞においては其後《そののち》頼朝 計《はから》ひ申し上ぐべく候』――頼朝に断りなく武士たちに勲功賞を与えるな、と朝廷に要求している。これはもちろん、頼朝が武士の叙任権を独占するための政策だ。ところが義経は、法皇から冠位を受け、自分は朝廷の一員――部下であると公言してしまった」

そういうことです、と誠也は頷いた。

「義経にとってみれば、ただ有り難く頂戴したんでしょう。でもそんなことをされちゃあ、頼朝は怒りますよ。しかも、自分に何の相談もなくですからね。頼朝の気持ちは、良く分かります」

「そういう意味では、法皇の作戦が実に見事に功を奏したことになるわけだ」

苦笑する俊輔に向かって「はい」と誠也は答える。

「後白河法皇の仕掛けた政治テクニックに、あっさりと乗ってしまった義経が悪いんでしょう。当初、頼朝としては義経を排除するつもりはなかったようですし」

「一般的には余り言われていないが、頼朝は義経を、むしろ可愛がっていたようだからね」

俊輔は、カラリとグラスを傾けた。

「平氏が滅亡したすぐあとで、義経の功績を評価し、国司補任《こくしぶにん》を朝廷に上奏しているし、元暦元年（一一八四）九月には、義経の婚儀も実現させている。だから、義経が後白河法皇の作戦に乗りさえしなければ、我々も知っているあんな悲惨な展開にはならなかったはずだ」

そう思います、と誠也も同意する。

「しかも義経は、それ以前にも法皇から検非違使に任命されたりもしていましたから、初犯じゃなかったんです」

「その時も、頼朝は苦々しく思っていたようだね」俊輔はつけ加えた。「だが検非違使の件に関しては、京の都にとって切実な部分があることも事実だったために、頼朝はこらえた。というのも、当時の京には警察組織がなかったからだ。左衛門少尉検非違使というのは、今で言えば警察庁長官と裁判官を兼ね備えたような役目だからね」

「ええ。当時は、そういった『穢《けが》れ』を相手に仕事をする組織がきちんと機能していなかったんですよね。何しろ貴族社会でしたから『不浄』なモノは見たくもなければ触れたくもなかった。現実離れの極致ですよ」

「そんな状況の中で、平氏滅亡後は『鎌倉＝体制』『朝廷＝反体制』という新しい図式ができつつあったわけだ。そこで後白河法皇は『反体制』『反権力』の象徴として、義経を前面に押し出してきた」

「実際に、義経は京都で人気がありましたし、後白河法皇としては、平氏無き後の頼朝に対する義経、という駒を置いておきたかったんでしょう」

「ゆえに、行綱の功績も、全て義経の物となった」

「はい」

「――というのが、ごく一般的な解答だろうね」

「えっ」

驚く誠也の前で、俊輔はグラスを空けるとお代わりを注文した。

「とおっしゃると、他に何か？」

身を乗り出す誠也に、俊輔は言う。

「この場合は、それだけじゃない。他にもっと大きな理由があると、ぼくは思ってる」

「それは！」

「もう一つの謎の、教経の活躍が全て知盛に集約されたことと、似た構図だよ」

「まさか、そちらにも後白河法皇が？」

「いや、違う」俊輔はグラスを片手に、首を横に振る。「血筋だ」

「血筋……」

誠也は「ちょっと待ってください」と言うと、バッグの中から資料を取りだしてバサバサとテーブルの上に広げた。源氏と平氏の系図だ。

「行綱と、教経ですか……」

指で確認する誠也を見ながら、俊輔は言う。

「当時は、現代の我々が考えている以上に、血筋が重んじられた。たとえば戦場で名乗りを上げる時にも、先祖の名前をいちいち挙げて、わざと大声で呼ばわった。自分の五代前は誰々という立派な武将で、これこれの戦功を上げたとか、そもそもおまえは私の三代前の誰それの郎党の子孫ではないか、というようなことを怒鳴り合った」

「その通りです……」

「そうすると、行綱は?」

訊かれて誠也は系図を指でたどる。

「『武士の始め』といわれる源 満仲《みなもとのみつなか》の息子で、大江山《おおえやま》の鬼退治で有名な頼光《よりみつ》から繋がる、摂津《せっつ》(多田)源氏ですね。そして――」

と言いながら、誠也の指は他の流れをたどる。

「一方、頼朝や義経は頼光の弟・頼信《よりのぶ》から繋がる河内《かわち》源氏です。同じ『源氏』といっても、微妙に違います。ちなみに、この河内源氏がやがて、武士としての勢力を最も拡大したわけです」

「現在では、その河内源氏の血を引く頼朝の系統こそが源氏の本流といわれているが、当時は実質的に、頼光の流れの方が本流と考えられていたろう」

「行綱の方ですね!」

「頼信の系統は、後三年《ごさんねん》の役《えき》を起こした八幡太郎義家《はちまんたろうよしいえ》や、保元の乱で活躍した義朝《よしとも》たちが登場し、その嫡子である頼朝が鎌倉幕府を興したために、源氏といえば、あたかもこちらが嫡流であるかのように書き記されてきた」

「確かに……」誠也も系図を見つめながら呟く。「少なくとも、鎌倉幕府関係者が生きている間は、そんなことは一言も口に出せなかったでしょうけど、系図を見る限り、本来は頼光の系統が嫡流だったんでしょうね」

源氏略系図

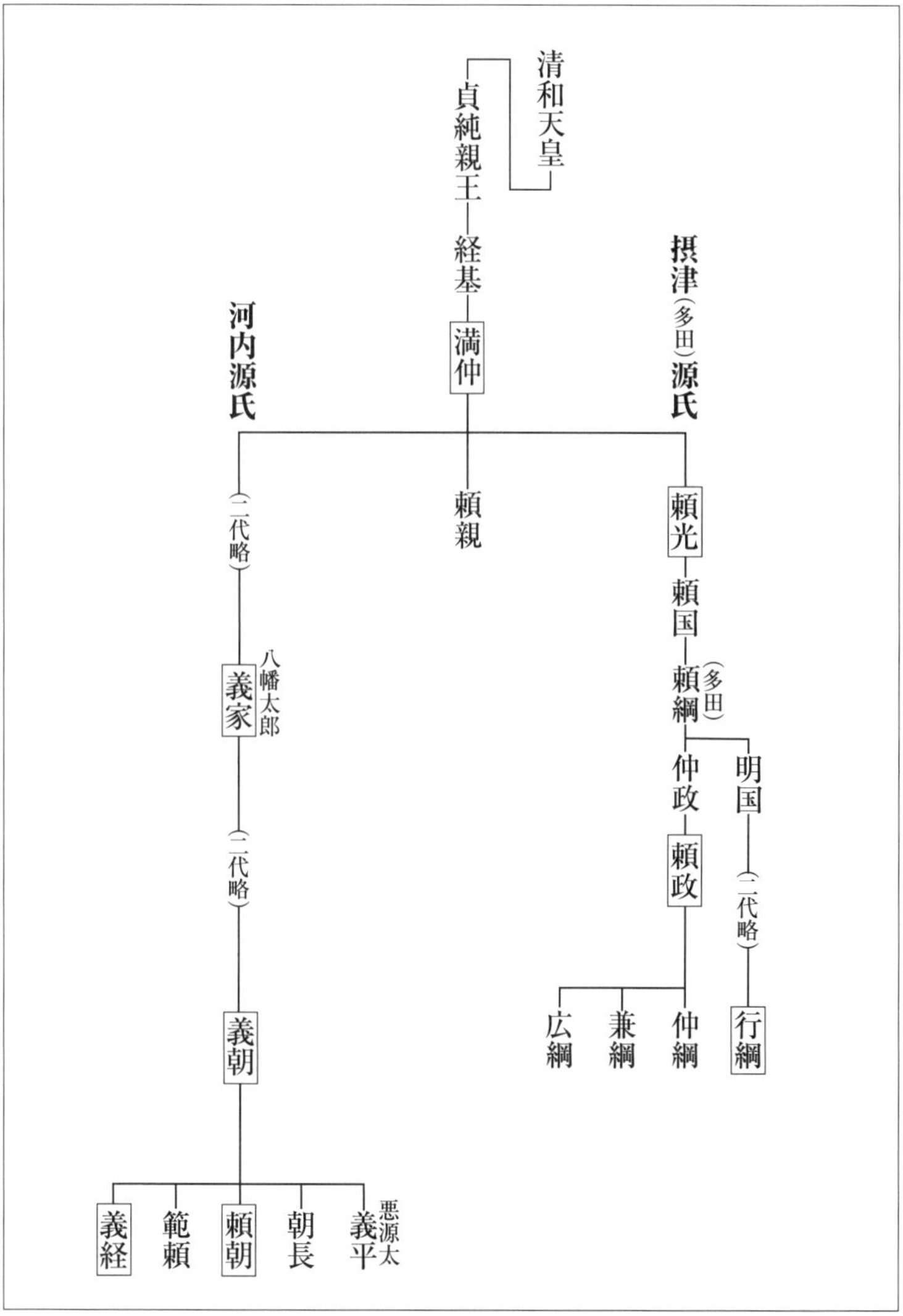
清和天皇
貞純親王
経基
満仲
摂津(多田)源氏
河内源氏
頼光
頼親
(二代略)
八幡太郎
義家
頼国
(多田)
頼綱
仲政
明国
頼政
(二代略)
(二代略)
仲綱
兼綱
広綱
行綱
義朝
悪源太
義平
朝長
頼朝
範頼
義経

「頼光の流れの中には、平氏打倒のきっかけとなった綸旨《りんじ》を全国に発した以仁王《もちひとおう》と共に戦った、源三位《げんさんみ》頼政《よりまさ》もいる」

「その綸旨で頼朝も、数ヵ月後に挙兵したわけです……」

「だが、頼政は清盛との戦いの中、宇治・平等院《びょうどういん》で自害に追い込まれた。更に、子の仲綱《なかつな》、養子の兼綱《かねつな》、仲家《なかいえ》らも全員戦死してしまい、頼光から繋がってきた頼政の血は、そこで途絶えてしまった」

「となると……摂津源氏で残っているのは、行綱だけですね」

　系図を確認する誠也に、俊輔は言った。

「しかし彼の戦功は全て義経のものとなってしまい、なおかつ彼の領地は頼朝に没収された」

「えっ」

「もともと頼朝は、多田の領地が欲しかったようだ。そこで、ああだこうだと理由をつけて、彼の領地を没収し、その結果行綱は没落してしまった。だから、頼朝としても行綱を英雄にはできなかった。たとえ行綱が一の谷で、平氏討伐の先鞭《せんべん》をつけていたとしてもね。いや、そうであれば尚更だ」

「英雄になってしまうと、行綱を語る際には自分の取った行為も語られてしまうから。……これじゃあ、確かに歴史上から彼の名前を抹殺したくなる。そういうことですか」

　誠也は納得しながらジョッキを空けると、お代わりをもらう。俊輔のグラスも空いていたので訊くと、そろそろ冷酒にするという。ピッチが上がってきたなと思いながら、誠也は尋ねた。

「では、もう一人。教経はどうなんでしょうか？　血筋で言えば、知盛とは違って清盛の系統ではないですけど、弟の教盛の系統ですから、源氏の場合よりは近いんじゃないんですか？　大将の宗盛や、清盛の嫡男の重盛《しげもり》や、経正、敦盛、それこそ知盛と従兄弟《いとこ》です」

「彼の場合は、その知盛が関係してくるんだよ」

「知盛が？」

「その系図でも分かるように知盛は、清盛と、彼の正室である二位尼・時子の子だ。彼女は二《に》条《じょう》天皇の乳母であり、娘の徳子《とくこ》――建礼門院は、高倉天皇との間に、安徳天皇を産んでいる。だが、一方の教経の母親は、藤原資憲《ふじわらすけのり》の娘だ」

「ああ……。位が違う、というわけですか」

「それもそうだが、ここではもっと重要なポイントがある」

「と言いますと？」

「怨霊だよ」

「怨霊……」

「知盛の周囲を見れば、父の清盛は人々に呪《のろ》われて『あっち死に』。清盛の妻である母・時子は入水。高倉天皇中宮であり、次の安徳天皇を産んだ妹の建礼門院・徳子は、入水後、一命を取り留めはしたものの出家した。そして、子の知章は、自分の身代わりとなって一の谷で戦死。こんなに大勢の『高貴な人々』が全員不幸になるなどという家系も、史上珍しい。大怨霊となる要素を全て備えている」

「なるほど……」誠也は納得する。「実質上、会社を動かしていた有能な取締役《とりしまりやく》は教経だった。しかし教経は、生《は》えぬきではない。その点、血統正しいサラブレッドであり、次期社長にほぼ確定していたのは知盛だった。ゆえに、誰もが知盛を持ち上げるんですね」

「会社組織には詳しくないが」俊輔は笑った。「多分そんなところだろう」

「だから、教経のことばかり書き残してしまうと、知盛を含めた周囲の怨霊が恐ろしい」

「故に浄瑠璃では、知盛こそが平氏を代表する悲劇の主人公だったと描いている。あなたは素晴らしい武将でした、私たちはそれを知っていますというようにね。事実、知盛は大怨霊として登場するが、あれは知盛と安徳天皇を含めた近親者に対する鎮魂だ」

　運ばれてきた冷酒を手酌でお猪口に注ぎながら、俊輔は続けた。

「つまり、一の谷での行綱の功績が消滅してしまったのは、源氏の血筋と頼朝の思惑。また、教経の活躍が知盛に比較して大々的に語られないのは、やはり血筋と、安徳天皇たちの怨霊慰撫《いぶ》のためだったというわけだ」

「なるほど……」

　誠也は大きく首肯した。

　何かひっかかる点がある場所には、必ずそれなりの理由が隠されている。

　ということは、この戦いに関しては、単なる「物語」としての話では済まないような「何か」が、まだ隠されているのか——。

　誠也が、そんなことを考えながらビールを飲んでいると、

「こんばんは！」明るい女性の声が元気良く響いた。「すみません、遅くなりましたっ」

　驚いて振り向くと、そこには、春らしいパステルカラーのワンピースに身を包んで、ニコニコ

平氏略系図

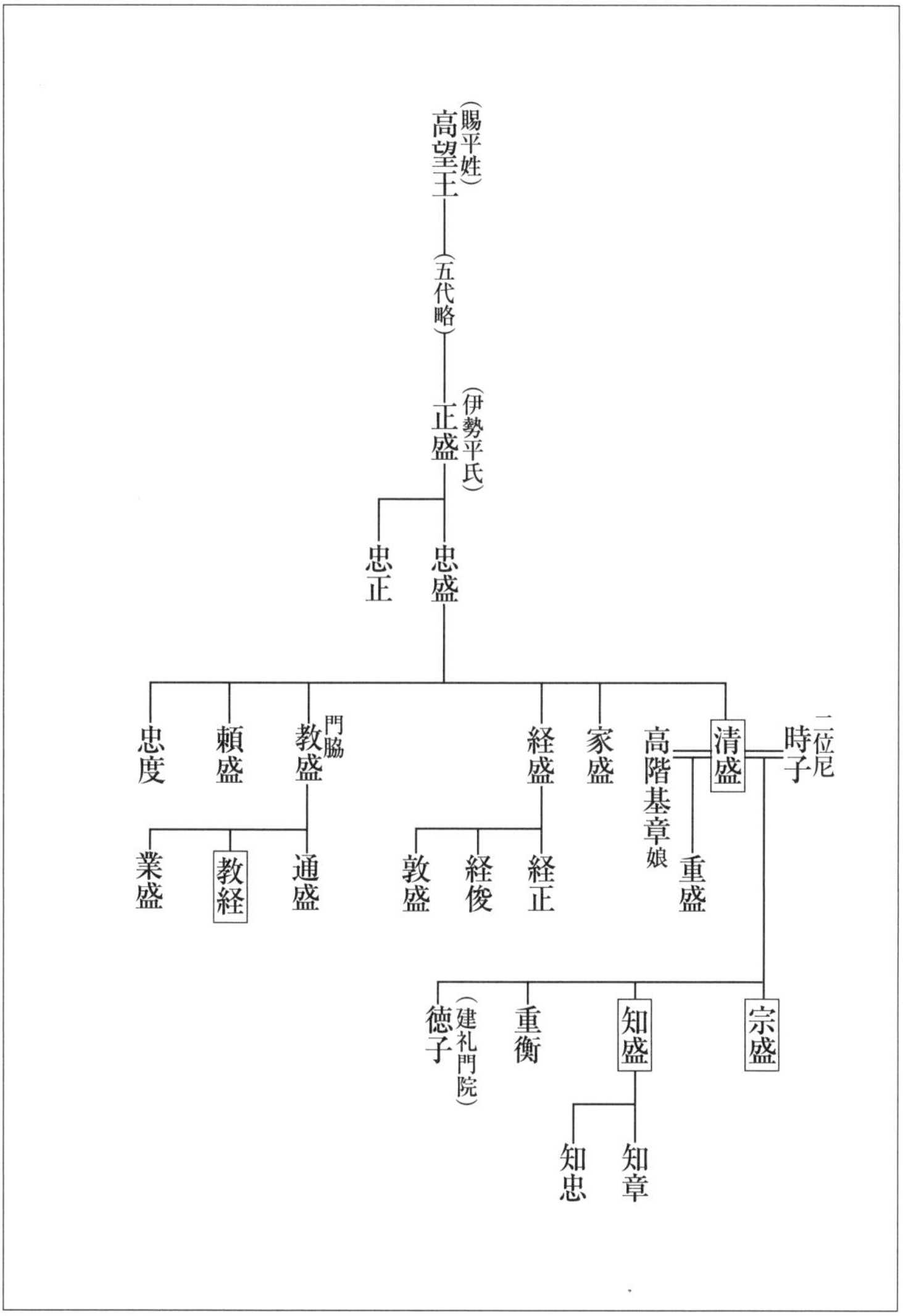
高望王（賜平姓）
（五代略）
正盛（伊勢平氏）
忠正
忠盛
忠度
頼盛
教盛 門脇
経盛
家盛
高階基章娘
清盛
二位尼 時子
業盛
教経
通盛
敦盛
経俊
経正
重盛
徳子（建礼門院）
重衡
知盛
宗盛
知忠
知章

と微笑む加藤橙子が立っていた。キャリーバッグを引いているが、まさかこんな時間から出かけはしないだろうから、旅行帰りなのか？

「お呼びいただき、ありがとうございます！」

ペコリと頭を下げる橙子を見て、

「はあ？」誠也は、ポカンとした顔で尋ねた。「どうしてきみがここに？」

橙子はニッコリ微笑んで、そそくさと誠也の隣のイスに腰を下ろした。「お飲み物は？」と尋ねてくる店員に、チラリと二人の飲み物を見て、

「黒糖焼酎のソーダ割りをください」

と注文すると、橙子はテーブルの上に広げられている系図に目を落とした。

「お二人で、源平のお話をされていたんですか？」

ああ、と俊輔は頷いた。

「昨日から堀越くんと、こんな話をしていた。それで、きみから連絡が入ったから、ちょうど良いと思って誘ったんだ」

「そうだったんですね！　ラッキーでした」

「だっ、だから」誠也は橙子を見た。「どういう経緯で、きみがここに来ることになったのかって訊いているんだよ」

「私、今日、壇ノ浦に行って来たんです」

「えっ」

「ちょっとした疑問も感じたし、源平に関してもっと詳しく知りたくなって、小余綾先生にお電

話したんです」

「そこで、ぼくが」と俊輔が話を受ける。「今夜、堀越くんと源平の話をしながら飲む予定だから、一緒にどうかと誘ったんだ」

「四谷のお店だって聞いて、帰り道にお邪魔しちゃいました。東京駅から近かったので」

「下関からやって来たのか！」

「明日は出社なんで、どっちみち東京に戻ってこなくてはいけなかったし、こっちに帰って来たら一人で夕飯も作らなくちゃならないから、喜んでお誘いに乗らせていただきました」

橙子の飲み物が運ばれてきたので、改めて三人で乾杯する。

「ああ、美味《おい》しい！」橙子は幸せそうに微笑んだ。「でも、明日の朝一度出社したら、その足で京都へ日帰り出張なんです」

「ずいぶん非効率的なスケジュールだ」

苦笑する俊輔に向かって、

「いいえ」橙子は、真剣な顔で答えた。「そのおかげで先生にお目にかかれたので、私的《わたしてき》にはむしろ嬉しいです」

「もうすぐ、会えなくなるかも知れないしね」

「えっ」

そこで俊輔は、今週の木曜日で退職が決まったことを告げた。

「そんな……」橙子は目を見張った。「だ、だって、私、全然知りませんでした……」

「バタバタと決まってしまったからね」

「そっ、そんなにあっさりおっしゃらなくても！」

「決まったものは、仕方ないよ」俊輔は微笑んだ。「それに、まだ四日も先の話だ」

「たった四日じゃないですかっ。その後は、どうされるんですか」

身を乗り出す橙子に、誠也と交わした話を伝える。

橙子は、しばし茫然としていたが、何とか気分を切り替えるように、

「それで……」誠也に尋ねた。「堀越さんは、先生に何をご相談されていたんですか？」

「ああ」

と答えて誠也は、自分が今、源平を研究していることや、フィールドワークの一環として一の谷まで行って来たこと、そして昨日からの俊輔とのやり取りなどを簡潔に伝えた。

すると橙子は、行綱や教経のくだりなどを興味深そうに聞いていたが、

「やっぱり、一般的に良く知られているような歴史にも、きちんと調べれば色々な秘密が隠されているんですね」

感心したように何度も頷いた。そんな橙子に、

「それできみは」と誠也が尋ねる。「壇ノ浦へは、何を調べに行ったんだ？」

「私、歌舞伎や文楽をメインにした日本伝統芸能関係の評論家を目指しているって言ったじゃないですか。あと、できれば能にも手を伸ばして。そうなると、やっぱり『平家物語』は絶対に外せませんよね。なので、ちょっと早いお彼岸のお墓参りの帰り道で、安徳天皇にご挨拶して来ました」

それは、と今度は俊輔が驚く。

「実に奇遇だな。ぼくも最後に、積み残してきてしまった源平合戦の疑問点を考えていた。そこに堀越くんから連絡があって、一の谷の話になった。すると今度は、加藤くんからも壇ノ浦の話が届いた。不思議な縁というか――運命なのか」

俊輔は二人を見た。

「しかし、どちらにしてもこれが、ぼくにとって大学での最後の研究、そして最終講義になるだろう。そして、聴講生はきみたち二人だけだ。最後までつき合ってくれるかな」

「先生っ」橙子は一瞬の静寂の後、叫んだ。「私たち、いいえ私でよろしければ、ぜひお願いします！」

「ぼ、ぼくも」誠也もあわてて身を乗り出す。「何か必要なことがあれば、何でもおっしゃってくださいっ。そして、先生の最終講義に参加させてください。どうかお願いしますっ」

二人は揃って、俊輔の前でテーブルにぶつからんばかりに頭を下げた。

「ありがとう」俊輔は微笑む。「時間がない。早速始めようか。まだ誰一人として手をつけていない、源平合戦最大の謎に挑む」

「はいっ」

真剣な顔で頷く誠也の隣で、

「それは」橙子が息を呑んだ。「一体何なんでしょうか……」

もちろん、と俊輔は答えた。

「池禅尼の、全く不可解な頼朝助命嘆願だ」

「源平合戦史上で最も愚かと評されている――」

しかし、と俊輔は言った。

「ぼくは、例の池禅尼のエピソードは――決して大袈裟《おおげさ》ではなく、源平合戦の根幹に関わる大きな謎だと考えている」

「えっ」

誠也と橙子は、一瞬顔を見合わせて驚く。

「それは」橙子が尋ねた。「どういうことですかっ」

「きみたちも良く知っているように、彼女の助命嘆願によって、六波羅に捕らえられていた頼朝の命が救われ、同じく義経の命も助かった。その結果、この二人を中心にして源氏は勢いを取り戻し、助命からたった二十五年で平氏は滅亡する。だから後世の人々は、結果的に自分たちの首を絞めるような、バカげた嘆願をしたものだと言っている」

「それさえなければ」誠也は頷く。「頼朝も義経も二人揃って、間違いなくこの世から消えていたんですからね。平氏の世が永遠に続くことはなかったにしても、少なくともあんなにあっさり滅亡してしまうことはなかったでしょう」

だが、と俊輔は誠也を見た。

「ぼくが疑問を抱いているのは、あれほどの大政治家である清盛が、いくら継母とはいえ、どうして池禅尼の助命嘆願を最終的に受け入れたのかということなんだ」

「それは」橙子は答える。「池禅尼の嘆願が命懸けだったから、と聞いたことがあります。確か、断食まで決行したって。その余りの必死さに、清盛が降参してしまったと」

では、と俊輔は尋ねる。

「どうして彼女は、そこまで必死に助命を願い出たんだ？　最大のライバルである源氏の御曹司、頼朝の命を救おうとしたのは何故？」

「それに関しては」今度は誠也が答える。「二十代のうちに病死してしまった自分の息子・家盛《いえもり》と、頼朝の顔がそっくりだったからと言われています。とても、他人とは思えなかったと」

　たかが、と俊輔は真剣な顔つきで問いかける。

「それだけの理由で、天下の清盛に向かって助命嘆願するだろうか。しかも、自らの命さえ懸けてだ」

「それは――」

「いや、ぼくも、頼朝助命のために母方の実家である尾張《おわり》国の熱田《あつた》神宮や、鳥羽《とば》天皇中宮の待賢《たいけん》門院《もんいん》の娘・上西《じょうさい》門院が動いたという話があることは知っている。だが、これらのことを踏まえた上で、この出来事に関する最大の謎があるんだ」

「えっ」

　殆ど同時に声を上げた二人に向かって、

「つまり」と俊輔は静かに言った。「どうして、こんな通常では考えられない状況説明が、歴史の専門家を含めて、長年にわたって素直に受け入れられてきたのか？　誰もがこんな理由で、本心から納得したのかということだ」

「ああ……」

「と同時にこの件を、単なる池禅尼や清盛の『愚かな行為』と評価して、簡単に片づけてしまうことが正しいのか？　ひょっとすると、清盛たちにしてみれば、そうせざるをえない理由があったのではないか」

「じゃ、じゃあ」橙子は意気込んで尋ねた。「あったとすれば、それは何なんですかっ」

「それが、分からない」俊輔は苦笑する。「そして、これがぼくの日枝山王大学民俗学科助教授としての、最後のテーマだ」

「………」

溜息だけが流れたテーブルで、やがて、

「先生のおっしゃる通りです――」橙子は大きく頷いた。「良く考えてみれば、おかしな話」

確かに、と誠也も言った。

「歴史を勉強している身として返す言葉もありませんが」誠也は苦い顔で答えた。「ぼくらは、そのまま教わって、その通りに考えていました。今改めて、先生に言われると本当に……」

そんな二人を優しく眺めて、俊輔は橙子に「お腹が空いているだろう」と言ってメニューを手渡した。

「ありがとうございます」

橙子はニッコリ笑ってメニューを開くと、サーモンのカルパッチョとシーザーサラダと手羽先、そして俊輔の冷酒を注文した。

「お酒のペース、早くないですか？」

橙子の言葉に、俊輔はあっさりと話題を逸《そ》らせる。

「酒で思い出したけれど、きみは大分県出身と言っていなかったかな」

「はいっ。実家は、安心院《あじむ》です」

「以前、宇佐神宮に行った時に、少し足を延ばして寄ったことがある。松本清張《まつもとせいちょう》も頻繁に訪れたという神社も参拝したが、とても素敵な場所だった」

「妻垣《つまがき》神社ですね！　嬉しいです」

「少し地域的に異なるかも知れないが、九州人なら『黒田節《くろだぶし》』を知っているね」

「もちろん知ってます」橙子は答える。「福岡県の民謡ですけど、九州とかは関係なく全国的な歌ですよ。今の先生たちと同じで『酒は飲め飲め、飲むならば——』」

「最近は余り見なくなってしまったが、昔は毎年正月になるとテレビで必ず流れていた、とても良い歌だ」俊輔は笑う。「では、この『黒田節』の二番の歌詞は？」

「え」

　橙子は、目をパチクリさせる。

「ええと……『日の本一のこの槍《やり》を、飲み取るほどに……』」

　などと一番を小声で最後まで歌ってみたが、結局思い出せなかった。というより、一番が余りにも有名なためだろう。良く考えたら、二番の歌詞を知らなかった。

「すみません」橙子は俊輔を上目遣いで見ながら謝る。「分かりません……」

「いくつか種類はあるようだが、最も一般的なのは、この歌詞だ。

　峰の嵐か松風か、
　訪ぬる人の琴の音か
　駒引き留めて立ち寄れば、

爪音《つまおと》高き想夫恋《そうぶれん》

――とね」

「それが……?」

「堀越くんは」俊輔は、今度は誠也に尋ねる。「この文句をどこかで目にしたことはないかな」

「ええ……と」

急に話題を振られた誠也は、しばらく眉根を寄せて考えていたが「あっ」と手を打った。

「『想夫恋』というのは、ひょっとして『小督《こごう》』!」

「その通り」と俊輔は微笑む。「『平家物語』巻第六だ」

「それが民謡『黒田節』に」

目を丸くして驚く誠也に、橙子は尋ねる。

「すみません……。その『こごう』って?」

ああ、と誠也は答えると、早口で説明した。

「当時、高倉天皇が深く寵愛《ちょうあい》していた宮中第一の美人の小督という女房がいた。しかし、娘の徳子が天皇の中宮となったため清盛はその存在に怒り、小督は天皇の立場を考えて、泣く泣く宮中を去った。しかし天皇は彼女を忘れられず、源仲国《なかくに》に、嵯峨野《さがの》に隠棲しているという小督を捜し出してくるように命じる。そこで仲国は八月十五日の夜に、嵯峨野をできる限り静かに馬で駆け巡った」

「どうして、八月十五日に?」

「小督は琴の名手だったから、必ず中秋の名月に、月を愛《め》でながら琴を爪弾《つまび》くだろうと考えたんだ。もちろんその日はお盆でもある」

「え……」

「しかし」と俊輔が話を受ける。「さすがに仲国が捜しあぐねていたところに、男性を慕《した》う雅楽の『想夫恋』の曲が聞こえ、ようやくのことで仲国は小督を見つけ出し、高倉天皇のお側《そば》へとお迎えした。その場面について『平家物語』には、こうある」

俊輔は目を軽く閉じて暗唱した。

「『亀山《かめやま》のあたりちかく、松の一むらあるかたに、かすかに琴ぞきこえける。峰の嵐か松風か、たづぬる人の琴の音か』『楽はなんぞときければ、夫を想うて恋ふとよむ、想夫恋といふ楽なり』――とね。この部分が殆どそのまま、民謡の歌詞になったわけだ」

「ああ……」

名月の下で必ず琴を弾くだろうと推定するとは。そして、その予想通り小督も本当に弾いていたとは――。軽い感動を覚えた橙子の前で、

「ところが」と俊輔は言う。「やがて小督に姫君が誕生し、それが清盛の耳に入ると、清盛は激怒して、小督を尼にして再び追い出してしまう」

「そんな！」

「この時はまだ、徳子は安徳天皇を産んではいない。天皇がお生まれになるのは、その一年後の治承《じしょう》二年（一一七八）十一月十二日で、まだ清盛の政治的地位が安定する以前だったから、念には念を入れて排除したというわけだ。小督、二十三歳だった――。そのため高倉天皇は、悲し

みの余りご病気になり、そのまま亡くなられたと言われている」

「惨《むご》い話です……」

「まあ、ことほど左様に『平家物語』は、人口に膾炙《かいしゃ》されていたというわけだ。もちろん、能にもある。金春禅竹《こんぱるぜんちく》作の四番目能で『小督』。筋立ては、仲国が小督を見つけ出して、喜んで天皇に伝えに行くところまでで終わっているが、これも一種の怨霊慰撫であり、鎮魂でもあった」

でも、と橙子はグラスを傾けた。

「昔の人たちは、それほどまでに怨霊の存在を信じ、恐れていたんですね」

「そうじゃない」

「えっ」

「怨霊は、間違いなく存在している。昔も今も」

「まさか……」

冗談を言っているんだろうと思って笑う橙子に、俊輔は真剣な顔で続けた。

「ぼくは、当然もっと以前から存在していたと考えているんだが、怨霊の存在に関して、通説では平安時代からだといわれている」

「平安時代ですか」

「桓武《かんむ》天皇は、無実を訴えながら憤死した同母弟・早良《さわら》親王の怨霊を恐れて平安京へと遷都し、しかも都には、北は玄武《げんぶ》・南は朱雀《すざく》・東は青龍《せいりゅう》・西は白虎《びゃっこ》という神々に護《まも》らせる『四神相応《しじんそうおう》』を始めとする、実にさまざまな陰陽道的な仕掛けが施された。さらに亡くなっている早良親王には、これも鎮魂のために、皇位を継承していないにもかかわらず『崇道《すどう》天皇』という諡《おくりな》を与え、八瀬《やせ》近くに『崇道神社』も建立した。ちなみにこの『八瀬』には昔、鬼の子孫が住んでいたという言い伝えがあり、やがて天皇の大喪の際には『八瀬童子』として、その棺を担ぐ役を担うようになった。つまり、これらの事実は、決して『怨霊のせいではない』と言い捨てられないということだ。怨霊が動機で、現実的に物事が動いているんだからね。誰がどう考えても、怨霊が現実を動かしたことになる」

「そういう意味ですか」橙子は納得する。「では、平将門《たいらのまさかど》や菅原道真《すがわらのみちざね》関係の事象も？」

「その二人に関してぼくは、むしろ怨霊ではなかったという立場だ」

「えっ」

「話し出すと長くなるし、源平から逸れて行ってしまうから、彼らについてはまた今度にして、彼らをどうしても『怨霊にしておきたかった』人々がいた、ということだけに留めておこう」

「怨霊にしておきたかった……」

「それよりもわが国には、自他共に認める大怨霊がいらっしゃるだろう」

「それは」誠也が思わず息を吞んで答える。「もしかして、崇徳《すとく》天皇……ですか」

「そうだ」俊輔は頷いた。「崇道天皇と同じく『崇』の文字を冠された天皇だ。こちらは、源平の話に関与してくる。崇徳天皇に関しては、堀越くんの方が専門だろうから、ちょっと説明してくれないか」

　と言って冷酒を注ぐ俊輔に、「いえ、間違いなく小余綾先生の方がお詳しいとは思いますけど」と前置きして、誠也は口を開いた。

「じゃあ、一つずつ史実を押さえていきましょう——。崇徳天皇は、今、先生がおっしゃったように、日本最大級の怨霊といわれています。鳥羽天皇第一皇子として生まれ、わずか四歳で皇太子になられ、同日の鳥羽天皇の譲位により、保安《ほうあん》四年（一一二三）に即位されました。歴史作家の永井路子《ながいみちこ》も『栄光という名の産衣《うぶぎ》を着て、人生の第一歩を踏みだした』天皇だったと書かれています」

「確かにその通りですね」橙子はサラダを口に運びながら誠也に言う。「きっと、何一つ不自由ない幼年時代を過ごされたんでしょう」

「ところがね」誠也は橙子を見た。「長い期間院政を敷いていた白河《しらかわ》法皇が崩御して、今度は鳥羽上皇が院政を始めると、状況は一変してしまう。上皇は、美貌の少女である藤原得子《なりこ》──後の美福門院《びふくもんいん》を寵愛し、その結果、皇子が生まれた。とても喜んだ上皇は、すぐさまこの皇子を崇徳天皇の養子に入れた。当時、崇徳天皇には皇子がいらっしゃらなかったため、次期天皇の座に就かせようと画策したんだろう」

「……そこまでは仕方ないかも知れません」

「だがその後、崇徳天皇にも皇子が誕生したんだ」

「嵐の予感……」

「きみのその予感通り、鳥羽上皇は崇徳天皇に譲位を迫って、得子との間の皇子を即位させてしまった。これが、後の近衛《このえ》天皇となる」

「酷《ひど》い話です！」

でも、と誠也は言う。

「この酷い話の根本原因はと言えば、鳥羽上皇の祖父の白河法皇にあって、鎌倉時代の説話集

『古事談』などによれば、崇徳天皇は鳥羽上皇の皇子ではなかったという。崇徳天皇は、自分の祖父・白河法皇の子だった」

「ああ。そんな話を聞いたことがあります……」

「当時としては、宮中の誰もが知っていた有名な話だった。これも美人で有名だった鳥羽上皇の中宮・璋子《しょうし》――待賢門院と、法皇は関係を結んでいて、その子が崇徳天皇」

「改めて聞いても、悲惨ですね」

「本当にそうだよ。だから鳥羽上皇は崇徳天皇のことを、陰《かげ》では『叔父子《おじご》』と呼んでいたという。自分のお祖父《じい》さんの子供――つまり叔父で、同時に自分の子供という意味でね」

「叔父子ですか……」

「ところが、悲劇はこれからだ。鳥羽上皇が無理矢理押し立てた近衛天皇は病弱だったため、わずか十六歳で崩御してしまう。次の天皇は間違いなく、自分の皇子・重仁《しげひと》親王だと崇徳天皇が思った矢先、今度は美福門院の養子である、後の二条天皇の父・雅仁《まさひと》親王が即位してしまった。この親王こそ、源平合戦に深く関わってくる後白河天皇となる」

「後白河天皇、ようやく登場ですね！」

「しかし、ここから崇徳天皇が大怨霊と化す事件が勃発する。それが、保元の乱だ。この乱はというと――」

　誠也が説明しようとした時、

「やはり」と俊輔がポツリと呟いた。「そこから見直さないとダメだな」

「えっ」

誠也と橙子は、同時に俊輔を見る。

「保元の乱から、ですか？」

尋ねる誠也を見ることもなく、

「そうだ」と言って俊輔はお猪口を空けた。「もちろん、それに続く平治《へいじ》の乱もね。そこから始めないと、源平合戦の真相はつかめない」

「でも今は、怨霊の話だったんですけど」橙子が尋ねる。「それもやっぱり関係してくるんでしょうか？」

「怨霊の歴史も、源平の歴史も一緒だよ。厳然として、そこに存在していいいたんだからね。我々の祖先たちは誰もが怨霊と共に暮らしていた」

「共に暮らしていた？」

「ただ恐がるだけでなく、憐憫の情を持って、千年以上もの長い間、怨霊たちに接してきたんだ。言われているほど、実のところ一般庶民は恐ろしがってはいなかった。多少は被害に巻き込まれてしまうかも知れないけれど、自分たちが直接狙われるわけじゃないからね。怨霊を心底恐れていたのは、それを作り出してしまった当人たちだ」

「確かに歌舞伎の幽霊話などにしても、庶民はむしろ喜んでいたようですし……。あっ。もしかして！」橙子が叫ぶ。「源平合戦も『怨霊』が深く関わってるということですか」

「どういうこと？」

キョトンとした顔で尋ねる誠也に、橙子は言う。

「義経ですよ！　義経は、間違いなく怨霊になっているはずだから、そっち方面から考察を入れて――」

「ぼくも、そう思ってる」と俊輔は答える。「現実的に、義経は怨霊として祀られていない。ところが、生き延びたのかといえば、その可能性はとても低い。では、一体どうなっているのか……。これも今回の大きな謎だ。だが今は余り先走りしないで、一度根本に立ち帰ろう。大本の、保元・平治の乱だ。おそらくここにも、源平合戦の真実を読み解くための鍵《かぎ》が隠されているような気がする」

「もしかして！」橙子は目を輝かせる。「義経に関して私がずっと不思議に思っていたことの答えもでしょうか？」

「それは何」

はい、と橙子は答える。

「彼はどう見ても悪人なのに、なぜ後世『判官贔屓』と言われるまでになったのか？　もちろん、その一般的な答えとしては、源氏のために尽くしたのに、最後は兄の頼朝によって自害に追い込まれてしまった悲劇の英雄だから、といわれているのは知ってます。でも、私は納得できないんです。何か他の理由もあるからこそ、あんな酷い男の義経が――」

「あんな酷い男、は言い過ぎだろう」誠也は橙子を睨んだ。「義経は立派な武将だよ」

「いいえ、悪人です」

「どういうことだよ！」

「そのままですよ」橙子も言い張る。「だって、一の谷の戦いでは――坂落としはなかったかも知れないですけど、平氏の背後を突いて攻め込んでいるし、屋島も奇襲した上に、那須与一の扇の的を落とした腕前を誉め称えて舞った老武者を、あっさり射殺《いころ》させていますし、壇ノ浦だって『水夫・楫取を射よ!』ですから。卑怯な戦い方ばかりです」

「命懸けの戦いだからね。生き残るためには、とにかく勝たなくちゃならなかったんだから」

「そのためには、どんな卑劣な手段を用いても?」

「ある程度は仕方ないさ」

「じゃあ、兵士以外の人間に対する、無差別攻撃もですか?」

「い、いや、それは……」

言葉に詰まった誠也は、助けを求めるように俊輔を見た。しかし俊輔は、一点を見つめたまま顎を捻っていた。

「せ、先生……」

誠也の呼びかけに俊輔は、ふと気がついたように、

「なんだい」

と答える。どうやら、二人のやり取りは全く聞いていなかったようだった。その証拠に、

「ぼくが動ければな」

などと的外れなことを言うと、残念そうに顔を歪《ゆが》め、手酌で冷酒を注いだ。

「先生が動ければ?」

尋ねる誠也に、俊輔は「ああ」と答える。

「今週の木曜日までは、大学に縛りつけられて身動きが取れない。フィールドワークに行くことすら不可能だ。残念だがね」

「フィールドワーク……って、どこへですか？」

「今言ったように『源平合戦』は、頼朝や義経の父親たちの代に起こった『保元・平治の乱』から繋がっている。もちろん、それらの乱は一一五〇年代で、頼朝や義仲《よしなか》の挙兵は治承四年（一一八〇）、平氏滅亡の壇ノ浦の戦いは元暦二年（一一八五）だから当然、年代の開きはある。しかしまさか、六四五年の乙巳《いっし》の変——大化の改新と、六七二年の壬申《じんしん》の乱との間には、何の関係もなかったなどという人間はいないだろう。これは当たり前の話だね。そもそも歴史は、その時代で単独に存在しているわけじゃないんだから」

「もちろん、義経に関しても、ですか？」

「また、その他の謎に関してもね」

その他の謎、という言葉に橙子は引っかかったが、

「それで」と誠也は尋ねる。「具体的には、どちらへ？」

「愛知県野間《のま》。それと、鎌倉」

「鎌倉は分かりますけど」誠也は首を傾げた。「野間？」

「頼朝たちの父親の義朝が、平治の乱に敗れて、乳母子《めのとご》——乳兄弟《ちきょうだい》の鎌田政清《かまたまさきよ》と共に逃げ落ちる途中、家人の長田忠致《おさだただむね》の騙《だま》し討《う》ちに遭って非業の最期を遂げた地だ。そこには、野間大坊《のまだいぼう》という真言宗の寺院があり、義朝たちの墓がある。前々から、行ってみたいと思っていた」

「ああ……」

「知多《ちた》半島だから、充分に日帰りできるのに、それも行かれないとは情けない」

自嘲《じちょう》しながらお猪口を空ける俊輔を見て、誠也はじっと熟考していたが、

「先生の代わりにぼくが行きます！」意を決したように言った。「但し、ぼくでよろしければ」

「きみが？　しかしそれじゃ――」

「いえ、源平合戦のそれこそフィールドワークの一環です。関係している場所なら、どこへでも行きます。ぼくも、その野間大坊には行ったことがないですし、義朝の墓と聞いては、ぜひ明日にでも足を運びたいです。予定さえ調整すれば、今ならいくらでも時間が取れますから」

誠也はますます意気込む。

「それで、野間大坊では何を見て来れば良いんでしょうか？」

すると俊輔は肩を竦《すく》めた。

「分からない」

「え。分からないって――」

「いや。きっと何かあるはずだ。でも、ぼくにはまだ分からない。分からないからこそ、行ってみたいんだ」

確かに、分かっていれば行く必要もない、と納得しかけた誠也の隣で、

「じゃあ、私も行きます！」橙子が、勢いよく手を挙げた。「先生がそうおっしゃるなら、きっと何かがあるはずです」

「きみは明日、京都へ行くんだろう」

「……そこに寄ってから行きます」

急に弱々しい声になって答える橙子に、

「仕事を優先しなさい」俊輔はたしなめた。「こっちは、あくまでも『講義』――オープンカレ

ッジのようなものなんだから」

「ぼくは本気です」誠也は真剣な顔で頷いた。「先生の代わりに、可能な限り全て見てきます。途中で連絡を入れるかも知れませんので、その時はよろしくお願いします」

　分かった、と俊輔は微笑んだ。

「明日は『天一天上《てんいちてんじょう》』だし——。お願いしようかな」

「天一天上？」

「暦で言う『天一神の祟《たた》りなく方角の禁忌なし』という、どの方角に向かって旅行しても差《さ》し障《さわ》りのない日だ」

「そう……なんですね」

「ぼくは一日、研究室にいるから、現地で仕入れた資料や、現場の写真を頼む」

「承知しましたっ」

「話を聞かせてもらいたいから、明日また、会おうか」

「頑張ります！」

「わ、私も、参加させていただいてよろしいでしょうかっ」

「きみも？」身を乗り出した橙子を見て俊輔は「そうだな」と頷いた。

「じゃあ明日、今きみたちが討論していた義経に関する話もしようか」

「聞いていらっしゃったんですね……」

「きみは、もしも時間が取れるようならば、宇治辺りに行ってみると良いかも知れないな。源三位頼政が自害した平等院や、義経が木曾義仲と争った宇治川も流れている」

「分かりましたっ」

「そうと決まれば」俊輔は二人を見る。「明日もあるし、もう一杯ずつ飲んだらお開きにしよう」

いいえ、と誠也は、そそくさと資料を片づけてバッグにしまう。

「ぼくは明日の準備がありますので、一足先に失礼させていただきます。ではまた明日、よろしくお願いします！」

深々と一礼して、大急ぎで店を出て行ってしまった。


俊輔はもう一本冷酒を、橙子は稲庭《いなにわ》うどんと温かいお茶を注文した。それを待っている間、ハッと思い出して、橙子は今朝の疑問点を俊輔に尋ねた。

赤間神宮の「七盛塚」の件だ。「盛」という文字を名前に持つ人々が「六人」しかいないのに、どうして「七盛塚」なのか。しかも、神宮の神職たちも知らない（もしくは、知っていても口に出せない）らしかった――。

「呪術だからね」俊輔は笑う。「一般的に知られてしまっては、その効力が失われてしまう」

「呪術、ですか？」

「では、きみはどう考えた？」

「それはきっと」橙子が唇《くちびる》を尖《とが》らせた。「その場所にはいないけど、彼らの父である『清盛』も数えているからかな、と思いました」

「それを言ったら、祖父や曾祖父《そうそふ》の『忠盛』『正盛《まさもり》』、早くして亡くなってしまった『重盛』や、更に若くして命を落とした『敦盛』もいるよ」

「みんな名前が似ていて、分かりづらいです」橙子は苦笑した。「じゃあ、何故？」

「答えは実に単純なことだ」

「それはっ」

「今、話に出た『怨霊』だよ」

「怨霊？」

「『字統《じとう》』には、『七』は『骨を切る』ことを表していて『聖数とされ』ているとある。つまり『七』は吉数であり、同時に怨霊封じの数字と考えられている」

「怨霊封じですか！」

「これはぼくの勝手な推論で、また教授連中に叱られるのが目に見えているが」俊輔は苦笑した。「和歌の、五・七・五・七・七も、怨霊を封じる一種の呪術だろうね。というのも『五』もやはり『聖数』であり『二重の蓋』、つまり何かを閉じ込めるという意味があるから」

「それで『七』盛塚……」

「しかも素直に『六』にしてしまうと『六』は『霊《ろく》』に通じるから、ますます彼らが怨霊化してしまう。それを防ぐために、わざと『七』にした。一石二鳥だ。昔の人は賢いよ」

「ああ……」

「余談になるが、知盛と一緒に壇ノ浦に沈んだ乳母子の家長に関しても、彼の子孫の話が伝わっている」

「『七盛塚』に名前が刻まれていた『伊賀平内左衛門　平家長』ですね」

「彼の子孫には、非常に有名な人物が出た」

「それは？」

「服部半蔵正成《はっとりはんぞうまさなり》。今も皇居の門に『半蔵門』として名前が残っている」

「徳川家康《とくがわいえやす》に仕えた、あの半蔵ですか！」

「その『半蔵』の『半』は、平氏の『平』の文字からきているというからね。『平』の一画目を、四画目の下に持ってきた」

「あっ」

確かに……。

茫然とする橙子の前で俊輔はお猪口を傾けると、

「そうだ」

と言って、分厚い書物を一冊差し出した。

キョトンと眺める橙子に、俊輔は言う。

「以前に、きみが興味を示していた『民俗学大事典』だ。ちょっと荷物になってしまうけど、きみに進呈するから受け取ってくれないかな」

「えっ」

お茶を噴き出しそうになって、橙子は尋ねる。

「こんな大事な書物を！　どうしてですか？」

「ぼくにはもう必要ないからね。使い古しで失礼かとは思うが、そうしてもらえればありがたい。ぼくにとっても、その本にとっても」

「そんな……」

と、抱きかかえるようにして大きな事典を受け取りながら橙子は、

〝もしかして、バレンタイン・デーのお返しですか？〟

と聞きそうになって、止めた。

そんなはずもない。そこで、小声で尋ねてみた。

「先生は……今日、三月十四日って、何の日かご存知？」

「ああ、もちろん知ってる」俊輔は真顔で答える。「元禄《げんろく》十四年（一七〇一）、江戸城松の廊下、浅野内匠頭《あさのたくみのかみ》刃傷《にんじょう》沙汰《ざた》事件の日だ。そして明日の三月十五日は、能『隅田川』で亡くなった子供・梅若丸《うめわかまる》の命日」

脱力ついでに、もう一つ尋ねる。

「……じゃあ、二月十四日は？」

訊くまでもない、と俊輔は笑うと、

「天慶《てんぎょう》三年（九四〇）、平将門の命日だ。それが何か？」

一息に冷酒を空けた。

《 三月十五日（月）友引・十死 》

「問題の要点は、現場に居合わせた一人一人がみんな、この話は作り話だと知っていながら、しかも、それを否定していない、ということだ」

誠也は東京駅朝七時過ぎの「のぞみ」に乗り込む。

名古屋までは約一時間四十分。そこから名鉄特急に乗り換えて、野間まで一時間足らず。十時前には到着できる。座席に落ち着いて、乗車直前に買ったホット・コーヒーを一口飲むと、誠也は自分の隣で生欠伸《なまあくび》を繰り返している橙子を、呆れたように眺めた——。

昨夜遅く、あわただしい支度を終えて、さあ寝ようと思っていたところに橙子から連絡が入った。何事かと思ったら、

「明日、ご一緒させてください！」

と言う。編集長と連絡を取って、直行する許可をもらったので、同じ新幹線で行きたいと。

それはもちろん構わなかったが、

「ぼくは、名古屋で降りるよ」誠也は確認の意味で尋ねる。「きみは、京都まで行くんじゃなか

った の」

「いいんです。名古屋までの間で『保元の乱』のお話の続きを聞きたいんです」

義経の話だと言い争いになってしまう可能性が高いが、その話なら良いか、と心の中で思いながら誠也は訊いた。

「でも、出発は早いよ。何しろ、知多《ちた》半島まで日帰りだから。きみの京都での仕事は、何時からなの？」

「ホテルのロビーに十一時待ち合わせですけど、早く到着する分には一向に構いません。どこか見物していても良いし、ラウンジで本を読んでいても。なので、よろしくお願いします！」

ということで、二人並んで新幹線のシートに腰を下ろしている。

橙子は、昨日とは打って変わって髪の毛もまとめ、濃紺のスーツに身を包んでいた。見るからに仕事モードだ。昨夜はあの後、俊輔が一杯だけ飲んで解散になったようだった。しかし、さすがに眠そうな様子なので、

「素直にゆっくり寝てから出社して、それから出張の方が良かったんじゃないか？」

と尋ねる誠也に、

「大丈夫です」やはりコーヒー・カップ片手に、橙子は答えた。「どちらにしても、睡眠時間は一時間ほどしか変わらないですし、名古屋を出たら三十分寝ますから。それよりも」

のぞみがホームを静かに滑り出ると、橙子は言った。

「昨日の続きをお願いします。今晩、小余綾先生にお会いするまでに勉強しておかないと」

「分かった」

誠也は答えて、コーヒーを一口飲むと口を開いた。そして、昨日話したところまでを、簡単に振り返る。

崇徳天皇は、実は鳥羽上皇の祖父・白河法皇と鳥羽上皇の中宮との子であったため、法皇が崩御して上皇が院政を敷き始めた頃から、二人の確執が始まった。それがピークに達したのは、鳥羽上皇の命により、崇徳上皇皇子である重仁親王を差し置いて、雅仁親王（後白河天皇）が即位してしまった時だった。これで、重仁親王の即位も崇徳上皇の院政の望みも、完全に絶たれてしまったからだ――。

「その当時は」

誠也は言う。

「朝廷内だけではなく、藤原《ふじわら》摂関家でも抗争があった。当主は藤原忠通《ただみち》だったけれど、二十三歳年下の腹違いの弟・頼長《よりなが》が、父・忠実《ただざね》の後ろ盾を得て、忠通の地位を奪おうと画策していた」

「悪左府《あくさふ》と呼ばれた人ですよね」

「そう。激烈な性格だったようだし、また男色でも有名だった。また一方、源氏は源氏で内紛があったんだ」

「源氏にもですか？」

「頼長に仕えていた父・為義《ためよし》、次男の義賢《よしかた》の二人と、長男の義朝の二つの勢力だよ。これは全くの偶然だけれど、藤原氏と源氏で共に『長男』対『父親・次男』という対立構図が作られた。そして義朝は、頼朝や義経の父親だ」

誠也は、テーブルの上に系図を広げた。

「彼らは、同じ源氏同士で覇権を争っていた。そしてその結果、義朝の長男、つまり頼朝の兄に当たる悪源太義平《あくげんたよしひら》が、自分の叔父である義賢を殺害してしまう。義賢は木曾義仲の父親だから、これが後世の頼朝・義経と義仲の対立構図にも、深く関係してくる」

誠也はコーヒーを一口飲んだ。

「あと、念のために確認しておくと、この場合の『悪』というのは、ただ単に悪人という意味じゃないことは知ってるよね」

ええ、と橙子は答えた。

「当時の『悪』というのは、勇猛・強靭《きょうじん》・型破りなど、むしろ尊敬される人々につけられた名称だったって」

「最後まで頼朝暗殺を狙っていた『悪七兵衛』景清《かげきよ》や、時代が下って『河内《かわち》の悪党』楠木正成《くすのきまさしげ》のようにね」

「はい」

頷く橙子を見て、誠也は続ける。

「そんな時、鳥羽法皇が危篤に陥ったんだ。それを知った崇徳上皇は、臨終直前に鳥羽御所に駆けつけたけど、対面を拒絶されてしまう。それが鳥羽法皇の厳命であったことを知った崇徳上皇は、憤激した」

「それも酷い話ですね」橙子は頷く。「それほどまでに、崇徳上皇を嫌っていたわけですか。でも……祖父と自分の奥さんとの子供だと思うと……」

その気持ちも分からないではないか。

橙子が納得していると、誠也は言った。

「鳥羽法皇崩御三日後の、保元元年（一一五六）七月五日。事態は突然、不穏な方向に動き始める。清盛の次男の基盛《もともり》らが、京の武士たちに圧力をかけ始め、頼長には謀叛《むほん》の罪がかけられた。これは、後白河天皇側近の信西《しんぜい》（藤原通憲《みちのり》）の策略といわれているね」

「信西……」

「学者で僧侶で、かなりの野心家だったようだ。一方、追い詰められた忠実・頼長たちは、自分たちの正統性を主張するための旗頭として、同じように信西たちに冷遇されていた崇徳上皇を担ぎ上げた。そのために、京の都は二分されてしまう」

「崇徳上皇ですか。確かに、キーマンですね」

「後白河天皇側には、藤原忠通、信西、平清盛、源義朝、源頼政らがつき、一方の崇徳上皇側には、藤原頼長、忠実、源為義、為朝らがついた。源氏も真っ二つに割れたんだ。但しこれは後の戦国時代の武士たちのように、わざと兄弟が敵味方に分かれ、どちらが勝っても家を存続させようという戦略とは、また違った」

「というと……本気で敵と味方に分かれた？」

「そうみたいだよ」誠也は首肯する。「そしてついに、戦いの火ぶたが切られた」

「何か、ドキドキしてきました」

コーヒー・カップを両手で持って話に聞き入る橙子に向かって、誠也は続けた。

「七月十一日未明、清盛・義朝らの率いる六百騎が、崇徳上皇側に夜襲を仕掛けたんだ。これによって上皇側は一気に大混乱に陥ってしまう」

源氏略系図

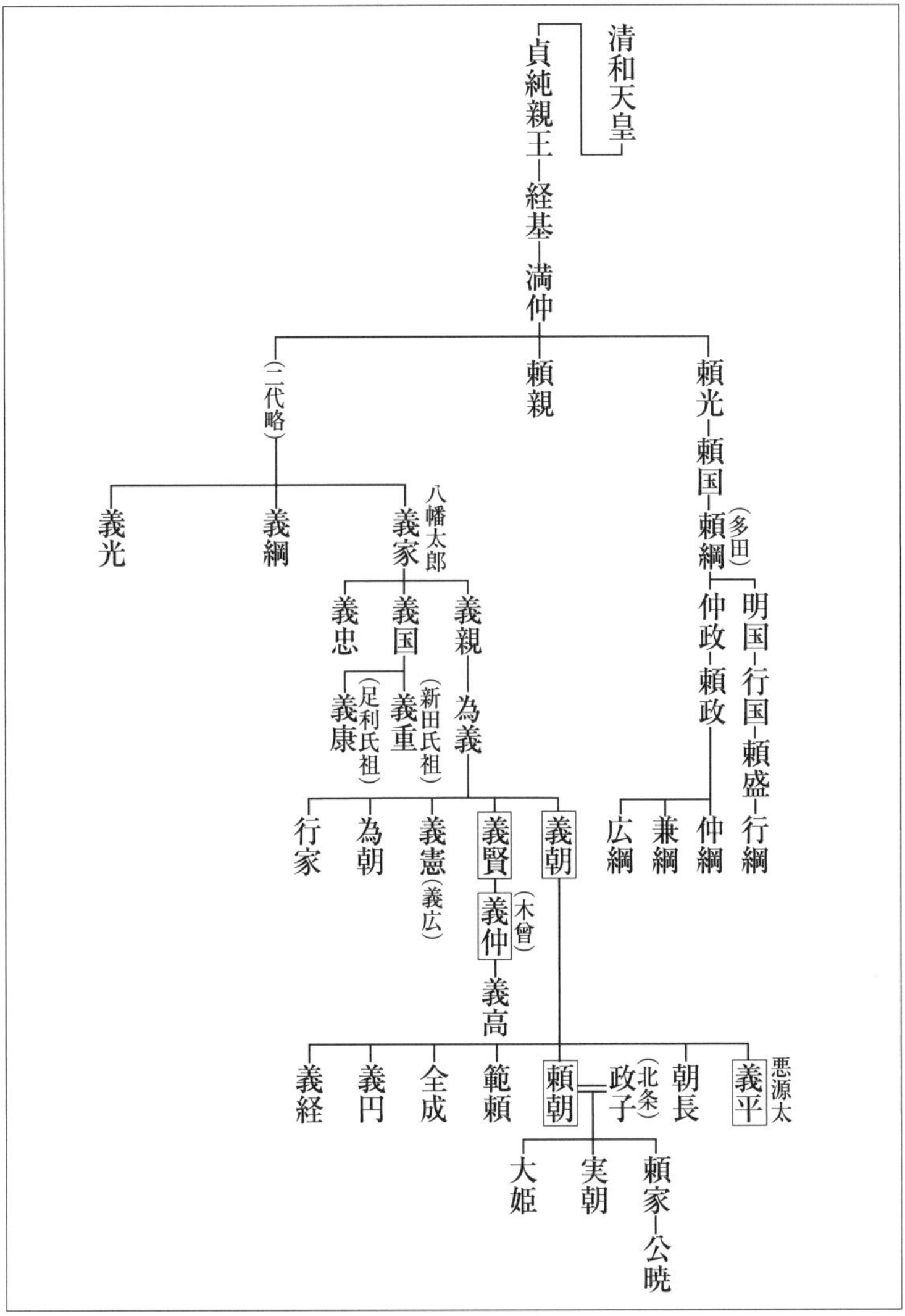
清和天皇
貞純親王
経基
満仲
頼光
頼親
（二代略）
頼国
頼綱
（多田）
仲政
頼政
明国
行国
頼盛
行綱
仲綱
兼綱
広綱
義光
義綱
八幡太郎
義家
義親
義国
義忠
為義
義重
（新田氏祖）
義康
（足利氏祖）
義朝
義賢
義憲
（義広）
為朝
行家
義仲
（木曾）
義高
悪源太
義平
朝長
政子
（北条）
頼朝
範頼
全成
義円
義経
頼家
実朝
大姫
公暁

「いきなり、夜襲ですか！」

「実はその前夜に、上皇側も為義・為朝らが夜襲を進言していたんだ。というのも、夜襲は義朝が最も得意としていた戦法だということを、為朝たちは百も承知していたからね。ところが朝廷の貴族たちは、『上皇と天皇が争うのに、夜襲など以ての外。夜が明けたら、堂々と正面から戦う』と言ってあっさり却下してしまった」

「それもどうかと……」

「これは、頼長たちが興福寺からの応援の兵を待ちたかったため、という説もある。でも、どちらにしても為朝の献策は取り上げられなかった。だから為朝は、『今にも敵に襲われて、味方の兵があわてふためくのは、火を見るよりも明らか』だと吐き捨てた」

「そして、彼の想像していた通りになってしまったんですね」

うん、と誠也は頷いた。

「それでも為朝は、戦いが始まると獅子奮迅《ししふんじん》の働きを見せた。彼の身長は七尺、およそ二メートル余りで、弓を射るために生まれてきたように左腕が右腕より四寸、約十二センチも長かったというから、その体格を生かして鬼神のように戦ったという」

二メートル！

橙子は驚く。

「当時の人たちは、現代人と比べて小柄だったという話を聞きました。その中で二メートルだなんて、多少誇張されているとしても、凄い話ですね」

「それだけじゃないよ。為朝の使う弓の長さが、八尺五寸というから二メートル五十センチ強で、その弦は三人、あるいは五人で張らなくてはならない強弓だったといわれてる」

義経が「弓流し」の際に、自分の弓が為朝ほど立派な物であれば「わざとでも落として、敵に拾わせよう」と言った、その弓だ。

納得する橙子の隣で、誠也は続ける。

「だから、その弓で敵を射る様は『将門《まさかど》にもすぐれ、純友《すみとも》にも超えたり』と賞された。この『純友』は、将門と同時期に瀬戸内海で乱を起こした海賊、藤原純友のことだ。その評判通り為朝は、劣勢に立たされ続けている崇徳上皇側で一人、気を吐いた。三百余騎を擁する清盛軍に対して一歩も退かず、

『為朝の矢を受け取って、この世とあの世における名声にせよ！』

と叫んでは、次々に長く太い鏑矢を放った。その矢は一本で確実に二人を射通したため、清盛軍は怖《お》じ気《け》づいて退散する」

「一本で二人ずつ！　凄すぎます。後世のフィクションじゃなく？」

「色々な書物に載っているから、事実のようだね。さっきの弓矢の外見からも、それを実際に射たとすれば物理的にも可能だろう」

まさに、那須与一の「精兵《せいびょう》」に対する「強弓」。とんでもない武将がいたものだと橙子が驚嘆していると、誠也は言う。

「やがて辰刻——午前八時頃に、戦いは決着した。為朝の活躍によって、それまで有利に進めていた戦いが膠着《こうちゃく》状態に陥ったと感じた義朝が、御所などに火をつけて焼き払ってしまったんだ。その作戦によって、再び清盛・義朝軍が優勢に立ち、そのまま一気に勝負がついた」

「御所に放火？」橙子は顔をしかめる。「それもまた、非道な手段ですね」

「戦《いくさ》だから、仕方なかったんだろう」

誠也はサラリと流して続けた。

「その後、頼長は流れ矢に当たって重傷を負ったため、父の忠実を頼って落ちて行こうとしたが、後白河天皇側と事を構えたくなかった忠実に拒絶されて、命を落としてしまう。また、これ以上逃げられないと悟った崇徳上皇も出頭し、為義ら武将も続々と投降して、ここに保元の乱は終息したというわけ」

「理解できました……」橙子は大きく嘆息すると、通りかかった車内販売を呼んで、二杯目のコーヒーをもらいながら言う。「そういう事件だったんですね」

「しかしね」

車内販売が去って行くと、誠也は口を開く。

「ここから、大事《おおごと》になるんだ」

「崇徳上皇の怨霊ですか」

「もう少し先だけどね」身を乗り出してきた橙子を見て、誠也は笑った。「事件後、崇徳上皇は讃岐への配流が決まった。ただ、この配流の刑が天皇や上皇に科せられるというのは、藤原仲麻《なかま》呂《ろ》の乱に共謀したとして淡路島に流された、第四十七代・淳仁《じゅんにん》天皇以来だから、実に約四百年ぶりのことだった」

「四百年！」

「後白河天皇たちは、それほど崇徳上皇を許せなかったんだろうな。また、忠実ら貴族たちは幽閉で済んだけど、武士たちに対する処罰は熾烈《しれつ》を極めた。信西の注進で、大同五年（八一〇）の『薬子《くすこ》の変』以来途絶えていた死刑が、この乱の処理のために復活したんだ。その間は、死刑に相当する罪でさえも一等を減じて遠流となっていたのにね。だから『愚管抄《ぐかんしょう》』にも、『死罪ハトドマリテ久《ひさし》ク成《なり》タレド、カウホドノ事ナレバニヤ、ヲコナハレニケル』と書かれてる。そして、この乱以降『ムサ（武者）ノ世』の到来となったとね」

「死刑復活ですか……」橙子は首を捻る。「ということは、それまでの日本では、ずっと死刑が執行されていなかったんですね」

「三百年もの長い間ね」誠也は頷く。「ところがここで、いきなり十七人の武士たちの首が斬られた上に、清盛の叔父の忠正《ただまさ》も清盛によって処刑された。義朝の父の為義は、義朝の部下・鎌田《かまた》政清《まさきよ》によって斬首され、更に義朝の弟たち五人が処刑された上、十歳前後の子供たちも全員、斬首となってしまった」

「惨《むご》い……」

「これに関しては、海音寺《かいおんじ》潮五郎《ちょうごろう》が、

『合戦になんの責任もない幼い弟たちまで斬るとは、義朝の性格に疑問を抱かずにはおられない。何か重大な欠陥のあった人なのであろう』

と言ってる。でも、おそらく義朝にしても、よんどころない事情があったんじゃないか、とぼくは善意に解釈してるんだ」

「そうかも知れませんね」橙子は同意する。「当事者ではないと分からない何かの理由が……」

多分ね、と誠也は言って続けた。

「一方、為朝は何とか逃亡したけれど、病を癒《い》やしているところを見つかって捕縛され、弓が引けないように両腕を肩の骨から抜かれて、伊豆大島《いずおおしま》へ流されてしまう。その後、彼に対する討伐の院宣が下され、攻め寄せてきた五百騎の軍勢に対して部下数人と共に戦って数百人を倒した後、自害したと言われてる。この剛勇が伝説となったため、為朝は生き残って琉球《りゅうきゅう》へ渡って王となったという話も作られた」

「琉球王の話は、歌舞伎にもあります」橙子は言う。「曲亭馬琴《きょくていばきん》作の『椿説弓張月《ちんせつゆみはりづき》』。これは、三島由紀夫《みしまゆきお》もアレンジして舞台になっていますし」

「そうだね。それほど有名な伝説だ」

誠也は応えて、飲み終わったコーヒーのカップをテーブルに戻す。

「さて、いよいよ崇徳上皇だ。讃岐に流された上皇は、都が恋しくまた恨めしくて、三年かけて自筆で五部大乗教を書写し、どこでも良いから納めて欲しいと書いて都へ送った。ところが信西が、『これは、都を呪詛《じゅそ》されているに違いありません』と注進し、後白河上皇もその言葉に同意したため崇徳上皇の願いは叶《かな》わず、全巻そのまま讃岐へ送り返されてしまった。この行為に上皇は怒髪天を衝《つ》く」

「崇徳上皇は、純粋な気持ちで書かれたんでしょう?」

「おそらくね。しかし完全に拒否された。そこで上皇は、『古今東西、肉親同士の戦は数多く行われ、その勝ち負けは時の運。しかし、敗れた側が謝罪し訴えたならば、それを赦《ゆる》すのが常道。しかも、来世で救われようとして書写した経をも受け取れないというならば、後生までの敵《かたき》である』と憤激した。そして『白峰寺縁起』によれば、

『我、大魔王となりて天下を我《わがまま》にせん』

と忿怒の宣言をして、

『我、願はくは、五部大乗教の大善根を三悪道《さんあくどう》になげうって、日本国の大魔縁となり、皇を取《とり》て民となし、民を皇となさん』

『この経を魔道に回向《えこう》する』

私は日本の大悪魔となって天皇家を没落させよう、天皇制を破壊しよう――と誓って、自らの舌先を食いちぎり、流れ出る血を以てそう書き記したと『保元物語』に記されてる。だから永井路子も、

『これは、現代人が人を恨んだ遺書を残して死ぬ、といったなまやさしいことではない。当時の人々の写経は、宗教的な修業であって、少しでも現世の罪業をつぐない、後世の安楽を願うためにほかならなかった。なのに崇徳は、はっきりと後世のためではない、と言いきっている。こういう罪深い行いをすれば地獄に堕《お》ち、無限《むげん》の責苦にあうに違いないのに』

と書いている。つまり崇徳上皇は、それを充分に承知の上で天皇家を呪ったことになるんだ」

「でも……崇徳上皇の気持ちも、痛いほど分かります。別に、早く自分を都に戻してくれと懇願したわけではなく――もちろん、当然そういう思いはあったに違いありませんけど、この時は写経を送っただけだった。それなのに、こんな酷い扱いを受けてしまった」

そして「皇を取て民となし、民を皇となさん」――つまり、天皇家そのものを潰してしまうぞ、という恐ろしい宣言だ。

ぶるっ、と身震いした橙子の隣で、

「うん」と誠也も同意して続ける。「その後の崇徳上皇は、一度も梳《くしけず》らず髪はザンバラ、爪《つめ》も切らず伸び放題にして、生きながら夜叉《やしゃ》か天狗《てんぐ》の姿となったと伝えられてる。やがて、配流八年後の長寛《ちょうかん》二年（一一六四）八月二十六日に四十五歳で崩御された。その時、遺体を納めた棺《ひつぎ》からは、大量の血が溢れ出したといわれてる」

「血が……」橙子は身震いする。「それほど、上皇の恨みが深かったというわけですね。死んでも決して許しはしないぞ、という」

「しかも、その死は暗殺ではなかったかという説もある」

「暗殺！」

「万が一、崇徳上皇が都に戻って来てしまうと、院政を敷く可能性が残されていた。だから、それを嫌った人々が暗殺したんじゃないかというんだ」

「その信憑性《しんぴょうせい》は、とっても高いですね……」

　どちらにしても、と誠也は軽く嘆息した。

「崇徳上皇が、計り知れない恨みを持って亡くなったことは間違いない――。そして、亡くなってから十二年後、安元《あんげん》二年（一一七六）。建春門院を始め、鳥羽院娘、六条天皇、近衛天皇中宮がたてつづけに亡くなり、これは崇徳上皇の怨霊のせいであるという噂が都中に広まった。まさに、二位尼・時子の弟である時忠《ときただ》が従二位に叙せられて『平家にあらずんば人にあらず』と言う暴言を吐いた、その二年後のことだった」

「それもまた、絶妙なタイミングでしたね……」橙子は硬い表情で頷いた。「あと、その言葉に関しても私、昔から疑問があったんですけれど」

「それは、どんな？」

「時忠は、本当に『人にあらず』って言ったんでしょうか？　というのも私どこかで、昔は五位以上じゃないと昇殿できなかった。そして、昇殿できる人だけが『人』と呼ばれていた――という話を聞いたことがあります。だから時忠も、平氏じゃないと出世することも昇殿することもできないぞ、という程度の軽い感じで言ったんじゃないか、って」

　実は、と誠也は楽しそうに笑った。

「ぼくも昔、同じことを思って、小余綾先生に尋ねたことがあった。まだ、きちんと『平家物語』を読み込んでいない頃だったけど」

「えっ。堀越さんもですか」橙子は驚いて誠也を見た。「そうしたら先生は何と？」

「『平家物語』には、きちんとこう書かれているだろうと言われた。『此《この》一門にあらざらむ人は、皆人非人なるべし』とね」

「人非人ですか！」

「人の形をしているけれど人ではない。つまり『鬼』や『物の怪』だ。だから、もしも時忠が、ぼくやきみが思ったような意味で口にしたのなら、こんな言葉は使わないだろうと、先生に言われたよ。事実、その部分を芥川龍《あくたがわりゅう》之《の》介《すけ》などは『平門にあらずンば人にして人にあらず』と訳しているじゃないか、とも言われた。そこで確認してみたんだが、小余綾先生のおっしゃる通りだった」

「芥川龍之介も……」

「そう言われればもっともだよ。昇殿絡みの話なら、ただ単純に『人に非《あら》ず』で良いんだ。だから、彼が『人非人』という言葉を、ごく軽い意味で使ったという擁護《ようご》は、無理があるんじゃないかな」

「そう……いうことですね」

納得する橙子に向かって、誠也は続けた。

「これらの信じられないような不幸が続いた翌年には、平氏打倒を画策した『鹿《しし》ヶ谷《たに》の陰謀』が発覚する。これは後世の創作だという説もあるが、一般的には多田行綱の密告で発覚してしまい、首謀者の俊寛《しゅんかん》、平康頼《やすより》らは一網打尽にされたとされている」

「あの、行綱ですか！　一の谷で活躍することになる」

「そうだよ。おそらく彼としては、この計画は到底実行不可能だと感じたのではないかという。そこで、大事《おおごと》になる前に密告して、陰謀を潰したのだろうってね。でも、この行動によって、行綱の信用は地に落ちてしまった。源氏からも、そして平氏からも、到底信頼に足る人物ではないといわれるようになった。しかし……この真相に関しても、実はまだ藪《やぶ》の中なんだ」

「その、鹿ヶ谷の陰謀は」橙子は言う。「浄瑠璃の『平家女護島《へいけにょごのしま》』ですね。俊寛、康頼、成経《なりつね》の三人が、鬼界《きかい》ヶ島《しま》に流罪になった。それこそ、芥川龍之介の作品にもあります。『俊寛』という」

そうだね、と誠也は頷く。

「そんな不穏な事件も起こったし、また同時に、後の安徳天皇を懐妊していた徳子の妊娠中の苦しみを和らげるためということもあって恩赦を行うと同時に、まだこの頃は『讃岐院《さぬきのいん》』と呼ばれていた上皇の称号を改めて、安元三年（一一七七）七月に『崇徳』と諡《おくりな》をしてその霊を慰めようとしたんだ」

「正式に『崇徳』上皇登場ですね」

「これも念のために言っておくと、天皇の称号には『追号《ついごう》』と『諡号《しごう》』があって、『追号』は生前に住まわれていた地などにちなむ称号で『平城《へいぜい》』や『鳥羽』などがそうだね。それに対して『諡号』は、生前の徳を称える称号なんだ。つまり、ここで朝廷は、崇徳上皇の『徳』を称えて、彼の怨念を抑えようとしたというわけだ。実際に『愚管抄』には、

『カヤウノ事ドモ怨霊ヲオソレタリケリ』

　と書かれてる」

「怨霊を……」

「どちらにしても、この『保元の乱』は、武士たちが自分たちの持っている力、つまり武力を自覚した、その力の強さに目覚めたという点が重要ポイントなんだ。これまでは、朝廷の公家たちから散々蔑《さげす》まれてきた彼らが、結局争い事を終息させるためには自分たちの力が必要じゃないか、ということを知ったという点がね」

「それまでは、ただ賤《いや》しい者たち――『ムサ』としてしか認識されていなかったのに」

「そう。ここで初めて、自分たちのアイデンティティを明確に手に入れたんだ。これは、とっても重要なことだと思うよ」

　誠也が言い、橙子が大きく頷いた時、

「ただ今、時刻通りに三河安城《みかわあんじょう》駅を通過しました」

　という車内アナウンスが流れた。あと十分ほどで名古屋に到着する。誠也は降りる支度をしながら、何気なく橙子に、京都のどこへ行くのか尋ねた。すると「西陣のホテルです」という橙子

の答えを聞いて、誠也は微笑む。

「西陣なら、それこそ崇徳上皇――白峰神宮の近くじゃないか。それまでの時間で参拝するっていう手もあるよ」

「そうですね！」

橙子は、パッと顔を明るくした。

「早速、地図で調べてみます。ありがとうございましたっ」ペコリと頭を下げた。「じゃあ、また今晩、小余綾先生とご一緒に。堀越さんも、先生に頼まれた取材、頑張ってください！」

「うん。正直言うと、ちょっと不安だけどね」誠也は笑いながら立ち上がった。「ぼくもとっても楽しみにしてるんだ。じゃあ後でまた」

＊

名古屋に到着すると、誠也は新幹線の改札口を出て、足早に名鉄線乗り場へと向かった。

野間へ向かう電車は地下二階ホームだから、ぐずぐずしていられない。バッグを抱えて小走りに階段を降り、ちょうど滑り込んで来た特急に無事乗り込むと、ホッと一息ついて座席に腰を下ろす。ここから十二駅。一時間弱の旅だ。

誠也は早速膝《ひざ》の上でバッグを開けると、資料を取り出す。「保元の乱」の続き、義朝の最期が描かれている「平治の乱」だ。野間に到着するまでに、もう一度目を通しておかなくては。それに、野間は初めての地なので、時間があれば地元の地図にも目を通しておきたい。頼朝・義経の父である義朝が「謀略」のために命を落とした地だ。しかも身内であるはずの、長田忠致によって。これは、義朝にとっても恨み深いだろうし、後年、頼朝も父の敵の忠致を処刑している。

今から、そんな歴史を抱えた場所に向かうのだ。真剣に臨まなくては。

〝よし！〟

誠也は、ペットボトルのお茶を一口飲むと、特急に揺られながら「平治の乱」の資料に目を落とした——。


保元の乱が終息すると、後白河天皇から厚い信頼を寄せられた信西は、武士として最大の兵力を持つ平氏を優遇し始めた。平氏が優遇されれば、当然、源氏が冷遇される。

一方、天皇はもう一人の側近として、藤原信頼を大抜擢して重用する。信頼は武蔵守であったため、その地を本拠地としている源氏と関係があり、また軍馬を管理する役目も担っていたので、左馬頭《さまのかみ》である義朝と親交を深めていった。

早くも、大きな溝ができ始めている感じが漂う……。

そんな中、保元三年（一一五八）、後白河天皇は、二条帝に譲位する。すると、新天皇の下に取り巻きたちが集まり始めた。主に反信西派の人々と、そして武士では義朝だった。

これは予想通りだ。

保元の乱では、清盛が自分の叔父である忠正を斬首したとはいえ、義朝は、父の為義以下、弟たちとその子供まで斬首させられた。それにもかかわらず、平氏が圧倒的に優遇されていることに不満を抱いていたのだ。この時点で、すでに平治の乱に繋がる火種が燻《くすぶ》っている。

義朝が信西に反目した具体的な理由に関して『愚管抄』では、義朝が信西の息子を婿にしたいと申し出たところ、信西は「我が子は学問に励んでいる。おまえの婿にはできない」と乱暴に返答した。ところが、舌の根の乾かぬうちに別の息子を清盛の婿にした。義朝は、このことを非常に恨んでいたという理由を挙げている。確かにそれも原因のひとつではあるだろうが、単なるきっかけに過ぎないと思う。今見たように彼には、信西や清盛たちに対する積年の恨みがあったはずだ。

ここで「信西・平清盛」と「信頼・源義朝」という、分かりやすい対立構図ができあがった。そして、清盛が熊野参詣に出かけて都を留守にした平治元年（一一五九）十二月九日の夜「平治の乱」は勃発する。

信頼側の武士たちが、御所に攻撃を仕掛け、すぐさま上皇と天皇の身を確保した。いわゆる「玉《ぎょく》」を手にしたのだ。信西は、からくも山城《やましろ》国田原《たわら》——近江《おうみ》国と伊賀国の境目の山道、現在の宇治《うじ》田原《たわら》町《ちょう》の辺りまで逃亡したが、土中に隠れているところを発見されて自害し、その首は都に晒《さら》された。

その話を聞いた清盛は、熊野から九州へ落ち延びようと考えたが、熊野の武士たちの勧めによって京へ帰還する。そして信頼に恭順するという嘘の証文を提出して彼らを油断させ、その間に上皇・天皇、共に奪還する。

すぐさま清盛は六波羅に陣を敷き、義朝たちと対峙《たいじ》した。

保元の乱では、後白河天皇について共に戦った平清盛と源義朝の二人が、今回は敵味方となって戦うことになったのだ。

喩えれば、それまで「会社」を一所懸命に支えてきた二枚看板の「部長」である清盛と義朝だったが、「取締役」信西の清盛への余りな厚遇に腹を据えかねて、もう一人の「取締役」信頼と義朝が手を組み「社長」が交替した時期を狙って、「取締役」信西と、「部長」清盛の追い落としにかかった、ということだ。

だがこの時点から武士たちは、ぞくぞくと平氏に寝返った。その理由に関しては、色々な説が取り沙汰されているが、とにかく清盛の兵力は三千騎に膨れあがる。

一方の義朝は、わずか三百騎ほどだったといわれている。そのため――悪源太義平の阿修羅の如き活躍があったものの――あっという間に劣勢に立たされた。しかも、五条河原で待機していた源頼政が動かず、それどころか、むしろ平氏側についたように見えたために、義平が「見苦しい振る舞いだ」と怒り、義朝も、

「不甲斐《ふがい》なし。貴殿の二心《ふたごころ》による裏切りで、わが家の武名に傷がついた」

と叫んだが頼政は、

「天皇にお味方するのは、裏切りにあらず。信頼卿に同心した貴殿こそ、当家の恥だ」

と叫び返した（あくまでも「会社のトップ」を守るのが自分の務めだ、と返した）ので、反論の言葉を失ってしまったという。

義朝たちは決死の覚悟で六波羅へと進撃して行くが、六条河原の辺りで壊滅的な打撃を受ける。義朝は討ち死にを覚悟したが、郎党で乳母子《めのとご》でもある鎌田政清が義朝の馬の轡《くつわ》を取って、一緒に落ち延びさせた。

途中、斎藤別当実盛《さいとうべっとうさねもり》などに助けられたり、追いかけて来て一緒に連れて行けと言う信頼の頬を

怒りにまかせて殴り飛ばしたりしながら、従者七人と共に、東国目指して落ちて行った。世に言う「八騎落ち」である。但しこれは、純粋に「八人」しかいなかったのかというと、そういうわけではない。後から突然登場したかのように描かれている従者たちも数人、同行していたと考えられる。

やがて義朝たちは、重さが身に応える鎧兜を脱ぎ捨て、吹雪や雨にさらされながらも険しい山道を進んでいった。しかし、追討隊との度重なる戦いや、落ち武者狩りに何度も遭って、従う人数は更に減ってゆく。

当時まだ十二歳だった頼朝は一行とはぐれてしまい、平頼盛《よりもり》の家人の平宗清《むねきよ》に捕らえられ、六波羅へ送られてしまった。また、悪源太義平とも別行動となり、この約一ヵ月後、義平は再び京へ戻って清盛暗殺を狙おうとしたが、病に冒されて伏せっていたところを捕縛され、六条河原で処刑されることになる。

義朝の叔父・義隆《よしたか》も戦いの傷がもとで命を落とし、息子の朝長《ともなが》も戦いで射られた左股の傷が悪化して一歩も歩けなくなり、自分から義朝に懇願して首を落としてもらった。

義朝は馬も失ったが、政清と二人、徒歩《かち》で尾張国・野間を目指した。その地には、政清の妻の親・長田忠致が居を構えていたからだ。

ようやくのことで義朝たちが辿り着くと、忠致は快く迎え、しばらく逗留して体を休めてから出発するようにと進言したので、義朝たちはようやく心身を休めることができた。

年が明けた正月三日。

忠致は義朝に初湯を勧める。その言葉に従い、義朝は屋敷《やしき》を出た。当時の湯殿は建物の中には設《しつら》えられておらず、屋敷から少し離れた場所に拵《こしら》えられていた。そこで義朝は、従者の金王丸《こんのうまる》だけを連れて湯殿へと向かった。ところが、義朝が湯から上がり金王丸も外へ出た時、忠致の郎党七、八人が襲撃する。忠致は報償目当てで、清盛に義朝の首を差し出そうと考えたのだった。

襲われた義朝は大声で政清を呼ばわったが、既に政清は前の晩、やはり忠致によって毒入りの酒を飲まされ、動けなくなったところを忠致の子によって斬殺されてしまっていたのである。

大力の郎党が義朝を背中から羽交《はが》い締《じ》めにし、他の者たちは白刃を振るって襲いかかる。左右の者は、義朝の脇を何度も刺し貫いた。全身血まみれになった義朝は最後に、

「我に木太刀の一本なりともありせば！」

と無念の言葉を発して息絶えた。政清と同じ、享年三十七だった。

この事件後、経緯を知った政清の妻は、悲嘆の余り杉谷《すぎたに》川に身を投げたとも、政清の刀で自ら胸あるいは喉を突いて自害したとも伝えられている。

その義朝と政清、そして政清の妻の悲劇の地が知多郡野間だ。

車窓を眺めれば、そんな暗い怨念の歴史を全く感じさせない、白い太陽が燦々《さんさん》と輝く真っ青な春の空と、どこまでも続く緑の林が広がっていた。こんなに爽やかでのどかな景色の下に、義朝たちの身に降りかかった、どす黒く陰惨な歴史が眠っているなど、誰が想像できるだろう。何か不思議な世界の中に放り込まれたような気がして、誠也はしばらく窓の外を流れて行く風景に見とれていた。

やがて、野間の観光資料を取り出す。いつまでもボンヤリしていられない。到着する前に、重要なポイントを押さえてしまわなくては。誠也は再び、一心に地図と文字を追った。

＊

京都駅は相変わらず大混雑だった。

春休みを利用してやって来た学生たちや若い女性、外国からの観光客も大勢いるようだ。

橙子は新幹線を降りると、ひたすら「地下鉄乗りかえ」の矢印を目指して延々と歩き、何とか地下鉄烏丸《からすま》線に乗り換えることができた。

京都から今出川《いまでがわ》まで地下鉄に乗り、降りたら今出川通を西へと向かう。すると、徒歩十分足らずで白峰神宮に到着する、と案内書にあったその通りに地下鉄を降りて歩き始めると、七、八分ほどで白峰神宮の大きな鳥居が見えてきた。色褪《いろあ》せて古めかしい木造の明神鳥居だ。

その横には、

「白峯神宮」

と刻まれた、厳《いか》めしい社号標が立っている。

橙子は軽く一礼して鳥居をくぐった。

「白峯神宮
当神宮は、崇徳天皇及び淳仁天皇を祀る。
明治天皇は父孝明《こうめい》天皇の遺志を継ぎ、保元の乱により讃岐国（香川県）へ配流になった崇徳天皇の慰霊のため、明治元年（一八六八）讃岐の白峯陵より神霊を迎えて、創建された。

次いで明治六年（一八七三）には奈良時代《ならじだい》に僧道鏡《どうきょう》と恵美押勝《えみのおしかつ》の争いにより、淡路島に配流の淳仁天皇の神霊を迎えて合祀《ごうし》された。

この地は蹴鞠《けまり》・和歌の宗家飛鳥井《あすかい》家の邸跡で、同家の守護神『まり精《せい》大明神』が祀られ球技愛好者に崇敬されている。他に『伴緒《ともの》《お》社』『潜龍社』などの境内社があり、『おがたまの木』は京都市の天然記念物に指定されている。

京都市」


〝明治維新？〟

ずいぶんとまた新しくないか。

しかも、明治天皇の命によって、とはどういうことなんだろう。

崇徳上皇が崩御されたのは確か、長寛二年（一一六四）と聞いたから、約七百年もの間、讃岐国にいらっしゃったということになる。

慶応四年（一八六八）九月六日
明治天皇の命によって四国讃岐の崇徳天皇陵に勅使が派遣され、崇徳天皇の皇霊を遷奉し、本宮に鎮斎した。そして明治天皇は、神霊の遷座を以て正式に即位された。
明治六年（一八七三）
淳仁天皇の皇霊を、淡路島の御陵より遷奉し、合祀する。
明治十一年（一八七八）

源為義・為朝を祀る社を創建。
昭和十五年（一九四〇）
白峰宮から白峰神宮へと昇格する。

どうして、いきなり明治元年に遷されたのか？

〝チャンスがあったら、小余綾先生に訊いてみよう〟

橙子はそう決めて楼門をくぐる。

正面にはたくさんの提灯《ちょうちん》が飾られている神楽殿が、そしてその奥に拝殿が見えたので、心を込めて参拝した。その後、境内を歩くと『百人一首』にも載っている、

瀬をはやみ岩にせかるる瀧川《たきがわ》の
われても末にあはむとぞ思ふ

という崇徳上皇の歌が刻まれた、大きな石碑が置かれていた。

この歌の意味はそのままで、

「川の流れが速いので、岩に堰《せ》き止《と》められた瀧川の水が二つに分かれてしまっているが、行く末には何としてでも、もう一度逢《あ》いたいと願っている」

という恋心を歌にしているのだけれど、先ほど誠也から聞いた話を思い出してしまうと、何か、また違う不気味で恐ろしい歌のようにも思えてしまうではないか。

しかし、周囲の雰囲気はと言えば、そんな陰惨さは微塵《みじん》も感じられない。先ほどからずっと、若者たちの笑い声が溢れていた。というのも、今やこの神社は、恐ろしい怨霊を祀る社としてではなく、末社に祀られている地主神の「精大明神」の方が有名になっているようだ。手元の資料にも、この神は蹴鞠の守護神であり、それを祀っていた飛鳥井家が蹴鞠の第一人者だったことから、白峰神宮は今や、サッカー、そして球技全般の神様として若者の間で人気があるとあった。

橙子は少し驚きながら、他の境内末社「伴緒社」を参拝する。ここには、源為義・為朝父子が祀られていて、毎年十一月の例祭では「お弓奉射奉納」の神事が執り行われているらしかった。また、弓道の守護神というだけでなく、武道や乗馬などの神様としても崇められていて、それらに関係する団体や運動部の学生たちが、大勢お参りに来るようだ。

その他にも、常に水が滾々《こんこん》と湧き続けているという「潜龍社」や、京都最大の神霊常緑樹、樹齢八百年という「小賀玉《おがたま》」——招霊《おがたま》の木などを見物し終わると、入って来た門をくぐる。

するとそこにも学生たちのグループがいて、誰もが嬉しそうに「お守りだけは忘れるなよ！」などと談笑しながら、橙子とすれ違うように境内に入って行った。

この神宮も、時代とともにすっかり様変わりしてしまいつつあるということか。良くも悪くも、それが時の流れというものなのかも知れない。でも、ほんの少しだけでも良いから、崇徳上皇たちのことを知っていてくれればと思う。これは橙子の、単なる個人的な感傷にすぎないのは承知しているけれど——。

橙子は白峰神宮を後にすると、待ち合わせ場所のホテルへと向かう。

十一時から打ち合わせが二時間ほど。終わったら先方と雑談を交えて食事をする。それから京都駅まで戻って、「みやこ路快速」に乗れば、午後三時半頃には宇治に到着するはず。かなり厳しいスケジュールだし、さっきの新幹線では殆ど寝られなかった。でも、俊輔とゆっくり話すことができる機会も、もう残り少ない。「最終講義聴講」に向けて頑張らなくては！

橙子は、春風に背中を押されるように、今出川通を足早に歩いた。

そのまま待ち合わせ場所の西陣のホテルに向かい、広々とした、しかし静かなラウンジで、歴史作家の三郷美波《みさとみなみ》と打ち合わせをした。

三郷は古代史から江戸時代まで、幅広い時代に関する作品を書いている作家なので、橙子は、歌舞伎や文楽などに関する江戸時代の話をいつも楽しく拝聴していた。

今回は、来月に橙子のいる出版社から発売される三郷の新刊に入れる写真やイラスト、また表紙のデザインや帯などの最終確認だった。あとは、本文中の表現などに関する、細かい部分など。

こんなことを言うと、まるで一人前の編集者のようだが、三郷の担当は編集長だから、橙子は殆ど「お使い」のような立場だった。でも、個人的にとても勉強になるので苦痛ではない。今日もこの後、一旦社に持って帰って編集長に伝達し、新作に反映させる予定になっている。

無事に一通りの打ち合わせを終えて、

「ありがとうございました。この後、どこかでお食事でも」

橙子が時計を見ながら誘うと、

「ごめんなさい」三郷は、煙草《たばこ》に火を点《つ》けて一服しながら謝った。「急な話なんだけど、私これから人にお会いすることになっちゃったの。一緒に食事でもしながら話をしようって言われて。

だから、今日はこのまま失礼させていただくつもりなの。良いかしら？」

「私は全く構いませんけど、お食事も差し上げず、申し訳ありません」

「私の方こそ、わざわざ京都まで来ていただいたのに、ごめんなさいね。また次回にでも、ゆっくりご一緒しましょう」

「はい。でも、お気遣《きづか》いなく」橙子は、仕事関係の書類を丁寧に仕舞いながら答える。「私も折角なので、編集長の許可をいただいて、帰る前に宇治《うじ》に寄って行こうと思っているので」

「いいわね。『源氏物語』の宇治十帖《じゅうじょう》でも追っているの？」

橙子が将来、日本伝統芸能文化の評論家を目指していることを知っている三郷が尋ねたが、

「いいえ」と橙子は、微笑みながら首を横に振った。「源氏は源氏でも、源平合戦なんです」

「そうなの。寿永三年（一一八四）の、義経と義仲の宇治川の合戦なんて有名だものね。佐々木《ささき》四郎高綱《しろうたかつな》と梶原源太景季《かじわらげんたかげすえ》との、先陣争い。川の中島に、碑が建っているわね」

「あと、平等院も行く予定です」

「鵺《ぬえ》退治で有名な源頼政と、平氏の『宇治橋合戦』ね」三郷は、ふうっと煙を吐いて頷いた。

「確かに平等院には、頼政関係の史跡がいくつもあるわ。でも、どうしてまた源平合戦を追っているの？」

そこで橙子は——詳しい話は差し控えたが——日枝山王大学の知人、誠也や小余綾と一緒に、源平合戦に関して調べているという話を伝えた。

「とても面白そうね……」三郷は煙草を灰皿に押しつけて消すと微笑んだ。「いつか、そのお話も聞かせてね。それじゃ、またお会いしましょう」

「はいっ。戻って編集長と打ち合わせをしたら、また折り返しご連絡します」

「そうね。ご苦労さま」

三郷は立ち上がり、橙子も彼女の後についてホテルを出た。

「京都は、相変わらずどこに行っても観光客が多いですね」橙子は、通り過ぎる人波を眺めながら言った。「駅も大混雑でしたけど、こちらも人が多いです」

「今日は、北野《きたの》天満宮の祈年祭だから、特に混雑してるのよ」

「そういえば、天満宮はここからすぐの場所でしたね」

「時間があれば、寄ってみるといいわよ。大怨霊・菅原道真公《すがわらみちざね》」そう言って、三郷は橙子を振り返った。「さっきの頼政で思い出したけど、あなたはこんな話を知っているかしらね。鵺が北野天満宮に現れたという話」

「いいえ、知りません」橙子は驚きながら、首を横に振った。「北野天満宮に鵺ですか！」

「今から六百年ほど前の話なんだけど、鵺が天満宮に姿を見せたといって大騒ぎになった。結局、怪鳥は見事に退治されたんだけど、その時の人々は一体何と言ったと思う？」

無言のまま再び首を横に振った橙子に、三郷は言った。

「『天神様は病気になられて力が弱ってしまったんだ』って」

「天神様が病気……」

「では、どうして病気になられたのか。それは『天神様が自分たちの厄——疫を、今までたくさん引き受けてくださったからだ』って」

「自分たちのせいで！」

そう、と三郷は頷いた。

「それなら今度は、自分たちが天神様を看病して差し上げる番なのではないか。いつもお世話になっているのだから、きちんとお見舞いしなくては。そう言って、とても盛大なお祭り——祀りを執り行ったというのよ」

「そういうことですか……」

「正直言って、私にはちょっと理解しがたい話だけど、この辺りにはそんな伝説が残ってる」

三郷は苦笑した。

しかし橙子は——小余綾の影響が大きいからか——とても自然に納得できた。何と心暖まるエピソードだろう。白峰神宮といい、北野天満宮といい。昔の人々は、怨霊と共に生きていたのだ。いや、今も同じように暮らしているのだ。

橙子が一人、心の中で感動していると、

「じゃあ、私はここで」タクシー乗り場の前で、三郷が言った。「お疲れさま」

「はいっ」橙子は、ペコリと頭を下げる。「お時間をいただき、ありがとうございました！」

「お勉強、頑張ってね」

そう言ってタクシーに乗り込んだ三郷を見送ると、橙子も大急ぎで地下鉄乗り場へと向かう。

こう言ってはなんだけど、ラッキーだった！

時計を見れば、まだ午後一時。これで昼食を簡単に、おにぎりとかサンドイッチで済ませてしまえば、予定したよりかなり早く宇治に到着できる。

急ごう。

橙子は地下鉄の階段を、一気に駆け下りた。

＊

名鉄知多線・野間駅で名鉄を降りた誠也は、高架のホームから周囲を見回した。緑の山々に囲まれた田畑の中にポツンと駅がある、というシチュエーションだ。

無人の改札を出て階段を降りて行くと「義朝の里」という案内板が立っていたが、高架下駅前の駐車場に地元の人の物と思われる車が数台停まっているだけで、バスもタクシーもいなかった。ただ、チュンチュンという雀の平和な鳴き声が、辺り一面に響いているだけ。

どうしようか、と誠也は戸惑う。

こんなことなら、最初からタクシーを予約しておけば良かった。仕方なく辺りをうろうろ歩き回っていると、タクシー会社の電話番号が書かれた立て看板を見つけた。すぐに携帯から電話を入れると、何度目かのコールで相手が出て、十分ほどで迎えに来てくれるということだった。誠也はホッとして、近辺の情報が描かれた地図を眺める。

終点の隣駅・内海《うつみ》は、大きな海水浴場や温泉やホテルなどがあるリゾート地になっているようだったが、ここ野間は見渡したところ、公民館や学校やお寺のような建物しか目に入らない。とても静かで、のどかな町だった。

やがてタクシーが迎えに来ると、誠也は乗り込んで行き先を告げる。地元のタクシーだけあって運転手は全て詳しく知っていた。問題なく、案内してくれそうだった。

まず、義朝が忠致の郎党に襲撃されて命を落とした「湯殿跡」へ向かう。左右に広がる田畑の真ん中を、ほぼ一直線に流れているのが、政清の妻が身を投げたともいわれる杉谷川だ。このまま伊勢湾まで流れ込んでいるらしい。その川沿いの一本道を進んで行くと、右手に橋が見えたので、誠也はタクシーを停めてもらう。車を降りて、古い石碑の横に立っている説明板を読めば、

「町指定文化財（史跡）
『伝　源義朝公最期の地』
乱橋《みだればし》跡
平治二年（一一六〇）正月三日。
義朝公謀殺の大事を聞いた家臣渋谷《しぶや》金王丸や鷲栖《わしす》玄光《げんこう》らが湯殿にかけつけるとき長田の家臣と、この地にあった橋のあたりで乱戦し後にこの橋を乱橋と言われる様になった。
またその昔法山《ほうざん》寺の本尊薬師如来への参詣者が多く潮の満ち引きの間にこの橋を競って渡り、常に橋板乱れがちであったとも言われている」

と書かれていた。それらをデジカメに収めて、誠也は再びタクシーに乗り込んだ。
橋のたもとから鬱蒼とした緑の小山に向かって、脇道が一本延びている。その小山の麓《ふもと》に「湯殿跡」があるようだった。タクシーは小山の正面で右手に折れ、麓を回り込むようにして細い道を走る。しばらく行くと、左手の坂の上に法山寺が見えてきた。この寺は、後の世に頼朝が、

父・義朝たちの供養のために建立したという。寺にある「千人塚」は、先ほどの「乱橋」で討ち死にした家臣たちや、義朝の首のない胴体を埋めた場所ともいわれ、供養塔も建てられている。

さらに少し進んだ所に「湯殿跡」はあった。

車を降りて歩くと、木漏れ日がこぼれる小さな空間には、狩衣《かりぎぬ》姿で笏《しゃく》を手に座り、まるで何かに向かって拝んでいるかのような姿勢の義朝坐像が飾られていた。その側にはやはり、

「町指定文化財（史跡）
『伝　源義朝公最期の地』」

「湯殿跡
平治二年（一一六〇）正月。
京都平治の乱に於《お》いて平清盛軍に敗北した源義朝公が源氏再興の有志をもって関東地方に逃亡の途中この地より西七百米にあった長田屋敷に逗留中、正月三日初湯に招かれその入浴中に長田父子に謀殺された湯殿跡地」

と書かれていた。

坐像の左手には、水が涸《か》れた露天風呂のような史跡があり、簀《す》の子《こ》で覆われた井戸も残っている。湯殿の縁には、供養のためなのか、それとも元々そこにあったのか、石の地蔵と密教僧の像が静かに佇《たたず》んでいた。誠也は、それらを無言のまま、じっと眺めた。八百五十年ほど昔、義経や

頼朝たちの父が、この場所で生涯を終えたのかと思うと、胸に迫るものがある。しかも史跡が現在も、こうしてきちんと残され祀られていることに、ただ純粋に感動してしまった。
誠也は拝礼するとタクシーに戻り、次の史跡に向かってもらう。こちらも、なかなか悲愴な歴史を持っている場所。「磔《はりつけ》の松」だ。
タクシーは一度来た道を戻り、知多線の高架をくぐると、長田屋敷跡へと走る。そこは、また別の小山を少し登った場所にあるらしかった。狭い道を車で行かれるところまで行ってもらい、そこから少し山道を歩く。すると、眩《まぶ》しい日差しが溢れる空間が現れ、その中央には幹の途中で折れてしまっている太い松の木がある。

「磔の松
天下を統一した源頼朝は建久元年上洛の途中野間に立ち寄り、父義朝を殺した長田忠致景《むねかげ》父子を捕らえ、この松にて磔（棒つきの刑）に処したと伝えられている。以来当古松は墓標の代わりとなっている。
長田最後の辞世
ながらえし命ばかりは壱岐守《いきのかみ》
美濃尾張《みのおわり》をばいまぞたまはり」

また、その近くには例によって説明板が立てられていた。

「町指定文化財（史跡）
『伝　源義朝公最期の地』
はりつけ松跡地
平治二年（一一六〇）正月三日。
野間内海の庄司《しょうじ》長田忠致は、義朝を謀殺の後平家に仕えようとしたが果たさなかった。
頼朝は天下統一後勲功あらば、美濃と尾張の国を与えようと約束をし、それを信じて忠致父子は平家討伐に於いてしばしば手柄をたてた。
後に頼朝は論功行賞を与えると言って忠致父子を捕らえ、この松にはりつけにして殺したと伝えられている」

つまり、こういうことだ。

長田父子は義朝の首を清盛に差し出して恩賞を手に入れたが、壱岐守などの低い役職だけだった。源氏の大将を討ったのに、それはないだろうと不満を漏らすと、清盛の子の重盛は、

「朝敵・義朝を討ったということで恩賞を与えた。しかし、そもそも自分の主と娘婿《むすめむこ》を討つことは非道。本来であれば、六条河原で首を討たれても仕方あるまい！」

と怒鳴り、彼らから全ての恩賞を取り上げると、忠致父子を追い返してしまった。そこで忠致たちは頼朝のもとに出向き、源氏側につくことにした。自分の父を謀殺した忠致たちに対して、頼朝がどう対応するのかと思うと、

「源氏のため一心に働けば、美濃・尾張をくれてやろう」

と彼らに告げた。喜んだ忠致父子は、戦場で必死に働く。その結果、頼朝から見事に、

「美濃尾張――みのおわり――身の終わり」

を賜った、というわけである。

少し出来過ぎた話に思えるが、そういうことだったらしい。頼朝はきちんと、親・義朝の仇《あだ》を討ったのだ。

松の木の裏側に建てられた石碑に刻まれている忠致の辞世の句を眺めて、誠也は思う。いくら、血で血を洗う戦乱の時代だったとはいえ、忠致は思慮が足りなかった。ただ、目の前の欲に目がくらんでしまい、義朝たちを殺害してしまった。

しかし忠致にしてみれば、清盛らに取り入ることによって息子や娘の将来の安泰を図ろうと、一人の親として考えたのだとも思える。ところがその思惑が、結果的に自分の命だけではなく、自分が守ろうと思っていた息子や娘の命までも奪うことになってしまった。もう少しだけ忠致が思慮深かったら、ここで歴史は大きく変わっていたに違いない。そういう意味では、この場所も一つのターニングポイントと言える――。

さて。

いよいよ、その義朝の墓がある、真言宗・鶴林山《かくりんざん》大御堂寺、通称「野間大坊」だ。誠也は窓の外を流れて行く緑の景色を眺めながら、一つ大きく深呼吸した。

寺の大門前でタクシーを停めてもらい、誠也は一度降りる。右手の鬱蒼と繁る藪の中に「血の

池」と書かれた立て看板が見えたからだ。

近づいてみるとそこには、

「血の池
平治の乱で敗れ、野間に落ち延びた『源義朝公』。
謀反を起こした家来『長田忠致・景致』により殺された『源義朝公』の首を洗った池。
国に変事が起こると、池の水が赤くなるといわれている」

と書かれていた。

誠也は、池を覗き込む。もちろん木立に囲まれているためなのだが、未だに義朝の怨念が漂っているように、池の表面だけが薄暗い。爽やかな風の吹き渡る春の午後だというのに、何か背すじに冷たいモノを感じた誠也は、ブルッと身震いしながら軽く一礼すると、改めてタクシーに乗り込み、野間大坊の駐車場へと向かってもらった。

広々とした境内左手には、延々と続く巡礼の「お砂踏み」の道の彼方に、とても立派な客殿が見える。それもそのはずで、この客殿は豊臣秀吉《とよとみひでよし》の晩年の居城「伏見桃山城《ふしみももやま》」の一部を移築したものだそうだ。殿内には、狩野探幽《かのうたんゆう》による「義朝公最期」の絵が飾られているという。

だがまず、境内右手の「義朝公墓所」に向かう。

こちらも大きな伽藍《がらん》を頂いた根本堂を左に眺めながら、誠也は弁天池後方に位置する廟《びょう》へと歩く。到着すると、その入り口に「義朝公の墓所」という説明板が立ち、そこには義朝の最期が箇

単に書かれ、その後に、

「後の世の人々が義朝公の菩提を弔うため、そのお墓にお花の代わりに木太刀をお供えする習わしとなる」

とあった。そして入り口脇では、長さ三、四十センチ、幅三、四センチほどの木太刀が売られていた。これはもちろん、

「我に木太刀の一本なりともありせば！」

という、義朝の最後の言葉があったためだ。いつしかこの木太刀を義朝の墓に供えれば「厄除け」などのお守りになると言われるようになったという。

廟内に入ると、日差しの降り注ぐ眩しい庭のような墓所の中心に建つ供養塔の周囲は、うずたかく積み上げられた木太刀で埋め尽くされており、その木太刀の山の真ん中からニョッキリと、供養塔の上半分が突き出していた。

この場所には義朝だけでなく、鎌田政清とその妻の墓もあった。説明板には、妻は夫の亡骸《なきがら》の側に座り、彼の短刀で自分の喉を突き刺して自害した、と書かれていた。やはり、夫婦共々悲惨な最期だ。

織田信長の三男・信孝《のぶたか》の墓もあった。信孝は信長の死後、織田家の跡目争いで秀吉に敗れ、この寺内で自害したという。手元の資料には、

昔より主《あるじ》をうつみの野間なれば
むくいを待てや羽柴筑前《はしばちくぜん》

と詠んだという。「羽柴筑前」は、もちろん秀吉のことで、「うつみ」は「内海」と「討つ身」を掛けていて、義朝を念頭に置いて詠まれている。当時の彼らにとって義朝が恨みを呑んで死んだ話は、一般常識だったということだ。その上で、信孝は自分の怨念を被せて、この歌を秀吉に残して自害した。

こちらもまた、凄惨な話だ。

深く一礼して進むと、今度はもう一つ、墓所の一番奥まった場所に一段高く石が積まれ、そこにひっそりと建っている供養塔を見つけた。誰の物だろうと思って近づいてみると、側に立てられた説明板には、

「池禅尼の塚」

とあった。頼朝によって建てられたらしい。

俊輔が言ったように、彼女は清盛に向かって頼朝の命乞いを命懸けで行い、おかげで頼朝ばかりか義経の命までもが救われ、その二十五年後に、平氏は彼らの手によって滅亡してしまう。

頼朝は、その恩を片時も忘れることがなかったというわけだ。

やはりそうすると、結果的に池禅尼が平氏を滅ぼしてしまったことになる。そしてここに、源平合戦最大の謎が隠されていると俊輔は言っていた。

誠也は、辺りの景色をデジカメに収めると、最後にもう一度義朝の墓に手を合わせて廟を出

る。東京に戻ったら小余綾と会う時間までに、少し自分なりに今までのところを整理しておこうと決めた。

＊

俊輔は、ふと手を止めると、目の前に広がっている煩わしい書類から視線を外し、椅子の背に大きく寄りかかった。

〝もしかして……〟

目の前に積んである資料の山に手を伸ばすと、分厚い歴史書を取り出して書類の上にドンと載せて開き、ページをめくった。

〝やはりな……〟

この件は、保元の乱から始めなくては答えが出ない。つまり、

〝間違いなく、崇徳院が絡んでいる〟

ほんのわずか、細く頼りない糸だが、段々と繋がってきた。しかしまだ、それがどのように関与しているのか、具体的に何があったのか、そこまでは分からない。

そこを、しっかりと詰めなくては。

だが、そうなるともう一点、確認しなくてはならないことがある。そのためには、実際に足を運んでみたい。

俊輔は、じりじりと焦《じ》れた。

最悪の場合、退職後になるだろう。そうなると、誠也や橙子たちには、当分の間、この問題の答えを伝えることができなくなってしまうかも知れないが、それも仕方ないか……。

両手を頭の後ろで組みながら、俊輔は思う。

誠也はどうしただろうか。野間で何か発見できたか。いや、絶対に何かがあったはずだ。これも単なる「直感」だが、俊輔はそう確信していた。今までの経験上、実際に足を運んでみないと、分からないことが必ずあることを知っている。但し、その理論が正しければの話だが。

俊輔は窓の外の景色に目をやった。緑の木々が、心地よさそうに春風になびいている。その光景を眺めて俊輔は確信する。

やはり、もう一ヵ所、どうしても行かなくてはならない。

非常に大きな鍵を握っている場所――。

鎌倉へ。

＊

無事に「みやこ路快速」に乗ることができた橙子は、座席に腰を下ろすと、どうにかこうにか買うことのできた、おにぎりを頰張《ほおば》りながら資料を取り出す。

ここから約三十分。

余りにもたくさんの情報が入ってきて、混乱してしまっているので、宇治に到着するまでの間で、今までの復習も兼ねて歴史をなぞろうと思い、右手に歴史書、膝の上に年表、左手におにぎりをつかんで、確認する。とにかく時間がない。少しの移動時間中も、もったいない。

ここからは、保元・平治の乱以降の話だ。義朝が謀殺された後くらいから始めよう。壇ノ浦の、平氏滅亡のちょうど二十年ほど前になる。

まず――。

・長寛二年（一一六四）崇徳上皇、崩御。
・永万《えいまん》元年（一一六五）二条天皇、崩御。この頃、義経が鞍馬山《くらまやま》に入り、遮那王《しゃなおう》となる。
・仁安《にんあん》二年（一一六七）清盛、四十九歳で太政大臣・従一位に。
・仁安三年（一一六八）高倉天皇即位。
・承安《しょうあん》二年（一一七二）清盛と時子の子・徳子、高倉天皇の中宮に。この頃、義経は鞍馬山を出奔とも。
・安元二年（一一七六）建春門院や六条院ら、立て続けに死去。崇徳院の呪いであるという噂。
・安元三年（一一七七）鹿ヶ谷の陰謀発覚。

これは歌舞伎にある。さっきも誠也に言った『平家女護島』だ。

俊寛、康頼、成経の三人が、鬼界ヶ島に流罪になったが、そこは硫黄の臭いの立《た》ち籠《こ》める、食べる物も殆どない島だった。ところがある日、赦免を報せる船が都から到着した。喜び勇んだ三人が浜辺に走り寄ると、船から降りてきた役人が読み上げた赦免状には、俊寛の名前が載っていなかった。驚いた俊寛は何度も訴えるが、冷たくはねつけられ――。

というストーリーだ。『鬼界ヶ島に鬼はなく、鬼は都にぞありける』という科白《せりふ》や、『思い切っても凡夫心《ぼんぷしん》』という俊寛の血を吐くような言葉が有名だ。能にもあるから――というよりそちらが本家だから、後で小余綾に詳しく訊いてみようと思って、橙子は先を読む。

・治承二年（一一七八）安徳天皇、生誕。
・治承三年（一一七九）清盛の子で、人望厚かった重盛《しげもり》死去。享年四十一。
・治承四年（一一八〇）安徳天皇、二歳で即位。ほぼ同時に、後白河法皇第三皇子の以仁王《もちひとおう》、平氏討伐の令旨《りょうじ》を出す。それに応えて源頼政、挙兵。

頼政は、源頼光の玄孫であり、摂津源氏の嫡男だった。この血筋だけを見ても、紛《まぎ》れもなく源氏本流の代表だ。しかもその上、武道だけでなく和歌の道にも優れていたという。

しかし頼政といえば、やはり近衛《このえ》天皇の御代の「物の怪退治」や、二条天皇の御代（あるいは高倉天皇、鳥羽天皇という説もある）に起こった「鵺退治」が有名だ。この「鵺」というのは「頭が猿、胴が狸、手足が虎、尾が蛇」という怪物で、御所に現れては帝に害を為していたのを、頼政が見事に退治した。

その頼政が、以仁王の平氏打倒の令旨を受けて挙兵することになるのだけれど、当時七十六歳の老齢であり、また従三位《じゅさんみ》に叙されたのは他ならない清盛の推挙だったので、敢えてここで挙兵する理由は見当たらない、というのが一般的な見解だ。故に、以仁王の皇位継承を目指す勢力が、頼政を無理矢理に動かしたのではないかともいわれている。積極的な挙兵というよりも、むしろ巻き込まれてしまったということだろう。そもそも、この以仁王の令旨も怪しいようで、一説では安徳天皇の治世を安定させようとした清盛らが仕組んだ罠だったのではないかという説もあるほどだ。

しかし――。

とにかく頼政は挙兵して平氏と対峙する。だが、期待していた延暦《えんりゃく》寺や興福寺の僧兵の決起もなく、また『玉葉』によれば、その兵力は、

「敵軍僅五十余騎」――頼政たちは僅か五十余騎。一方平氏は、

「士卒三百余騎」――三百余騎だったという。

そこで頼政は、以仁王を逃がすために宇治橋の橋桁《はしげた》を落として守りを固めた。そして自分の三人の子、仲綱・兼綱・仲家たちと共に平等院に籠もる。だが、必死の防戦もそこまで。多勢に無勢で味方は次々に討たれ、追い詰められ傷ついた頼政は腹を切って自害する。子供たちも、仲綱は自害、兼綱は戦死、仲家・仲光父子も自害し、頼政が命を懸けて逃がそうとした以仁王も討ち取られ、戦いは完全に終結した。

しかし、以仁王の令旨と頼政挙兵の噂は全国に伝播《でんぱ》して行き、平氏打倒の萌芽となった――。

・同年六月。清盛、福原へ遷都。

この遷都も、かなり問題だった。

さまざまな批判の中で最も大きなものは、平氏が「東国の動乱への対応が取れなかった」こと

に尽きる。実際に、この四ヵ月後、富士川《ふじ》の合戦で平氏は、重盛の子・維盛を大将に立てたものの、頼朝軍に完敗してしまう。しかもその敗因たるや、奇襲を恐れていた平氏が、富士沼から一斉に飛び立った水鳥の羽音に驚いて逃げ帰ったというものだ。いかに軍紀が乱れていたかという証《あかし》だ。

橙子は軽く嘆息すると、再び資料に視線を落とす。

・同年八月。頼朝（三十三歳）伊豆に挙兵。
・九月。義仲（二十六歳）木曾《きそ》に挙兵。
・十月。義経、頼朝と駿河《するが》国・黄瀬《きせ》川で初の対面を果たす。
・十一月。清盛、福原より京に、再び遷都。
・治承五年（一一八一）清盛没。享年六十三。

この清盛の最期は有名だ。

突然高熱に襲われたものの、水の一滴も飲めず、ただ「あた、あた（熱い熱い）」と言うばかりで、水をかけても文字通り焼け石に水のありさま。これは流石《さすが》に大袈裟とは思うが、同じ部屋にいた人さえも熱くて我慢できなかったという。だから江戸川柳にも、

清盛の医者は裸で脈をとり
清盛の死出に湯となる三途川

などと詠まれた。

その原因は、寄生虫、マラリア、髄膜炎などなど、さまざま取り沙汰されているが、今もはっきりと判明していない。

ついに時子は、閻魔《えんま》の庁で無間地獄行きが決まった清盛を獄卒が迎えに来るという夢まで見て、最期に清盛は、

「われいかにもなりなん後は、堂塔をもたて孝養をもすべからず。やがて打手《うつて》をつかはし、頼朝が首《こうべ》をはねて、わが墓のまへにかくべし。それぞ孝養にてあらんずる」

——今生の望みは何もない。ただ、頼朝の首を取って墓前に懸けよ、とだけ言い残すと、閏《うるう》二月四日、「悶絶躃地《もんぜつびやくじ》」——苦しみ悶《もだ》えて転げ回りながら世を去った。

ここで、希代の怪傑・平清盛が没し、その後の歴史の主役は、もう一人の英雄・木曾義仲へと移ってゆく。

ちなみにこの『平家物語』は、何度も改訂や加筆が行われ、十三世紀の初めにまずは六巻本となり、二、三十年の間に増補が重ねられて、十二巻本ができあがった。そして「この物語は本来、三部に分けて読むべき」だという説がある。「第一部は平清盛を中心にした巻一から巻五まで。第二部は木曾義仲を主人公として巻六から巻八まで、第三部は源義経が活躍する巻九から巻十二にいたる部分」ということらしい。

そこで清盛、義経と並ぶ英雄、義仲の話になる。

寿永二年（一一八三）、越中国・倶利伽羅《くりから》峠で、故・清盛の子、重盛率いる十万もの平氏の軍

勢を打ち破った義仲は、続く戦にも連戦連勝し、京へと向かった。そのために平氏は、幼い安徳天皇を擁し、京の都を捨てて西国へと落ちて行かざるを得なくなってしまった。

七月に入京した義仲は、後白河法皇より「旭将軍」という称号まで頂いたものの、都での評判は最悪で「粗野」「無教養」と公卿たちから罵られ、更に郎党たちは都人から略奪行為を繰り返したため、ますます評判は落ちる。都の人々が義仲に期待していたのは京の治安回復であったにもかかわらず、その全く正反対の状況になってしまったからだった。

義仲も必死に治安の安定に取り組んだものの、あらゆる方面から兵を集めていた混成軍だったため、命令も行き渡らなかった上に統率が取れず、どうにも手の打ちようがなかったといわれている。しかもその上、義仲軍たちとは無関係な狼藉《ろうぜき》の濡れ衣まで着せられてしまったらしい。

そこで、後白河法皇の提案のもと、批判の矛先を変えるのと兵糧を得るという一石二鳥の作戦で西国の平氏討伐に向かったが、備中国・水島《みずしま》――現在の、岡山県・倉敷《くらしき》市において、平氏の大将・教経《のりつね》たちの軍勢に大敗を喫してしまう。

しかしこれは、後白河法皇の策略だった。その間に後白河法皇は頼朝と連絡を取って義仲討伐を決定し、すぐに範頼・義経の鎌倉軍が京の都に向かっていたのだ。

さすがというか何というか……。

実に後白河法皇らしい、陰険で嫌らしい手口だ。

それを知って激怒・悲憤した義仲は、院の御所である法住《ほうじゅう》寺を襲撃して、後白河法皇を幽閉する。だがその時既に、義経たちの軍は、都の目前まで迫っていた。

そして寿永三年（一一八四）正月二十日。義経の初陣である「宇治川の戦い」の火蓋が切られる。当初は五万の兵を率いて京に入った義仲だったが、その頃にはもう千七百余りの兵しか残っていなかった。後白河法皇、つまり朝廷に対して弓を引くことを嫌がった兵士や、あるいは法皇が頼朝と手を結んでいることを知った兵士たちが、続々と帰国、あるいは頼朝側に流れて行ったためだ。

敵に攻め込まれた義仲は、京の都における妻であった藤原伊子《いし》とも別れて戦場へと向かう。これは余談になるが、伊子はこの戦の後、内大臣・源通親《みちちか》との間に子を産み、その子は後の世に、曹洞宗《そうとうしゅう》の開祖・道元《どうげん》となっている――。

一方義仲は、大手軍の寄せる瀬田《せた》には、最後まで運命を共にすることになる今井兼平《いまいかねひら》の八百騎を、搦手《からめて》軍の宇治には三百騎を、そして京には自らが率いる二百騎を配置して、鎌倉勢と戦うことになった。だが当然ながら衆寡敵せず、義仲軍は各所で打ち破られ、最後は義仲自身も首を取られてしまう。

こうして粟津《あわづ》の戦いは義経軍の圧勝で終わったのだが、この時の義仲に関しては、こんな言葉が残っている。

「一家も焼かず、一人も損せず」

つまり、戦と無関係な人々を道連れにすることなく死んでいったという言い伝えだ。しかも、巴御前《ともえごぜん》を始めとする多くの男女の武将たちが、最後まで義仲を慕っていた。

〝やっぱり義経とは大違いね〟

これが、戦士である「武士」ではないか！

実に潔い。

資料を読んで驚いたのは、かの松尾芭蕉《まつおばしょう》が、その死に臨んで、
「骸《から》は木曾塚に送るべし」
と遺言し、その言葉通り彼の遺骸《いがい》は、滋賀《しが》県大津・義仲《ぎちゅう》寺の、義仲の墓の隣に埋葬されたということだ。粗野で無教養で乱暴者という評判の義仲を、俳聖《はいせい》・芭蕉ほどの人間が、何故そこまで慕ったのか。

また更に驚嘆したのは、あの芥川龍之介までもが義仲のことを、
「彼は遂に情《じょう》の人也《なり》」
と記し、義仲を悪く言う学者を嗤い飛ばしている。とすれば、この辺りの歴史に関しても、一般に知られている以上の「何か」が隠されているに違いない。チャンスがあれば、こんなことも俊輔に訊いてみよう、と橙子は思った。

とにかくここで、木曾での旗揚げから三年四ヵ月。都への入洛からわずか六ヵ月、義仲は三十歳の生涯を閉じた。

一方の義経といえば、この時、宇治川に絡むエピソードが登場する。それが、今も宇治川中州・橘島《たちばなじま》に記念碑となって残っている「宇治川の先陣争い」だ。

宇治川を挟んで義仲軍と睨み合う義経軍二万五千騎の中から、宇治川を渡って先陣の名誉を手に入れるべく、名馬「生食《いけずき》」にまたがった佐々木四郎高綱と、やはりこちらも名馬「磨墨《するすみ》」にまたがった梶原景時の長男・源太景季の二騎が勢いよく進み出た。景季が一歩先に宇治川へ馬を乗り入れようとした時、後方から高綱が、

「馬の腹帯が緩んでいる。締め直さないと危ないぞ！」

と叫び、景季はその言葉を信用して馬を止めた。その間に高綱は、景季を追い抜いて川へ入ってしまった。謀られたと気がついた時には遅く、必死に追いかけたものの、先陣は高綱に奪われてしまい、景季は二番手として甘んじ、当時の戦いの記録にも「先陣、佐々木四郎高綱。二陣、梶原源太景季」と残されたというのだが――。

〝それで良いの？〟

橙子は首を捻った。

高綱は明らかに、卑怯な手段を使って景季を出し抜いている。そしてその後、堂々と「先陣」として名を残した。この「卑怯」な手段を執ったことは、どう思っているのか？

宇治川の先陣争いの話になる度に、必ず今のエピソードが語られる。名を大切にする武士として、恥ずかしくはないのか。それとも「知恵者」という価値観で、誇りに思っているのか。

〝ちょっと待って……〟

そうすると、一の谷や屋島や壇ノ浦で義経の執った手段も、当時とすれば、それほど「卑怯」でも「恥」でもなかったということになるのだろうか。

むしろ、賢く勇気ある行動？

橙子は混乱し、座席に腰を下ろしたまま腕を組んで、一人首を傾げていると、やがて電車は宇治に到着した。

改札口を抜けて階段を降りて外に出ると、駅前には、とても可愛らしい「茶壺型郵便ポスト」が置かれていて、橙子は思わず写真を撮りながら微笑む。

ここから徒歩七、八分。修学旅行で来たような来なかったような——宇治平等院に向かった。お茶屋さんや土産物屋さんが軒を並べる宇治橋商店街を、脇目もふらずに歩いて行くと、やがて宇治橋西詰に到着した。左手前方には、幅二十五メートル、全長百五十メートル強の宇治橋が見える。檜《ひのき》造りの高欄と黒い擬宝珠《ぎぼし》、たもとで風にそよいでいる柳が、何とも言えない風情を醸《かも》し出《だ》している。

滔々《とうとう》と流れる宇治川と、その畔《ほとり》に置かれた、巻物を手にしている紫《むらさき》式部《しきぶ》の坐像を横目に、橙子は二股《ふたまた》に分かれている道を、平等院方面へと向かった。

もう一本の道を行けば「丑の刻参り」で鬼になったとして有名な橋姫《はしひめ》を祀っている「橋姫神社」がある。遥か遠くで春風になびく紫色の旗が見えたので、橙子は遥拝《ようはい》して平等院の参道を進もうと思ったが、さらにもう一本向こう側、宇治川沿いの細い道を歩いてみることにした。

宇治川は、いわゆる淀《よど》川の別名で、琵琶《びわ》湖から流れ出る滋賀県では「瀬田川」と呼ばれ、瀬田の唐橋が有名だ。大ムカデ退治で有名な藤原秀郷《ひでさと》（俵藤太《たわらのとうた》）が、大蛇を踏みつけたエピソードがあり、先ほどの今井兼平もここで戦った。というのも、昔から「唐橋を制する者は、天下を制する」といわれるほど、交通の要衝だったからだ。

その瀬田川が京都に入ると「宇治川」となる。こちらは源平合戦におけるキーポイントの地であるのはもちろん、今見たように紫式部『源氏物語』にも、何度も登場する。特に「宇治十帖」の「浮舟《うきふね》」では、薫《かおる》と匂宮《におうのみや》という二人の男性を愛し愛されてしまった浮舟が、苦悩し思い詰め、歌を残して宇治川に身を投げる場面は、悲哀に溢れて有名だ。しかし現在、宇治川は素敵な観光名所となっていて、夏には鵜飼《うかい》も行われているらしい。

橙子は「平等院」とだけ刻まれた大きな寺号標を眺めながら、院前の庭園の道を歩く。

この寺は、寛平《かんぴょう》元年（八八九）、嵯峨《さが》天皇皇子の源融《みなもとのとおる》が築いた「宇治殿」が嚆矢《こうし》となったようだ。その後、数々の天皇の離宮となり、長徳《ちょうとく》四年（九九八）に、時の左大臣・藤原道長《みちなが》が譲り受け、道長逝去後に、子の頼通《よりみち》によって本堂が建立されて「平等院」と号したという。

本尊は、阿弥陀如来《あみだにょらい》坐像。その本尊完成に伴って、次々と堂宇が建立されてゆく。まるで翼を広げたような鳳凰《ほうおう》を思わせる入《い》り母屋《もや》造りの中堂の屋根には、一対の鳳凰が飾られ、その左右には切り妻造りの翼廊が、中堂の背後には尾廊が建てられた。

建物前面にまわれば、この鳳凰堂は阿字池《あじ》に浮かぶように見えて、これは阿弥陀如来のいらっしゃる宮殿を模したものと言われている。実に素晴らしい造形だ。

しかし、今日の橙子の目的はこちらではない。

修学旅行生らしき団体の間を縫うようにして、橙子は案内図を手に進む。まずは、鳳凰堂裏手の、最勝院境内にある頼政の墓へ。

左の柱に「源三位頼政公墓所」という木の札が掛かっている山門をくぐると、外の喧噪《けんそう》がまるで嘘のように、静謐《せいひつ》で清らかな雰囲気を持つ空間だ。正面には不動堂が、そして左手奥の明るい日だまりの中に、高さ二メートルもあろうかという宝篋印塔《ほうきょういんとう》——供養塔が建てられていた。

「源三位頼政公の墓　宝篋印塔

源頼政は保元・平治の乱で武勲を挙げ、平清盛の奏請により、源氏として初めて従三位に叙せられました。歌人としても名高く、勅撰集《ちょくせんしゅう》に優れた和歌を多く残しています。治承四年（一一八〇）五月二十六日、平家追討の兵を挙げた頼政は、宇治川で平知盛軍の追撃を受け、平等院境内で自刃しました（齢《よわい》七十六歳）。

辞世

埋もれ木の花咲くこともなかりしに
　身のなる果てぞ悲しかりける」

ちなみに『平家物語』巻第四では頼政の最期を、

「西にむかひ、高声《こうしょう》に十念となへ、最後の詞《ことば》ぞあはれなる」

と書いている。

思えば源氏として初めて従三位に昇ったとはいえ、保元・平治の乱では、後詰めとして御所を護り、この宇治橋合戦でも、以仁王を逃がすために戦うことになる。頼政は、いつも損な役回りばかりさせられてしまっているような気がする——。

塔の前面に置かれた太い竹の花立てには、色鮮やかな花々が活けられている。今も毎年、頼政の命日には「頼政忌」が催されていると手元の説明書にあった。

隣の浄土院境内にも頼政供養塔が建ち、その傍《かたわ》らには頼政と共に戦い、ここで討ち死にした頼政の家臣・通圓《つうえん》の供養塔が建っていた。説明書きを読めば「通圓」という狂言があり、現在も宇治橋を渡った向こう側のたもとに、通圓の子孫が続けている茶屋があるという。

橙子は、供養塔の前で一礼して浄土院を後にすると、鳳凰堂の周囲をぐるりと回るように歩く。途切れることなく阿字池のこちら側から鳳凰堂を望む記念写真を撮る人々の間を縫って、入り口近くの観音堂へと向かう。その北側に、頼政が自刃した「扇之芝《おうぎのしば》」があるのだ。少し緊張しながら前に立つと、確かに扇を開いたような形の芝の中央には「扇」の一文字しか判別できなくなっている自然石が、ポツンと墓碑のように置かれ、芝の周りは瑞垣《みずがき》のような石の柵で囲われていた。その側には、

花咲きてみとなるならば後の世に
もののふの名もいかでのこらん

と刻まれた歌碑が立てられている。

橙子はここでも手を合わせると、平等院を後にした。

ほんの短い参拝だったが、歴史は決して遠い昔の話や過去の遺物などではない。こうして今も、自分たちと同じく息づいている。そんなことを改めて肌で感じた。

〝さあ！〟

予定より一時間以上早い。後は、奈良線と新幹線の中で少し仮眠して、今夜、俊輔たちと合流するだけだ。逸る気持ちを抑えるように大きく息を吸いながら、橙子は駅への道を歩いた。

＊

俊輔と誠也、そして橙子は、四谷の台湾家庭料理店に集合した。

三人は小さな丸テーブルを囲んで腰を下ろすと、早速飲み物を注文する。誠也は生ビール、橙子はウーロンハイ、俊輔は甕出《かめだ》し紹興酒を頼んだ。あとは、クラゲ胡瓜、大根餅、焼き豚、ミミガー、焼きビーフンなどなど。

乾杯した後、誠也は俊輔に、今日一日の出来事を報告する。朝から橙子と二人で新幹線に乗り、その車中で「保元の乱」と崇徳上皇の話をした。彼が何故、かくも恐れられる怨霊となったのか——。

「崇徳院は」俊輔は言う。「間違いなく、わが国最大級の怨霊だ。能にも『松山天狗』という、作者未詳の曲がある。この能は、別名を『讃岐院』『新院』などとも呼ばれていた」

「それは、どんな内容なんですか？」

尋ねる橙子に俊輔は、紹興酒のグラスに口をつけながら答える。

「崩御後四年目に讃岐を訪れた僧・西行《さいぎょう》が、崇徳院を弔おうと思い立って讃岐国の陵《みささぎ》を訪れると、院の霊が現れ、喜び舞う。しかし、徐々に生前の怒りを思い出して悪鬼の姿となってしまう。するとそこに天狗たちが現れて、院を慰め、上皇に害を為した者たちを『蹴殺し』て恨みを晴らすことを約束し、去って行くという曲だ」

「復讐を約束って！」橙子は叫んだ。「それじゃ、全然鎮魂されてないじゃないですか」

「私たちが代わってあなたの恨みを晴らしますから、静かにお眠りくださいという慰霊だ」

「それでも……」

つまり、と俊輔は苦笑した。

「神事である能でさえ、この程度までしか鎮魂しきれないほど、崇徳院の恨みが深かったということだね」

「そんな……」

「また白峰といえば、上田秋成《うえだあきなり》の『雨月《うげつ》物語』中の『白峰《しらみね》』がある。やはり讃岐国で、西行と崇徳院の霊が問答していると、院は段々と恐ろしい魔王と化して行った。その姿を目にした西行は、恐怖よりも、むしろ悲しみに襲われてしまう。そこで涙ながら必死に祈ると、やがて崇徳院の姿は消えて行った。しかし、その後の後白河法皇や平氏の運命を眺めると、まさに崇徳院のおっしゃっていた通りになってゆくので、誰もが院の霊を畏《おそ》れ奉ったという――」

「つまり……」橙子は硬い表情で俊輔を見た。「どちらにしても、崇徳上皇の霊は鎮魂されきっていなかったと」

それは分からない、と俊輔は首を横に振る。

「ただ、完全に鎮魂できないとしても、少なくとも慰霊はできる。能や、歌舞伎で『椿説弓張月』などが、延々と上演され続けることでね。というのも、彼らが被った悲惨さや苦悩を、ぼくらも心の中で共有することになるから」

「そういえば――」

と言って橙子は今日、京都で三郷美波から聞いた北野天満宮・菅原道真の話を伝えた。道真の霊が「病気」になったと感じた地元の人々は、一心に祭り（祀り）を行った……。

橙子の話が終わると。

「まさにそういうことだ」俊輔は微笑む。「ぼくらは常に、怨霊たちと共に暮らしてきた。それこそ『平家物語』も、敬弔慰撫の書だ」

「その作品の存在自体が」誠也は頷く。「怨霊の慰霊になっているということですね」

鎮魂にもね、と俊輔は言う。

「だから『先帝身投《せんていみなげ》』の安徳天皇入水の場面などは、実に美しく哀れに描かれている」

と言って俊輔は暗唱する。

「『悲しき哉《かな》、無常の春の風、忽《たちま》ちに花の御すがたをちらし、なさけなきかな、分段のあらき浪、玉体を沈め奉る』『いまだ十歳のうちにして、底の水屑《みくず》とならせ給ふ』——だからね」

「なるほど……」

「それで『平家物語』だが」俊輔は紹興酒を飲むと、話題を戻した。「誠也くんも承知のように『徒然草《つれづれぐさ》』第二百二十六段に、公家で歌人だった行長《ゆきなが》入道が、

『平家物語を作りて、生仏《しょうぶつ》といひける盲目に教へて語らせけり。(中略) かの生仏が生れつきの声を、今の琵琶法師は学びたるなり』とある。この『生仏』は、性仏《しょうぶつ》で、姉小路資時《あねのこうじすけとき》のことだ。彼は当時、郢曲《えいきょく》において、天下第一の名人と言われたという」

「えいきょく？」

「流行の謡物だよ。神楽《かぐら》や催馬楽《さいばら》や、風俗歌や今様《いまよう》などの総称だ。そして琵琶法師は、十五世紀半ばに、洛中で五、六百人にまで至ったといわれているから『平家物語』は、あっという間に一般庶民に広まったことは間違いない。また、盲人が琵琶を弾いて語るという行為そのものが、い

わゆる怨霊鎮魂の儀式だしね。まさに『耳なし芳一』だ」

「芳一堂にも行きました」橙子は言う。「それこそ『七盛塚』のすぐ横に建てられていましたけど、それも平氏の人々に対する鎮魂の一環だったんですね」

納得する橙子に向かって軽く頷くと、俊輔は誠也に尋ねた。

「それで、保元の乱以降の話は？」

「まだ彼女には、詳しく説明していません」

誠也は答えると、橙子に向かって改めて保元の乱に続く「平治の乱」の話を簡潔に伝えた。

三年前の保元の乱では共に戦った清盛と義朝が、今度は別れて戦い、この「源平合戦」に敗れた義朝は東国へ落ちようと試みた際に尾張国、現在の愛知県、野間で鎌田政清の舅《しゅうと》・長田忠致らに謀殺されてしまった——。

「その、野間に行って来たんだ」

と橙子に言って、誠也は現地で仕入れた資料と、プリントアウトした写真を何枚かテーブルの上に広げた。

「やはり、何と言っても」誠也は俊輔を見る。「『義朝公墓所』には驚きました」

と言って、無数の木太刀に埋もれている供養塔の写真を見せながら説明する。その話を俊輔は、紹興酒を傾けながら興味深そうに聞き、橙子も焼きビーフンを食べながら一心に聞いていたが、その墓所に池禅尼の墓があったという話になった時、

「そうか」俊輔は目を輝かせた。「素晴らしい。義朝公墓所に池禅尼の墓があったことが分かったのは収穫だよ。いずれきっと、謎が解ける時が来るかも知れない」

「いずれ、って言っても！」橙子が真剣な顔で訴えた。「あと三日で先生は大学をお辞めになってしまうんでしょう。急がないと」

「その時はその時だ」

俊輔は、運ばれてきたバーワンに箸をつけて笑うと、

「とにかく今は」と二人を見る。「その件に関しては置いておこう。それで、加藤くんは今日、どこに行って来たって？」

「はい」

と答えて橙子は、白峰神宮を駆け足でまわったこと、その後宇治まで行き、平等院の頼政関係の史跡を見て来たことを伝えた。そして、白峰神宮で感じた「どうして遷宮が明治だったのか？」という疑問を訊く。

「白峰神宮は」橙子は、手元の資料を見ながら言う。「慶応四年（一八六八）九月六日に、明治天皇の命によって四国讃岐の崇徳天皇陵に勅使が派遣されて、崇徳天皇の皇霊を遷奉し、本宮に鎮斎した。そして明治天皇は、神霊の遷座を以て正式に即位されたとあります。その後に、淳仁天皇や、源為義・為朝などの霊も合祀されましたけど、どうして明治時代なんでしょう？　それがずっと不思議で」

「崇徳院の呪いの言葉だね」と俊輔は答える。「『皇を取て民となし、民を皇となさん』という」

「……意味が分かりません」

「この辺りの話はとても長くなるし『源平』とは別の話になってしまうから、また違う機会にするとして、とにかく明治は、それほど大きな時代の変革期だったということだよ。

上からは明治明治といふけれど
治まるめい、と下からは読む

と庶民に揶揄《やゆ》された明治政府だ。だから、そこにはどうしても、大怨霊である崇徳院の力が必要だった。どうしてもね」

意味ありげに繰り返すと、俊輔は続ける。

「また、もう一人の怨霊、頼政といえば、名前の通りの能『頼政』が有名だね。世阿弥《ぜあみ》作の二番目物で、頼政が例の『埋もれ木の花咲くこともなかりしに――』の辞世を詠んで自刃するまでを再現している。この曲は、義仲と戦った斎藤別当実盛を描いた『実盛』と、東国落ちの際に命を落とした義朝の次男である『朝長』と共に『三修羅』と呼ばれてる」

「頼政が自刃した『扇之芝』も見て来ました。もちろん墓所も。全部綺麗に手を入れられていて、頼政の霊は大切にされているんだと感じました」

「畏れ敬われているというわけだね」俊輔は頷く。「さっききみが言っていた『鵺』だけれど、これも能にある。やはり世阿弥作で、四番、あるいは五番目物だ」

すみません、と橙子が小声で尋ねた。

「その、お能の何番目物――というのは？」

ああ、と俊輔は答えた。

「能は特殊な曲である『翁《おきな》』を除いて、五番立てになっている。一日で、五曲舞われた」

「五曲も！」

「一曲が約一時間半として、合間を入れれば八時間以上かかる」俊輔は笑った。「その五曲が五種類に分類される。それがどんな種類かというと、
初番目物：脇《わき》能・神能（「翁」の次の曲）。

二番目物：修羅物・武将物。

三番目物：蔓《かずら》物・女物・女能。

四番目物：雑能。

五番目物：切《きり》能（最後の曲）。

となっているんだ。ただこれは、厳密にそう決まっているということではなく、今のように四番や五番に分類されることもある――。さて、そして『鵺』だが、これはちょっと変わった能で、頼政に退治された様子を鵺自身が語り、頼政を賞め称える」

「鵺が頼政のことを称える？　変わっていますね」

「とってもね」俊輔は楽しそうに笑った。「誰に訊いても、変な能だと言うよ。しかしこれは単純な話で、この能も頼政への供養だと考えれば良いんだ。頼政は、とても立派な武将だったと、倒された側が称賛する――。まあ、もっと深い部分もあるが」

「やはり、根本《こんぽん》は怨霊慰撫ですか」

そうだ、と俊輔は頷いた。

「怨霊といえば、京都・東山《ひがしやま》に『安井金比羅宮《やすいこんぴらぐう》』という、縁切り・縁結びでとても有名な、しかしちょっと変わった神社があるんだが、この神社の祭神が凄い」

「一体誰なんですか？」

「崇徳天皇、大物主神《おおものぬし》、そして源頼政」

「崇徳上皇と頼政！」

「そして大物主神は、素戔嗚尊《すさのお》と並ぶ日本を代表する大怨霊だ」

「もちろん、崇徳上皇もですね」誠也が叫んだ。「つまり、頼政は大物主神や崇徳上皇と並ぶほどの大怨霊だと考えられていたってことですか！」

「そういうことだね」俊輔は、あっさり肯定する。「それほどまでに、人々から恐れられた。故に『頼政』『鵺』という鎮魂の能が二つ作られたんだ。日本の伝統文化は、怨霊鎮魂だらけだよ」

「本当ですね……」橙子は頷いた。「大和歌《やまとうた》——和歌にも沢山あると聞きました」

「ぼくは、藤原定家《ていか》の『百人一首』も、鎮魂の歌集だと考えているんだ。『平家物語』が怨霊慰撫の文学であるようにね」

「確かに『百人一首』には、崇徳上皇の歌も選ばれていますね。でも……」橙子は首を傾げる。

「頼政の歌はありましたっけ？」

「頼政はないが、彼の娘、二条院讃岐《にじょういんのさぬき》の歌が載っている」

「それは？」

「第九十二番の、

　　わが袖は潮干に見えぬ沖の石の
　　　人こそ知らねかはく間もなし

だよ」

「ああ……」橙子は嘆息した。「そういえば、崇徳上皇の『われても末に逢はむとぞ思ふ』という、今の歌といい、こうやって歴史の裏側を知ってみると、また何か違う意味に思えてきてしまいます。いえ、それは私の勝手な思い込みかも知れませんけど」

「昔——といっても、つい江戸時代頃までは、一つの歌に何重もの意味を持たせていたし、その意味すら忘れ去られてしまっているような『隠語』も多用されている。これらの『隠語』をきちんと読み解くことができたら、全く違った世界が現れるだろうな。そして『百人一首』に関して言えば、選者はあの一癖《ひとくせ》も二癖もある定家だからね。加藤くんの意見も、あながち間違いと言い切れないだろう」

「そうなると、やっぱりお能なんかも同じなんでしょうね。深い意味を持って作られている。特に、源平関係なんかは」

「前に堀越くんにも言ったけれど、源平に関する曲は、番外編も含めると四十曲以上になるとも言われている。その中でも特に、義経に関する現行曲——つまり、現在も舞われている曲は十曲前後もある。大人気だね」

「たとえば、それはどんな？」

まず、と俊輔は答えた。

「二番目物の修羅物では、義経の屋島での戦いを描いた、世阿弥作の『屋島（八島）』がある。義経関係の曲の中で、唯一の夢幻能《むげん》といわれている」

「むげんのう？」

「これは、夢幻《ゆめまぼろし》の能で、旅人（ワキ）が名所旧跡を訪れると、そこに里人（シテ）が現れて土地に伝わる物語をし『実は私は今の物語の主人公である』と言い残して消えるが、再び今度は真の姿となって登場する。昔話を物語り、舞を舞って、夜明けと共に消えてゆくという、典型的な曲だよ」

「能の中で最も多いパターンなんですね」

「ちなみにこの『屋島（八島）』は、坂上田村麻呂《さかのうえのたむらまろ》を扱った『田村』、梶原源太景季を題材にした『箙《えびら》』と共に『勝修羅三番《かちしゅら》』と呼ばれている。ちなみに『勝修羅』以外の修羅物は、全てが『負修羅《まけ》』になる。能は基本的に、怨霊慰撫の神事だからね、当然『負修羅物』の方が多くなる」

「なるほど……」

「三番目物の蔓物では、静御前《しずかごぜん》を中心にした、世阿弥作の『二人静』、観阿弥《かんあみ》作の『吉野静《よしの》』。

四番目物の雑能は、弁慶と義経の出会いを描いた、作者未詳の『橋弁慶』。義経の忠臣を描いた『忠信《ただのぶ》』。弁慶の智略によって関を突破する『安宅《あたか》』。

四番目物、あるいは五番目物の切能は、義経が東国に下る途中で大盗賊の熊坂長範《くまさかちょうはん》を討つ、宮増《みやます》作の『烏帽子折《えぼしおり》』や『熊坂』。もちろんこれらは、後世の創作だ。義経の刺客、土佐坊正尊《とさのぼうしょうぞん》を描いた、観世長俊《かんぜながとし》作の『正尊』。この『正尊』は、『安宅』の勧進帳と、義仲の登場する『木曾』の願書と共に『三読物』と呼ばれている。演者泣かせの難しい曲だ。

五番目物は、宮増作の『鞍馬天狗《くらまてんぐ》』、観世信光《のぶみつ》作の、大持浦《だいもつのうら》で義経たちが知盛の霊に襲われる『船弁慶』。

思いつくままに列挙すれば、取りあえずこんなものかな」

「凄い！」

「確かに凄い数だ」

「い、いえ……」

橙子は、そんなに詳しく覚えている俊輔に「凄い」と感心したのだけれど、当の俊輔は気づかぬ様子で続けた。

「あとは、歌舞伎にもあるだろう」

「はい！」橙子は大きく頷く。「『義経千本桜』『一谷嫩軍記・熊谷陣屋』『勧進帳』です」

「そうだ。『勧進帳』は、能の『安宅』を原作にしている。だから歌舞伎の舞台は、能舞台を模した形を取っているんだ。いわゆる『松羽目物《まつばめもの》』『能取り物』と呼ばれる演目だね。あと、木曾義仲に関する能もある。愛妾の巴御前がシテ——主役の『巴』と、乳兄弟《ちきょうだい》の今井兼平がシテになる『兼平』だ」

「そういえばっ」橙子は叫んだ。「実は、その義仲に関しても、先生にお訊きしたいことが！」

「義経ではなく？」

「はいっ」橙子は大きく頷いた。そして「実は——」

と言って、先ほど感じた疑問点を、二人に向かって話した。

義仲は一般的に、粗野で無教養で乱暴な田舎者だといわれているし『平家物語』にも、そう書かれている。でも、本当に親しい郎党たちは最後の最後まで彼のもとを離れなかったし、橙子の目から見ても理想の女性である巴御前も（結果的には叶えられなかったけれど）彼と一緒に死ぬことを望んでいた。それどころか後世、松尾芭蕉は義仲の側に葬ってくれと遺言し、更には芥川龍之介も手放しで賞めている。

　これは一体、どういうことなのか？

　実は、それほどまでに義仲は魅力的な人間だったのか。

　そうならば、どうしてその事実が表に出て来ていないのか――。

「『平家物語』は」

　俊輔は口を開いた。

「無念のうちに亡くなってしまった英雄たちの鎮魂という意味合いもあるが、しかしそれを踏まえた上でも、義仲は特別な武将だった」

「特別……？」

「それについて話し出すと、とても長くなる。芥川ではないが、論文がまるまる一本書けるほどにね。だから今は、一点だけ話しておこう」

　俊輔は二人を見た。

「結局、義仲は最後に、源範頼・義経らの六万の軍に対して、わずか二千騎弱で対抗しなくてはならなくなった。そして実際に戦闘が始まったんだが、この時、京を包囲していた源氏の武将たち誰もが自分の目を疑い、茫然とする出来事が起きた」

「それは？」

「当時の京には『京都七口《ななくち》』という道が通っていたんだが、誠也くんは知っているだろう」

　ええ、と誠也は頷くと指を折りながら答える。

「北へ抜ける『大原口《おおはら》』『鞍馬口《くらま》』『鷹峰口《たかみね》』……。南へ抜ける『伏見口』『鳥羽口《とば》』。……西へ抜ける『丹波口《たんば》』。それから東へ抜ける……『粟田口《あわた》』です」

その通り、と俊輔は微笑んだ。

「範頼率いる三万五千の軍は粟田口から、義経二万五千の軍は伏見口から、京の都へ進撃してきた。こうなると、二千騎足らずの義仲軍がまともに戦っても勝ち目は全くない。そこで義仲に残されている選択肢は、たった二つだ。兼平たち郎党が、それぞれの口で必死に敵を防いでいる間に丹波口から西へ逃げ、平氏と手を結ぶ。あるいは、大原口から巴御前たちと共に北陸へ逃げ、一旦木曾に戻って、再び軍備を調える」

「おっしゃる通りでしょうね」

「義仲は何とか敵を蹴散らしながら、三条河原《さんじょうがわら》まで出た。その先は大原口だ。故に、義仲は北陸へ逃げるものだと誰もが思った。しかし、次に義仲が取った行動に源氏の武将たちは腰を抜かした」

「それは？」

「巴御前たちを引き連れた義仲は、逃げ出すどころか、鴨川《かも》を渡って粟田口を目指した。そこは、範頼の三万五千騎と兼平の八百騎が、必死の戦いを繰り広げている場所だった。その真っ只中へ、義仲は突進して行った」

「どうしてそんなことを！」橙子も驚く。「逃げようと思えば、逃げられたんでしょう」

「高い確率でね」俊輔は頷いた。「しかし義仲の頭には、部下たちを見捨てて自分だけ逃げ延びようなどという考えは、初めからなかったんだ。彼らと一緒に死ぬことしか考えていなかった。

この行動には、おそらく味方も驚いたろう。『平家物語』に書かれているように、自分のもとに駆けつけて来てくれた義仲の姿を見た兼平の放った『かたじけなう候』というたった一言が、どんな言葉よりも心を打つね」

「ああ……」

「そして甲斐《かい》源氏一族、一条次郎《いちじょうじろう》率いる六千騎が、義仲の最後の対戦相手となった。義仲軍は誰もが鬼神のように奮戦したが、こちらもまた多勢に無勢で徐々に討ち取られ、最後はたったの七騎。ついには義仲、愛妾で武勇の誉れ高い巴御前、今井兼平、手塚太郎《てづかのたろう》、手塚別当の、わずか五騎となっていた。やがて手塚太郎が討ち死にし、別当も行方知れずになったので、義仲はここまでつき従って来た巴御前に、落ち延びろと命ずる。もちろん巴は拒んだが、

『木曾の我が妻に伝えよ』『生き延びて、我らを弔え』

という義仲の言葉に、仕方なく従うことにした。そこで巴は涙を流しながらも、

『最後の一戦《ひといくさ》して見せ奉らん』

と言い放つと敵方三十騎の中に、ただ一騎で駆け入り、大将・御田八郎師重《おんだはちろうもろしげ》の首を掻き斬って捨て、黒髪をなびかせながら落ち延びて行った。だが、もちろん巴としては、義仲たちを残して一人生き延びることの方が、数倍辛かったはずだ」

確かに。

橙子は胸が痛くなる。

その場で義仲と共に命を落とす方が楽だったろう。

「一方の義仲は、今井兼平と二人残り、琵琶湖の畔、粟津——滋賀県大津市で、討ち死に覚悟の

最後の戦いに臨んだ。兼平は、何とか義仲を落ち延びさせようとしたが、義仲はどうしてもここで討ち死にすると、覚悟を決めていた。そこで『敵に討たれるくらいなら、せめて自害を』と注進し、自分が矢防ぎとなって戦った。しかし、薄氷の張った深田に馬の脚を取られて動けなくなってしまった義仲の顔に、敵の射た矢が命中して落馬し、首を掻き斬られてしまう。それを悲痛な思いで眺めた兼平は、

『日本一の剛の者の自害を手本とせよ！』

と叫ぶと、太刀の先を口にくわえて、馬から逆さまに落ち、太刀に首を貫かれて死んだ」

「太刀の先を口にくわえて……」

「また、もちろん彼を慕っていたのは巴や兼平だけでなく、戦い敗れて捕らわれていた兼平の兄・樋口兼光《ひぐちかねみつ》などは、討ち取られた義仲の首が市中を引き回されると聞き、自らの最期まで殿の側にいたいと懇願して、京の人々に嘲笑されながらも裸足《はだし》のままで義仲の首と一緒に都を歩いた。そしてその後、自分も斬首された」

「え……」

「今までの話は、義仲に関するほんの一部分だけれど、そんな魅力を備えた武将だったからこそ、芭蕉や芥川龍之介の心の琴線に激しく触れたんだろう」

「そういうことだったんですね……」

「また、芭蕉に関して言えば、彼は義仲ももちろんだが、愛妾の巴御前も大好きだったんだろう」

「とおっしゃると？」

「何しろ名前に『巴』の文字が入っているくらいだからね」

「えっ」

本当だ。

「芭蕉」から「艹」を取ると――「巴」に「焦《こ》」がれる。

出来過ぎではないかと思えるほどだが……誰よりも日本語に長けていて、言葉一つ一つに命を懸けていたといっても過言ではない芭蕉だ。単なる偶然ということは考えられないし、実際に自分の遺体を木曾塚へ送ってくれと遺言しているのだから、可能性は高い。

つまり、と俊輔は言う。

「ここにもまた例によって『敗者の歴史』があるということだ。勝者――この場合は、頼朝と考えて良いだろう――によって塗り潰され、捏造《ねつぞう》変換されてしまった真実が隠れている。だから、いずれ堀越くんあたりがチャレンジしても良いんじゃないか。それとも、もしかしたら、誰かが何らかの機会に発表するかも知れないな。以前に、たまたまそんな話をした男性もいたし」

「え？」

その言葉にキョトンとする橙子たちに向かって、

「さて」と俊輔は言った。「ここまできたら、もう一つの重要ポイントである義経に関して話さなくちゃならないが……」

俊輔は時計を見た。

「前置きが長すぎて、もうこんな時間になってしまった。今日はこのへんにしておこう。今の、池禅尼に関しても、ちょっと閃《ひらめ》いたことがあるんだ」

「それはっ」

「いや。まだまだ考えなくてはならないことがある。ただ、やはり保元の乱——崇徳院が絡んでくることだけは間違いなさそうだ」

「ここで崇徳院ですか！」

「やはり、歴史は全て繫がっている。結果がある以上、必ずそこには何らかの原因がある。ただ」俊輔は自嘲した。「その原因が、まだ分からない。ということで——明日こそ、義経の核心に迫ってみようか」

「冷血漢、義経ですね」

「いや、違う」俊輔は首を横に振ると、もう何杯目だろうか、紹興酒を空けた。「彼は、単なる冷血人間じゃないよ」

「じゃあ、どんな？」

「明日は、そんな話をしようか。きみが義経に対して抱いている不信感なども含めてね」

「はいっ」

と答えて橙子と誠也もグラスを空けると、残っているバーワンや炒飯《チャーハン》を片づけた。

〝でも……〟

あと三日で俊輔がいなくなる。

いずれ連絡は取れるようになるだろうけれど、今のように簡単に会えなくなってしまうのではないか——。

橙子は複雑な気持ちで、俊輔の横顔をじっと眺めた。

《　三月十六日（火）先負・月徳　》

「じつに面白い、じつに。歴史はこうして作られるんですね」

俊輔は、朝から頭がくらくらするほど煩雑で難解で厄介で、どういった意味と価値と必要性があるのか判然としない書類の山に目を通し、時たま乱雑に書き込んでいた。

随分と色々な書類をため込んでいたものだ。これでは事務局から文句を言われても仕方ないが、片づけようという気が微塵も起こらなかったのだから、こちらもやむを得ない。

残りあと三日。

一夜漬けで試験に臨む学生の気分で書類を片づけている俊輔は、一旦そんな俗世間から逃避するべく、平安後期に飛ぶことにした。昨日ちょっと思いついた、池禅尼に関する謎を追おうと、ペンを投げ捨てて源平合戦の資料本と年表を開く。

今こうして目を通してみても、この合戦の規模は、双方あわせて一千騎ほどに過ぎなかった保元・平治の乱などとは比較にならないと改めて感じる。数千騎から、時には万を超える軍勢が動員されているのだから、単なる「源平合戦」ではなく「治承・寿永の内乱」と呼ぶべきだという説が主流になりつつあるのも、もっともだと思う。しかし今は分かりやすく、あえて「源平合戦」としておく。

保元・平治の乱、そして木曾義仲と源氏の側からずっと追って来たので、今度はやはり「源平合戦」の主役である清盛に立ち返って、全体的にもう一度見直してみることにした——。

清盛は、永久《えいきゅう》六年（一一一八）一月十八日、伊勢平氏・平忠盛《たいらのただもり》の長男として誕生する。

平氏はもちろん、第五十代桓武天皇から繫がり、十世紀頃には坂東の地において、かの平将門を輩出している。

そう。

平氏は元を正せば、東国が地盤だったのだ。

それが何故、西国を本拠地とするようになったのかといえば、万寿五年（一〇二八）に起こった、将門の親族・平忠常《ただつね》の乱がきっかけだった。将門の乱より、約九十年後のことだ。この乱を平定するために、検非違使右衛門尉《うえもんのじょう》・平直方《なおかた》が、あわてて関東へ下向した。後の世に、北条氏の初代となる人物だ。

ところが、この征討軍は惨敗に次ぐ大惨敗で、全く終息しないまま二年が過ぎた。そこで、彼に代わって討伐に出陣したのが、当時の甲斐守で頼朝や義経たちの先祖、源頼信《みなもとのよりのぶ》だった。すると頼信は、現地に到着するや否や、あっという間に忠常を降伏させてしまった。これはただ単に戦略云々というだけではなく、さまざまな人脈や政治力を活用したらしい。

しかし、それを知った直方は自分の不甲斐なさを恥じて、伊豆に隠棲してしまう。また、頼信によって源氏の力が強くなった坂東に拠点を失った平氏は、伊賀や伊勢を新たな中心地と定めて、西国へその勢力を伸ばしていくことになった。

やがて、清盛の祖父・正盛によって、伊勢平氏の名が世に知られることになる。

正盛は、永長《えいちょう》二年（一〇九七）、前年に亡くなった白河院の愛娘《まなむすめ》・郁芳門院媞子《いくほうもんいんていし》内親王の菩提を弔うために自らの所領を寄進し、これをきっかけとして白河院に接近する。その後、隠岐《おき》守から若狭《わかさ》守、因幡《いなば》守へと順調に受領を歴任し、北面の武士として編入されることになった。

さらに嘉承《かじょう》二年（一一〇七）には、対馬《つしま》・隠岐・出雲《いずも》などを拠点に乱行を重ねていた源義家《よしいえ》の子・義親《よしちか》を鎮圧する追討使に抜擢され、これを短期間で成功させたため、その恩賞として但馬《たじま》守に選任された。

この時の、藤原宗忠《むねただ》の日記『中右記《ちゅうゆうき》』、嘉承三年（一一〇八）正月二十四日の条には「最下《さいげ》品《ほん》」つまり、たかだか武士にしかすぎない正盛が「第一国」の但馬守に任ぜられたのは、院の殊《しゅ》寵《ちょう》を受けているためだとある。以降、正盛は丹後《たんご》・備前《びぜん》・讃岐《さぬき》等の守、検非違使・右馬権頭《うまごんのかみ》を歴任し、従四位下に叙せられるなど、素晴らしい昇進を見せた。

また、子の忠盛は、父正盛が築いた基盤の上に乗り、白河院に近侍して「近習《きんじゅ》」「近臣」と呼ばれるようになった。位階は正四位上となり、天皇のもとへの昇殿――内昇殿《うちのしょうでん》を許されている。これは、武士としては非常に珍しい出来事であり、特に平氏としては初めてだったため、それを憎々しげに感じた公卿たちによって、五節豊明《ごせちとよのあかり》の節会《せちえ》の夜に忠盛の闇討《やみう》ちが企てられた。『平家物語』巻第一に載っている「殿上闇討《てんじょうのやみうち》」である。その時は、銀箔《ぎんぱく》を貼《は》った木刀で彼らを脅し、ことなきを得たが、今度は宴の席で鳥羽上皇の命によって忠盛が舞い始めると、殿上人たちは突然に拍子を変え、

伊勢の平氏は
すがめなりけり

と囃《はや》し立《た》てて大笑いした。

歌の意味はといえば、伊勢に産する「瓶子《へいし》」と忠盛の「平氏」、また忠盛が斜視（眇《すがめ》）であったため、「瓶子」は「酢甕《すがめ》」――「平氏」は「眇」だと歌って喜んだというわけだ。当時の貴族たちの底意地の悪さが、充分に伝わってくるエピソードである。

しかし忠盛は、その後も鳥羽上皇に気に入られ、着実に西海における勢力を確かなものにしていき、やがてこれら全てが、清盛に受け継がれていく。

清盛も順調に出世を遂げて、わずか十三歳で従五位上、二十二歳で従四位上となる。また彼は、忠盛が亡くなった時、すでに安芸《あき》守となっていた。安芸国は瀬戸内海の中部にあり、内海交通の要衝であったため、清盛は莫大な利を得たばかりか、対宋貿易にも手を広げて巨大な富を手に入れた。

更にその後、保元・平治の乱に勝利し、永暦《えいりやく》元年（一一六〇）には正三位となり、武士として初めての公卿となり、仁安《にんあん》二年（一一六七）には、四十九歳にして太政大臣・従一位となった。昔、京の童たちにまで「高平太《たかへいた》」――汚いなりで高下駄《たかげた》を履いて歩いている平氏の長男、とバカにされ続けてきた清盛が、ついに位を昇りつめたのだ。

やがて「寸白《すばく》」に罹《かか》り重体に陥ったため出家したものの、夢のような栄達は清盛だけに留まら

ず、平氏一門誰もがその栄誉に与《あずか》った。妻・時子の弟の時忠が、

「一門にあらざらん者は、みな人非人《にんぴにん》なるべし」

という傲慢《ごうまん》な言葉を吐いたのはこの頃である。

その後、崇徳院の怨霊騒ぎや、鹿ヶ谷《ししたに》の陰謀などが立て続けに起こる一方、高倉天皇の中宮となっていた娘の徳子に、後の安徳天皇が生まれるなど大きな喜びも訪れる。

しかし、清盛が後継者と頼む重盛が死去し、すぐさま彼の所領を没収した後白河法皇に怒りを爆発させた清盛は、法皇を幽閉して院政を停止させた。その結果、平氏の知行国は十七ヵ国から三十二ヵ国に増加し、その様子は『平家物語』に、

「日本秋津島は、纔《わず》かに六十六箇国、平家知行の国、三十余箇国、既に半国にこえたり。其外《そのほか》庄園田畠、いくらといふ数を知らず」

と書かれている。

ところがこの頃、皇位継承の流れから外されてしまった以仁王が、平氏追討の令旨を発し——というのが、昨日三人で話したあたりだ。

一方の清盛はといえば、ここで驚天動地の「福原遷都」の命令を下し、これをきっかけとして平氏は、翌年の清盛死亡から、五年後の滅亡に向けた坂道を一気に転がり落ちて行くことになるのである——。

俊輔は年表から視線を外す。

文字通り波瀾万丈、激動の人生を送った清盛だが、九条兼実《かねざね》は「寸白」を患った清盛について、その日記『玉葉』二月十一日の条に、以下のように記している。

「前大相国《さきのだいしょうこく》の所労、天下の大治ただこの事にあるなり、この人夭亡《ようぼう》の後、いよいよもっと衰弊《すいへい》するか」

俊輔は資料を閉じる。

つまり、清盛に対する悪感情はまったく見られず、彼の没後に、政局が不安定になることだけを憂慮している。貴族たちが、いかに清盛を頼りにしていたかということが理解できる。平家滅亡後の物語世界では、清盛をわざと悪人に描くことで、より面白く、読み手が満足するようにしたのだろう。

その良い例が「殿下乗合事件《てんがののりあい》」だ。これは、本当は清盛の子の重盛が起こした事件で、その際にかなり非道で乱暴なことをやってのけている。しかし、いつしか全てが清盛の所業となり、善人の重盛がそれを諫《いさ》めたという話になって、立場が逆転した。

〝まさに、こうして「物語」が作られてゆくわけだな――〟

俊輔が軽く嘆息して、イスの背もたれに大きく寄りかかったその時。

ドアに弱々しいノックの音が聞こえ、

「小余綾先生……」

という、情けない声が聞こえた。

どうぞ、という俊輔の声に静かにドアが開くと、誠也がうな垂れて立っていた。

「入りなさい」

「はい……」

答えて誠也は、俊輔の机に近づく。

「どうしたんだ？」

問いかける俊輔に誠也は、

「実は――」

と口を開いた。

「どこから伝わったのかは分からないんですけど、ここ数日、ぼくが小余綾先生とご一緒させていただいている話が、熊谷教授の耳に入ってしまったようで――」

その結果、俊輔と遊んでいる暇があったら、自分の研究に没頭しろと叱られたらしい。それでも誠也が、今やっていることが自分の研究だと答えると、益々《ますます》語気を荒らげて怒られたという。

「そうか」

俊輔は苦笑いした。

そして、つい先月、熊谷と交わした会話を思い出す。まさに源平、清盛の福原遷都に関しての話題だった。何故、遷都以降の平氏が急坂を転がり落ちるように滅亡への道を辿ってしまったのかという話で、随分前から意見が分かれていた――。


「小余綾くん」

いきなり呼び止められた俊輔が振り返ると、熊谷が腕組みをして立っていた。熊谷がいつもしている「橘」の家紋のネクタイピンを賞めて話題を逸らそうとしたが、全く話に乗らず、その場で滔々と持論を展開した。そして最後に、

「つまり福原遷都に関しては、こう考えられる」

冷ややかに言い放った。

「天皇でさえ、容易には都を遷せなかった。それを、たかが人臣の身で、清盛は遷都を断行した。そんな驚愕すべき暴挙に出た以上、その後で何か起こるのは、それこそ必然だ」

「そちらに関してのお話なら、むしろ逆でしょう」俊輔は苦笑しながら応じる。「遷都など、清盛に取ってみれば大した話ではなかった」

「何だと？」

「今、教授が『たかが人臣の身で』とおっしゃったじゃないですか。ということは逆に言うと、清盛が『人臣の身』でなければ、特に驚くような話ではないという理論です」

ふん、と熊谷は嗤《わら》う。

「清盛、御落胤《ごらくいん》説か。また、散々言い尽くされた与太話を――」

「歴史学の教授に向かって言うのも、釈迦《しゃか》に説法かも知れませんが」

前置きして俊輔は言う。

「流布本の『平家物語』によれば、清盛の実母であると言われている祇園女御《ぎおんにょうご》は、白河院の寵愛する女性の一人だったが、平忠盛の剛胆さに感心した院は、女御を妻として彼に与えた。しかし、彼女はこの時点で既に院の子を身籠《みご》もっていた。そこで院は、生まれた子が女子ならば自分の子に、男子ならば忠盛の子にして弓矢を取らせるようにと命じた。すると、生まれたのは男の子で、この子こそ清盛であったという」

「つまらん話だ」

「あるいは」俊輔は熊谷の言葉を無視して続けた。「祇園女御には妹がいて、彼女が白河法皇の胤《たね》を宿して忠盛に嫁ぎ、清盛を産んだことになっている。余談ですが、白河院の子である崇徳院を産んだ待賢門院璋子の養育にあたっていた女性が、祇園女御だったという説もあります」

「噂だけでは、何にもならん」

「噂だけではありません」俊輔は否定する。「やはり一時期、清盛の昇進が余りにも早かったため、これは、当時の上級貴族であった清華《せいが》家並みだと言われた。しかしそれを聞いた鳥羽院は、『清盛の血筋は清華家には劣《おと》るまい』と言ったと『平家物語』巻第六の『祇園女御』にも書かれています。故に、清盛が遷都を考えたのも、決して荒唐無稽な話ではなかった。ただ一つ、大きな失敗をしただけで。それは何かと言えば、先日もお話ししたように――」

「もう結構だ」

自分から話しかけておいて、勝手に会話を打ち切った。

「実に不快だ。夢や空想の世界の話には、とてもつき合えん。きちんとした文献を提示してもらいたい。それすらないのに、ただ想像の話をするなど、とても大学で教鞭を執る人間の所行とは思えん。『物語』では埒があかない。どうしようもない」

そう言い捨てると、背中を向けて去って行ってしまった――。

「申し訳ありません！」誠也は、深々と頭を下げた。「先生の最終講義を中座するなんて、本当に痛恨の極みですっ」

いや、と俊輔は微笑んだ。

「大学を辞めていくぼくの講義なんかより、これから将来あるきみの立場の方が重要だ。こちらに関しては、何も気にする必要はない」

しかしその後も「申し訳ありません」「残念です」と繰り返す誠也を、俊輔はむしろ励ましながら送り返した。

*

一人に戻った俊輔が書類を整理していると、あわただしい足音が廊下に響き、研究室のドアが激しくノックされた。

「どうぞ」

と応えると、

「先生っ」

という大きな叫び声と共に、今度は橙子が駆け込んできた。そして、そのまま真っ直ぐ俊輔の前に飛んでくると、直立不動の姿勢から黒髪を大きく揺らして深々と頭を下げる。

「すみませんでしたっ。私――」

泣き出しそうな声で謝ると、橙子は時々大きく深呼吸しながら、一言一言呑み込むように口を開いた。さっき誠也から連絡があって、俊輔と接することを熊谷教授から禁じられたという話を聞いた。でも、その原因を作ってしまったのは、自分だった――。

昨日、橙子は京都で作家の三郷美波に会い、仕事後の雑談で、俊輔や誠也と一緒に源平を調べているという話をした。その後、三郷は人と会うというので橙子と別れたが、その会う予定の人

というのが、

「熊谷教授だったんです！」橙子は殆ど泣きそうだった。「三郷先生が教授に――もちろん悪気はなく私たちの話を伝えて、それを聞いた教授は怒髪天を衝いてしまったようなんです」

「そういうわけだったのか」

苦笑する俊輔に向かって、橙子は再び頭を下げる。

「申し訳ありませんでした！　私があんな話さえしなければ」

「仕方ないさ。良い意味でも悪い意味でも、教授と『縁』があっただけで、全くきみのせいじゃない」

「でも――」

「きみだって、まさかこんな展開になるとは思わずに口にしたわけだから、何も関係ない」

「それでも！」

「遅かれ早かれ、堀越くんがぼくらと接している話は、教授に伝わったろう。それが、ぼくがこの大学にいる間か、それとも去ってしまってからか、というだけの問題だ。ただ今回は、たまたまぼくがいる間に伝わってしまったので、こうなっただけの話だ。もう少し遅ければ、きっと御子神くんあたりが、ねちねちと文句を言われたろうな」

俊輔は楽しそうに笑ったが、

「本当にすみませんでしたっ」

深く頭を下げる橙子に、俊輔は尋ねる。

「そんなことより、きみの仕事は？」

「外で打ち合わせということにして、社を出て来ました」

「じゃあ」と俊輔は時計を見た。「せっかく訪ねてきてくれたんだし、お昼でも食べながら本当に『打ち合わせ』でもどうだい」

「えっ」

「もちろん、きみに時間があればの話だが」

「私の時間は、どうにでもなります」

そういうことならば、時間がなくてもついて行こうと思いながら橙子は尋ね返す。

「でも、先生こそお仕事は——」

「つまらない仕事なら、嫌になるほどあるけどね」俊輔は苦笑しながら立ち上がった。「義経の話も中途半端なままだったし、それを片づけなくてはいつまで経っても源平の本質に近づけないから、そんな話でもしながらランチでも」

「はい……。でも」

「熊谷教授の件は、何も気にすることはない。今日は、西宮《にしのみや》・廣田《ひろた》神社祭だ。きっと風の神様がどこかに吹き飛ばしてくれるから。しかも、旧三の午だ。きっと稲荷も護ってくれる」

「本当ですか……？」

「多分ね」

俊輔は笑って、橙子と共にキャンパスを出た。

大学近くのカジュアルなイタリアンに入ると、橙子は、ブロッコリーとベーコンのパスタランチを、俊輔はマルゲリータとランチビールを注文した。やや控えめとはいえ、昼から飲むらしい。改めて謝罪する橙子に向かって、俊輔は全く気にしていないように、ビールを一口飲むと、

「じゃあ、きみの嫌いな男、義経の歴史から行こうか」と口を開いた。「平治元年（一一五九）の乱後からだ」

「はい」

「義朝の側室だった常盤御前にも悲劇が降りかかることになる。わずか二十二歳で未亡人となってしまった彼女は、七歳の今若丸《いまわかまる》、五歳の乙若丸《おとわかまる》、そして後の義経である一歳の牛若丸《うしわかまる》たちと共に、都から大和国《やまと》へと落ちて行くことになった」

「よく、物語や舞踊などの題材になっていますね」橙子は頷く。「猛吹雪の中、市女笠《いちめがさ》を被って、左右に今若・乙若を従え、牛若を抱えて歩く常盤御前の姿が」

「昔の絵本などで義経物語といえば、大抵その辺りから始まっていたんじゃないかな」俊輔は微笑む。「ところが、京都で自分の母親が捕まって拷問を受けているという話を耳にした常盤は、自分が身代わりになるために自首する。しかし母親も、自分は老いた身なのだから、お前たちは逃げれば良かったのだと泣きながら叱ったという。気丈な親娘だ」

「でも、自分たちのもとに出頭してきた常盤の容姿を目にした清盛は、その美しさにすっかり心を奪われてしまったんですよね」

「何しろ近衛天皇の中宮・九条院呈子《くじょういんていし》が身近な小間使いを召し抱える際に、都から千人の美女を集め、その中から百人を選び、またその百人の中から十人、更にその十人の中から一人として選んだのが常盤だったというからね。その美貌も、もちろんだったろうが、母親や子供たちの身

代わりとなって命を差し出そうという心情に、清盛は心を打たれたんじゃないかな」

「実は清盛も、世間一般で言われているほど酷い人間ではなかった……？」

「そうかも知れないな。だから清盛は、三人とも出家することを条件に、命だけは助けようと言った。その結果、今若は醍醐《だいご》寺へ、乙若は園城《おんじょう》寺へ、そして牛若は鞍馬寺《くらまでら》へ預けられた」

「ここから、鞍馬天狗伝説が始まるんですね」

そうだ、と俊輔は頷く。

「ちなみにその後、今若は後世、阿野《あの》全成《ぜんじょう》と名乗り、頼朝死去後、建仁《けんにん》三年（一二〇三）に、鎌倉二代将軍の頼家《よりいえ》によって殺害されてしまう。享年五十だった。また、乙若は義円《ぎえん》と名乗り、治承《じしょう》五年（一一八一）、墨俣《すのまた》川で行家たちと共に平重衡軍と戦い、討ち死にする。享年二十六だった」

「結局、義朝と常盤御前の三人の子供たちは、全員が非業の死を遂げてしまうんですか。運命と言えば運命なんでしょうけど……」

橙子が口を閉ざすと、俊輔は続ける。

「一方の常盤は、その後、清盛の愛人になった。もちろん、これも子供たちの命を救うための要件だった。それだけではなく、清盛の彼女に対する愛情が薄れてしまうと、下級公家の藤原長成《ふじわらながなり》と再婚することになる。彼がいわゆる『一条大蔵卿長成《いちじょうおおくらきょう》』だ」

「歌舞伎の『一条大蔵譚《ものがたり》』ですね。こちらは、かなり脚色されているようですけど」

ずっと「阿呆《あほう》」のフリをしていた一条大蔵卿が、常盤御前に源氏再興の志が残っているかを確かめようとした平氏の間者を斬って捨て、実は源氏の血を引いていたという長成が常盤を救い、再び「阿呆」に戻るという有名な演目である。

「『命長成《いのちながなり》、気も長成』だね」

歌舞伎中の名科白を口にすると、俊輔は笑った。

「だが、この縁談は」と俊輔は言う。「結果的に見て、義経の人生に大きく影響したことになる。というのも、義経は長成の援助によって鞍馬寺に預けられ、さらに長成の縁によって奥州平《ひら》泉《いずみ》に向かった。秀衡《ひでひら》の妻の祖父と長成が、従兄弟だったという説もあるからね。つまり後世の義経の活躍は、常盤が長成に嫁していなかったら不可能だった」

「そういうことですね……」

「ただ、常盤を語る際には、彼女が清盛の愛妾になったことや、長成に嫁したことは、江戸時代には評判が悪かった。事実、歌舞伎などでは伏せられるか、もしくは余り良い描き方はされていない」

「どうしてですか？」

「儒教だよ。『貞女は二夫にまみえず』だ。そんな倫理観が、大きく影響していたんだ」

「ああ……」

「歴史はいつも、誰かの意図によって大きく変貌してしまうということだね――。さて」

俊輔はビールを一口飲むと続ける。

「伊豆に配流となった頼朝が十八、九歳になろうかという頃、義経は鞍馬寺に入り、遮那王と名乗って修業を積むことになる」

「私、以前に友だちと一緒に鞍馬寺に行きました。由岐《ゆき》神社や本殿や霊宝殿はもちろん『奥の院』まで」橙子は言う。「本殿奥の参道から『遮那王堂』、義経が足腰を鍛えたという、木の根がうねる大蛇のように山道に顕《あらわ》れている『木の根道』。そして、鞍馬天狗から兵法を学んだ舞台の『僧正が谷不動堂』や、『義経堂』。最後は『奥の院　魔王殿』まで。私は基本的に義経が余り好きじゃないので興味がなかったんですけど、友達は喜んで見てました」

「素晴らしいね」俊輔は微笑む。「つまり、鞍馬から貴船《きぶね》までの山道を歩いたというわけか」

「はい」

「少し話が逸れるが――」

俊輔はグラスを空けて、お代わりを頼みながら言う。

「きみはその時、鞍馬寺の寺紋《じもん》を見たかな？」

「……お寺の紋ですか？」

「そうだ」

はい、と橙子は不審そうに頷いた。

「天狗の団扇《うちわ》の紋ですよね」

「ところがね」と俊輔は楽しそうに言う。「鞍馬寺では、そうではないと言うんだ」

「えっ。じゃあ、何だと？」

「菊の紋を横から描いたものだという」

「そんな」橙子は笑った。「どこからどう見ても、天狗の団扇じゃないですか」

「しかし鞍馬寺では、誰に何度尋ねても、天狗の団扇ではありません、あくまでも菊の紋です、という答えが返ってくる」

「どうしてですか！　でも、菊というと――」

つまり、と俊輔は肩を竦めた。

「そういうことなんだよ。おそらく、きみの想像している通りだ。歴史は、こうやって作られていくというわけだね」

俊輔はビールを飲むと続ける。

「義経に戻れば、歌舞伎に『鬼一法眼三略巻《きいちほうげんさんりやくのまき》』がある。これは、鬼一法眼には二男二女がいて、長女の皆鶴《みなづる》に遮那王、つまり義経が情を通じて『六韜《りくとう》』『三略』を鬼一法眼から盗み出すことに成功し、書写したという話だ。もちろん、この話の真偽はともかくとして、若い頃の義経が、これらの兵法書を学んだことだけは間違いない」

「『鬼一法眼』も、歌舞伎で観ました」橙子は頷く。「最後に、五条の橋の上で義経と弁慶が出会う場面もあります」

「義経と弁慶というと必ず出てくる有名な場面で、文楽にもあるね。優美な女装に高下駄の義経が、横笛を吹きながら橋を渡ろうとすると、山法師姿で長刀を手にした弁慶が現れて、義経の行く手を遮る《さえぎ》る」

はい、と橙子は楽しそうに話を受ける。

「弁慶は千本の刀を集めようとしていて、その晩までに九百九十九本を奪い取った。そこで義経の腰の刀に目をつけ、なよなよしい男だから、すぐに奪い取れるだろうと考えて襲いかかる。義経は、ひらりと欄干の上に飛び乗って弁慶の長刀をかわし、ついにはその長い刃の上に乗ってしまい、結局弁慶は義経から刀を奪うことができないどころか、長刀を打ち落とされてしまった。

そこで弁慶は橋の上で土下座して謝り、生涯、義経の家来となることを誓った――」

「なんだ。嫌いな義経の話なのに、随分と楽しそうじゃないか」

「歌舞伎は大好きなので」橙子は答えた。「だから、江戸時代の人たちに、どうしてあんなに義経が人気があったのか、それも不思議なんです」

「その理由なら簡単だ。すぐに分かる」

「え?」

驚く橙子に俊輔は、

「能の『橋弁慶』という曲には『笛の巻』という別演出があってね」グラスを傾けながら言う。「義経――遮那王が鞍馬山を抜け出して夜な夜な人を斬るという噂を聞いた母の常盤が、彼を呼びつけて涙ながらに叱責し、弘法大師より伝わるという源氏の笛を与え、しっかり学問するように諭《さと》すという内容になっている。しかも、そんな義経を弁慶が諫めたという話もある」

「全く逆じゃないですか」橙子は目を丸くした。「ということは、もしかして千本の刀を集めていたのが義経で、それを止めさせたのが弁慶だと?」

「そういう可能性は充分にあるね」俊輔は笑いながら、ビールのお代わりをもらう。「良かったら、このピザも手伝ってくれないか」

「は、はい……」

「その後」俊輔は続けた。「義経は清盛の出した、命を助ける条件だった出家を拒んで、弁慶や、鞍馬で知り合った金売《かねう》り吉次《きちじ》たちと共に寺を出奔してしまう。そして承安《しょうあん》四年(一一七四)、尾張国・熱田――あるいは近江国ともいわれるが――で自ら元服し、源氏ゆかりの『義』

と、源氏初代の経基《つねもと》の『経』を取って『義経』となった。また、実際は義朝の八男だったけれど、叔父に『鎮西八郎』と呼ばれた為朝がいたために、それを憚《はばか》って『九郎』とし、『源九郎義経』と名乗るようになった」

「そして、奥州の藤原秀衡を頼って行くんですね」

「これも一説では、一条大蔵卿長成の伝手《つて》であるとも、また吉次のコネだともいわれているが、おそらく両方だったんじゃないかと思う――。その頃には義経の運命だけではなく、時代も大きく動いて、都では鹿ヶ谷の陰謀、安徳天皇誕生、清盛の跡継ぎだった重盛の病死、以仁王の平氏討伐の令旨と、頼政の挙兵と敗死、その数ヵ月後には頼朝が伊豆の地で挙兵することになる」

「文字通り、激動の時代ですね」

「頼朝に関しても、少しだけ確認しておこう」俊輔は続けた。「流された伊豆で、地方豪族の伊《い》東祐親《とうすけちか》の娘・八重姫に子供を産ませたり、自分の監視役だった北条時政《ほうじょうときまさ》の娘の政子《まさこ》と結婚したりして、案外のどかに暮らしていた彼のもとにも、以仁王の令旨が届いた。その一方で清盛は『諸国の源氏を根絶やしにせよ！』という指令を全国に発する。追い詰められた頼朝は、立ち上がらざるを得なくなってしまった」

「頼政の宇治の戦いでの敗死が、そのお膳立てをする形となったわけですね」

「特に、清盛は頼政を信頼していたからね。彼を従三位に推挙したのも清盛だったから、まさか頼政が以仁王側につくなどと露ほども思わず、王の追討を彼に命じたほどだった。そのため、余計に怒りが激しく、同時に源氏は全く信用できないと胸に刻み込んだんだろう。そこで、自分の身が危ういと感じた頼朝は、挙兵するしかなくなってしまったんだが、ここで非常に注目しなければならない点がある」

「それは？」

「こんな薄氷を踏む思いの挙兵だったのに、政子の父の時政が、頼朝を促していることだ」

「自分の娘の夫ですから、仕方ないと諦めたんでしょう」

「いや」と俊輔は首を捻った。「普通は諫《いさ》める。奥州藤原氏のもとに落ち延びさせるという選択肢もあった。しかし時政は、殆ど勝ち目のない戦なのに、敢えて頼朝と共に立ち上がった」

「そう言われれば……」

「我々は、すでにこの源平合戦の結果を知っている。だから、時政の行為を不思議とも何とも思わない。しかし、次の状況が全く見えないどころか、おそらくは誰もが尻込みした中で、これは凄い決断だったと思うよ」

「勝算はあったんでしょうか？」

「それはどうかな」俊輔は首を捻った。「その後、頼朝は伊豆国目代の山木兼隆《やまきかねたか》を襲撃して、かろうじて勝利したが、これはあくまでも『ヤクザの殴り込み』程度の戦いで、頼朝自身も現場に参加していなかった。そして、次の石橋山《いしばしやま》の合戦では、ほぼ予想通り大惨敗を喫する。本来であれば、そこで頼朝も命を落としていたはずだったが、ここで『奇跡』が起こった」

「梶原景時ですね」

そうだ、と俊輔は頷いた。

「あくまでも『源平盛衰記』によればだが、敗北後、わずかな郎党と共に杉山の洞窟に身を隠していた頼朝は、当時は平氏側についていた追っ手の景時に発見されてしまい、もはやこれまでと自害しようとした。しかし景時は、どういう意図があったのか、頼朝を見逃す。彼のおかげで、からくも虎口を逃れた頼朝たちは、安房《あわ》国に渡った」

「これも結果的にですけれど、それがあったから景時は、最後まで頼朝の信頼が篤くなったんですよね」

「そういうことだ」俊輔は頷いた。「安房国に上陸した頼朝は早速、この地方に勢力を持っている千葉介常胤《ちばのすけつねたね》と、上総介広常《かずさのすけひろつね》に加勢を要請した。それに応えた広常は、大軍を率いて頼朝の前に参上する。しかしこの時広常は、頼朝が大した人物でなければ首を取って清盛に差し出そうと考えていた」

「ここまで来ても、まだかなり危うい状況だったんですね」

「特に源氏関係者は、清盛に酷く睨まれていたからね。そんな状況だから、広常は自分の率いてきた軍勢を見て、頼朝はさぞ欣喜《きんき》雀躍《じゃくやく》するだろうと思っていた。ところが、喜ぶどころか、大声で一喝して広常の遅参を咎《とが》めた。その言葉に腰を抜かした広常は、この人物こそ大将の器だと感激して、心を改めて頼朝に従うことになったという」

「自分たちは、ぼろぼろに敗れていたにもかかわらずですか……。多少の誇張が入っているとしても、そんな態度を取れるなんて、確かに頼朝は常人ではないかも知れません」

「だが、広常は完全に頼朝に服従したというわけではなく『吾妻鏡』治承五年（一一八一）六月十九日条によれば、頼朝が納涼のために三浦に出かけた際に、頼朝一行を迎えた広常たちの郎党は、全員下馬して砂の上に平伏《ひれふ》したけれど、広常だけは馬上から会釈しただけだった。そこで、頼朝の馬の前に控えていた三浦十郎が、下馬するべきであろうと言ったが、広常は、

『公私共に三代の間、いまだその礼をなさず』

と答えて下馬しなかったというからね」

「一癖も二癖もある武士の、プライドとプライドのぶつかり合いですか」橙子は苦笑いする。

「でも、頼朝のような人間にそんな態度を取って、よく平気でしたね。頼朝も義経と並んで、冷血人間の代表のような人物なのに」

「冷血というか、猜疑心《さいぎしん》がとても強かったんだろうと思う」

「猜疑心ですか？」

「彼の父の義朝を謀殺したのは、家人の長田忠致だったたし、叔父の鎮西八郎為朝を追討して自害に追い込んだのも、義朝の郎党たちだった。また、実際に石橋山では、もともと義朝に仕えていた家人たちと戦って自害一歩手前まで追い詰められたりもしている」

「実の弟である義経に対しても、冷たかったですしね。もっと後のことになりますけど、鶴岡《つるがおか》八幡宮《はちまんぐう》での事件とか」

「養和元年（一一八一）七月の、鶴岡八幡宮・若宮の上棟式のことだね」

はい、と橙子は頷く。

「義経に馬を曳《ひ》かせたんですよね」

「その頃の上棟式では、造営に関わった工匠《こうしょう》、つまり大工に、褒美として馬を授ける儀式があった。その時の式では、二頭の馬の轡《くつわ》を一頭ずつ、左右に取って曳く役目が御家人衆に与えられた。そこで頼朝はその役目の一人に義経を指名したが、義経は、自分はあくまでも源氏一族であって頼朝の家臣ではないと言って断ってしまう」

「それを耳にした頼朝は激怒した」橙子は言う。「その怒りを知った義経は、あわてて馬を曳く役目を務めたんですよね」

「しかしこれは、きみが考えているような個人的感情ではなく、あくまでも組織論だ。堀越くんとも話したが、当初、頼朝は義経を決して嫌ってはいなかったし、むしろ厚遇しようとしていた程だ。平氏が滅亡後、義経の功績を評価して国司補任《こくしぶにん》を朝廷に上奏しているし、元暦元年（一一八四）九月には、義経の婚儀も実現させている。ただ、義経が頼朝の期待にうまく応えられなかっただけの話でね」

そう言うと俊輔は、

「そこで、きみや世間一般の人たちが抱いている、義経に関する問題に立ち返るわけだ」

グラスを空けたが……これは間違いなく「ランチビール」のペースではない。ごく普通に、ビールを飲んでいるのではないか。

呆れる橙子の前でお代わりを注文すると、

「義経は」俊輔は尋ねた。「実際に卑怯者だったのかな？　また、本当にそれほど悪人だったのだろうか？」

「いつも奇襲や急襲やルール違反ばかりで、正々堂々と勝負している戦いなんて、初戦の宇治川の戦だけじゃないですか。それ以降は、汚い戦法ばかり執っていて」

「それを言ったら、父親の義朝の方が小狡《こずる》いんじゃないか。保元の乱では、夜討ちと御所への放火。平治の乱では、清盛の留守を狙って戦を仕掛けた。もっともこの時は、敗れてしまっているけれどね。また、彼ら以外にも『卑怯な』手段で勝利した例が、『平家物語』には、いくらでも書かれている。つまり、当時の戦いでは、勝つためには手段を選ばないというのが常識だった。それは、敵も味方もお互いに充分承知していたということだ」

「それでも……」

眉を顰《ひそ》める橙子に向かって、

「特に義経に関して言えば」と俊輔は続けた。「輪をかけて当然の話だった」

「と言うと？」

「『鬼一法眼三略巻』だ。きみも観たと言っていたろう。最初から義経には、卑怯という概念がなかったんだ。というのも、こういった兵法の真髄は、中国古典兵法の『孫子』に尽きるといえる。そしてその真髄こそ、『兵は詭道《きどう》なり』だったからね」

「詭道……ですか」

「簡単に言ってしまえば、戦は卑怯な手を先に使った方が勝つということだ。禁じ手だろうが封じ手だろうが、どんな手段を使っても構わない。とにかく勝たなくてはいけない、という教えだ。しかも、それに関して周囲に全く恥じず、後ろめたさを感じる必要すらないという」

「そんな！」

「そういう人間がいれば、間違いなく勝利者になる。これは、現代でも同じだよ。多くの企業関係者や政治家たちを見るまでもなくね」俊輔は苦笑いした。「ただ、やはり当時も、武士たちからの支持は圧倒的に少なかった」

「それは、そうですよ」橙子は首肯する。「命よりも名を取れ、と言われていたようですから」

「義経のやり方は、海賊・山賊のそれと何ら変わることがない。戦いに美しさを求めた当時の武士たちが、義経の常勝ぶりに驚きつつも、尊敬の念を抱かなかったのは、やり口が余りに汚かったからだったという意見もあるし、当時からも、義経の戦法に関しては決して威張れたものではないという意見が多かった。そこで『昔は良い時代だった』と嘆く老武士もいたという」

「ほら！」橙子は、我が意を得たりという表情で訴える。「いくら勝ちさえすれば良いって言っても、やっぱり卑怯な戦法は嫌われるんです」

「『平家物語』巻十の『藤戸《ふじと》』には、巻九の『宇治川先陣』の佐々木四郎高綱に続いて、兄の三《さぶ》郎盛綱《ろうもりつな》の武勲譚が書かれている」

「佐々木高綱というと、インチキして宇治川の先陣を奪った人ですね」

「まあ、そうだが」俊輔は苦笑しながら続ける。「元暦元年（一一八四）九月。備前国藤戸、現在の岡山県倉敷市での屋島の戦いの前哨戦ともいえる合戦で、海峡を挟んで対岸に陣を取っていた平家軍を攻めるに当たって、盛綱は地元の男にさまざまな品物を与えて手なずけ、実は浅瀬があることを聞き出した。その後、自ら海に入って、その情報が嘘ではないことを確認すると、その男を刺し殺して首を掻き斬ってしまった」

「どうしてですか？」

「もちろん、この情報が他に漏れることを防ぐためだ」

「そんな酷いことを！」

「戦国時代、城を造った職人たちの首を刎《は》ねてしまうようなものだ。秘密を知っている人間は生かしておかないという。そして盛綱は翌朝、馬で海を渡り先陣の功を挙げた」

「今度は兄ですか！　兄弟揃って卑怯者」

憤る橙子に「ところが」と俊輔は言う。

「『平家物語』では、頼朝が盛綱を称賛し報償を与えたことが書かれているのみで、男を殺したことに関しては特に言及していない」

「そんなバカな！」

「一方、世阿弥作ともいわれている能の『藤戸』では、盛綱のこの行為を激しく糾弾している。あらすじは、盛綱が頼朝に賜った領地に入る際に、先に殺害された男の老母が現れて恨《うら》み辛《つら》みを訴え、罪もないどころか、協力した上に殺害された我が子の命を返せ、と盛綱に迫るというものだ。当時の人々は、盛綱の行為を非難していた」

「それはそうですよ！」我が意を得たりとばかり、橙子は同意する。「その男のおかげで、自分は新たに領地まで手に入れたのに」

「普通に考えれば、そうだね。同様に、当時の義経も坂東武者の間では支持者が少なかった。壇ノ浦で平氏を滅ぼした後、頼朝と反目し合って都を落ち、摂津の大物浦《だいもつのうら》で乗り込んだ船が暴風雨に遭い、義経の家来たちは四散してしまったというが、それ以前から徐々に皆、義経のもとを離れていた。たとえば梶原景時は、独断専行や傲慢さを咎めたら処罰されそうになったとか、平氏を倒すために我慢してきたが、もうこれ以上義経の下では働けないと誰もが言っているというような書状を、鎌倉の頼朝へ送っている」

「それが有名な『梶原景時の讒言』ですね。義経と頼朝の仲を決定的に裂いた」

「しかし、それが『軍監』としての景時の役目だったし、特に嘘の報告はしていない。『吾妻鏡』などによると、源氏の勝利は武士たち全員の協力によるもので、決して義経一人の手柄ではない。また我々は、頼朝の家来であって義経のために働いたのではないというようなことも、もちろん書かれていた。だが、報告書の殆どは、戦の内容が細かく記されたものだった。景時は、軍監としての仕事を、きちんとこなしただけだ。だからその書状を目にした頼朝は、非常に感心したという。それに比べて義経の書状は乱雑で、しかも景時より報告が遅かったという」

「やっぱり義経は、いいかげんな男だった！」

「きみの義経嫌いは充分理解できたが」俊輔は笑った。「決して、そんなことはない」

「どういうことですか？」

「景時は典型的な官僚型の人間で、一方の義経は天衣無縫の天才だから、この違いはどうしようもないんだ。また、景時との確執に関して言えば、直属の部下を殆ど持っていなかった義経は、何とかして自分の実力を坂東武者たちに見せつける必要があった。広常たちのように我の強い武士たちを、自分に従わせるためにね。そう考えれば、屋島での逆櫓論争問題や、壇ノ浦で自ら先陣を取った行動も納得できる。自らの功名云々という以前の話だよ。但しそれが、景時だけでなく熊谷直実の息子の小次郎らも、義経の下にいては名を挙げることはできない、と頼朝へ訴える原因となってしまい、これが義経追放の決定的理由になった」

「ということは結局、一般の武士たち誰もが、義経のことを嫌っていたというわけでしょう」

「好き嫌いと言うより、頼朝と諍いを起こしていた義経の味方につきたくなかったということが大きい。そんなことをすれば、頼朝から睨まれてしまう。坂東の武者たちはこの時点で、新しい鎌倉の政権に重心を移していた。義経云々という、個人的な問題ではなくね」

「そうは言っても、義経の行為は納得できません。確かに天才だったということは認めざるを得ませんし、天才と呼ばれる人は大抵誰もがそうみたいですけど……」橙子は唇を尖らせた。「義経に関して言えば、余りにも自分勝手過ぎるし、それがあんな卑怯な行為への擁護にはならないと思います」

「そうかね」俊輔は真面目な顔で答えた。「では、ここから具体的に検討してみようか。まだ昼間だから、ぼくは赤ワインをボトルではなく、グラスで一杯だけもらうが、きみは？」

「え……」

橙子は周囲を見回す。

店は、ランチタイムも過ぎて、客はチラホラと座っているばかりだった。また、この店は昼休みなしで終日営業しているから、時間は特に気にしなくて良い。だからといって、今から赤ワインを注文しようとしている俊輔もどうかと思ったが……ついつい、橙子も自家製サングリアを注文することにした。一杯だけなら大丈夫。それに今日は、最後まで俊輔の話につき合うつもりなのだ。

飲み物が運ばれてくると、

「では、きみが言っている、義経対平氏の三つの戦いについて見て行こうか」

と俊輔は口を開いた。

「まずは一番目の、一の谷——福原の戦いだ。これは先日も話したように、坂落としを仕掛けたのは多田行綱であって、義経ではない。義経は搦め手で、忠度や敦盛たちと戦った。そして、この搦め手の軍を送り込むのは常識的な戦法で、決して卑怯な攻撃ではない。だからこそ平氏も、この戦いでは塩屋や一の谷口に大勢の軍勢を置いていた。そこを義経や土肥実平の軍勢に破られたというだけの話だ。もちろんこれは、行綱が教経たちの軍を打ち破った功績が大きい。それによって、平氏全体が激しく動揺してしまったんだからね」

　俊輔は赤ワインを一口飲んで続ける。

「現在も神戸の多田の地には、いわゆる『源氏三神社』の一社で、満仲《みつなか》・頼光・頼信・頼義《よりよし》・義家の五柱を祀る『多田神社』があり、ここが源氏発祥の地、多田庄《ただのしょう》とされている。前々からこの地を欲しかった頼朝が、不当に行綱から奪い取り、彼の家系を没落させてしまった。そのため、あの戦いの本当のヒーローとなるべき行綱の名前を歴史から消し、その代わりに義経が残っただけの話だ」

「つまり」と橙子は尋ねた。「一の谷の戦いなどに関しても、全て創作だったと？」

「全てということはないにしても、たとえば後から出てくるが、壇ノ浦での義経の『八艘飛び』などは、後世の講談師の創作話だということは伝わっているし、物語である以上、何が書かれていても構わない」

「八艘飛びもですか！」

「一、二艘くらいは飛び移ったろうが、それ以上は話を面白くさせるための嘘だったと、講談師が告白したらしいよ。その時、義経と対峙した教経に関しても、『吾妻鏡』寿永三年（一一八四）二月七日の項によれば、一の谷の戦いにおいて、すでに戦死していたと書かれている」

「教経がですか！」

「更に同月十三日の項には、教経が他の平氏の諸将九人と共に、京都の八条河原に首をさらされて『観る者市を成す』という記事があるし、続けて十五日には範頼・義経からの飛脚の報告として、同様の話が繰り返されているので、誤記とは考え難《にく》いとする説もある」

「じゃあ、後世の彼の活躍は、あくまでも華々しい『物語』——フィクションだったと？」

　ところが、と俊輔は笑った。

「その一方では『これは風説、あるいは影武者』だったのではないかともいわれている。当時の資料性が高いとされる『玉葉』の記録には、一の谷で取られた教経の首は偽物で、本物はなお生きていると記されている。何故なら教経は、屋島や壇ノ浦の戦いで、非常に重要な役割を果たしているからね」

「どっちなんですか！」

「さあ、どちらだろう」と俊輔は真面目な顔で首を捻った。「これだけじゃない。義経に関しても、彼の第一の郎党は弁慶ではなく、伊勢三郎だったという話は有名だね。『愚管抄』によると、木曾義仲の首級を上げたのも、伊勢三郎だったという。だが彼も、義経が奥州へ落ち延びる際に戦い敗れて自刃したと『源平盛衰記』には載っているし、同様に『玉葉』の文治二年（一一八六）七月二十五日の条にも、

『九郎義行《よしゆき》（経）の郎徒（家来）、伊勢三郎（丸）を梟首《きょうしゅ》しろんぬ』

　とある」

「完全に混乱してきました」

　困惑顔で頭を振る橙子を見て、俊輔は笑った。

「人の生死に関してさえ、こんなに分からないんだ。後の戦国時代になると、もっと顕著だね。影武者が大勢登場してくるから」

「だから、色々な説が生まれるんですね。それこそ、義経は衣川《ころもがわ》では死なず、大陸に渡って成吉思汗《チンギスハン》になったとか」

「説の真偽はともかくとして、その話は、また違った意味合いを持っている」

「え？」

不審な顔の橙子をそのままにして、

「さて、次の屋島だ」俊輔は先へと進む。「今言った奇襲戦法以外の点で、何かあるかな？」

「那須与一の扇の的に伴う事件です！　あれは酷いです」橙子は訴えた。「与一が見事に扇を射落とした後に、それを誉め称えて舞う老武者を見て『あれを射よ』と命じたという」

「伊賀十郎家員《いえかず》の件だね。彼を射るように、伊勢三郎を通じて与一に命じた」

「そうです！　確かに、命を懸けた戦いの最中に一体何を舞など披露しているんだという気持ちも分かります。でも、それにしたって――」

「違う」と俊輔は、橙子の言葉を遮って言う。「あれは、狐矢《きつねや》ではないことの証明だった」

「狐矢？」

「紛れ当たりの矢のことだよ。つまり義経は、与一の矢が決して紛れ当たりではなかったということを、彼自身にも証明させるために、敢えて『射よ』と命じたんだ。同時に、平氏に対するアピールも兼ねてね」

「ええっ」

「もちろん、きみが言ったように、あんな戦いの場で優雅に舞など舞っているんじゃない、という気持ちもあったろう。今の与一の矢は『狐矢』ではないという証明と同時に、これは遊びではない、我々は命を懸けて真剣にこの場に臨んでいるんだということを宣言する、一石二鳥の命令だったんじゃないかな」

「でも、そのために、無防備な人間を——」

「武士なんだから、無防備ではないよ。本当に無防備だったのは、扇の的を支えていた女官の玉虫だ。しかし、彼女を射殺せとは命じなかった」

「そんなことを言われても！」

「というより、扇の的などの戦占をしかけてこられて、源氏の連中にしてみれば、かなり怒っていたはずだ。その挑発に乗らなければ嘲笑されることは目に見えているが、こんなことに命を懸けさせられてはたまらないと思っていたろう。だから、辞退に次ぐ辞退で、射手がなかなか決まらなかった。そんな連中の気持ちを代弁したんだね」

「それでも、殺さなくたって——」

「もし失敗していたら、与一はその場で自害した。成功したんだから、こんなゲームを仕掛けてきた平氏の武将が、一人命を落としても仕方ない。そんな状況だったんだ。だからこそ、当時は、今きみがいきり立っているほどには、問題視されなかった」

「そう……いうことなんでしょうか」

段々と心が揺らぎ始めてきたが、

「でも！」橙子は体を起こして俊輔を見た。「屋島でのその命令は、百歩譲って仕方なかったとしても、最後の壇ノ浦はどう考えても最悪です。何しろ『水夫《かこ》、楫取《かんどり》を射よ』ですから、太平洋戦争時の米軍と同じです。単なる一般人への無差別攻撃で」

「ぼくも、そう思うよ。但し――」俊輔は橙子を見た。「その言い伝えが、真実ならば」

「えっ」橙子は目を大きく見開く。「だって、色々な資料にそう書かれています」

そう言って、バッグの中をガサガサと探ると、

「つい先日も、読んだばかりです。ああ、ありました」

資料を取り出して読み上げた。

「『（義経は）当時の合戦では卑怯な行為とされた、敵船の操舵者を射ることも命じている。

「勝敗は天にあずけよ、名こそ惜しめ、生命《いのち》を捨てよ」

といわれた時代であった。陸上戦で武士は決して馬を射たりしないのと同様、水上戦で水夫を狙うなどという、卑劣な行為は当然、許されるものではなかった』

とおっしゃっている方もいらっしゃいますし、さっきの金売り吉次ではないですけれど、義経は山師や猟師たちと強く結ばれていたわけですから、

『このような山人ゆかりの勢力を率いて平家方と戦った義経は、戦法においても水軍出では取り得ない奇策を放つ。つまり、平家方の水主・楫取を射殺すのである。これは水軍仲間であれば決して犯してはならない禁じ手である』

という意見もあります。だって、そもそも誰もが平氏の怨霊を物凄く恐れていたのは、義経たちに卑怯な手段で殺害されたからでしょう。だから、怒りに燃えた怨霊の顔を写し出したような甲羅を持つ蟹が『平家蟹』などと言われるほど恐れられた」

いや、と俊輔は首を横に振った。

「一概に、そうとも言えない」

「じゃあ、どうして？」

「そもそも、船戦において、水夫・楫取などを戦闘員とみなさない、という考えはあり得ない。戦闘機や戦車や軍艦の操縦士や操舵士を、非戦闘員と呼ばないようにね」

「でも、実際に武器を持っていない人たちを——」

まず、と俊輔は言う。

「無抵抗の人々を殺戮するという非人道的戦法は、太平洋戦争時だけではなく、遥か昔に坂上《さかのうえの》田村麻呂《たむらまろ》が、アテルイやモレたちを降伏させた時に執った作戦だ。その余りの非道さに驚いたアテルイたちは、田村麻呂に降《くだ》った結果、二人揃って三日間晒された後、鋸《のこぎり》で首を切られた」

その話に息を呑む橙子に向かって、俊輔は続けた。

「しかし、実のところ義経が『水夫を射よ』と命じたという確固たる証拠はないんだ」

「えっ。だって——」

「この伝説は、さっきの講談師ではないが、ごく一部の学者たちから広まっていったようで、もちろん『平家物語』や『吾妻鏡』『義経記』『源平盛衰記』にも記されていない。いや『義経記』や『源平盛衰記』は、義経寄りの資料だとされているからそれは良いとしても、唯一見られるのは『平家物語』巻十一の『先帝身投』の戦乱の中での出来事としてだが、だからと言って、それが平氏の敗因に繋がったとは書かれていない」

「本当ですか！」橙子は飛び上がりそうになった。「じゃあ、どうして今までそんな話が」

「今言ったように、戦いの混乱の中で不可避的、必然的に起こってしまったことが、あたかも義経の命令であったかのように伝えられてきたんだ。その原因は、ぼくの見るところ三つある」

俊輔は、橙子の前で指を三本立てると、

「まず、一つ」一本目の指を折った。「当時の軍船の構造だ」

「軍船の構造？」

「その頃の船を絵巻物などで確認してみると、年貢などを運ぶ輸送船の左右の両弦に『セガイ』という吹きさらしの乗り場を拵えて、『艪棚《ろだな》』という上を屋根で覆っただけの狭い場所に、五人ほどの水夫たちが腰を下ろして船を操っていた。つまり彼らは、完全に無防備の状態で船を漕いだ。その上に源氏は、きみも知っていると思うが、悪七兵衛景清が悪態《あくたい》をついたように船戦下手だった。全員が那須与一のような精兵《せいびょう》ではないのだから、たとえ『狙え』と命じられたところで、水夫や楫取だけ狙えるはずもない」

「それはそうでしょうけど……」

「それどころか屋島の戦いでは、それこそ平氏が源氏の水夫や楫取を、正確に狙ってきたという話もある」

「えっ」

「だから源氏側としてみれば、下手なりにその戦法を真似たのかも知れない。それを義経のせいにされた。まあ、お互い様ということだろうね」

「でも、そうだとしても――」

不満顔の橙子を見て、

「次に」と俊輔は二本目の指を折る。

「屋島での伊勢三郎への、水夫たちを『みな射殺せ』という脅しと、その後、与一の矢が『狐矢」ではないことを証明するために伊賀十郎家員を射殺させた事実、そして壇ノ浦の戦いが合体してしまい、いつの間にかそんな話が伝説として残ってしまったと思われる。殆ど無関係だった事象が、似たような言葉や事例によって結びつけられてしまうという良い一例だね。そして最後。これが最も大きいと思う」

俊輔は三本目の指を折った。

「誰もがその事実を知っていたが、わざと、義経を貶めた」

「えっ」橙子は驚く。「わざと——って、一体誰がですか？」

「もちろん、平氏側の人々だ」俊輔は当然という顔でワインを一口飲む。「そんなことでもなければ、海戦に関しては百戦錬磨の平氏が、素人のような源氏に負けるわけがない、という」

「一種の負け惜しみだと……」

「同時に、そこで敗北した平氏の人々への怨霊慰撫・供養鎮魂にもなる。あんな卑怯な手段さえ執られなければ、あなた方は勝利していました、という」

「ああ……」

納得する橙子に向かって、俊輔は続ける。

「今まで見てきたように、特に義経は悪人というほどではない。時には平氏の方が『卑怯』な手段を使った場合もある。しかし、義経が誰よりも鮮やかに、まさに天才的にその手段を使ったために、彼の『卑怯』さが飛び抜けて輝いてしまったんだ。そして事実彼は、坂東武者たちから余り好かれていなかった。もちろん、最後までつき従った伊勢三郎や弁慶や、佐藤継信・忠信兄弟などもいたが、佐藤兄弟は、秀衡の部下だ。義経に仕えることで、秀衡への忠義を果たすことができる。また、弁慶たち郎党は、いわゆる『血筋』が余り良くない武者だ。いわゆる正統な武士たちからは、相手にされないような」

「ここでもやっぱり、血筋が絡んでくるんですね……」

「現代のぼくらから見ると、想像し難いかも知れないが、当時はそれ抜きでは語れなかった。そんなこと全てを知っていたからこそ、江戸っ子たちは義経たちをもて囃《はや》したんじゃないかな」

「自分たち庶民と、とても近かったから」

「そういうことだ」

橙子は唖然とする。

殆ど何も知らなかった。

もう二十七年も生きているのに……。

そんな橙子の前で、俊輔は美味しそうに赤ワインのグラスを傾けた。その姿を眺めながら、橙子は尋ねる。

「じゃあ、江戸の人たちの『判官贔屓』も、ただ単純に義経のことを好きだったという理由からなんですか？」

「さっきも言いかけたが、もちろんそれだけじゃない。たとえば『平家物語』や、能の『敦盛』では、熊谷次郎直実が敦盛を討った後で改心し、自らの人生を悔い改めるために出家したことになっている」

「歌舞伎の『一谷嫩《いちのたにふたば》軍記・熊谷《くまがい》陣屋』は、かなり史実とはかけ離れたストーリーですけれど、最後はやっぱり直実の出家で幕を閉じます」

「頭を丸めた直実が、子の小次郎を思って『十六年は夢だなあ』と言い残して花道を入って行く名場面だね。彼が出家を決心した理由は、敦盛とは関係なかったという説もあるが、出家したことは事実だ。そこで江戸時代の人々は、直実のその行為に敦盛への慰霊を仮託した。敦盛に対する怨霊慰撫だ。このまま放っておけば、若くして首を取られてしまった敦盛は、怨霊になる。しかも、前に言ったように『血筋』を考えれば、敦盛は清盛の甥だ。怨霊転生率が高い」

〝怨霊転生率?〟

そんな言葉が果たして存在しているのかいないのか、耳慣れない言葉を口にすると、俊輔は続ける。

「これがまさに『判官贔屓』の正体になる。同時に、当時は義経を演じる役者は必ず美少年で、舞台が跳ねた後、贔屓の客が宴席に呼んだということもある。そして、それに応じるのも彼らの『仕事』のうちだったというのも事実だがね」

「それはもしかして、男色……ということですか」

「平賀源内《ひらがげんない》を始めとする、まさに江戸の一大文化だ」

「え……」

「それはともかく」俊輔は笑った。「実際に義経も『血筋』で言えば、謀殺された義朝の子であり、長兄には清盛に首を討たれた義平もいる。その上、自分は兄の頼朝の命令で、自害に追い込まれた。怨霊になる可能性は非常に高い。事実、『判官贔屓は怨霊信仰と表裏一体』だという指摘もある。そこで、義経を怨霊にしたくない人々は、彼を誉め称えた。しかし、それだけではどうにも不安だった。何しろ相手は『すすどき男《おのこ》』の義経だ。そこで人々はどうしたか」

「とても丁重に祀る……？」

「それ以前のやり方だよ。実に単純な話だ」俊輔は笑った。「殺さなければ良い」

「殺さない――って」

「死んだことにしないいんだ」

「つまりそれが『義経＝成吉思汗』説でもあるんですね！」

そういうことだ、と俊輔は言った。

「能や文楽や歌舞伎では、義経は死んでいないから、怨霊どころか幽霊にさえなっていない。ということは逆に考えると、やはり義経は衣川で死んだんだろうね。だからこそ、色々な噂が意図的に流された。どうしても、義経を『死なせたく』なかった人々が大勢いたんだ」

でも！　と橙子は尋ねる。

「鎌倉に届いた義経の首は、偽物だったという話を聞いたことがあります。送り届けるのを、わざと遅らせて腐らせたって」

「泰衡が衣川館の義経を襲って自害に追い込んだのは、文治《ぶんじ》五年（一一八九）閏四月三十日。その首が酒に浸されて鎌倉に送られ、腰越《こしごえ》の満福《まんぷく》寺で、梶原景時らによって首実検されたのが、六月十三日。平泉―鎌倉間を四十日以上もかけている。泰衡を討つための鎌倉軍の大軍勢でさえ、約三十日で鎌倉から平泉まで到着しているというのにね。これが、首をわざと腐らせるための長道中でないとしたら、その理由は何か」

「どうしてなんですか？」

「一番納得できるのは、頼朝が亡くなった母親――由良《ゆら》御前の追善供養を行っていたからという説だね。五重塔《ごじゅうのとう》まで建てて準備した追善供養の祭典が、六月九日に行われることになっていた。故に、それまでは義経の首を鎌倉に入れることは憚られたんだ。供養中は、死穢《しえ》を鎌倉内に入れてはならないからね」

ああ——。

そういうことだったのか。

一見、理屈に合わなそうな出来事にも、それなりの理由があると橙子が納得していると、

「更に、義経と壇ノ浦関係で言えば、安徳天皇の話が重要ポイントになる」

俊輔はワインを一口飲む。

「やはり怨霊絡みの話だが、ある意味では義経よりも大事《おおごと》になってる。安徳天皇は義経と違って、あの場で命を落としていることがはっきりしているからね」

「安徳天皇に関しても義経と同様に、生存説があります」

「実は入水前に入れ代わっていて、密かに逃げ延びたという話だね。だがそれは、あくまでも願望であり、やはり怨霊にしたくないという強い思いが、そんな伝説を生んだんだと思う」

「それほどまでに、当時の人々が安徳天皇や平氏の怨霊を恐れたわけですね。その安徳天皇は別としても、さっきの先生のお話からすると、平氏は義経の『卑怯な』戦法で負けたわけではなく、普通に戦って敗れたことになります。でも」

橙子は眉根を寄せながら尋ねる。

「当時は、そんな武士たちなんて無数にいたじゃないですか。それにもかかわらず、どうして平氏だけが突出して怨霊に？」

「これも一種の怨霊信仰だ。その信仰が新たに怨霊を生んだという、貴重な一例だよ」

「怨霊信仰が、また新たな怨霊を？」

「今きみが言ったように、当時は余りにも死者が多く出たために、ついには誰もが開き直ってしまい『武士に怨霊なし』とまで言い出した。しかし、これが――それこそ嘘であり、怨霊を認めないための言葉だった証拠に、かの頼朝でさえも義経たちのための供養を行っている事実がある。しかも、この平氏に関しては特別だった」

「それは？」

「昔から『彼岸は怨霊たちの命日』という言い伝え――迷信と言ってしまっても差し支えないが――があった。つまり、この思考を逆から見ると、彼岸に死んだ人間は怨霊になる、ということだ。もちろん現代では、そんなことを言う人間もいないが、少なくとも昔はそう思われていた」

「えっ」橙子は、頭の中で年表を探る。「ということは……壇ノ浦の戦いは……」

目を大きく見開いて叫んだ。

「三月二十四日！　まさに、春のお彼岸じゃないですかっ」

「そういうことだね」

俊輔は静かにグラスを傾ける。

「誰が望んだわけではないが、否応なく大量の怨霊たちが出来上がってしまった」

「ああ……」

橙子は絶句する。

それで、当時の人々は平氏を必死に供養したのか！

どうか怨霊にならないでください。成仏、浄霊されてくださいと、必死に祈ったのだ。同時に、それに伴ってさまざまな怨霊慰撫、鎮魂の芸能も用意された。誰もが真剣に、彼らの死を悼んだ。そしてそこには、義経の戦い方云々は全く関係ない。平氏が怨霊と考えられるようになったのは、彼岸のためだった——。

「じゃあ……」半ば茫然としながらも、橙子は尋ねる。「やはり、安徳天皇も」

　すると俊輔は、

「もちろんそれも含んでいるが」と意味深な答えを返す。「あの天皇に関しては、もう一段階上の重大な問題がある」

「もっと重大って！　一体何なんですかっ」

「どうして誰もが公然と言わないのか不思議なんだが」と前置きすると、俊輔は言う。「そもそも、安徳天皇が崩御されたのは義経のせいではない。祖母である二位尼・時子のせいだ」

「それは……確かにそうです」

　橙子は大きく頷いた。赤間神宮に行った時、関門海峡を眺めながら強くそう感じた。彼女の下した決断と、取った行動は歴史に残る愚挙だったのではないか、と。

「しかし、これに関しても一筋縄ではいかないんだ」俊輔は赤ワインを、ゆらゆらと波立てた。

「これは一見、時子の暴挙としか思えないし、事実、ぼくもずっと不思議だった。何故、安徳天皇と三種の神器を、まるで無理心中のようにして、自分と共に海に沈めたのか」

「それは、完全にパニックに陥っていたからだというのが、一般的な説明ですけど。あるいは先生がおっしゃったように、無理心中——どうせ殺されるなら一緒に死にたかった」

「ぼくは、全く違うと思ってる」

俊輔は、キッパリ言うと続けた。

「あそこまで敗色が濃厚になり、知盛が『平家の世も、もはやこれまでと思われます』とまで言う状況の中、全員が覚悟を決めたのは分かる。しかし、自分たちの命はともかく、平氏側には安徳天皇の命を救う手段がまだ残されていたし、当然、時子たちも充分に承知していたはずだ。実に簡単なことなんだから」

「それは？」

「安徳天皇と女官、あるいは建礼門院、そして三種の神器を船に乗せて義経に送り返せば、間違っても義経始め、源氏の誰もが天皇に危害を加えたりしない。だから、こんな意見もある。

『（壇ノ浦の合戦において安徳帝を入水せしめてしまったことと、三種の神器のうちの草薙剣を海に沈めてしまったことは）義経の責任ではありません。安徳帝と神剣を死出の旅の道連れにしたのは、平家一門ではありませんか。平家が帝の命だけはお救いしたいと投降していれば、義経はこれを保護したはずです』

とね。しかし、時子はその選択肢を拒んだ」

「確かに！」橙子は叫んでしまった。「じゃあ、どうして――」

「できなかった」

「平氏の意地だったんですか？」

「違う」

「やっぱり彼女の頭の中では、もう死ぬことしか考えていなかったとか」

「ぼくは、逆だと思うね」

「逆？」

「万が一こんな状況に陥ったら、時子はそうすると最初から決めていた。たとえ百対一だったとしても、平氏が負ける状況を想定していないはずはないんだからね」

「それなら、どうして時子は安徳天皇と三種の神器を送り返さなかったんですかっ。自分はともかくとしても、幼い安徳天皇まで巻き込むことはないはずです」

「できなかったんだろうね」

「え？」

不審そうに顔を歪める橙子に、俊輔は尋ねてきた。

「きみは、赤間神宮に行ったろう」

「は、はい」

白い漆喰塗り、竜宮造りの門、そして、美しいアーチ形通路を思い出しながら橙子は答えた。

「ええ。行きました……」

「では、あの神宮最大の神徳は？」

「『水難除け』などから始まって、たくさんありましたけど……。最大と言われれば、もちろん『安産』です」

「そうだね。これは、同じく安徳天皇をお祀りしている他の水天宮でも一緒だ。安産なんだ」

「それが、何か？」

「神様は」

と、俊輔は言う。

「自分が叶わなかった望みや、自分たちを襲った不幸が我々に降りかからないようにしてくれる。それが、いわゆる神徳であり、御利益だ。若くして命を落としてしまった人間は『健康長寿』の神となり、愛する人と悲しい離別を経験した人間は『恋愛成就』や『縁結び』の神となり、家族を失ってしまった人間は『家庭円満』の神となり、国や土地を奪われてしまった人間は『国土安穏』の神となる。最も分かりやすい例を挙げれば、朝廷によって莫大な財産を無理矢理に奪われてしまった秦《はた》氏の一族が、こぞって奉斎した『稲荷』の神徳は『商売繁盛』『金運上昇』だしね。大抵の神社では、後世色々な神徳が付与されていったが、本質はそういうことだ。だから、海で亡くなった人は『水難除け』『海難除け』の神徳を持つ神様になる」

「それで赤間神宮、つまり安徳天皇の神徳は『水難除け』なんですね……」

「となれば『安産』は？」

「もちろん、色々な事情で子供を産めなかったり、あるいは……死産や、産褥《さんじょく》で自分が命を落としたりしたんでしょう」

「安徳天皇も？」

「六歳で命を落としてしまわれたわけですから、子供など望めるわけもなかったでしょう」

「男性が、子供を産むかね」

「えっ」

「『安産・子授け』の神徳を持つ神社では、おそらく日本一有名と思われる、東京・日本橋の水天宮もそうだ。主祭神の安徳天皇が結婚すらされずに崩御されたというならば、普通は『縁結び』や『恋愛成就』や『家庭円満』になるんじゃないか。それが何故、『安産』なんだ？」

「それは――」

「安産の神徳を持つ有名な神といえば、他には？」

「ええと……」

まず、と俊輔は橙子の答えを待たずに言う。

「瓊瓊杵尊《ににぎのみこと》の妻神である『木花開耶姫《このはなさくやひめ》』。火遠理命《ほおり》――山幸彦《やまさちひこ》を産んだ神だ。そして、その山幸彦の妻神である『豊玉姫命《とよたまびめ》』。彼女は、初代天皇・神武《じんむ》の父親である鵜葺草葺不合命《うがやふきあえず》を産んだ。後は、少し変わったところで『鬼子母神《きしもじん》』。インドでは訶梨帝母《かりていも》と呼ばれる鬼神で、実に多くの子供を産んだという。細かく調べれば、まだまだ大勢いらっしゃるが、大体がこんなところだな。そして」

と言って俊輔は橙子を見た。

「全員が、女神だ」

「ちょ、ちょっと待ってください！」

俊輔の意図を察した橙子は、あわてて止めた。

「まさか先生は、安徳天皇は皇女だったと？」

「その通りだよ」俊輔は、当然という顔で答えた。「安徳天皇は、女性だったんだ」

「い、いいえ。私もそんな説を耳にしたことはありますけど、でもそんな――」

「歌舞伎『義経千本桜』の『渡海屋』、大物浦の通りだった。あの場面では、安徳天皇が『お安《やす》』として、幼い娘の役で登場する。あれは一見、バカげた設定に見えるが、実は真実を伝えていたんだ。京都・泉涌寺《せんにゅう》所蔵の有名な安徳天皇画像は、どう見ても幼い少女にしか見えないだろう。また、江戸時代の川柳には、安徳帝は皇女だと詠まれた作品がいくつも散見される」

「それはその通りかも知れませんけど」少し押され気味に、橙子は反論する。「でも、それらはあくまでも、歌舞伎や画《え》や川柳ですから――」

「『平家物語』には、こんなエピソードが載っている」

啞然とする橙子を無視するように、俊輔は言う。

「巻第三『公卿揃《くぎょうぞろえ》』だね。要約すると、こうだ。『徒然草』第六十一段にも書かれているように、当時は皇后・中宮・女御などの高貴な方が皇子・皇女をお産みになった際に、御殿の棟から甑《こしき》――現在で言う蒸籠《せいろ》のような物を投げ落とすという習慣があった。これは『甑』が『子敷』や『腰気』に通じるからともいわれているが、その理由自体は、はっきりしていない。そして、この安徳天皇誕生の際にも、やはり甑が棟から落とされた。しかし、皇子誕生の場合は南へ、皇女誕生の場合は北へ落とすと決まっていたにもかかわらず、安徳天皇誕生の際には、甑が北へ落とされた。これは他の人々の日記にも記されている事件だ。そのため清盛は途方に暮れていたが、すぐにやり直させて、改めて甑を南へ落とした。それを知って不審がる人々が大勢出たという」

「それでも！」

「もちろん、女帝でも良かったろう。しかし当時は朝廷に、一癖も二癖もある、頼朝曰《いわ》く『日本第一の大天狗』の後白河法皇がいる。そして、鹿ヶ谷の陰謀も発覚するなど、情勢は非常に不安定だった。それを収束させるには、誰からも文句を言われないような、確固とした状況が必要だったんだ」

「と言われても――」

「また『愚管抄』には、こんな話が載っている。安徳天皇が海に沈まれた理由は、清盛が嚴島神社に願を掛けた結果、嚴島の明神が化生《けしょう》した天皇だったからという。そして、嚴島の明神というのは宗像三女神。もちろん女神だ」

「……確かに……」

言葉に詰まる橙子の前で、俊輔は言う。

「これらの状況証拠が指し示すように、安徳天皇は皇女だった。しかし、清盛たち平氏の意向によって、密かに皇子として育てられた。その動機は、考えるまでもない。自分たちが天皇の外戚となるためだ。ところが、壇ノ浦で思わぬ敗北を喫してしまい、それまで隠し通してきた重大な秘密が露見してしまう恐れが出てきた」

「そのために、時子は幼い天皇と一緒に――」

「最後の時が近づいた際に、知盛はこう言った。

『もうすぐ、珍しい東男《あずまおとこ》を、ご覧になれることでしょう』

すると、それを聞いた女官たちは青ざめたという」

「壇ノ浦の、安徳天皇や時子の船でのことですね」橙子は頷く。「誰もが怯《おび》えて震えたという」

「問題は、この『ご覧に』なるという言葉だ。昔から『見る』という言葉は、自分の物にするという意味で使われてきた。天皇が『見まほし』と口にすれば、それを欲しい、あるいは奪ってこいということだった。そんな例は『記紀』にいくらでも書かれている。それと同様に『見る』ことは『結婚する』ことに通じるようになった。『竹取物語』や『源氏物語』などで確認できるようにね。この場合も、もちろんそれらを踏まえて、知盛が口にした」

「つまり！」橙子は目を見開いた。「女官たちは、源氏の武士たちの物になってしまいますよ、という意味ですか！」

「無理矢理に陵辱され、強奪されますよとね。だからこそ、女官たち誰もが青ざめたんだ。ただ、武士の顔を見るだけならば、そんなに恐れるはずもない。きみも知っているように古来、男女の性行為を表す言葉に『まぐわう』というものがあった。これはまた『目交《まぐわ》う』と書かれた。そして、女性であるならば——天皇であっても同じ運命だった」

「あっ」橙子は一瞬、言葉に詰まる。「そ、それで……時子は」

「これが、安徳天皇と三種の神器を船に乗せて義経に送り返せなかった理由だ。そうすれば間違いなく天皇の命は助かった。しかしこうなってしまった以上、時子には安徳天皇を『死出の旅の道連れに』するしか選択肢は残されていなかった。というより、さっき言ったように最初からそう決心していたんだと思う」

「パニックになって、無理心中で入水したんじゃないんですね」

「証拠がある」

「それは？」

「三種の神器だよ」

「え？」橙子は、キョトンとした顔で俊輔を見た。「それがどうして、パニックではない証拠になるんですか？」

「ぼくもずっと、その時子の行為が謎だった。どうして歴史ある日本の宝を、海の藻屑にしようなどと思ったのか。その理由は、自分の孫娘である安徳天皇のためだったんだ」

「天皇の？」

「天皇はまだ六歳。しかも女性だ。海の底の竜宮か、それともあの世に行かれた時、自分が一緒にいられれば良いが、そうでなかったら誰が天皇と認めるだろうか。となれば、この幼い少女は立派な天皇なんですよ、という証拠が必要になる。それが、三種の神器だった。天皇に対する捧げ物であると同時に、証明書であり折紙だった」

「ああ……」

「もちろん、神器を源氏や後白河法皇に渡したくなかったという気持ちもあったろう。しかし、安徳天皇への愛情や憐憫の情の方が強かったとぼくは勝手に思っている」

「そういうことなんですか……」

だから、と俊輔は言う。

「最初の義経の話に戻れば、安徳天皇も三種の神器も手に入れることができなかったのは、端《はな》から自明だった。『平家物語』もかなり非難しているけれど、安徳天皇と三種の神器に関しては、義経の責任は全くと言って良いほどないんだよ。最初から『平氏が壇ノ浦の戦いに勝つ』か、敗れて『安徳天皇と三種の神器が海に沈む』かという、二択しかなかった」

俊輔はグラスを空けた。

その前で、ただ茫然と話に耳を傾けるしかない橙子に、俊輔はポツリと言った。

「故に、時子は愚昧《ぐまい》だとか、あの行為は愚挙だとかいう評価は、全くの間違いだ。あれが彼女なりの、安徳天皇に対する精一杯の愛情だった。自分の孫娘を道連れにしなくてはならなくなってしまった祖母の心情を察してごらん。一時の気の迷いなどで動くものか」

「そういう……ことだったんですね」

　言葉もない橙子に、

「しかし」俊輔は更に畳みかけた。「問題は、こんなことじゃない。今までの話は、それほど大したことじゃないからね」

　いや！

　充分に「大したこと」ではないか。

　これ以上「大したこと」が、まだ残っているのかと驚いた橙子が、口をポカンと開けている間に、俊輔は続けた。

「この事件の最大の問題は、昔から言われている『七歳までの子供は、神と同じ』という言い伝えだ。十一月生まれの安徳天皇は、わずか数ヵ月前に数えで八歳になられたばかり。この年の十一月で七歳になられるのだから、実質まだ六歳だった。つまり『神』だ。天皇でないとしても『神』だ。それなのに、入水されてしまった」

「ということは！」

　そう、と俊輔は静かに首肯する。

「神殺しだ。しかも女神をね」

「神殺し……」

「だから、誰もがあれほどまでに鎮魂に努めているんだ。天皇の供養のために尼寺が建てられ、その後に創建された赤間神宮も、怨霊を祀る神社の典型的な造りになっている」

「典型的な造り？」

「一番簡単な例が、参道が折れ曲がっていて、真っ直ぐ境内に入れない。その他の詳しい説明は後ほどするが、これは怨霊を祀る神社の特徴の一つだ。太宰府《だざいふ》天満宮、大神《おおみわ》神社、伊勢神宮、明治神宮など全てがそうだ」

「そう……なんですね」

「安徳天皇陵墓自体も、円墳の裾《すそ》が八角形に石囲いされているのは、密教における怨霊封じの『八角陣』だ。だが、それ以前にも既に、平氏の官女たちは安徳天皇を供養するために、そのまま赤間関に留まっていた。遊女に身をやつしてまでね」

えっ、と橙子は驚く。

「留まった官女たちは遊女ではなく、野山で採った花を売って生活していたと書かれていましたけど」

「『花を売る』というのは、春を売る、つまり『春をひさぐ』ことだ。端的に言えば売春のことだが、当時は『遊女』だった。事実、天皇の命日に執り行われる『先帝祭』の『上﨟参拝』では、花魁《おいらん》の衣装を身にまとった女性が参拝する」

「それは官女とは関係なく、もともとあった廓《くるわ》の――」

「港だから当然、廓があったろう。しかし、壇ノ浦以降の廓の隆盛は、間違いなく彼女たちのおかげだ。事実、その土地の遊女は常に客の上席に座ったという。そしてこんな話も伝わっている」

俊輔は続けた。

「海に飛び込んだものの死にきれず、生き残ってしまった平氏の官女たちは当初、山に逃げて隠れ住んでいたが、暮らしに窮して草花を町に売りに出た。しかし、それでも生計が成り立たず、ついに体を売るようになった。そんな彼女たちを地元の人々は『上﨟様《じょうろう》』と呼んだ。これが『女郎』という言葉の始まりで、その際に支払う金を『花代《はなだい》』と呼んだが、その呼び名が現在まで続いている」

「それは……」

「彼女たちにしてみれば、そこまでしても鎮魂しなくてはならなかったんだ。何しろ『神殺し』が起こってしまったんだからね。しかも、その他にも彼岸の時期に死んだ怨霊たちや、知盛や教経のように、いつ暴《あば》れ出してもおかしくない鬼神がゴロゴロといた。そして、それを抑えているのが、きみも行った『七盛塚』だ。また、能に『七騎落《しちきおち》』という曲がある。これは、頼朝が石橋山の戦いに敗れ、安房国へ逃れるために船出をしようとした時の話だ。頼朝が、自分に従っている人数を確認すると『八人』だった。すると頼朝は、八は不吉なので誰か一人を舟から降ろせと命じた」

「そんな状況で、どうしてですか！」

「保元の乱の際に、祖父の為義が八騎で逃げたが逃げ切れず、自首して斬首された。続く平治の乱では、父の義朝も八騎で逃げたが、野間で謀殺された。故に『八』は不吉なので『七』にしろと言った」

「そんな我が儘な――」

いや、と俊輔は運ばれてきた新しい赤ワインに口をつけた。

「わが国では『八』は、昔から不吉な数とされてきた。今言った、密教での『八角陣』とは関係なくね」

「でも『八』といえば、一般的には末広がりのおめでたい数字じゃないですか！」

「それは騙《かた》りだね」

俊輔は、あっさりと切り捨てる。

「『八』は大字で『捌《はっ》』。つまり、手で別れさせるという意味を持っている。そもそも『分』だって『刀で八つ』にする、という文字じゃないか」

「そういえば——」

「以前に言った『七盛塚』もそうだったが『七』が吉数であると考えられたのと同じように、『八』は凶数と考えられていた。ちなみに、頼朝が登場する能は、この『七騎落』と、悪七兵衛景清が頼朝を討とうとする話の『大仏供養』の二曲だけなんだ。おそらく頼朝も怨霊となっているに違いないのに」

「えっ」橙子は——もう今日何度目だろう——目を見張った。「頼朝は怨霊なんですか！」

「殺されているはずだから」俊輔は、あっさり答える。「これに関しては、いずれ鎌倉に行かなくちゃならないが」

「鎌倉にも源氏や平氏の怨霊が？」

「間違いなくね」俊輔は首肯した。「また、義経もそうだったが、頼朝も世間一般で言われている以上に謎が深いんじゃないかと思う。同時に源氏三代——その後の、二代将軍・頼家や、三代将軍・実朝《さねとも》などに関しても」

「頼家と実朝は、間違いなく暗殺ですよね！」

橙子は声を上げると、気持ちを落ち着けるようにサングリアを一口飲み、

「私」と決心したように告げた。「鎌倉に行って来ます。明日にでも」

「えっ」

今度驚いたのは、俊輔だった。

「それはまた急な話だな」

「先生がいなくなってしまうまでに、行かないと！　それに、堀越さんが外れてしまったのは私のせいですから、彼の代わりにも」

「しかし……」

「今から少し資料を集めて準備してきます。後ほどまた、改めてお話を聞かせていただけますか？　お仕事が終わった後にでも」

「それは構わないが……。それこそ、きみの仕事は？」

「明日はお彼岸の入りなので、お墓参りに行くことにします」

「もう行って来たんじゃないのか？」

いいえ、と橙子は笑う。

「頼朝や義経の子供たちのお墓参りです」

「それは素晴らしいことだが……」俊輔は苦笑する。「本当に、仕事は大丈夫なんだね」

「任せてください！」

「では、申し訳ないが、お願いしようかな」俊輔は時計を眺めて言った。「ぼくは一旦大学に戻らなくてはならないから、今夜にでもまた改めて相談しよう」

「はいっ」

しかし、と言って俊輔はグラスを空けた。

「こうやって色々と考えてみると、幕末に高杉晋作たちが、赤間関に陣を敷いた意味も分かってくる」

「それは？」

「当時の徳川家は、源氏の子孫を名乗っていた。そこで長州の晋作たちは、赤間関に眠っていた安徳天皇や平氏の怨霊の力を借りて、徳川家＝源氏に対抗しようとしたんじゃないかな。その後に明治天皇が、崇徳天皇の力を借りようとしたのと同様に」

「なるほど……」

頷く橙子に「さて」と促すと、俊輔は立ち上がって店を出た。そのまま二人は、夕方に再び連絡を取り合う約束をして別れた。

大学へ戻る俊輔の後ろ姿を見送りながら、橙子は今の安徳天皇の話を振り返る。

安徳天皇が女性でなければ——。

いや違う。素直にそのまま皇女として育てられていれば、こんな悲劇は生まれなかった。彼女は結局、清盛たち平氏の「欲」と「願望」によって命を落とさざるを得なくなってしまった。

清盛がこの歴史的顚末《てんまつ》を知ったら、何と言うだろうか。自分の孫娘の死を、仕方なかったと言って諦められるのか。同時に、そのために三種の神器のうちの草薙剣が失われ、義経は激しく糾弾されることになった。そして現在も、歴史的にその責任を問われたままでいる。

更に、安徳天皇を供養しなくてはならず、遊女になってまで赤間関に残った官女たち。そして、尼になって寺に入った女性たち――。

たった一つの決断が、多くの人々の人生を狂わせてしまった。

〝そういえば……〟

橙子は、ＪＲの改札をくぐりながらふと思う。

俊輔も言っていた、例の池禅尼の嘆願もそうだ。あの決断が、この世の栄華を誇っていた平氏を、あっという間に没落させたのだから。

複雑な思いを胸に橙子は一人、駅のホームを歩いた。

《 三月十七日(水)仏滅・大明 》

「今となってはもうとり返しがつかん。この話は嘘だと知っている連中が黙って見ているあいだに、そのまったくの嘘っぱちが伝説になるまでにふくれ上がってしまったんだ」

午前八時ちょうどに鎌倉駅に到着した橙子は、急ぎ足で改札を出ると、駅前のタクシー乗り場へ向かった。平日の朝なので、学生やサラリーマンが多かったが、その中にチラホラと観光客の姿も認められる。他人のことは言えないが、こんなに早くから熱心なことだ。

橙子はタクシーに乗り込むと、

「何ヵ所か、まわって欲しいんですけど」

と運転手に尋ね、快く了解を得たので資料を片手に、行きたい場所を順番に告げる。すると中年の運転手は、

「これはまた」と驚いてバックミラーで橙子を覗き込んだ。「私らも一応、観光タクシーですけど、こんなまわり方してくれって言われるのは、珍しいですよ。お仕事ですか?」

「そのようなものです……」橙子は微笑んだ。「全部の場所、分かりますか？」

「大抵分かります。個人的に、前を通ったこともあるし。でも、お客さんを乗せて行くのは初めてですが」

運転手は笑うとアクセルを踏み込み、駅前の信号を右折した。

橙子は一息ついてシートに寄りかかり、昨夜の俊輔との会話を思い出す――。


ランチ後、一旦別れた二人は、大通りから一本入った路地にある老舗《しにせ》のおでん屋で待ち合わせた。橙子が入ると、すでに俊輔がいて店主と会話しながら熱燗《あつかん》を飲んでいた。橙子も二人に挨拶して俊輔の前に座ると、黒糖焼酎のお湯割りを注文した。おでんの具は、大根、ちくわ、玉子、牛すじ、しらたき、海老《えび》巻き……などなど。

「これからが、本番だよ」俊輔は事もなげに言う。「鎌倉へも行ってもらえるということだしね」

「はいっ」橙子は大きく頷く。「急遽《きゅうきょ》お墓参りに行かなくちゃならなくなったって編集長に言って、ムリヤリお休みにしてもらっちゃいました。明日と明後日《あさって》」

「明後日も？」

「念のために」

橙子は笑ったが、こうやって俊輔と会える最終日だ。自由に使える時間は空けておきたい、そう思ったので、必死に頼み込んだ。

「良く取れたもんだ」

「日頃の仕事熱心さが、こういう時に物を言うんです」

「それはそれは……」

苦笑する俊輔に、橙子は尋ねた。

「それで私、明日は鎌倉のどこへ行けば良いんでしょう?」

「やはり、まずは八幡《はちまん》さまにご挨拶するべきだろうね。今日一日、よろしくお願いしますと」

「そうですね」橙子も同意する。「鎌倉ですから、やっぱり鶴岡八幡宮――」

しかし、

「いいや」と俊輔は首を振った。「由比若宮《ゆいわかみや》――元八幡だ」

「えっ」

「前九年《ぜんくねん》の役《えき》で奥羽の安倍貞任《あべのさだとう》を破った源頼義《みなもとのよりよし》が、京へ戻る途中で鎌倉に立ち寄った際に、京都の石清水《いわしみず》八幡宮を勧請《かんじょう》して建立した社だよ。その百十七年後の治承《じしょう》四年(一一八〇)に、頼朝によって現在地である小林郷北山《こばやしごうきたやま》に、社が遷された。それが現在の、鶴岡八幡宮だからね。源氏を追って行こうというのなら、こっちから始めないといけない。『吾妻鏡』治承四年十月七日の条にも、鎌倉に入った頼朝は『まづ鶴岡八幡宮を遥拝したてまつりたまふ』とある。その後、父・義朝の旧跡である亀《かめ》ヶ谷《やつ》に向かった、とね」

「先祖の建てた社ですから、一番に参拝するのは当然ですね」橙子は、うんうんと首を縦に振る。「じゃあ私も――」

「違うよ」

「違う?」

キョトンとする橙子に、俊輔は言った。

「頼朝が行ったのは参拝じゃない。『遥拝』だ」

「つまり……遠くから拝んだということですね。山頂に建立された神社を、麓から拝むみたいな感じで、直接お参りしたわけではなかったと……。元八幡って、そんな遠くに鎮座しているんですか？」

「その時、頼朝が立っていたとされる源氏山から、直線距離で二キロもない。当然、可能であれば頼朝も参拝したろう。それが礼儀だ。だが『遥拝』しかできなかったんだ」

「じゃあ、時間がなかったとか？」

「それも違う」と笑って、俊輔はお猪口を空けた。「道が悪すぎて、現在の若宮大路を横切ることが不可能だった」

「道が？」

「当時は、現在の一ノ鳥居近くまで海岸線が迫っていた。そのため、辺り一面は酷い泥湿地帯だったんだ。馬が脚を踏み入れられないほどのね」

「泥湿地帯！」

「明治時代に発行された『相模《さがみ》国鎌倉名所及江《え》之嶋《のしま》全図』や『鎌倉実測図』などを見ると、段《だん》葛《かずら》沿いに建っているわずかな人家を除いて、辺りは一面の田園風景だ。しかし、これでもまだ拓《ひら》けた後で、欧州の写真家・フェリーチェ・ベアトが写した江戸末期頃の写真などは、一ノ鳥居から鶴岡八幡宮まで遮る物一つなく、一直線に見ることができる。そして段葛の両側には、どこまで続くとも知れない雑木林と畑が広がっていて、八幡宮の近くまで行って、やっと民家がポツリポツリと見える程度だ。それより六百年以上も前に頼朝が初めて目にした光景は、推して知るべしだ」

　でも！　と橙子は食い下がる。

「時代は下るかも知れませんけど鎌倉は、国木田独歩《くにきだどっぽ》、川端康成《かわばたやすなり》、大佛次郎《おさらぎじろう》、澁澤龍彦《しぶさわたつひこ》らの実に多くの文人たちが実際に住み、また夏目漱石《なつめそうせき》、泉 鏡花《いずみきょうか》、太宰 治《だざいおさむ》たちの作品の舞台となった、美しい古都なんですよ！　そこが、人馬が歩けないような泥湿地だった？」

「だからこそ頼朝は、段葛を造成したんだ」

　えっ、と橙子は驚く。

「だからこそ？　あの段葛は、妻の政子が長男となる頼家《よりいえ》を懐妊したために、頼朝がその安産祈願で造成した――」

「それも、誰が言い始めたのか知らないが、騙りだ。その証拠に『吾妻鏡』の養和《ようわ》二年（一一八二）三月十五日の条に、

『これ日来《にちらい》御素願たりといへども、自然《じねん》に日を渉《わた》る』

とある。ずっと頼朝の願望だったけれど、日にちが過ぎてしまい、政子の懐妊をきっかけとして、ようやく始めることができた、と書かれている。つまり、段葛造成は頼朝の念願だったということだ。もちろん何故かと言えば――」

　俊輔は橙子を見た。

「酷い泥湿地で、人馬が歩ける道がなかったからだ」

「あっ」

「だからこんな説もある。

『頼朝が目の当たりにした鎌倉は、貧寒そのもののたたずまいであった。（中略）猫額の平地は、その大方が泥湿地であった。（中略）要害の地などとは到底考えられぬところで、今様に表現すれば、さしずめそこは鎌倉の番外地だった』」

「番外地って……」

「いわゆる、人が住むことのできない『ゼロ番地』だ」

「あの若宮大路の辺りがですか！」

「江戸時代の後半には、相模国・大山《おおやま》参りや、お富士参りが流行して、その帰り道に誰もが江島《えのしま》神社に参拝している。ところが、鎌倉に立ち寄る人たちは殆どいなかった。だから、二ノ鳥居の辺りからズラリと並んでいる妙隆《みょうりゅう》寺や大巧《だいぎょう》寺や本覚寺など、昔からある寺は、どれもが若宮大路に背を向けて、少しだけ栄えていた小町《こまち》大路に正面を向けているんだ。それこそ元八幡の近くには、芥川龍之介も居を構えていた。しかし若宮大路の近辺には、大正十二年（一九二三）の関東大震災の頃まで『水売り』が来ていたという。そういう土地柄だった」

「そういう……というのは？」

「ただの泥湿地だけじゃない。水が赤く濁《にご》っていたんだ」

「赤く？」

「鉄が溶け出していたんだよ。あの近辺は、鉄の採れる土地だったからね」

「あっ」

「これはまた後で説明することになるかも知れないが」俊輔は前置きして言った。「そもそも『鶴岡』の『つる』は『鉱脈《つる》』だ。あの近辺では砂鉄が採れた上に、海岸線に沿って『弦』のように砂丘が形成されていたから、二重の意味で『弦《つる》ヶ丘《おか》』と呼ばれていた。また『銭洗弁天《ぜにあらいべんてん》』などの名称は、そのままだね。砂鉄洗いのことだ」

「ああ……」橙子は頷きながら尋ねる。「じゃあ、もしかして『鎌倉』の『鎌《かま》』も、鉄を意味しているんでしょうか？」

「そちらは、また別だ」

「私は、地形が『竈《かまど》』のようだからとか、神が棲《す》んでいる土地だから『神坐《かみくら》』で、そこから『かまくら』になったと聞いたことがありますけど」

「美しい騙りだね」俊輔は微笑む。「きみは『鎌倉七口《ななくち》』という言葉を聞いたことがあるね」

「鎌倉にある、七つの切り通しですね」橙子は頷く。「山を切り開いて造った道です」

「極楽寺坂《ごくらくじざか》、大仏《だいぶつ》坂」俊輔は指を折りながら言った。「化粧《けわい》坂、亀ヶ谷、巨福呂坂《こぶくろさか》、名越《なごえ》、朝比《あさひ》奈《な》切り通しの七ヵ所なんだが、これらに共通していることは何か知っているかな」

「……狭い山道？」

「もちろんそれもそうだが」俊輔は笑った。「それらの全ての口の近くには、刑場があった」

「刑場！」

「つまり、葬送の地だった」

「えっ」

これは、と俊輔はお猪口を空ける。

「後世、江戸になってからも同じだった。江戸の五街道の出入り口にも、全て刑場・葬送場があり、処刑された罪人の首が獄門台の上に晒されていた。これは一種の見せしめでね、この土地に入ってきて悪いことをすると、必ずこうなるぞという」

「そう……なんですか。それで鎌倉も？」

「亀ヶ谷や、巨福呂坂の辺りなどは『地獄谷』と呼ばれていたからね。『天狗が棲む』葬送の地だった。あと極楽寺もそうだ。『極楽寺』という名称は、人々を弔うための念仏寺がその地に遷され、文永《ぶんえい》四年（一二六七）に、忍性《にんしょう》が『極楽寺』という名で開山した。それまでの地名は、やはり『地獄谷』だった」

「地獄谷！」

「また、名越の切り通しなどは、鎌倉の防衛施設が置かれ、しばしば大きな戦いが行われている。故に、そこも一大葬送地となった。今でも、観音堂が置かれているね。ちなみに『長谷《はせ》』は『泊瀬《はつせ》』のことで、やはり葬送地を表しているし、義経の書状で有名な『腰越』は、もともと『子死越《こしごえ》』という地名だった。そして——」

　俊輔は熱燗を注ぎながら言った。

「昔から、こういった葬送場は『かまど』『かま』と呼ばれていた。そして『倉』『蔵』は、『古事記』などによれば『暗い谷』を意味していたというから、鎌倉は、それらが沢山ある地ということだろう。一説にはストレートに『屍倉《かばねくら》』だと言っているものもある」

「え……」

「また、鎌倉の顔ともいえる風光明媚な、あの由比ヶ浜では、大規模な埋葬遺構群が見つかっている。大きな穴を掘って、遺体を何重にもして埋めた遺跡がね。故に、あの浜一帯は、当時の墓地だったと考えて良いだろう。それこそ義経と静御前の間に生まれた男子も、あの浜で殺された。だからこそ『由比ヶ浜』と名づけられたんだとぼくは思ってる」

「……どういう意味ですか？」

「『由比』は当然『結《ゆい》』で、『字統』によれば『そこにある力を閉じ込める』という意味も持っているとある。この場合でいえば、由比ヶ浜は死者の念を閉じ込めていることになるんだろうね。つまり『結界』の浜だ」

「あっ」

俊輔の話が本当ならば、確かに刑場・葬送場が狭い地域に密集するかのように存在している。というより、それらに囲まれるようにして「鎌倉」がある。そして、由比ヶ浜での義経の子供の話は、事実だ。海に沈められたとも、砂浜に遺棄されたともいわれている——。

美しい鎌倉のイメージが崩れてしまうじゃないか。

いや。

橙子は嘆息した。

こうして真実を知った方が良いのかも知れない。

そんな悲惨な歴史を持っていたからこそ、今は美しく変貌を遂げられたとも考えられるから。光の向こうにある影の部分にも、目を向けなくては。

「そこまでは、理解できました」

橙子は、おでんを口に運ぶ俊輔に向かって尋ねる。

「じゃあ頼朝たちは、何故鎌倉へ？　刑場や葬送場は、彼らが鎌倉に幕府を開いた後の話だとして、でもそんなに酷い泥湿地は、最初から広がっていたんでしょう」

当然、と俊輔は首肯する。

「徳川家康《とくがわいえやす》も、初めて江戸の地に足を踏み入れた時は、辺りを見回して暫《しば》し茫然としたというが、頼朝の心境も同じだったと思う」

「でも頼朝は、鎌倉を本拠地と定めた」橙子もお湯割りを飲む。「それは、やはり三方が山、一方が海という、守りやすく攻められ難い土地だったから――」

「それも、騙りだね」

は？　橙子は首を捻った。

「これは常識ですよ！　私もそう習いました」

「では尋ねるが、今までの日本の都を造った人間で、そんな土地を選択した人物は他に誰かいるかな？」

「えっ」

虚を衝かれて、橙子は思考を巡らせる。

まず、飛鳥《あすか》や奈良の都は……違う。ほぼ山の中だ。

京の都は「四神相応」の地だから、北側に山がある盆地ではあるものの、海に面してはいないし、鎌倉と比べれば格段に広い平野だ。

大阪《おおさか》（坂）もそうだ。大きな湾はあるが、特に峻険な山に囲まれているわけではない。こちらの周囲も平野だ。

そして江戸。家康によって大きく手が入れられているが、彼が入った当時は、それこそだだっ広い草原と泥湿地と海だった――。

「確かに……」橙子は顔を歪めた。「どこも違います」

「しかも」と俊輔はつけ加える。「それほど敵からの攻撃に対して強靱な都というわりには、わずか百五十年足らずで攻め滅ぼされてしまっている。しかも、新田義貞《にったよしさだ》たちによる海からの攻撃でね。要害の地だったなど、全く後付けの理由だよ」

「じゃあ、どうして頼朝はっ」

身を乗り出して橙子は尋ねた——。

その時、

「元八幡に、到着しましたよ」運転手は言った。「車は神社の前まで行かれませんから、あの道を入ってください。私は、ここで待ってますので」

橙子が見れば、民家と民家の間の路地脇に「元鶴岡八幡宮」と刻まれた石の社号標が建っていた。家の間を縫うように細い石畳の道を進んで行くと、やがて朱塗りの鳥居が見えた。

橙子は道を左に折れて、境内へと入る。現在の鶴岡八幡宮と比べるまでもない、狭くひっそりとした神社だ。都内で見かける天祖神社や、地主神を祀っている神社ほどの広さだった。参拝客も、今は橙子一人で他には誰もいなかった。

石段を六段登って、真っ直ぐ進む。すぐ左手には「義家公　旗立ての松」と、ようやく読み取ることができるほど擦れてしまっている立て札が立っていたが、肝心の松は地上から一メートルほどの部分しか残っていなかった。

祭神は、もちろん八幡大神。

一間社流造《いっけんしゃながれづくり》の本殿は、頼朝の四代前の祖である義家が修復再建したと、案内書に載っていた。「前九年の役」では父の頼義と共に戦い、その後の「後三年の役《ごさんねんのえき》」も平定して、東国に源氏勢力の基盤を作ったため「八幡太郎」と呼ばれた源氏の伝説的な武将だ。

そんな先祖たちが関係している社を、頼朝が参拝しないわけもない。これは俊輔が言ったように、辺り一面が泥湿地だったために、彼らが入った源氏山から、現在の若宮大路を横切っての直接参拝が物理的に不可能だったから、ここまで来られなかったと考える方が正しい。

実際にこうして本殿の前に立つと、周囲の木々は鬱蒼と繁り、決して気のせいではなく「神坐《かみいま》す」雰囲気に満ち溢れている。

橙子は、そんな本殿の前に立って祈った。

〝今日一日、よろしくお願いします〟

帰り道にふと境内脇に目をやると「文学案内板」として、この辺りは「芥川龍之介旧居跡」なのだとあった。どこそこに、どんな間取りの家を借りて住んでいた、などとやけに具体的に書かれている。また、この頃のことを『或阿呆《あるあほう》の一生』の中でも書いているという。そういえば橙子も、何となく読んだ記憶があった。

〝さて〟

元来た道を戻って橙子はタクシーに乗り込むと、次の目的地に向かってもらう。尾張国で謀殺された義朝と政清の墓があるという、勝長寿院《しょうちょうじゅいん》跡だ——。

「特に要害の地とも言えず、その殆どが泥湿地で人馬も歩けなかった鎌倉に、どうして頼朝が入ったのか。その答えは簡単だ」

俊輔は言った。

「頼朝は、当時のそんな鎌倉にしか、行く場所がなかったからだ。石橋山の戦いに敗れて安房に逃げ込んだ時、頼朝は千葉介常胤《ちばのすけつねたね》に言われた。『相模国、鎌倉郷を目指し給《たま》え』とね。そこで頼朝は決心したんだ」

「というと、頼朝自らが決断したのではなく？」

「そうだ」

俊輔は静かに答えて、熱燗を注ぐ。

「その少し前の治承四年（一一八〇）八月。伊豆での挙兵で頼朝たちは山木兼隆を討ったといわれているが、実際は北条時政父子らを主力とした数十人による、殴り込み程度の夜討ちだった。しかも大将の頼朝はこの夜襲に加わってはいなかった」

「加わっていなかった？」

「時政の邸で、じっと報告を待っていたんだ。それどころか、もしも時政たちが敗れたら、その場で切腹して果てる約束をさせられていた」

「切腹ですか！」橙子は驚く。「後の征夷大将軍《せいいたいしょうぐん》なのに？」

「実は、今さらながらぼくも驚いた」俊輔も同意する。「我々はこの先、頼朝が平氏を倒して征夷大将軍となることを知っている。そんな先入観があるから、当時の状況がきちんと理解できていないいんじゃないかと気づいたんだ。言われるまでもなく時政にしてみれば、いくら娘の婿とはいえ、頼朝など単なる流人だったわけだからね」

それは確かにそうだ。

無言で頷く橙子に、俊輔は続けた。

「それに加えて鎌倉は、四十年近く前に父の義朝が、土地の人々――いわゆる『鎌倉党』に対して乱暴狼藉を働いた、いわくつきの土地だった」

「義朝が、乱暴狼藉を？」

「鎌倉党の人々が苦難の末に開墾した土地に乱入して、米穀や財宝を強奪したり、それに抵抗する多くの人々を、無残にも殺戮したりした。故に、当然ながら鎌倉党は義朝を恨んでいた。その息子がやって来るといって、誰一人歓迎するはずもない」

「じゃあ、どうして千葉介は鎌倉を勧めたんですか！」

「その頃の坂東武士たちは、誰もが『一所懸命』――自分の土地を守ることに命を懸けていたからだ」

は？　と一瞬驚いた橙子は言う。

「現在の『一生懸命』の語源ですよね……。文字通り必死に」

そうだ、と言って俊輔は熱燗を手酌で注ぐと、一口飲んだ。

「坂東の豪族たちにとってみれば、八幡太郎義家の血を引く頼朝は、実に得難い存在だ。しかし、だからといって大切な自分たちの土地を進呈はしたくない」

「それで『泥湿地』だった鎌倉を！」

「そうだ」

「しかも、源氏が嫌われていることを知っていたにもかかわらずですか？」

「千葉介たちにとってみれば、彼らが蛇蝎《だかつ》のように嫌われていようがいまいが、そんなことは関係ない。自分の土地さえ取られなければね。だから鎌倉に向かわせたんだ」

「自分の領地から、体よく追い払ったってことですかっ」

そういうことだ、と俊輔は首肯した。

「しかしそのために、割を食ってしまったのは、鎌倉党の人々だった。彼らは仕方なく、一番住みづらかった由比ヶ浜の辺りを頼朝たちに譲って、自分たちは銭洗弁天や佐助稲荷《さすけいなり》や長谷といった、比較的住みやすい山の奥に引っ込んだ。だが、このことが後々、大きな事件を引き起こす下地になってしまったんだがね。ちなみにこの『佐助稲荷』という名称は、読んでそのまま『左殿《すけ》(頼朝)を助ける』『鋳成《いなり》』ということだ。製鉄技術によって彼らを助けたということだろう」

「それは？」

「もっと後のことだよ」俊輔は笑う。「そんなことがあって、頼朝たちは鎌倉に入った」

「全然知りませんでした……」橙子は啞然とした顔で俊輔を見た。「てっきり、三方が山に囲まれた要害の地だとか、先祖代々の土地がある場所だったからなんて——」

「そう勘違いされているようだね」

俊輔は空いたお猪口に熱燗を注ぎ、それも空になると、もう一本注文した。

「では折角だから、義朝や政清の墓参もすると良い」

「彼らの墓もあるんですか？」

「文治元年(一一八五)頼朝が、義朝の菩提を弔うために建立した、勝長寿院跡にね。当時は『大御堂《おおみどう》』『南御堂《みなみのみどう》』とも呼ばれ、現在もその名が地名として残っているほど立派な寺院だったらしい。そして、義朝の首が鎌倉に送られてきた際に頼朝は、わざわざ片瀬まで出迎えに行って受け取り、ここに葬った。その跡地の片隅《かたすみ》に義朝と政清の墓がある」

「じゃあ、ぜひ!」

「この寺は、源氏の菩提寺とも考えられていたから、義経の家臣の佐藤忠信の首や、静御前と義経の子供が寺の背後に埋葬された。それに、三代将軍の実朝《さねとも》も、寺の近くに埋葬された。特に実朝は、この寺にしばしば参詣していて、彼の歌集である『金槐《きんかい》和歌集』にも、

古寺のくち木の梅も春雨《はるさめ》に
そぼちて花もほころびにけり

という、この寺の梅がちらほら咲き始めた時に詠んだ歌が載っている。また、義経の潜伏を助けたにもかかわらず、その弁舌によって頼朝を感心させたという僧・勧修坊《かんじゅぼう》が、この寺の別当となっている——」

急に俊輔は口を閉ざした。

眉根を寄せると、顎を捻る。

「……何か?」

不審そうに尋ねる橙子にいきなり、

「きみは今、パソコンを持っているね」

と言う。

「は、はい」橙子は、あわててバッグを開けるとパソコンを取り出す。「持っています」

「うちの大学のデータベースにアクセスできるかな」

もちろん、と橙子はパソコンを開いて電源を入れながら答える。

「閲覧の手続きを取っていますので」

「じゃあ、ちょっと調べて欲しい。『義経記』だ」

「はいっ。少しお待ちください」

パソコンが立ち上がると、橙子はキーボードを叩く。そして、しかめ面のままお猪口を口に運ぶ俊輔に告げた。

「『義経記』、出ました」

俊輔はその画面を覗き込むと呟いた。

「勝長寿院の後ろに檜皮葺《ひわだぶ》きのご別荘を建てて、そこに勧修坊をお入れ申した……。鎌倉では、この時が仏教の弘《ひろ》まった最初であった……か。そして、その少し前に、

『池殿の憐み深くて、死罪を流罪に申し行ひて』――」

俊輔はお猪口を空けた。

「やはり、ここでも池禅尼が登場する」

「そうですね」橙子も画面を覗き込みながら頷いた。「でも、これが何か？」

いや、と俊輔は再び顎を捻った。

「何かが引っかかったままなんだが……。それが何だか、まだ分からない」

俊輔は乱暴に手酌で熱燗を注ぐと、一息に飲み干した――。

橙子が、ふと窓の外を眺めると、いつの間にかタクシーは裏道に入り、細い路地を走っていた。今まで全く知らなかったが、観光客の姿もなく、地元の人しかすれ違わないような、こんな場所にも数多くの寺院が建っている。確かにこの時代は、さまざまな宗派の仏教が一斉に広まったから、そのせいだろう。当然と言えば当然か。

「もうすぐ到着しますよ」細い川に架かった狭い橋を渡りながら、運転手が告げた。「でも勝長寿院は、跡しか残っていなかったと思いますけどね。確か、石碑だけで」

「ええ」橙子は答える。「お墓参りをしたいだけなので」

「お墓ですか？」運転手は首を捻った。「そんな物、あったっけかなあ……。まあ、とにかく行ってみましょう」

「お願いします」

「もうちょっと広い通りに出て、真っ直ぐに行けば、苔の階段で有名な、鎌倉一の古刹《こさつ》の杉本寺《すぎもとでら》や、最近は竹の寺って言って有名になってきた報国寺《ほうこくじ》や、鎌倉五山の一つの浄妙《じょうみょう》寺なんかもありますけど、そっちは行かなくて良いんですね」

「はい」と橙子は微笑みながら断った。「今日は結構です。この後も、まだ色々と行かなくてはならない場所があるので」

「ちなみに、どちらへ？」

尋ねる運転手に今日の予定を告げると、

「へえーっ」更に驚かれた。「マニアックですねえ。承知しました」

運転手は答えて、狭い道に入る。スピードを落としながら辺りを見回し、

「ええと……。ああ、ありました。ここです」

と言って車を停めた。

「この場所に車は停めておかれないんで、あっちでUターンして戻って来ますから、ごゆっくりどうぞ」

ドアが開いて降りたものの、橙子はキョロキョロと辺りを見回す。というのも、周囲は民家ばかりで、何も――。

〝あった！　これだわ〟

橙子の側、小さな草むらの中に、黒い石碑が建っている。坂道を登って行くタクシーを見送りながら、近づいて目をこらしてみれば、確かに「長寿院旧蹟」と白く刻まれ、その下には小さな文字で、

「院ハ文治元年源頼朝ノ先考義朝ヲ祀ランガ為ニ草創スル」


云々と、今にも擦れて消えそうな文字が刻まれていた。そしてその横には「勝長寿院　舊《きゅう》(旧)跡」という、細長い石碑が建てられている。

そして更にその奥、草むらの片隅に、

〝これなの……？〟

思わず二度見してしまうほど小さな、高さ一メートルもあるかないかの供養塔が、二基並んで

建っていた――というより「置かれて」いた。これでは、地元のタクシー運転手も知らなくて当たり前かも知れない。
しかしその供養塔の横には、

「源義朝公之墓」

「鎌田政家之墓」


と書かれた碑が立ち、供養塔の前にはお酒や、小さな草花が供えられていて、側には「源義朝公主従供養塔再建――」云々と書かれた碑も置かれていた。

橙子は、バッグから線香のセットを取り出す。このために、用意してきたのだ。早速、線香にライターで火をつけながら、お花も持参すれば良かったと後悔する。

〝でも……〟

まさか、義朝たちの供養塔がこんなに小さく、しかも草むらの片隅に建てられているなど、予想もしないではないか。誠也が言っていた野間の供養塔ほど立派ではないにしても「鎌倉」を造り上げた頼朝の、父親主従の供養塔だ。それなのに……。

線香を手向けながら辺りを見れば、ここに生えている草花は紫陽花《あじさい》だと気づいた。きっと季節になれば、華やかな花々で囲まれることだろう。それだけでも良かった、などと思いながら手を合わせていると、やがてタクシーが坂を下りて戻って来た。

一礼して供養塔を後にすると、橙子は再びタクシーに乗り込む。

「では次に」と車を発進させながら運転手は言った。「頼朝さんのお墓ですね」

「ええ。お願いします」

「今の場所は、その頼朝さんの……」

「お父さんたちのお墓です」

と言って、橙子は簡単に説明した。途中、「文覚上人屋敷跡」という石碑などを眺めながら、頼朝の墓に向かってもらう——。


「きみは」と俊輔は、お猪口片手に尋ねてきた。「頼朝の顔を知っているかな」

「は、はい」橙子は、玉子をつつきながら答える。「教科書に載っている顔でしたら。でもあれは、本当は頼朝ではなくて、実は別人だと」

「足利直義《あしかがただよし》の肖像だといわれているね。尊氏《たかうじ》の弟だ。きみは甲斐《かい》国、山梨県の善光《ぜんこう》寺に行ったことは?」

「えっ」橙子は首を横に振った。「いいえ。まだありませんけど、何か……?」

「あの寺の宝物館には、日本最古の頼朝像があるんだ。その像の顔こそが、本物の頼朝の顔に一番近いのではないかといわれている。だからその像を見れば、頼朝はこんな感じの男だったのかと分かる」

「そうなんですね! どんな感じの男性なんでしょう? やっぱり、一般に言われているように怜悧《れいり》な雰囲気なんですか」

いいや、と俊輔は笑った。

「きみのその印象は、義経へ対する冷遇や、奥州藤原氏を滅ぼした手口などから来ていると思うが、実際に見てみると、頬もふっくらとして、穏やかで、とても人が好《よ》さそうな顔だよ。というより、むしろ少し情けない表情をしている」

「まさか」

驚く橙子に、俊輔はお猪口を傾けながら、

「本当だ」と言った。「ことほど左様にぼくたちは、真実の歴史のほんの数パーセントしか目にしていないのかも知れないね。ただ単に、誰かが勝手に作り上げたフィクションの世界の中に生きているだけで」

「先生がそんなことを言われたら、私なんか――」

思わず俯《うつむ》いてしまった橙子の前で、俊輔は続ける。

「これも今更ながら気づいたんだが、頼朝が、実は穏やかで人が好かったという可能性も、非常に高いんじゃないか」

「あの頼朝が、ですか」

「いや、もう少し調べてみないといけないんだが……。ちなみにその宝物館には、三代将軍・実朝の、やはり優しそうな表情の木像も安置されている。彼は将軍になったものの、幕府の権力闘争に加わりたくはなかった人物のようだから、こちらは納得できるだろう」

「はい……」

「以前には頼家の像もあったようだが、残念なことに焼失してしまったらしいけれどね。実に見てみたかった」

俊輔はお猪口を空けた――。

やがて車は「岐《わか》れ道《みち》」バス停を過ぎて、小学校沿いの道を進み、正面突き当たりで停まった。目の前に延びる長い石段を登ると、頼朝の墓だ。

橙子はタクシーを降りて、ゆっくり歩きだす。石段下の左手には、白旗《しらはた》神社が鎮座し、その手前には法華《ほっけ》堂跡の石碑が建っている。その石碑には、

「もともと頼朝の持仏を祀っていたが、彼の死後に廟所《びょうしょ》となり、その後、建保《けんぽう》五年（一二一七）五月の和田義盛《わだよしもり》の謀反に際して実朝は、この堂に逃げ込んで難を逃れた。また、宝治《ほうじ》元年（一二四七）六月には、北条氏に攻められた三浦泰村《みうらやすむら》の一族郎党五百人が籠もり、全員自害した。そのために、庭が朱色に染まった――」

というようなことが書かれていた。

橙子は、石段右手に建てられている、

君出でて民もしづまり九重の
　塵もをさまる世とはなりにけり

と刻まれた立派な石碑を眺めながら、石段を登った。途中に立っている神明《しんめい》鳥居をくぐって、

最後は少し息を切らしながらも広い空間に辿り着くと、正面に見える五輪の宝塔が、頼朝の墓だ。一息ついて振り返れば、遥か眼下には大倉幕府跡地が望める。

こちらの墓は、先ほどの義朝たちとは違って、何本もの花や線香の煙が、風に揺らいでいた。

そういえば、この頼朝の墓に関しても、俊輔は変なことを言っていた。

頼朝が亡くなったのは、建久十年（一一九九）一月。しかし、この墓が建立されたのは、それから六百年近くも後の、安永《あんえい》八年（一七七九）なのだという。その間、今の法華堂が頼朝の墓所とされていたようだが、実際には、どこに彼の墓があったのか分かっていないのだそうだ。

しかし、鎌倉幕府創設者である源頼朝の墓が、未だどこに存在していたのか、正確に判明していないというのは……。

〝どうして？〟

とても信じられなかったが、石段の前に立っていた「源頼朝の墓」という説明板にも、法華堂は廃絶し、

「現在建っている塔は、後に島津《しまづ》藩主・島津重豪《しげひで》が整備したものとされます」


とあった。

先ほどの義朝主従といい、この頼朝といい。

死後の扱いが、余りにも粗略すぎないか？

むしろ、義経たちの方が丁寧に祀られている。もちろんこれは、俊輔も言っていたように「怨

霊慰撫」「鎮魂」という意味合いが強い。でもそれを言ったら、義朝や政家（清）も同じだ。怨念を残して死んでいないのは、頼朝だけ。といっても彼の墓は長い間、粗雑でぞんざいに扱われていた。

平氏を倒して、新しい幕府を創った頼朝なのに。

どうしてなんだろう？

橙子は、頭を振りながらタクシーに乗り込んだ。

鶴岡八幡宮は、ここから歩いても楽に行ける。でも、その後の予定も詰まっているので、少しでも時間節約で数分乗ってしまうことにした。

「では、最後の鶴岡八幡宮へ行きます」

ようやく「名所」に行くんですね、という雰囲気で運転手は言ったが、実はここも一般の観光客とは目的が違う。実際に歩いてしっかり確認してきてくれと、俊輔に言われている。

橙子は、軽く緊張しながら嘆息する。

鶴岡八幡宮に到着すると、橙子は料金を精算してタクシーを降り、天を突くようにそびえ立つ朱塗りの神明鳥居をくぐって、八幡宮の境内に入った。

まだ十時前だというのに、大勢の観光客や、赤ちゃんを抱いたお宮参りの家族連れが数組いる。あと一時間ほどすれば、団体客なども到着して大混雑になるに違いない。早めに行動を開始して正解だった、と橙子は思った。

源氏池を右手に、平家池を左手に眺めながら橋を渡って参道を歩くと、すぐに舞殿《まいでん》が見えてきた。その背後、一段高い位置に、立派な楼門の屋根が見える。この辺りも、すでに多くの人たちがいる。江戸時代は閑散としていたという俊輔の言葉からは、とても想像できない光景だ。

朱塗りの柱が美しい舞殿は、入り母屋造りの屋根の前後に唐破風《からはふ》が付いていて、さまざまな行事や祭礼に用いられていると案内書にあった。

ここは、義経の愛妾・静御前が、頼朝と政子の前で舞を舞った舞台として有名だが、実際は違ったらしい。というのも、静が舞ったのは文治二年（一一八六）の四月で、この舞殿が建立されたのは七年後の建久四年（一一九三）なので、時系列がおかしい。だから静が舞ったのは、舞殿の右後方に建っている若宮の回廊だったろうと考えられている。

橙子はその周囲をゆっくりと歩き、持参した資料に目を落とした。

「『徒然草』によれば、平治の乱で横死した信西は、優れた曲を選んで磯《いそ》ノ禅師という女に教え、白い水干《すいかん》姿に鞘巻《さやまき》——鍔のない刀を挿して烏帽子を被らせて舞わせた舞が『男舞』と呼ばれ、禅師が娘の静にその芸を継がせた。これが『白拍子《しらびょうし》』の起源だとあり、『平家物語』では、白拍子は水干、立て烏帽子、白鞘巻を挿すなどという男装で舞っていたが、中頃より水干だけを用いたので『白拍子』と名づけられたと説明されている。また別の資料によれば『白拍子』とは平安後期に始まった打楽器で演奏する歌と舞で、もともとは男性たちの歌舞だった。この『男舞』を舞わせるために、信西は女性を男装させたのである」

と書かれていた。その詳細な区別はまた別途考察を入れるとして、この静御前に関しては、何と言ってもこのエピソードが有名だろう。

文治二年（一一八六）四月八日。

頼朝は、吉野山《よしのやま》で捕らえて鎌倉に連れて来た静御前に、舞を所望する。静は、病気と称して何度も断ったが遂に断り切れず、頼朝や政子を始めとする人々の面前で舞うことになった。その際『吾妻鏡』によれば、工藤祐経《くどうすけつね》が鼓を打ち、畠山重忠が銅拍子《どびょうし》を叩いたとあるが、畠山重忠は笙《しょう》を吹き、梶原景時が銅拍子を叩いたという説もある。静がその時披露したのは、

よし野山みねのしら雪ふみ分けて
　入りにし人のあとぞ恋しき

しづやしづしづのをだまきくり返し
　昔を今になすよしもがな

という歌と舞だった。
最初の歌は『古今和歌集』巻第六の壬生忠岑《みぶのただみね》の、

み吉野の山の白雪踏み分けて
　入りにし人の訪れもせぬ

を踏まえており、もう一方は『伊勢物語』第三十二段の、

いにしへのしづのをだまきくりかへし

むかしを今になすよしもがな
の本歌取りとなっている。

こちらの「しづ」は古代の織物《おりもの》の一種「倭文《しず》」で、同時に「賤《しず》」も掛けている。「をだまき」は「苧環《おだまき》」で、つむいだ麻糸を巻きつけた機織りの道具だから「糸を繰る」ことと「繰り返す」を掛け「遠い昔の倭文の苧環から、糸を繰り出し繰り出しするように、もう一度昔を今にする術があったらなあ」という意味になる。しかも静は「静」と「しづ」を更に歌に乗せて舞ったことになり、これらを即興で歌えたのだから、静はとても高い教養を身につけていた女性だったことが分かる。

それより何と言っても、吉野山で別れて以降、行方知れずになってしまった義経を今でも慕っているという意味のこの歌を、頼朝の前で堂々と歌うというのも凄い。

案の定、頼朝は激怒した。ところが政子は自分たちの昔のことを話し、自分も石橋山の戦いで頼朝の生死が不明になってしまった時は、日夜、死を覚悟して過ごした。女というのは、そういうものだと説得し、尚且《なおか》つ静の舞を絶賛したため、頼朝は渋々機嫌を直したという。

静は周囲から大絶賛されたが、この時既にお腹には義経の子がいた。しかし、俊輔が言っていたように、その子は由比ヶ浜に沈められてしまい、失意の静は母親の磯ノ禅師と共に京都に帰り、以降は行方不明となっている——。

〝義仲の巴御前といい、義経の静御前といい、そして今の政子といい……〟

素晴らしい女性たちばかりじゃないか。

誰もが文字通り、自分の命を懸けて相手の男性を愛していた。

きっと頼朝は、そんな静を恐れたのだ。そこで、義経と彼女の間に生まれた子を、由比ヶ浜で殺した。ここまで真剣に義経を愛している女性を、そしてその子を畏怖《いふ》したに違いない。文治二年の静の舞は、頼朝をそこまで追い込んだ——。

橙子は、胸を熱くしながら舞殿を後にすると、本殿下の石段の前に立って、今度は左手にそびえ立つ樹齢千年ともいわれる大銀杏《おおいちょう》を見上げた。

まさに今は、春。

青々とした無数の葉をつけた枝が思い思いに腕を伸ばし、ゆったりと春風にそよいでいる。秋ともなれば、全ての枝が金色で埋め尽くされる見事な光景で有名な銀杏だ。

しかし何よりも「隠れ銀杏」という別名の通り、建保七年（一二一九）一月、三代将軍・実朝を暗殺した公暁《くぎょう》がこの太い幹の陰に隠れ、待ち伏せしていたというから凄い。この銀杏は、八百年も前の歴史的事件の目撃者だったなんて。

橙子は、遥か上方に建つ楼門を見上げる。「八」の字が二羽の鳩で描かれている「八幡宮」の扁額《へんがく》が見えた。その背後には、先ほどの「元八幡」から勧請された神々を祀る本殿や、拝殿、幣殿が建っているはずだ。

しかし今回の目的はこちらではない。ここでも、六十段下の石段前から「遥拝」すると右手へ進み、授与所で境内案内図をもらう。これも今回、俊輔に頼まれた重要なミッションだ。公式の正確な境内図が欲しいらしい。

更に進んで行くと、さすがに辺りは観光客も参拝客も少なくなった。蛍や鈴虫が放生される神池に架かる小さな橋を渡り、元八幡——由比若宮遥拝所を過ぎると、左手に白旗神社が見えた。

ここが、今回の目的地。

資料を読むと、この神社の祭神は頼朝と実朝とあるので、改めて驚く。鶴岡八幡宮と聞くと、すぐに頼朝を連想してしまうが、本殿に祀られているのは、あくまでも応神《おうじん》天皇・比賣《ひめ》神・神功《じんぐう》皇后の「八幡神」で、肝心の頼朝は、こうして境内隅に建てられた白旗神社に、ひっそりと祀られている。

パンフレットには、頼朝死後翌年の正治二年（一二〇〇）に、政子あるいは頼家によって「頼朝社」が本殿の西、現在の丸山稲荷と今宮の間の辺りに創建されたとある。その後、実朝を祀っていた柳営《りゅうえい》社と合祀されて、現在の形になったという。

それまでは社殿に頼朝坐像が安置されており、奥州へ向かう途中に立ち寄った豊臣秀吉がその像を見て、微小な身の育ちでありながら天下を取ったのは、頼朝と自分だけだ。しかし頼朝の先祖は立派な血筋だったのだから、自分の方が出世頭だ、と言ったらしい。その後、

「御身と吾《われ》は天下友達である」

と言って木像の背中を叩いたという逸話が残されている。

社殿は舞殿や本殿とは違って、朱塗りではなく黒塗りの社殿で、所々に金色の笹竜胆《ささりんどう》の紋が飾られ、前面には唐破風が載っていてシックな雰囲気だったが、その姿は、昔の街でよく見かけた「霊柩車《れいきゅうしゃ》」のようだった。あるいは、緑の木々の中にポツンと置かれた墓標のよう……。

橙子は、そのまま鶴岡八幡宮を後にした。

辺りの風景を眺めながら段葛を歩いて、十分ほどで鎌倉駅に到着する。

この道も、桜が咲き始めると大混雑に陥ってしまう。以前に一度、桜が満開の頃に友だちと一緒にやって来たことがあるけれど、その時は写真を撮る人たちが多くて全く進まなかったので、段葛を諦めて脇の歩道を歩いた。しかし今日はまだ時間が早いために空いていたので、もうすぐ芽吹きそうな桜並木を眺めながら少し足早に歩く。

すると資料の中に「この道は昔、一ノ鳥居の辺りまで延びていた可能性がある。但し、正確な文献があるわけではないので定かではない」という説明文があった。

俊輔が言ったように泥湿地帯を歩くために造成されたのであれば、それは当然だ。特に、昔は一ノ鳥居近くまで海岸線が迫っていたというのだから、尚更のことだろう。

次に「段葛は武士が歩き、両脇の道を庶民が歩いたのではないかともいわれている」とあったが、馬は段葛の上しか歩けなかったのだから、これも当たり前の話だ。庶民は、ぬかるみの道を歩いた。

また、段葛の幅は鎌倉駅近くの二ノ鳥居辺りでは四・五メートル、八幡宮前の三ノ鳥居辺りでは二・七メートルになっていて、段葛から八幡宮を望んだ時に、実際より大きく立派に見えるように計算されて造られたという。遠近法の応用だ。当時は一ノ鳥居から一直線に見通せたわけだから、きっと見事だったに違いない。

やはりこの段葛は、政子の安産祈願というよりも、永年にわたって綿密に計画が練られていたと考えた方が正解だろう——。

橙子は二ノ鳥居をくぐると、もう一度八幡宮を振り返って軽くお辞儀した後、右手に折れて駅へ向かった。

駅の連絡通路をくぐって、鎌倉駅西口の江ノ電乗り場に着くと、橙子は一日乗車券を購入する。これから、終点の藤沢《ふじさわ》まで途中下車を繰り返すから、この乗車券の方が得だし、いちいち切符を買う面倒がなくてすむ。

改札を入って狭いホームで電車を待ちながら、壁に貼られた寺院の広告を眺め、橙子は思わず苦笑いしてしまった。有名な寺院がこんなにたくさんあるというのに、結局このまま、有名所は一ヵ所も行けずに終わりそうだ。タクシーの運転手も言っていたけれど「鎌倉五山」といわれる、建長《けんちょう》寺や、円覚《えんがく》寺や、寿福《じゅふく》寺や、浄智《じょうち》寺や、そして浄妙寺――。

一つもまわっていない。

でも、今回は目的がある。鎌倉観光は、改めてゆっくり来ればいい！

自分にそう言い聞かせると、ホームに滑り込んで来た萌黄色とクリーム色のツートンカラーが何とも言えず可愛らしい、四両編成の江ノ電に乗り込んだ。

ここから長谷まで三駅、わずか五分の旅だ。

江ノ電は当初「藤沢―江ノ島」間の三・三キロの区間だけで、現在のように鎌倉まで通るようになるまで、その後八年もの歳月を要したという。極楽寺坂トンネルの工事に、予想を遥かに超える労力が費やされたという理由もあるが、やはり俊輔の言うように、当時は鎌倉よりも江の島の方が重要な地域だったということだ。

資料片手に窓の外の景色を眺めていると、あっという間に長谷駅に到着した。ここでは、大勢の若い女性たちや外国からの観光客も降りるので、ホームは人で溢れかえった。誰もが、長谷寺や鎌倉大仏——高徳院《こうとく》、あるいは鎌倉能舞台へ行くのだろう。

しかし橙子は、駅から人混みに揉《も》まれながら歩くと、

「御霊《ごりょう》神社　権五郎神社」

という道標が立っている角を左に折れた。その道標の上には、

「鎌倉江ノ島
七福神めぐり（福禄寿《ふくろくじゅ》）」

という木札も掲げられていた。それらを横目に過ぎて静かな細い道を一人歩く——。


「今言ったように」俊輔はお猪口を傾けた。「長谷は、もともと泊瀬——船泊《ふなどまり》という名前からきている。これは鎌倉だけではなく、奈良の長谷も同じだ。昔は棺を舟形に造ったから、葬送の地を『泊瀬』と呼ぶようになった。死者を海の彼方にある、あの世に送るという意味でね。その風習が山間部にも持ち込まれ、やがて『初瀬《はせ》』『長谷』『小長谷《おばせ》』そして『姨捨《おばすて》』にまで転訛《てんか》した」

「姨捨もそうなんですか！」

「意味は同じだからね」

でも、と橙子は言う。

「鎌倉の長谷に関しては、今はとっても栄えていますよね。観光客も、凄く多いみたいですし。大仏なんて、今や鎌倉の顔の一つになっていますす」

「ところが、その青銅の大仏も」俊輔はお猪口を空けた。「『太平記』や『鎌倉九代後記』などの

書物によれば、何度もの台風で倒壊したり、大津波で被害を受けたりしたという。そのため、室町中期頃には放《ほ》ったらかしにされてしまい、江戸中期頃に祐天《ゆうてん》上人によって復興されるまで、何百年もの間、雨ざらしですごしたんだ。もちろん、高徳院も廃寺となった。そこで、あの大仏の胎内は、賭博《とばく》や密会の場に利用され、荒れ放題になってしまったという」

えっ、と橙子は驚く。

大仏の胎内で、そんなことが行われていた？　本当だとすれば、まさに「仏をも恐れぬ所業」ではないか！

「しかし今回」と俊輔は手酌で熱燗を注いで言う。「きみに見て来てもらいたいのは、長谷寺でも大仏でもない。御霊神社だ」

「御霊……神社ですか」

軽く首を傾げた橙子を見て、俊輔は微笑んだ。

「地元では有名だ。というより、昔はとっても有名な神社だった。『吾妻鏡』文治元年（一一八五）八月の条に、こうある。『廿　七日《にじゅうしちにち》　丁丑《ひのとうし》　午《うま》の剋《こく》、御霊社鳴動す。すこぶる地震のごとし。この事先々怪たるの由、景能《かげよし》（大庭景義《おおばかげよし》）これを驚き申す』――とね。そこで頼朝が参拝したところ、宝殿の左右の扉が壊れていた。そこで、お祓《はら》いのために藍摺《あいずり》などの賜物《たまもの》を奉納して、御神楽《みかぐら》まで執り行った、と書かれてる」

「社殿が地震のように揺れ動いたって……本当なんですか？」

「本当だろうね」俊輔は笑う。「但し、もちろん社殿が勝手に大揺れするわけもない。当然、人為的なものだろうな。あるいは、御霊神社で一騒動あった」

「一体誰が、そんなことを？」

「当然、御霊神社に関係している人々だ。幕府に対する示威行動だね」

「示威行動って、それはどういう――」

尋ねる橙子の言葉を遮って、俊輔は言った。

「この神社には、『面掛行列《めんかけぎょうれつ》』という、とても有名な祭りがあるんだ。毎年秋の彼岸の頃に行われる、怨霊慰撫の行事だよ」

「彼岸は、怨霊たちの命日だから！」

そうだ、と俊輔は頷く。

「この行列には、爺《じい》・鬼・異形《いぎょう》・鼻長《はななが》・烏天狗《からすてんぐ》・翁《おきな》（寿老人《じゅろうじん》）・火吹男《ひふきおとこ》（ひょっとこ）・福禄《ふくろく》――これが、福禄寿とされていて、鎌倉七福神に入っている。そして、阿亀《おかめ》・女（とりあげ）、また番外で猿田彦《さるたひこ》という、さまざまな面を被った人々が、妊婦姿の阿亀を中心にして町を練り歩く。それによって豊作・豊漁を祈る祭りとされているんだが、本質はまた別の所にある」

「とおっしゃいますと？」

「この阿亀を孕《はら》ませてしまったのは、頼朝だといわれているんだよ」

「えっ」

「しかもこの女性は、鎌倉党の、しかも頭目の矢野弾左衛門《やのだんざえもん》の娘・菜摘御前《なつみごぜん》であるともいわれてる。だから、鎌倉党としては『貴種《きしゅ》』をいただいたと言って、大喜びした。ところが、それを知った頼朝は、彼女と縁を切ろうとした」

「奥さんの政子は、強烈なやきもち焼きだったといいますからね」橙子は苦笑いした。「でも、それも酷いじゃないですか。いくら頼朝が、政子に頭の上がらない恐妻家だったとしても。あと頼朝は、そこらじゅうの女性に手を出したっていうし」

いや、と俊輔は顎を捻りながら答える。

「そのあたりの話に関しても考えたい部分があるんだが……それは後回しでいいだろう」

俊輔は熱燗のお代わりを注文しながら続けた。

「とにかく、そのために鎌倉党の人々は怒った。一族の頭目の娘に手をつけ、しかも妊娠までさせておきながら、知らぬ顔はさせるものか、とね」

「つまり……」橙子は納得する。「それが『御霊社鳴動』という事件の背景ですか」

「そういうことだ」俊輔は首肯する。「だから頼朝は、御霊社の神——つまり弾左衛門たちに謝罪することになった。政子も恐ろしいが、鎌倉党も負けず劣らず恐ろしかったというわけだ。事実、その後、弾左衛門たちは『頼朝卿御朱印』という偽書まで作成し、頼朝が文句を言えないのを良いことに、それを楯に取って江戸時代まで悠々と暮らした。身分はあくまでも賤民だったが、江戸の頃になると、下手な商人よりも裕福にね」

「その話は、私も聞いたことがあります」橙子は神妙な顔で頷く。「でも、そんな時代から脈々と繋がっていたんですね……」

「その御霊社の祭神、鎌倉権五郎景政《ごんごろうかげまさ》を祖とする人々が『鎌倉党』と呼ばれた人々だ。ちなみに、梶原景時や大庭景義は、景政の曾孫にあたる」

「鎌倉権五郎……」

「御霊神社の名称も『五郎』と『御霊』をかけているのだとか、大庭・梶原・長尾《ながお》・村岡《むらおか》・鎌倉の五家の祖霊を祀ってあるゆえに『五霊《ごりょう》』なのだとかの、実にまことしやかな説もあるが、それは明らかに騙りだね。鎌倉党の彼らが、源氏の連中に虐げられてきた歴史が実際にあるんだから、御霊となる資格を立派に備えている。まさに柳田國男《やなぎたくにお》の言う『目一つ五郎考』だ」

確かにそうかも知れないけど、立派に、という言い回しは何か変だ……と心の中で思いながら、橙子は、

「景政は」と言った。「歌舞伎の『暫《しばらく》』の主人公ですし、彼が勇壮な武将だったらしいということは知っていますけど——」

「彼は『後三年の役』で、わずか十六歳だったにもかかわらず、八幡太郎義家に従って奥州に赴いた。その戦の際、敵に右目——あるいは左目とも言われているが——を射られてしまう。しかし彼は、それにもめげずに矢を放ち返して、その敵を射殺した」

「強烈な武将ですね」

「だが、ここからが景政の凄いところだ。彼は必死に味方の陣に辿り着くと、兜を脱ぎ捨てて大の字になって倒れ込んでしまった。それを見た三浦平太郎為次《みうらのへいたろうためつぐ》が急いで駆け寄り、景政の右目から矢を引き抜くために、彼の顔に足をかけようとした。すると景政は、

『武士の顔に足をかけるとは何事ぞ！』

と烈火の如く怒って、血だらけの手で太刀を引き抜き、為次に斬りかかったという」

なんという……。

唖然とする橙子を見て、

「その言葉に」と言って笑った。「今の君のように呆気《あっけ》に取られた為次は、すぐ自分の無礼を詫

びると、跪《ひざまず》いて景政の顔を押さえて、目から矢を引き抜いたという。このエピソードによって、景政の武勇・功名が伝説となったわけだが」

俊輔は橙子を見た。

「実はここに一つ、大きな問題が隠されている」

「えっ。それは――？」


橙子は、御霊神社の鳥居をくぐった。

こちらの道は、裏手の参道だったらしい。真っ直ぐに進むと、本殿の脇に出た。拝殿はなかったが、三間社流造《さんげんしゃながれづくり》の本殿前面には、重厚な唐破風が飾られている。

神徳は、学業成就などの他に「眼病平癒」。

やはり神様は、自分が受けた「傷」や「痛み」を、我々から取り除いてくれようとするのだ。だから逆に言えば、神徳を見ることによって、その神様がどんな辛い運命をたどらされたのかが分かることになる。

橙子は静かに参拝した。

境内にはチラホラと参拝客の姿が見える。前面の鳥居をかすめるようにして江ノ電が通っているので、ちょっとした撮影スポットになっているようだった。その付近は、紫陽花で埋め尽くされているから、開花時期などにはきっと素敵な写真が撮れるのだろう。

橙子は、見学料を支払ってから宝蔵庫に向かった。そこには俊輔の言っていた面掛行列に用いられる面が所蔵されている。

中に入ると、気のせいか空気がひんやりとしていた。違う。気のせいではないかも知れない。

正面に置かれたガラスケースの中には、昨夜俊輔が言っていた面が順番に、
番外・猿田彦。

一番・爺。

二番・鬼。

三番・異形。

四番・鼻長。

五番・烏天狗。

六番・翁。

七番・火吹男。

八番・福禄。

九番・阿亀。

そして最後の十番・女《とりあげ》まで、ズラリと並び、じっと橙子の顔を見つめている。

いや。

顔を見つめているわけではない。何か、橙子の後ろをぼんやりと見ているようだ。

全て古い伎楽《ぎがく》面のようだが、これは正直に言って、

〝かなり不気味……〟

特に昨日の俊輔の話を聞いているので、その歴史的背景や、鎌倉党の怨念などを思い出してしまい、軽く身震いした。その他にも、天狗や山の神や、獅子頭《ししがしら》も飾られていた。特にこの獅子

頭は後世、獅子舞の原型となった非常に貴重な頭らしい。背中をゾクゾクさせながら、それらをデジカメに収めて宝蔵庫を出ると、再び社務所によって資料をゲットした。

また一つ、ミッションを終了して、正面の鳥居をくぐって神社を出ようとした時、踏切の警告音が鳴って遮断機が下りた。

踏切の前に立ち、すぐ目の前を通り過ぎて行く江ノ電を眺めながら、ふと思う。

鳥居のほんの数メートル先を電車が走っているということは、つまり線路が、この神社の参道を横切っているということではないのか。鶴岡八幡宮も、そうだった。参道の一ノ鳥居と二ノ鳥居の、ちょうど中間辺りを横須賀《よこすか》線の高架が横切っていた。

そして、ここもまた同じ。土地が狭いため、やむを得ないということは充分に理解できる。しかし、それで構わないのか……？

江ノ電が去って行くと遮断機が開き、何人もの観光客が再び撮影を始めた。そんな姿を眺めて、何となく釈然としないまま、橙子は長谷駅への道を歩いた。

途中、直進すると「海岸」、左折すると「大仏」と大きく書かれた、おそらく日本で一番ざっくりとしているだろう道路標識を微笑ましく眺めながら長谷駅に到着すると、橙子は江ノ電に乗り込んだ。次の目的地は腰越。ここから五つ目。約十五分だ——。


「ここで一番の問題は」

俊輔はもう何本目だろうか、熱燗を注文しながら口を開いた。

「為次が何のためらいもなく、景政の顔に土足をかけようとしたことだね」

「……とおっしゃると？」

一瞬その言葉の意味を測りかねた橙子に、俊輔は言う。

「いくら処置を急がなくてはならなかったとはいえ、いきなり人の顔に土足をかけるなど、現在でも考え難い。特にその相手が、自分より身分の高い人間であれば尚更だ。しかし為次は、断りもなく、また躊躇することもなく、景政の顔に土足をかけようとした」

「ああ……」

「つまり景政は為次から見て、そういう身分の人間だったというわけだ。だからこそ景政に、無礼だと怒鳴られて、二重の意味で呆気に取られてしまった。ところが為次も、偉かった。きちんと謝罪した後で、改めて矢を引き抜いた。もちろん為次が、景政の気迫に押されたということもあったろうがね。だから、景政は自分のことを『武士』と呼んでいるが、おそらく実際は、もっと身分の低い人間だった」

「それが、鎌倉党」

「景政の名前の『権五郎』も、多分『ごんごう』つまり、河童《かっぱ》から来ているんだろう。河や谷に追いやられてしまった『河衆《かわず》』だ。あるいは『天狗《てんぐ》』で『天《あま》つ狗《きつね》』つまり『海《あま》つ狗』としてね。面掛行列の面も、そんな物が使われているんじゃないかな。写真と資料が欲しい」

「承知しました！」

橙子は元気よく答えたが……景政の一件は、そういうことだったのか。ひょっとすると景政は、虐げられ続けてきたそんな地位から抜け出るべく、若くして義家につき従って奥州へ行ったのかも知れない。命懸けの戦功を上げて、本物の「武士」となるために。

ここにも、目に見えない慟哭が隠されていた——。

江ノ電が稲村ヶ崎に近づくと景色が開け、青い海の向こうに江の島が見えてきた。ここから先の海岸線は、今までの「由比ヶ浜」から「七里ヶ浜」「江の島東浜」へと変わる。

あと十分ほどで腰越だ。

俊輔の言うように、腰越は本当に「子死越」と呼ばれていたらしい。というのも昔、天変地異が起こる度に、それを止めさせてもらうため、この地に棲む「五頭龍《ごずりゅう》」に子供を生贄として捧げたとも、龍が勝手に子供を掠《さら》って食べてしまったともいわれているからだ。

そんなある日、海中から突如として大きな島——江の島が出現し、その島に美しい弁才天が降臨した。彼女の容姿に一目惚れしてしまった五頭龍は、必死に求婚する。すると弁才天は、人間を食べるような龍とは結婚できないと言って、きっぱり断った。そこで五頭龍は心を入れ替えて、今までの自分の行為を悔い改め、それからは逆に人々を護り助ける神となったという。

「その龍を祀っているのが、江の島の対岸、西鎌倉にある『龍口明神社《りゅうこう》』だ。龍神で、神武天皇の母親とされている『玉依姫《たまよりひめ》』と共に祀られているが、参道がきちんと二度も直角に折れ曲がっている」

昨夜、俊輔は言った。

「この地も、もともとは刑場だったから、実際はそんなところから『子死越』という地名になったのかも知れないな。近くには『寂光山《じゃっこうざん》龍口寺』がある。龍ノ口《たつのくち》刑場で、間一髪処刑を免れた日蓮《にちれん》を祀っている寺だ。そして結局五頭龍は、弁才天と引き離されてしまったということになる。海を隔《へだ》ててね。というよりむしろ、最初から夫婦神だった彼らが、朝廷の人々によって別れさせられたと考える方が自然だ。何しろ二人は、一緒に祀られていないんだから」

確かにその通りだ。

五頭龍と弁才天が結婚して幸せに暮らしたのなら、江の島でも龍ノ口でも、二人揃って祀られているはず。それなのに弁才天は「江島神社」、五頭龍は「龍口明神社」と、それぞれ別に祀られている。橙子は念のために、それぞれの神徳を調べてみた。すると江島神社は弁才天だから、財福・芸能上達などは良いとしても、中でも最強といわれているのが――。

〝縁結び！〟

また、龍口明神社も、

〝やっぱり、縁結び……〟

俊輔の言葉が頭の中で蘇る。

〝愛する人と悲しい離別を経験した人間は『恋愛成就』や『縁結び』の神となり――〟

間違いない。

ここにもまた一つ、悲しい歴史が眠っていた……。

橙子は軽く嘆息しながら頭を振ると、気を取り直して次の資料を確認する。

元暦《げんりゃく》二年（一一八五）五月。

義経は、壇ノ浦で捕らえた平宗盛《むねもり》・清宗《きよむね》父子を鎌倉へと護送しようとした。しかし無断任官した義経に対する頼朝の怒りは非常に激しく、当時鎌倉の西の「衢《ちまた》」――出入り口であった腰越より先は、一歩も入ることを許されなかった。事実それ以前にも、頼朝に断りなく後白河法皇からの任官を受けた二十数名の御家人たちに対して、尾張・墨俣川《すのまた》より東に足を踏み入れたら斬罪に処す、とまで言い放ち、その言葉に恐れおののいて全員が自ら辞退していた。しかし義経は、無断任官のまま墨俣川を越えた。その時はまだ頼朝は何も反応しなかったため、おそらく義経も弟である自分は大丈夫なのだろうと高をくくっていたに違いない。

ところが突然、ここにきて頼朝は怒りを爆発させる。

それに関して『平家物語』では、これは屋島・壇ノ浦と義経に煮え湯を飲まされた梶原景時の讒言によるものとされていて、頼朝までもが、

「九郎（義経）は、進疾《すすど》き男なれば」

と言い放っている。彼までもが、平氏の人々と同じように義経のことを「抜け目がない」「狡賢い」と感じていたことになる。

一方、まさかそれほどまでに頼朝の怒りを買っていたとは思いもよらなかった義経は、

「日本国を鎮めたのは、義仲・義経の所業《しわざ》ではないか！」

と憤ったが、今はとにかく兄・頼朝の怒りを解かなくてはならない。そこで、弁慶たちと共に満福寺に逗留して善後策を練った結果、対面も許されないのであれば、書状をしたためて赤心――本当の心を頼朝に訴えるしかないという結論に達する。しかもその書状は直接ではなく、頼朝の信頼が非常に篤い、大江広元《おおえのひろもと》に送ろうということに決まった。

そこで義経が口述し、弁慶が書き起こしたとされる文が、有名な「腰越状」だ。

紫の地に白く「源義経」と染め抜かれた幟《のぼり》が、春風に何本も翻る腰越駅で江ノ電を降りると、橙子は単線の線路を渡って七里ヶ浜方面へと歩く。するとすぐ「満福寺」という看板が見え

た。その矢印の通り、昔ながらの町並みを左折すると、江ノ電の線路を越えた先に、三十段ほどの石段があった。

ここが「龍護山満福寺」だ。

もともとこの寺は、奈良時代に行基によって開創されたらしい。当時の流行病《はやりやまい》を癒やすように造られたため、本尊は薬師如来。しかし現在では何と言っても、義経関連で有名になっている。橙子は石段を登り、山門をくぐって境内へと入った。

正面の立派な本堂脇には、義経とその前で今まさに腰越状をしたためている弁慶の二人の像や「義経公慰霊碑」。腰越状を書くために弁慶が使ったという泉の水が湧いている「硯《すずり》の池」。大きな石を持ち上げて義経の無聊《ぶりょう》を慰めたという「弁慶の手玉石」。弁慶が思いきり座ったために、上部が平らになってしまったという「弁慶の腰掛石」などが点在していた。

橙子は本堂に上がらせてもらい、中を見学する。

本堂内部はきらびやかに飾られて、薬師如来立像がゆったりとこちらを見ていた。本堂を飾る三十二枚の襖絵《ふすまえ》には、静御前との別離や、弁慶の立ち往生の場面など、義経の生涯に関わる出来事が描かれていた。それらを見学し終わると橙子は、本堂入り口近くのガラスケースに飾られている腰越状を眺めた。

この腰越状は『平家物語』『吾妻鏡』『義経記』などに載っているため、実在したことは間違いないと言われている。しかし実物は現存しておらず、この満福寺にある文政三年（一八二〇）に作られた木版刷りの物だけだという。

本文は「源義経、恐れ乍《なが》ら申し上げ――」云々と続いているが、毛筆で書かれた和様漢文体で、殆ど読み取れない。そこで橙子は、本文のコピーと、要旨が書いてある書面も、一緒に購入して目を通した。実は『吾妻鏡』にも、原文らしき文章が載っているが、これとは微妙に違っている。

その内容はといえば――。

頼朝の配下の一人として、平氏に倒された父・義朝の仇を討った。生まれて以来、ありとあらゆる困難に耐えて平家を滅ぼし、父・義朝に安らかに眠っていただく以外、何の望みもありません。それにもかかわらず、

「抽賞《ちゅうしょう》を被《こうむ》るべきのところ、思ひのほかに虎口の讒言によって、莫大の勲功を黙止せらる。義経犯すことなくして咎《とが》を蒙《こうむ》る」

報償を得ても良いところなのに、讒言のため誤解を招いて厳しいお怒りを得てしまいました。これから先、一体どうしたら良いのでしょうか――云々と書かれていた。

実に涙をそそる内容だ。

また、この腰越状は、弁慶が一ヵ所書き落としてしまったために「下書き」として満福寺に残されたとされているが、そのため偽書の疑いも濃い。だが、どちらにしてもその時の義経の心情を切々と表していて、読む者の心を打つ名文であることに間違いはない。ところが、この書によっても頼朝の勘気を解くことはできず、腰越に到着して約一ヵ月後、失意の義経は、そのまま満福寺を去ることになった。といっても、ただ萎《しお》れて帰ったわけではない。鎌倉に不満を持つ者は自分の所へ来い、という捨《す》て台詞《ぜりふ》を残したとも言われている。

しかし。

後に義経は、もう一度この寺にやって来ることになる。

それは、四年後の文治《ぶんじ》五年（一一八九）六月のことだ。奥州・衣川の戦いに敗れた「義経の首」がこの寺に届けられ、梶原景時と和田義盛らによって、首実検が行われた——。


橙子は満福寺を後にして、江ノ電乗り場へと向かった。

これから、その義経の首に会いに行くのだ。

藤沢にあるという「伝《でん》義経首洗《くびあらい》井戸」と、その首を祀っている「白旗神社」だ。これらは、俊輔から頼まれた取材ではないけれど、ここまで来たら、やはりご挨拶しないで済ませるわけにはいかない、と勝手に決めた。

再び線路を渡って駅のホームに入ると、橙子は藤沢方面行の江ノ電を待った。このまま江の島を通り過ぎて、藤沢まで行く。そこで小田急江ノ島線に乗り換えて、一駅目の藤沢本町《ほんまち》で降りる。おそらく、二十分もあれば到着するだろう。そこで、ちょっと遅い昼食を摂って、その二ヵ所をまわる予定。

〝よしっ〟

心の中で気合を入れると、橙子は江ノ電に乗り込んだ。

腰越から江の島まで、江ノ電は一般の車と並んで、街の真ん中を走る。右手に建つ立派な山門は、俊輔も言っていた日蓮の「龍口寺」だ。それを横目に眺めながら、あっという間に江ノ島駅に到着すると、殆どの乗客が江ノ電を降りた。通勤通学時間をとっくに過ぎているため、江ノ島駅を出発した時に橙子のいる車両には、地元の人たちと思われる数人しか乗客がいなくなった。

ここ江の島から大船までは、湘南《しょうなん》モノレールが走っている。頭上に架かる一本のレールにぶら下がって走る、なかなか素敵な乗り物だ。しかも「湘南江の島」駅から「大船」駅まで、約十五分。それこそ通勤通学ラッシュ時でなければ、ある意味でスリル満点の、とても楽しい空中散歩を満喫できる。その湘南モノレールの始発「湘南江の島」駅から三つ目の「西鎌倉」駅の近くに、俊輔の話していた五頭龍の龍口明神社が鎮座しているという。

西鎌倉で思い出したが、その隣駅の「湘南深沢《ふかさわ》」には梶原景時一族の墓があるはずだ。先ほどの腰越状ではないが、景時は義経を讒言で陥れたといわれているけれど、俊輔に言わせると、

〝それが『軍監』としての景時の役目だったし、特に嘘の報告はしていない〟

ということになる。

言われてみれば確かにそうだ。景時はただ、自分に与えられた役目を全うしただけ。梶原氏は、平将門とも従兄弟同士にあたり、常陸《ひたち》の常陸六郎と呼ばれていた平良正《よしまさ》の子孫だ。つまり坂東平氏だった。それがやがて、俊輔の言うように景政の頃から「鎌倉党」となったのだろう。景時は一の谷の合戦でも、自分の子供を救うために敵陣に二度も突入して、梶原の「二度之懸《にどのかけ》」と呼ばれたほど敵からも味方からも絶賛されるほど大いに働いて、当然、頼朝の信頼も篤かった。

その彼らの墓が「湘南深沢」にあるという。

行ったことがあるという大学の同級生の話では、駅から徒歩十分ほどの場所の深沢小学校の裏手――給食室の裏に、いわゆる「やぐら」があり、そこに供養塔が建っていたという。ごく普通の小学校の給食室の裏に梶原一族が祀られている、というシチュエーションも凄い。さすが鎌倉だと驚いた。ちなみに、その辺りの地名と番地は「梶原一丁目」で、すぐ側には、鎌倉権五郎景

政を主祭神とする「御霊神社」が鎮座しているというのだから完璧だ。

しかも、少し離れた場所には、源太景季の菩提寺である「笛田山仏行寺《ふえだぶつぎょう》」があり、町を見下ろす丘の上に、景季の腕を納めたという「源太塚」が造られているらしい。また、景季の死を悼んだ妻・信夫《しのぶ》はこの地で自害して果てたため「しのぶ塚」も建てられ、地元の人々によって景季共々丁寧に供養されているという……。

江ノ電は、そろそろ藤沢駅に近づいている。

*

俊輔は研究室の机の前に腰を下ろし、黙々と書類を片づけていた。

ここに来るのも、明日で最後。もう少しでこんな、学問研究と無関係な煩わしい仕事も終わる。これが済んだら、もう二度とこの部屋に足を踏み入れることもないだろう。個人的な資料や書籍は、すでに運び出してしまっているので、俊輔専用の書棚は、ガランとしている。

結局、この大学も空っぽだった。

いや、大学が空っぽというのは正確ではない。有形無形を問わず、学生たちにとっても俊輔たちにとっても、非常に有意義なさまざまなモノは、確実に存在している。しかし、それに目を留める気のない人間や、手を伸ばしてつかもうとしない人々にとっては、そこに何も存在していないのと同意義だ。そこにどんな素晴らしい風景が展開されていようとも、彼らにしてみれば、窓の外を叩いて通り過ぎて行く風の音と何の変わりもない。

学問も同じ。自ら挑み求めようとしない人間には、何一つ手に入らない。与えられた知識を記憶したところで、ただ何かをつかみ取ったような気になるだけだ。

とはいうものの——。

人のことばかり言えない、と俊輔は自嘲する。

自分もこの大学で、何かをつかみ取ることができたのだろうか。そして、学生たちに何かを残し与えることができたろうか。

何かを手に入れた気になっていただけではないのか。

何か結果を残した気になっていただけではないのか。

自信がない——。

ただ、現実的な問題として、体系的学問の範疇から外れてしまうと、成果を上げることが難しくなるのは事実だし、周囲からも白い目で見られる。それは構わないのだが、そのために不毛で不必要な時間を浪費させられてしまう。

本当に必要なモノは目の前に存在しているはずなのに、それを見る余力がなくなってしまう。

そして逆に、ないはずのモノが、あたかも存在しているような錯覚さえ覚えてしまうのだ。

まるでそれは錯視図のようで——。

俊輔は、ハッと顔を上げた。

〝ちょっと待て〟顎を何度も捻る。〝これは、もしかして——〟

俊輔の顔色が変わった。

ペンを投げ捨てると、すでに段ボールの中に突っ込んである資料に手を伸ばし、数冊取り出すと机の上に積み上げて、乱暴にページをめくりながら、食い入るように文字を追った。
やがて、
〝やっぱり、そうだ！〟
先ほどの直感の正しさを確信する。
俊輔は、再び魅入られたように資料に全神経を集中させた。

＊

藤沢から小田急江ノ島線に乗り換えて藤沢本町に到着すると、橙子は義経の史跡をまわる前に簡単な昼食を摂ることにした。駅前の喫茶店に入って、ミックスサンドとコーヒーを注文すると、再び資料を開いた——。

結局、義経は京への帰還途中の近江で、幕府の命令によって宗盛父子を斬首することになるが、それでも頼朝の怒りは解けず、それどころか義経に対して追討令まで出される。
しかし、さすがにこの追討令に従おうという武将は、なかなか出なかった。但しこれは、義経に対する憐憫からではなく、ただ単純に、彼と戦いたくなかったようだ。多くの武士たちが、義経の平氏に対する凄まじい戦い方を目の当たりにしていたし、またその場にいなかった武士たちも、その噂は充分に耳に届いていたため、予測のつかない「すすどき」作戦を取ってくる相手と戦うことに、誰も腰が引けていたからだった。

そんな中、ようやく土佐坊昌俊《とさのぼうしょうしゅん》という僧が名乗りを上げる。この人物は、尾張国で謀殺された義朝に最後までつき従っていた金王丸だという説もあるが、定かではない。

文治元年（一一八五）十月。昌俊は、自分亡き後の家族の安寧を頼朝に願うと、義経を暗殺するべく京へ上った。しかし、その目的がすぐに発覚し、何とか誤魔化そうとしたものの、捕らえられて斬首されてしまう。ちなみにこの時、昌俊の手勢を相手に、静御前も（！）薙刀を振るって戦ったという。それが描かれているのが『正尊《しょうぞん》』という能だ。

これで義経も覚悟を決めたともいわれているが、実はそれ以前に彼は、頼朝追討の院宣を何度も後白河法皇に願い出ていた。

つまり、頼朝と義経のどちらが先に手を挙げたのかという問題ではなく、二人の諍いは起こるべくして起こった。日本の歴史に残る世紀の兄弟喧嘩は、すでに始まっていたのだ。

ただ義経側は、俊輔も言っていたように、皆が徐々に彼のもとを離れてしまって、思うように兵が集まらなかった。そこに、幕府が大軍を率いて上って来るという情報を得たため、義経たちは、京を諦めて西国へ退くことにした。しかし、摂津国・大持浦《だいもつのうら》から出航しようとしたものの暴風雨に遭って難破し、義経たちは散り散りになってしまう。

ちなみにこれが、能の『船弁慶』や『碇潜』、文楽や歌舞伎の『義経千本桜』「渡海屋」「大持浦」の題材となった。義経たちを呪って暴風雨を巻き起こそうとする知盛の怨霊が出現したり、崩御されたはずの安徳天皇が登場したりというように、かなり荒唐無稽だが、今もって人気の高い演目だ。

これ以降の約二年間、義経は杳《よう》として行方が知れなくなり、今度は頼朝の要請で、義経追討の院宣が出された。どちらにでも転ぶ、後白河法皇の面目躍如といったところだ。

またこの頃、義経は朝廷によって「義行」と名を変えられていた。親幕派の公卿・九条兼実の子の良経《よしつね》と、音が同じなのを嫌われたからだ。しかし、大持浦で姿を消して以降、義経たちが全く捕まらないのは、きっとこの名前に「行」が入っているからだといって、今度は「義顕《よしあき》」とされた。姿をくらまして「行く」から、居場所が「顕《あきら》かになる」という、子供騙しのような話だが、当時の朝廷はまだ言霊《ことだま》に支配されていたことと、義経捜索に必死に協力しようとしていたという、二つの事実が窺われる。

やがて吉野山で静御前が捕縛され、義経たちが吉野を目指したことは判明した。だが、鎌倉に送られた静は、義経の目指す土地に関しては頑として口を開かず、この後に静の、あの美しくも悲しい例のエピソードへと続いてゆく……。

一方の義経は郎党数名と共に、密かに平泉への逃避行を続けていた。その途中の出来事として、能や長唄や琵琶の曲にもなった『安宅』、それを下敷きにして文楽や歌舞伎や舞台にもなった『勧進帳』などがある。これらは、各地に残されていたいくつかの伝説を、一つに集約した「物語」だといわれている。『安宅』と『勧進帳』は、微妙に内容が異なっているが、その概要はこんな感じだ。

義経たちは京の都から平泉目指して、北陸道《ほくろくどう》の逃避行を続けた。ところが、難関の安宅の関で一行を待っていたのは、加賀《かが》国守護・関守の富樫《とがし》左衛門《さえもん》だった。義経たちが山伏姿で逃げているという情報を得ていた富樫は、前日にも怪しい山伏たち数人を斬ったばかり。そこに義経一行は差しかかってしまった。

当然、富樫は彼らを足止めする。しかし弁慶は、奈良・東大寺再建のため、日本各地を回って勧進、つまり一般の人たちからの寄附を募っている道中だと主張する。すると富樫は、それなら勧進の目的が書かれた「勧進帳」を持っているはずだ、それを読んでみせろと言う。だが、もとよりそんな物はどこにもない。舞台を観ている私たちも含めて、誰もが冷やっとする場面だ。

ところが、弁慶は落ち着き払った態度で、背負っていた笈《おい》から、一巻の巻物を取り出すと自分の目の前に広げ、

「そーれ、つらつら。惟《おも》んみれば――」

と声高らかに堂々と読み上げる。もちろんこれは偽の巻物であり、疑い深く覗き込もうとする富樫から弁慶は必死に巻物を隠しつつ、何事もないように勧進帳を読み続ける。

歌舞伎では、ここから「山伏問答」となり、富樫が弁慶に向かって修験道に関するさまざまな質問を投げかけ、それを弁慶が淀みなく答え返すという掛け合いが見事に演じられる。そして弁慶が「九字の真言」の秘儀まで教えると、さすがの富樫も納得して、彼らを通そうとする。

ところが、一行の最後について歩いていた強力《ごうりき》――修験者に従う下男に目が留まり、その小男は義経に良く似ていると言って、富樫は全員を足止めする。発覚したか、と覚悟を決めた郎党たちは、義経を助け出すために刀を抜いて戦おうとするが、弁慶が間に入って必死に押し留め、ただ一人で富樫の前に進み出ると、義経に向かって、お前が義経に似ているばかりに皆が疑われて迷惑しているのだ！　と大声で怒鳴り、手にしていた金剛杖《こんごうづえ》で義経を散々に打ち、ここで殺して置いて行くと叫ぶ。

この小男は義経に間違いないと確信したものの、自分の命に代えても護らなくてはいけない主

君を、敢えて打擲《ちょうちゃく》してまで助けたいという弁慶の強い思いに富樫は心を打たれ、

「今は疑い晴れ申した。疾く疾く、誘《いざな》い通られよ」

と、関所を通過する許可を与える。

通過後、弁慶は浜辺で両手をついて号泣する。主君を打擲するなど、今すぐ手討ちになっても仕方ない罪であるし、それより何より弁慶自身、義経を心から敬い慕っていたからだ。それを見た義経は、弁慶の機略があったからこそ全員が助かったのだと言って慰める。そして全員で、こうまでしなくてはならない自分たちの武運のつたなさを悲しんで涙する——。

その後も話は続き、最後に、一人残っていた弁慶は富樫と神仏に感謝して、自分も義経たちを急いで追いかけて行く。歌舞伎では「飛び六方《ろっぽう》」を切って花道を勢いよく駆け抜ける、この演目最大ともいえる見せ場だ。内容、演技、曲共に素晴らしいため、天保《てんぽう》十一年（一八四〇）に、五代目・市川海老蔵《いちかわえびぞう》が演じて以来、歌舞伎十八番の一つとして、現在も大人気の舞台だ。能を題材とした「松羽目物《まつばめもの》」の中で、最も上演頻度が高い演目といわれている。

橙子も学生時代に金沢に旅行した際に、小松空港からまわってみたことがある。すると「安宅の関」と描かれた案内板や「勧進帳ものがたり館」は良いとして、義経と弁慶、そして関守の富樫たち三人の銅像まで建っていたから、びっくりした。フィクションではなく、本当にあった出来事のように錯覚してしまう。

もちろん、大抵の人は最初から「物語」なんだと分かっているし、全部が作り話というわけでもないようだから、それで良いのかも知れない。でも、安宅の関より古くから鎮座している安宅住吉《すみよし》神社で、この話をもとに「難関突破」のお守りなどを売っていたので、これには本心から驚

いてしまった。もしかすると、あと何百年か経ったら、この「安宅の関の物語」が「史実」となって伝えられているかも知れないと、神社境内にすっくと立って凜々《りり》しく勧進帳を広げている弁慶像を複雑な思いで眺めた記憶がある。

橙子はサンドイッチを口に運び、コーヒーを一口飲むと、先を読む——。

そんな筆舌に尽くしがたい艱難辛苦《かんなんしんく》を重ねながら、義経たちはようやくのことで藤原秀衡の領地、奥州・平泉に到着する。

これは義経にとってはもちろん、秀衡にとっても、非常に大きなメリットとなった。平泉には当時、十万ともいわれる精鋭が揃っていたし、黄金も唸るように蓄えられていた。

そもそも、義経と秀衡を繋いだといわれている金売り吉次という男は、鉱山師《やまし》と無縁ではない。これは、柳田國男の「炭焼き小五郎が事」などにも指摘があるように、父は炭焼藤太《すみやきとうた》、息子は金売り吉次として登場することが多い。彼らは砂金取りであり、鋳物師《いもじ》であり、金売り商人でもあるのだから。また古い歴史では、奈良・東大寺の大仏を鋳造する際にも、奥州から産出された金によって、その一大事業がようやく完成されたという伝承も残っている。

それほどの財産を抱えている秀衡の元へ、軍事の天才と名高い義経が身を寄せたのだから、秀衡は心から歓迎したろう。故に、義経が奥州に入ったという情報を得た頼朝から、何度も身柄引き渡しの催促があったにもかかわらず、更には後白河法皇からも義経の庇護を責める使者が到着したにもかかわらず、秀衡は頑として引き渡しを拒み続けた。それに、ここで要請を呑んで義経を引き渡したとしても、鎌倉方が見逃してくれるはずもないことを、充分に知っていたからだ。

必ずや、奥州の金を狙って攻め込んでくる。秀衡は、そう確信していた。

　事実、義経が平泉に到着したとされるより五年ほども前に、既に頼朝は文覚《もんがく》上人に命じて、江の島に弁才天を勧請させ、藤原氏の調伏祈願と呪詛を行わせている。つまり頼朝は、秀衡が義経を匿っていようがいまいが、どちらにしても奥州を自分の手中にするつもりでいたことになる。当然秀衡も、それを知っているので、義経に藤原の精鋭を預け、鎌倉に対抗しようと考えていた。財力・武力共に、互角以上に鎌倉と渡り合えると踏んだのだ。

　しかし秀衡は、義経が平泉に入った、わずか八ヵ月後に病に倒れてしまう。これは頼朝にとって、余りにタイミングが良すぎるので、暗殺説も存在しているが、調査の結果から、脳梗塞《のうこうそく》か脳溢血《いっけつ》だったのではないかという説が強い。

　秀衡はその死に臨んで、子どもたちに団結と融和を望み、お互いに力を合わせ、喧嘩をしないという起請文《きしょうもん》を書かせると同時に、義経を主君にして、国衡《くにひら》・泰衡《やすひら》・忠衡《ただひら》共に仕え、国を守るように遺言した。ところが、秀衡亡き後、藤原氏のトップに立った泰衡に対して、頼朝から何度も義経を引き渡すように、強い命令が下される。それに怖じ気づいてしまった泰衡は、文治五年（一一八九）閏四月三十日、ついに義経の起居している衣川館を数百騎で急襲した。義経側で防戦したのは、武蔵坊弁慶、片岡八郎常春《つねはる》、鈴木三郎重家《すずきさぶろうしげいえ》・亀井六郎重清《かめいろくろうしげきよ》兄弟、鷲尾三郎《わしおさぶろう》、増尾《ましお》十郎《じゅうろう》、備前平四郎《びぜんへいしろう》、伊勢三郎義盛らだけだった（俊輔も言っていたように、伊勢三郎は、それ以前に討ち死にしていたという説もある）。残りの常陸坊海尊《ひたちぼうかいそん》らはおらず、戦いが始まると逐電してしまった。

　その結果『義経記』によれば、鈴木三郎・亀井六郎兄弟、備前平四郎、伊勢三郎、片岡八郎ら自害。鷲尾三郎、増尾十郎ら討ち死に。そして弁慶は、義経が妻子を自分の手にかけて自らも自害するまでの「矢防ぎ」となって、館の前で立ち往生した。ここに、

「平家を追ひ落とし、一の谷、八島、壇の浦、一途《いっと》の忠を致し、先を駆け身を砕き、終《つい》に平家を攻め滅ぼして」

と、切々とうたわれた義経が生涯を閉じた。

当然のように頼朝は、続いて奥州攻撃を命令する。

三十万騎にも達しようかという大軍勢を前に藤原氏は、あっという間に敗れ、泰衡は平泉に火をかけて逃亡し、助命嘆願する。だが頼朝はそれを無視して、首を取れと命じた。泰衡は更に逃げたが、郎党の河田次郎《かわだのじろう》に謀殺されてしまう。同時に、その首を頼朝に届けた次郎も、忘恩の徒として斬首された。こうして奥州は、全て頼朝の手中に入ったのである。

いつ読み返しても、

〝泰衡は、何て愚かな決断を下したの〟

首を捻ってしまう。彼が、父・秀衡の遺言通りに動いていさえすれば、ここで日本の歴史は大きく変わっていただろう――。

橙子はコーヒーを飲み干すと、喫茶店を出た。

そのまま藤沢街道を渡って白旗交差点を左折し、交番とマンションの間の細い路地を入る。こんな住宅地に井戸などあるのだろうかと思っていると、目の前に小さな公園が見えた。右手奥には、木の格子で塞がれている古く小さな井戸と、

「九郎判官　源義経公首塚」

と彫られ、綺麗な花が手向けられている塚があった。

井戸の手前の案内板には、

「伝義経首洗井戸」

とあり、

「……腰越（鎌倉市）で首実検の後に浜に捨てられた義経の首は、潮にのって川をさかのぼり、里人に拾われてこの井戸で清められたと伝えられています……」

云々と書かれていて、横には歌川国芳《うたがわくによし》の描いた義経の浮世絵があった。首はその後、ここから四十メートル程離れた場所に埋められ「首塚」として祀られたというが、跡地は定かではないらしい。

橙子は井戸の前に立つ。

梶原景時たちから「義経の首に相違なし」という報告を受けた頼朝は、確認することなくその首を片瀬の浜に捨てさせた。そのため、偽首だったのではないかという噂が立った。しかしその後、この塚の周りで怪異が立て続けに起こったため、やはり義経の怨念だろうという話になり、頼朝は義経の首を「白旗明神」として祀るように命じた。

橙子は一礼すると、首洗井戸を後にした。次に、その白旗神社に行く。

一旦国道四六七号まで出て白旗交差点を右に折れ真っ直ぐ進むと、白旗神社の交差点が見えてきた。すぐ向こうには、鬱蒼と繁る森を背景に、大きな鳥居と社号標が見える。

白旗神社だ。

ちなみに、全国の「白旗神社」の殆どの主祭神は頼朝だが、たった八社だけが義経を主祭神として祀っている。そのうちの一社が、ここ藤沢の白旗神社だ。

橙子は白旗川に架かる御典橋《みのり》を渡ると、白い大鳥居をくぐった。境内右手には広々とした庭が広がり、手元の資料によれば、義経松や弁慶藤と名づけられた木々が茂っているらしい。その他にも、芭蕉句碑などもあるという。

橙子は、正面に延びる石段へと向かった。石段を上がると平坦な道が緩やかに右手に折れ、更にまたその先に続く石段を二十段ほど登り切ったところに、社殿が建っている。緑青の銅葺きの屋根を載せた、本殿・幣殿・拝殿を連ねた立派な権現造りの社殿だった。古くから相模国一の宮・寒川《さむかわ》神社の祭神の寒川比古《ひこ》命を祀っていたが、頼朝の命以降、義経の首と、そして一緒に届けられたと言われている弁慶の首を合祀したという。但し弁慶の首塚自体は、少し離れた常光寺というお寺の裏にあるらしい。

橙子は心を込めてお参りすると、再び石段を降りる。すると石段脇にも「源義経公鎮霊碑」と書かれた立て札があり、石碑が建てられていた。それによれば、義経の胴は宮城県に葬られていたが「御骸」と「御首」を合わせ祀る「鎮霊祭」を斎行して、この場所に碑を建立した、とあったので、ここでも手を合わせると、橙子は白旗神社を後にした。

藤沢本町から藤沢に移動して、ＪＲに乗り換える。

このまま東京駅まで乗り換えなしの、約四十五分。座席に腰を下ろして、そろそろ夕暮れ近い窓の外の景色を眺めながら、橙子は今日一日の行程を振り返る。

今回の鎌倉取材を友人に話したら、何と言われるだろう。

たとえば――。


「鎌倉に行って来た」

「鶴岡八幡宮、綺麗だった？」

「行ったけど、参拝してない」

「建長寺や円覚寺や、縁切り寺の東慶寺は？」

「行ってない」

「時期的にまだ少し早いけど、紫陽花寺の明月院は？」

「行ってない」

「じゃあ、長谷寺や鎌倉大仏に行ったのね」

「長谷は行ったけど、両方とも見てない」

「ということは、由比ヶ浜や七里ヶ浜、江の島に行ったの？」

「全部通り過ぎただけ」

「一体どこに行って来たのよ！」


こんな会話になるに違いない。

でも、きっと誰より深く「鎌倉」を目にして来たような気がする。俊輔のおかげで。

それよりも――。

今回は鎌倉だったからもちろんだとしても、「源平」ではなく「源氏」単独の関連史跡ばかりをまわっていないか？　これらに「平氏」が、どう関係してくるのだろう。もちろん、全く無関係ということはないにしても、ほぼ全てが「源氏」だった気がする。

東京に戻って俊輔と会ったら、そこらへんの疑問も尋ねてみなければ。窓の外に浮かんで見える、大船観音の白く美しい顔を遠く眺めながら思っていると、携帯が鳴った。

着信を見れば、珍しく俊輔からだった。急ぎの用事に違いないと思って、大船で途中下車してすぐにかけ直す。すると、二回のコールで俊輔が出た。

「もしもし、加藤です！　お電話いただきまして、何か急用でしょうか」

勢い込んで呼びかけると、

「申し訳ないんだが」俊輔は冷静に応えた。「今日の打ち合わせは、延期してもらいたい」

仕事がうまく進んでいないのかと心配して尋ねた橙子に、俊輔は「いや」と告げた。

「源平に関する謎が全て解けた」

「え！」橙子は、ホームで声を上げてしまった。「全てというと、例の池禅尼の頼朝助命嘆願の理由もですかっ」

「もちろん」俊輔は電話の向こうで静かに答えた。「それに伴って、どうして源氏が三代で終わってしまったか、というような点に関してもね。鍵が一つ嵌《は》まったら、全部の扉が開いた」

「あ、明日、そちらにお伺いしてもよろしいでしょうか！」

更に勢い込む橙子に、

「いいや」と俊輔は言う。「今夜中に、この煩わしい仕事を片づけてしまって、明日は朝一番で大学に顔を出したら、その足で出かけようと思ってる。今夜の、きみとの約束をドタキャンさせてもらったのも、そういう理由なんだ。申し訳ない」

「い、いいえ、それは構いませんけど……。それより明日、校内にいなくてよろしいんですか？」

「構うもんか」俊輔は笑った。「今の仕事を終わらせて、明日一度出勤しさえすれば、契約は遂行される。もしも、それでガタガタ言われたところで、どっちみち明日で終わりだ」

「で、でも、出かけるって、どちらへ？」

「修善寺《しゅぜんじ》」

「えっ」

「この源平合戦の歴史が胎動した場所。頼朝が旗揚げをした土地に」

「……どうしてまた、修善寺？」

「それに関しては、とても長くなるから今ここでは話せない。また、日を改めて伝えるよ。今回のお詫びも兼ねて」

「それなら！」橙子は、周りも気にせず叫んでしまった。「明日、私もご一緒してよろしいでしょうかっ。今日のご報告もありますし、私でよろしければお荷物でも何でも持ちますから！」

「いや。荷物といっても、一泊するわけではないし、日帰りだから――」

「じゃあ、なおさら！」

そうか、と俊輔は言う。

「きみの都合さえ大丈夫なら――」

「私は平気ですっ」橙子は言葉の途中で返す。「お邪魔でなければ、ぜひお願いします！」

「……分かった」電話の向こうで、俊輔は頷いた様子だった。「では、修善寺に向かいながら源平合戦の話をしようか。いや『源平合戦』は、なかったという話を」

「は？　それはどういう――」

橙子の質問を遮るように俊輔は明日の予定を告げたので、橙子はあわててメモを取る。そして待ち合わせ場所と時間を決めて、俊輔は電話を切った。

〝源平合戦は、なかった？〟

携帯とメモを握りしめたまま、しばらく茫然としていたが、次の電車がホームに滑り込んで来たので、あわてて乗り込んだ。真っ直ぐ家に帰って、修善寺関係の資料にあたらなくては。橙子は心の中で強く頷いた。

《 三月十八日（木）大安・神吉 》

「本当に生きている人間に興味を抱く者は歴史なんか書きませんよ。小説を書くか、精神科の医者になるか、治安判事になるか――」

「さもなければ、ペテン師か」


朝一番で俊輔は、タイムカードに刻印して守衛に挨拶すると、その足で橙子と待ち合わせている四ッ谷駅に向かう。

合流したら東京駅に移動して「こだま」に乗れば、三島まで約一時間。三島から「伊豆箱根鉄道駿豆《すんず》線」に乗り換えて、修善寺に向かう予定になっている。東京駅を九時過ぎに出発できれば、十一時頃には修善寺に到着するだろう。うまく時間が合えば、特急「踊り子号」で一本だが、到着までの時間は殆ど変わらないので、どちらでも構わない。

俊輔が足早にキャンパスを出ようとした時、誰かが息せき切って追って来た。何事かと思って振り返ると、

「小余綾《こゆるぎ》先生！」

大声で叫んだその男性は、誠也だった。

「やあ、お早《はよ》う」

微笑む俊輔に「お早うございますっ」と誠也は挨拶すると、

「昨夜、加藤橙子さんからお話を聞きましたっ。ぜひ、ご一緒させてください！」

息を切らしながら、深々と頭を下げる。

その様子を見て、

「しかし」俊輔は戸惑いながら尋ねた。「きみは熊谷教授から、ぼくと関わるなと厳命されているんだろう。許可はいただいたのか？」

「教授には、何もお伝えしていません」

「それはさすがに、まずい」

「後ほど、きちんとお詫びしますっ」

「だが、そんなつまらないことで叱られても、バカバカしい」

「いいえ！　小余綾先生の助教授として最後のフィールドワークの日に、家でじっとしているなんて、そっちの方がバカバカしい話です」

「そうは言っても――」

「じゃあ、先生が逆の立場だったらどうされますか？」誠也は、真剣な表情で尋ねた。「きっと、ぼくと同じ行動を取られているはずです。誰に何を言われようとも」

俊輔の過去の数々の行動を思い出させるように、

「違いますか」

と詰め寄る誠也を見て、

「…………」俊輔は苦笑した。「仕方ない。一緒に行こう」

「あっ、ありがとうございます」

後日、改めて熊谷教授にお詫びをしなくてはならないと思った俊輔に向かって、誠也は再び深くお辞儀した。

「じゃあ、急ぎましょう先生」資料や、おそらくパソコンも詰め込んでいると思われるバッグを抱えるようにして、俊輔を急《せ》かせた。「多分、加藤さんも、もう待っているはずです」


二人が四ッ谷駅に到着すると、誠也の言葉通り橙子が、片手にはデジカメを、そしてやはりノートパソコンの入ったバッグを下げて待っていた。いつでも大学のデータベースにアクセスできるようにと、俊輔が頼んだからだ。これで、出先でどんな資料が必要になっても対応できる。

「おはようございますっ」

俊輔たちに向かって明るく挨拶したが、突然参加の誠也を見ても顔色一つ変えず、全く驚いた様子はなかった。改札をくぐりながら、俊輔が橙子に向かってそんなことを言うと、

「ええ」と橙子は軽く肩を竦めた。「私が堀越さんの立場だったら、間違いなく同じことをしていますから。昨夜、電話でお話しした時に、こういう状況になることは確信できました」

「それはそれは……」

俊輔が苦笑した時、中央線がホームに滑り込み、三人は東京駅へと向かった。

九時少し過ぎの「こだま」は予想通り空いていたので、座席を四人がけのボックスシートにして、誠也と橙子が俊輔の向かい側に腰を下ろした。

新幹線がホームを離れると、俊輔は「確認の意味で」と言って、昨日の橙子との話を誠也に伝えた。それを真剣な顔で一つ一つ頷きながら聞いていた誠也は、

「やっぱり義経は、素晴らしい武将だったじゃないか」

と橙子を見ながら、興奮を抑えるようにわざと小声で呟き、橙子は「誤解してました……」と素直に謝った。

その話が終わると、今度は橙子が、頼まれていた資料を俊輔に手渡しながら、昨日の鎌倉の話を伝えた。朝一番の元八幡宮から始まって、勝長寿院跡、頼朝墓所……最後は、義経首洗い井戸から白旗神社（藤沢）まで。それを隣で聞いていた誠也は、

「えぇーっ。行きたかったなあ」と声を上げる。「後で、それぞれの場所を詳しく教えてくれないか。いずれぼくも、絶対に行くから」

「いつでもお教えします」

と微笑む橙子を、そして俊輔を見て「ずいぶんまたマニアックなフィールドワークだ……」と独り言のように呟いた。

「でも」と橙子は軽く首を傾げる。「全て源氏関係の場所だったので、今回平氏は関係なかったような気が――」

「そんなことはない」俊輔は笑う。「しかし今は、その話は置いておこう。先に進まないとね。どちらにしても、鎌倉三代将軍・実朝の暗殺まで到達しないと、源平合戦の本質に到達できない

から」

「既に平氏は滅亡しているのに？」

「ああ、そうだ」

「池禅尼の件も含めてですか？」

「もちろん」俊輔は大きく頷いた。「全てが、繋がっている。永承《えいしょう》六年（一〇五一）の前九年の役から、元弘《げんこう》三年（一三三三）の鎌倉幕府滅亡までの約二百八十年間を俯瞰《ふかん》しないと、この問題は解決しない」

しかも、と誠也が言う。

「歴史学、文学、民俗学の知識を総動員して、ですね」

「いや」と俊輔がつけ加えた。「能・文楽・歌舞伎・舞曲など芸能関係の知識も必要だ」

「まさに、全ての垣根を越えて——」

そういうことだね、と俊輔は二人を見た。

「どの分野も、源平の本質に到達する手前で停まってしまっている。だが、それは仕方ないことだ。何故なら、それぞれの分野の資料がそこまでしか網羅《もうら》されていないんだからね。故に後は、我々のような『自由人』が、各々の分野だけでは欠けてしまうピースを集めて嵌《は》め込《こ》み、全体像を鳥瞰するしかないというわけだ。そうすることによって、初めて真実の歴史が姿を顕す」

俊輔は笑ったが、本当にその通りだと橙子は思った。何故ならば、それらは全てで一つの「歴史」なのだから。学問的な分野など関係ない。

それこそ、文学では『蜻蛉日記《かげろうにっき》』や『更級日記《さらしなにっき》』を読めば、現在では日本を代表する神である天照大神《あまてらすおおみかみ》が、平安中期の貴族たちの間では、全く無名だったことが分かる。そうなると、いつから天照大神が日本国に君臨するようになったのか、何故その神が「天照大神」でなくてはならなかったのかという謎を追うことは、日本の古代史を追うことと直結する。

民俗学で扱う「片目」「一本足」の妖怪は、明らかに踏鞴《たたら》製鉄に関わっていた人々を表している。ということは、それらの「妖怪」が頻繁に出没した地域では、踏鞴製鉄が盛んだったと推測される。これも立派な地方史だ。

また俊輔が言ったように、神道学などに登場する神々の神徳を見ることによって、その神々が背負わされてしまった悲惨な「歴史」を窺い知ることができるし、それが「民俗学」や「文学」に、どのように影を落としているかを学ぶことができる。

全てが繋がっているのだ。

橙子が心の中で頷いていると、

「しかし、加藤くんのおかげで」と俊輔が言った。「きちんと確認することができた」

「は……何をですか？」

「やはり頼朝は、暗殺されていた」

「い、いえ。昔からそういう説があるというのは、私も耳にしたことがありますけれど――」

「『吾妻鏡』が欠けているという話ですよね」と誠也も言う。「頼朝の死に関しての、リアルタイムでの記述がない」

「ないんですか？」

うん、と誠也は頷いた。

「『吾妻鏡』――あるいは『東鑑《あずまかがみ》』は、治承《じしょう》四年（一一八〇）四月から始まって、文永《ぶんえい》三年（一二六六）七月まで、約八十六年間にわたる鎌倉幕府関係の出来事を、編年体で著している、幕府の『正史』とも呼ばれている史書なんだけど、そこの部分だけが大きく欠落しているんだ」

そうだね、と俊輔も言った。

「『吾妻鏡』第十五が『建久六年（一一九五）十二月二十二日』で一旦終わり、次の第十六は『建久十年（一一九九）二月六日』から始まっている。つまり、頼朝死亡前後の約三年間が、綺麗に欠落している。そして、これほど見事に抜け落ちているのは、この部分だけだ」

俊輔は橙子に、早速大学のデータベースにアクセスしてもらい『吾妻鏡』を呼び出した。そのページに目を落として、確認しながら読み上げる。

「『吾妻鏡』建久十年三月二日の条に、

『故将軍（頼朝）四十九日の御仏事なり』とある。更に十一日の条には、

『正月に幕下将軍薨《こう》じたまひ』と書かれている。

また、正治《しょうじ》二年（一二〇〇）一月十三日の条には、

『故幕下周闋《しゅうけつ》の御忌景を迎へ』――つまり、頼朝の一周忌を迎えて仏事が執り行われた、という記述がある。そして『愚管抄』にも――」

俊輔はページを呼び出す。

「『同（正月）十三日ニウセニケリト』

とあって『人々はそれを聞いて夢か現《うつつ》かと思うばかりであった』と書かれている。これらの記述から、頼朝の死亡した日は、建久十年（一一九九）一月十三日だったとされている。しかし肝

心の『吾妻鏡』では、確認することができない。ようやく建暦《けんりゃく》二年（一二一二）二月の条に、

『二十八日、乙巳《きのとみ》。

（前略）去《い》ぬる建久九年、重成《しげなり》法師これを新造し、供養を遂ぐるの日、結縁《けちえん》のために故将軍家渡《と》御《ぎょ》す。還路に及びて御落馬あり。幾程を経《へ》ず薨じたまひをはんぬ。重成法師また殃《わざわい》に逢ふ。かたがた吉事にあらず。（後略）』

と出てくる。つまり、

『去る建久九年に、稲毛《いなげ》重成がこの橋を新造して、その完成と、亡き妻の追善供養を行った日、結縁のために源頼朝が出かけられ、その帰りに落馬されて、間もなく亡くなられた。重成法師もまた、災《わざわ》いに遭った。いずれにしても吉事ではない』

ということだ。ちなみに、ここの『亡き妻』というのは、時政の娘で政子の妹であり、重成が遭った『災い』というのは、元久二年（一二〇五）に、三浦義村らによって殺害されたことだ。

頼朝が落馬したといわれている日付は建久九年（一一九八）十二月二十七日であり、その十五日後の翌年一月十三日に死亡したというのが通説になっている。そこまで分かっているのに――分かっているからかも知れないが――見事に抜け落ちている」

確かに、と橙子は頷く。

「とっても怪しいです。その間、事件らしい事件が起こっていなかったとしても」

いや、と俊輔は首を横に振った。

「むしろ逆だ。その間には、頼朝の長女・大姫《おおひめ》の病死や、頼朝の子――但し、母親は政子ではないが――の忠頼《ただより》の急死、そして平氏側では、維盛の嫡男で直系の、六代《ろくだい》――平高清《たかきよ》が斬首されて

もいる。この六代の死によって、清盛から続く平氏の血筋は断たれたという点でも重要で、彼の死を以て『平家物語』は、『それよりしてこそ、平家の子孫は、ながくたえにけれ』と、幕を閉じている。巻第十二『六代被斬《ろくだいきられ》』だ」

そんなにも重大な事件が起こっていたのならば、どう考えても意図的に「欠落」させられてしまったとしか思えないではないか。頼朝の死の前後を隠蔽するために。

橙子が真剣な顔で頷くと、

しかし、と誠也は言う。

「その件に関しては、昔からさまざまな意見があります。本当に、たまたまその部分を紛失してしまったのだとか、最初からその期間だけ記録されていなかったのだとか、その中でも一番有力とされているのは、頼朝の死因が『落馬』という、武士として非常にみっともないものだったから削除したのだとか」

「あり得ない」橙子は笑った。「そんなに『たまたま』が重なるわけないじゃないですか」

「いや、一応、可能性としてね——」

「彼の死因に関しては」俊輔は誠也に尋ねた。「落馬以外にも、色々と言われているね」

はい、と誠也は答える。

「南北朝時代に成立したといわれる歴史書の『保暦間記《ほうりゃくかんき》』によれば、頼朝は義仲と共に戦った源義広《よしひろ》や、義経や行家らの亡霊に取り殺されたとか、安徳天皇の怨霊に呪い殺されたとありますし、また他の話では、家臣に斬り殺されたとか、浮気に怒った政子に斬られたとか、あるいは日頃から恨みを持っていた連中に斬りかかられたから落馬したのだとか……」

「本当に、さまざまですね」

呆れたように嘆息する橙子の隣で、誠也は言う。

「でも今言ったように、大体『落馬』ということで決着しているんだ」

「でも、日頃から馬に乗り慣れている、乗馬のプロの頼朝が『落馬で死亡』というのも、ちょっと変じゃないですか。早駆けしていたわけじゃないんですから、誤って落ちたとしても、よっぽど打ち所が悪くない限り命までは落とさないでしょう。こういう言い方もおかしいけど、当時の彼らは馬から落ち慣れているはずです。戦場で馬上での組み討ちとなれば、必ず相手と共に地面に転がり落ち、そこでお互いの首を狙ったわけですからね」

だから、と誠也がつけ足した。

「その時の彼は、体調がすぐれなかったという説も多くありますよね。以前までは『脳卒中』だったのではないかという説が有力だったし、『飲水に依り重病』と書かれた資料もあることから、糖尿病を患っていたために、落馬の際にうまく受け身を取れずに落命した――とか。とにかく、さまざまな説が飛び交っている」

「そうなんですね」橙子は唇を尖らせた。「先生は、どう思われますか？」

「頼朝は一月十日頃には一旦回復し、京都にいる九条兼実に書状をしたためたというから、脳卒中の線は薄いし、当時の医療技術の下で十五日間も生きながらえていたというのは不自然だ。また、糖尿病でうまく乗れなかったのに馬で出かけたというのもおかしい。また、浮気云々というのは、明らかに後世の作り話だ。但し――」

と言って二人を見る。

「その時の頼朝の症状としては、全て正しいと思う」

「全部？」

「その当時、良くあった単純な話だよ。怨霊に襲われたように全身が震えて痙攣《けいれん》し、大量に水を飲んで、落馬する」

「それが、良くあった話なんですかっ」

「その後、近くでつけ狙っていた人間に斬りつけられたかも知れない」

「でも、そんな落馬の仕方って……」

もしかして、と誠也は目を見開いた。

「毒ですか」

「えっ」

橙子は叫んだが、俊輔は冷静に首肯した。

「当然、そうだろうね。使用された毒薬として最も可能性が高いのは——」

「トリカブトですね！」

誠也が叫んだ。

「当時、頻繁に使用されていたといわれている毒薬です」

「え……」

唖然とする橙子と、誠也に向かって俊輔は口を開いた。

「『吾妻鏡』正嘉《しようか》二年（一二五八）八月の条に、鶴岡八幡宮で行われた流鏑馬《やぶさめ》帰りの伊具四郎《いぐしろう》が、建長寺前において『毒』が塗られた矢で射殺《いころ》されたと書かれ、その毒こそトリカブトといわれている。またそれ以前にも、日本武尊《やまとたけるのみこと》、仲哀《ちゅうあい》天皇、前九年の役の安倍貞任《あべのさだとう》の父・頼時《よりとき》などの死にも、トリカブトの関与が疑われているからね」

「そんなにも、トリカブトが……」

「富士山麓は、大昔からトリカブトが繁茂していると有名だったし、それこそ『富士』という名称自体が、トリカブトの生薬和名の『附子《ぶし》』からきているという説もあるほどだ。そして、トリカブト中毒の症状は、体中が痙攣して不整脈を起こす。だから端からは、まるで恐怖から震えているように見える」

「突如、怨霊に襲われたように！」

「同時に、口中が痺れ、灼熱感と共に、生唾《なまつば》がどんどん湧いてくるというから――」

「大量の水を飲む！」

　橙子は叫んだ。

「頼朝は、どこかで『一服盛られた』んですねっ」

「当時のトリカブトには、さまざまな種類があったと聞くし、天然成分の毒素である以上、その症状も多様だったろう。そしてぼくは個人的に、頼朝はトリカブトを飲まされた結果、落馬して斬られたか、あるいは意識朦朧《もうろう》となったところを斬りつけられて、落馬して絶命したんじゃないかと考えてる」

　ふうっ、と橙子は嘆息してシートにもたれかかった。

「頼朝暗殺ですか……」

　すると、俊輔は言う。

「全く不思議なことじゃない。それ以前にも、試みられているようだしね。但し、その時は不首尾に終わっているが」

「そうなんですか。全く知りませんでした」

「いや。きみも知ってるはずだ」

「は？」

「歌舞伎でも有名な、建久四年（一一九三）の富士の裾野《すその》の巻狩《まきがり》だ。曾我十郎五郎《そがのじゅうろうごろう》の仇討ち」

えっ、橙子は驚いて再び体を起こす。

「だってあれは、十郎祐成《すけなり》と五郎時致《ときむね》の兄弟が、父の仇だった工藤祐経《くどうすけつね》を討ったという話じゃないですか。忠臣蔵や、荒木又右衛門《あらきまたえもん》の鍵屋《かぎや》の辻《つじ》と並んで『日本三大仇討ち』の一つに数えられていて、また親孝行の美談としても語り継がれてきています」

橙子は勢い込んで説明する。

兄弟の祖父の伊東祐親《いとうすけちか》と、工藤祐経の所領争いから始まったいがみ合いの結果、彼らの父・河津三郎祐泰《すけやす》が射殺されてしまう。その結果彼らは、母の再婚によって曾我の家に移り、非常な辛酸を嘗《な》めた末に、ようやく仇を討つことができた。この話は、江戸時代に爆発的な人気を博し、能・歌舞伎・浄瑠璃・舞踊などで取り上げられ、瞬く間に全国に広まった。ちなみに、射殺された父・河津三郎は、相撲《すもう》の「四十八手」の一つ「河津掛け」の考案者でもあり、今も河津八幡宮に祀られている——。

いや、と誠也は言った。

「ぼくも聞いたことがあります。あれは、親の仇討ちはもちろんだったけれど、頼朝暗殺も狙っていたんじゃないかって」

「そうなんですか！」

「工藤祐経を見事に討ち果たした後、十郎は仁田四郎忠常《にったのしろうただつね》に討たれてしまったが、五郎はその後、頼朝の寝所まで乗り込んだ。そして、あわや一太刀というところで、側近だった御所五郎《ごしょの》丸に取り押さえられているんだ。結局は斬罪に処されてしまったけど」

「『吾妻鏡』には、こうある」と言って俊輔は、パソコンのページを読んだ。

「建久四年（一一九三）五月二十八日だ。

『癸巳《みずのとみ》　小雨降る。（中略）子《ね》の剋《こく》（午前零時前後）、故伊東次郎祐親法師が孫子《まご》、曾我十郎祐成・同五郎時致、富士野の神野《かみの》の御旅館に推参致し、工藤左衛門尉祐経を殺戮す。（中略）十郎祐成は新田四郎忠常に合ひて討たれをはんぬ。五郎は御前を差して奔参す』と」

「御前を差して奔参す！」

「これは、あくまでも直接頼朝に向かって自分たちの本懐を述べたかっただけだ、とする説もある。しかし、ぼくは違うと思っている」

「彼らは自分たちの祖父・伊東祐親の仇として、頼朝を狙ったという説もありますよね」

と言う誠也の言葉を受けて、

「流人時代の頼朝の監視を命じられていた祐親は」俊輔が続ける。「頼朝が自分の娘と通じて産ませた子供を殺害したり、石橋山の戦いで頼朝を破ったりして、頼朝と徹底的に敵対していた。しかし、富士川の合戦で頼朝たちに敗れて自刃してしまった。その祖父の仇だと」

でもそれは……、と橙子が首を傾げた。

「逆ですよ。戦に敗れて自刃するのは仕方のないことで、決して頼朝のせいではない。むしろ、自分の子供を殺された頼朝が、祐親を恨んでいたというのなら分かりますけど」

「そうだね」

俊輔は笑った。

「この仇討ちに関しては、良く考えれば考えるほど謎が多いんだ。まず浮かぶ大きな疑問は、頼朝が、その威信を天下に知らしむるために大々的に行った巻狩の陣に、若い兄弟がたった二人で殴り込みをかけられるものだろうか、ということだ。その陣構えは、もちろん頼朝を中心にして、東西南北をぐるりと無数の武士たちで囲んでいた」

「そう言われれば……」橙子は頷く。「ちょっと……いえ、絶対に無理です。侵入した途端に捕まるか、斬り殺されます」

「ところが実際に彼らは、きちんと仇討ちを果たして、数多くの御家人たちに手傷を負わせ、最終的には五郎が頼朝の寝所にまで突入している。多くの武士たちを死傷させることはもちろん、一軍の総大将の寝所に侵入するなど、果たしてこんなことが可能だったか」

「ということは！」橙子は俊輔を見た。

「誰か内側から、手引きをした人間がいたということですね」

「『曾我物語』によれば、和田義盛《わだよしもり》や、畠山重忠などの武将たちが彼らを励ましていたようだからね。おそらくその他にも、多くの武士たちが彼らに荷担していたはずだ。そもそもこの時、十郎は二十一歳、五郎は十九歳だった。そしてこの日まで、十八年の雌伏の時を過ごしたと。ということは、逆算すれば父の祐泰が殺された時、彼らは四歳と二歳だ。まさかそこで、自分たちだけで仇討ちを決めたわけもない。面倒を見ていた誰かが存在していたことになる」

「そうですよね！　四歳だって無理でしょうけど、二歳なんていったらとてもとても」

「故にこれは、一種のクーデターであり、最初から頼朝を狙った暗殺計画だったという説が、非常に信憑性を帯びてくるんだ」

「でもそうなると、一体誰が？」

「永井路子によれば、範頼を担いだ大庭景義《おおばかげよし》たちではないかという。但し、ぼくはもっと別の人間が糸を引いていたんじゃないかと思ってるが、これは後回しにしよう。とにかくこの出来事の最終目的は、頼朝の命だった」

「断定できるんですか？」

尋ねる橙子に俊輔は、

「できる」と答えた。「何故なら彼ら二人は、この仇討ちに際して箱根権現に成就を祈願に行った。この時、権現の別当・金剛院行実《ぎょうじつ》は、十郎に『微塵丸《みじんまる》』、五郎に『薄緑《うすみどり》』の太刀を与えて、二人の大願成就を激励したというからね」

「……それが何か？」

「微塵丸は木曾義仲の愛刀で、薄緑の太刀は義経の奉納刀だった。つまりこの二振り共に、頼朝に対して大きな恨みを呑んで死んでいった武将の残した刀だった。それを手に、二人は頼朝の陣に乗り込んだ」

「あっ」

「しかも、翌未明には『頼朝落命』という情報が、鎌倉に届いていた」

「頼朝は無事だったのに？　ということは――」

「最初から用意されていたんだろうね。そしてこれが、範頼の運命に大きく関わってくるんだが、それはまた後にしよう。とにかく、死亡六年前のこの時点から、頼朝の命は狙われていたということになる」

「じゃあ、やっぱり頼朝の死因は単なる落馬ではなく、何者かによる暗殺だった……」

呟くように言う橙子を、そして俊輔を見て誠也は言った。

「でも、断定するには、それ以上何も証拠がないと――」

いいや、と俊輔は首を振った。

「頼朝は、間違いなく怨霊になっている。少なくとも当時の人々は、頼朝を怨霊として祀った。それが証拠だ。それを昨日、加藤くんが確認してきてくれたんだ」

「どういうことですか？」

「一目瞭然だよ。実に単純な話だ」

そう言うと俊輔は、橙子が持参した白旗神社の写真と、入手した境内図を二人の前に広げた。

「これが何か？」

怪訝《けげん》な顔で尋ねる二人に、俊輔は言った。

「神社には、怨霊を祀るための決まった形態がある。もちろんこれは公にはなっていないし、百パーセント必ずというわけでもない。本当の祭神を秘匿していたり、長い間に変遷してしまっていたり、祭神が間違って伝えられたりしている神社も実際にあるからね。しかし、基本的には決まっている」

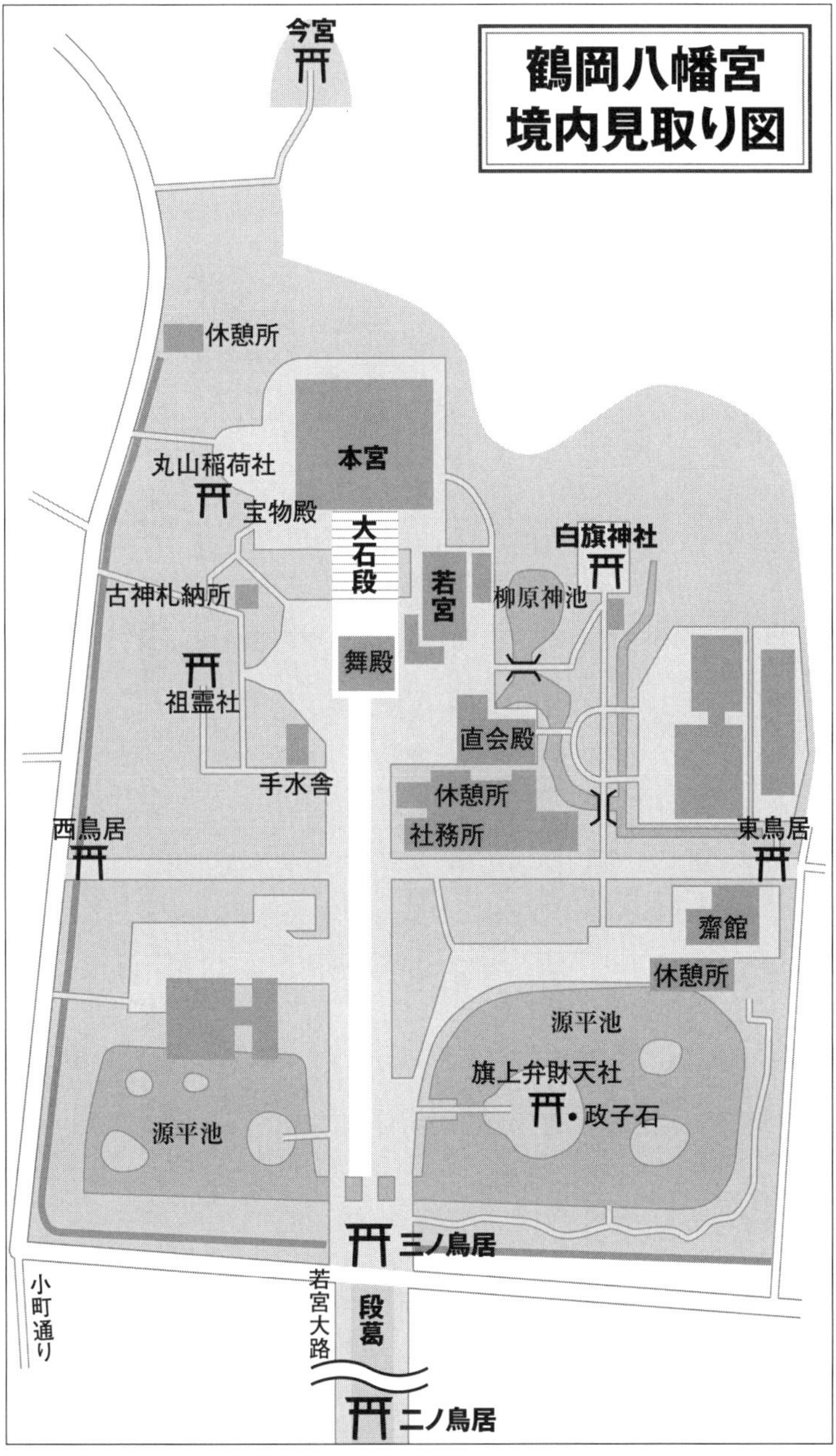
鶴岡八幡宮
境内見取り図
今宮
休憩所
本宮
丸山稲荷社
宝物殿
大石段
白旗神社
若宮
柳原神池
古神札納所
舞殿
祖霊社
直会殿
手水舎
休憩所
社務所
西鳥居
東鳥居
齋館
休憩所
源平池
旗上弁財天社
政子石
源平池
三ノ鳥居
小町通り
若宮大路
段葛
二ノ鳥居

「それは……？」

「時間がないから、今は代表的な三点だけにしておこう」

と言って俊輔は指を一本折った。

「加藤くんには少しだけ話したが『参道が折れ曲がっている』。これは、怨霊は一直線に進むことしかできないという『迷信』からきている」

「一直線……ですか」

「その理由もきちんとあるが、ここでは省略しておこう。というより、君たち自身で考えてごらん。必ず分かるはずだから」

俊輔は微笑むと続けた。

「有名な神社として、菅原道真《すがわらのみちざね》が祀られている福岡の太宰府《だざいふ》天満宮がある。参道が、まるで分度器で測ったように直角に折れている。その他にも、伊勢神宮、出雲大社《いずもたいしゃ》、諏訪《すわ》大社、奈良の大《おお》神《みわ》神社、東京の明治神宮などがある。また、この形態は神社だけでなく、吉野の金峯山《きんぷせん》寺や、神奈川《ながわ》の総持《そうじ》寺などもそうなっている。また、少し異なるが沖縄の『石敢当《いしがんとう》』などもそうだね。道路の突き当たりや、家の門などに『石敢当』と刻まれた石碑を建てて、そこに一直線に走って来た鬼がぶつかるという」

「ああ……」

「次に」と言って俊輔は、二本目の指を折る。

「『参道が川を渡る』。言うまでもなく、川は彼岸《ひがん》と此岸《しがん》を分ける目印となる。つまり我々の世界とは、別の世界に鎮座させておこうという意思の表れだ。一番有名なのは、熊野本宮大社で、当初は熊野川《くまのがわ》と音無川の合流する中州に建っていた。ゆえに、どの方向から参拝しても必ず川を渡る。また、太宰府天満宮や日吉大社《ひよしたいしゃ》や明治神宮もそうだし、古地図で見れば出雲大社も、名古屋の熱田《あつた》神宮もそうだ」

「なるほど……」

そして三番目、と言って俊輔は指を折った。

「『最後の鳥居をくぐれない』あるいは『本殿を直《じか》に拝めない』。この二つは同じことだな」

「そんな神社が？」

「最も有名なのは、大神神社だ。三輪鳥居は知っているね」

はい、と誠也は頷いた。

「大きな明神鳥居の両脇に、小さな脇鳥居が組み合わされている、非常に特徴的な造りです」

「直接参拝したことは？」

「ありますけど……」

首を捻った誠也は、

「あっ」と声を上げた。「確かに、通常は柱と貫《ぬき》で作られている空間が、木の格子や御簾で塞がれていて、そのずっと手前で参拝しました！」

「えっ」

驚く橙子に、俊輔は言う。

「更に大神神社は、三輪山の頂上を拝殿から拝むことができない。というのも、向ヽきヽがヽ違ヽってヽいヽるからだ」

「まさか！」橙子は目を丸くする。「だって、大神神社といったら、御神体である三輪山を拝むというアニミズム――宗教の原初形態の代表格の神社ですよ」

橙子は早速パソコンを開いて、大神神社近辺の地図を探し出した。そして拡大すると、

「本当です……」啞然とした顔で俊輔を見た。「拝殿の向きが、山頂よりかなりずれています！」

誠也も画面を覗き込んで唸る。

「神体山だというのに、山頂を拝めないのか……」

「でも」地図を覗き込んでいた橙子が、顔を上げた。「大神神社の参道は一直線ですよ。広い道が真っ直ぐ、神社入り口へと延びています」

いや、と俊輔は首を横に振る。

「それは新しい参道だ。本来の旧参道は、二度も直角に折れ曲がっていて、現在の大神教本院に突き当たる道だ」

「そういうことですか……」

また、と俊輔は続けた。

「御神体を正面から拝めないといえば、有名なのが出雲大社だね。大国主命《おおくにぬしのみこと》がそっぽを向いて祀られている」

「それは、聞いたことがあります」橙子は頷いた。「拝殿が北向きなのに、大国主命は何故か西を向いている。でもそれは、彼が西方浄土を見つめているからだと――」

「神が仏の国を見つめているというのも変な話だし」俊輔は笑う。「もしもそうであるなら、最初からそちらに拝殿を建てればすむ話だ」

「そう言われれば……確かに」

「その他にも、京都、上賀茂《かみがも》神社や、下鴨《しもがも》神社もそうだ。これも後ほど確認してくれれば良い」

「でも！」橙子は言った。「今までのご説明は理解できましたけど、鶴岡八幡宮の白旗神社は、それらに当てはまるんですか？　第一、八幡宮の参道、段葛は見事に一直線でしたよ」

「それで誤魔化されてしまうんだ」俊輔は境内図に目を落とした。「しかし、本宮に祀られているのは、あくまでも八幡神だからね。厳密に言えば、この八幡神も怨霊なんだが、そちらに関しても今は置いておこう。一番の問題は、この白旗神社だ」

その言葉に誠也と橙子は、境内図を見つめる。

すると、

「確かに！」誠也が声を上げた。「白旗神社に向かう参道は、折れ曲がっています。しかも、三ノ鳥居から向かっても、東鳥居からでも、西鳥居からでも、殆ど直角に曲がらないとたどり着けません！」

「そして」俊輔は静かに言う。「どこから向かっても必ず橋を、つまり川を渡る」

「私も橋を渡りました！」橙子は思い出したように言った。「小さかったですけど、なんでこんな所に橋が架かっているんだろうと、ふと思いました。そう言われれば、鶴岡八幡宮自体も、わざわざ橋を渡らないと境内に入れませんし」

「そういうことだ」

頷く俊輔に、

「でも！」橙子は食い下がる。「白旗神社の社殿前には、鳥居はありませんでしたよ。きちんと手前で鳥居をくぐってから、参拝する形式になっていました」

「鳥居はないが」俊輔は、今度は写真を指差した。「社殿前に立てられている二本の柱の間には注連縄《しめなわ》が渡されていて、しかも柱と柱の間にある扉は、固く閉ざされている」

「あ！」

確かに、拝殿手前に建っている背の低い柱の間には、注連縄が張られて、白い垂《しで》も下がっていた。もちろん社殿の周囲は、ぐるりと瑞垣で囲われている。

「ここに頼朝は」橙子は何度も頷いた。「八幡宮内で暗殺された実朝と共に祀られている……」

「そういうことだね」俊輔は言う。「頼朝が本当に怨霊となったのかどうかは別としても、少なくとも周囲の人々は、彼を怨霊として扱った。つまり、頼朝が非常に不幸な死に方をした、恨みを呑んで亡くなったということは、当時の人々にとって常識だったんだよ」

「じゃあ！」橙子は叫んだ。「その犯人は、誰だったんですかっ」

「目星はついてる。だから、これからその証拠を確認しに行くんだ。修善寺にね」

「はいっ」

何度も頷く橙子と誠也に向かって、俊輔は独り言のように言った。

「源頼朝、享年五十二。亡くなった場所は、八的ヶ原《やつまとはら》――現在の神奈川県藤沢市辻堂《つじどう》の辺りといわれている。さっき、近くを通り過ぎたね。ぼくも実際に行って来たが、辻堂駅から二百メートル程の場所に『源頼朝公　落馬地』とあって、多分地元の人だろう、花が手向けられていた」

俊輔は優しく微笑んだ。

しかし。

巨大な敵・平氏を滅亡させて武家政権を樹立し、その棟梁に収まった征夷大将軍・源頼朝。その頼朝すら、暗殺されてしまったとなると、そこには範頼らを巻き込んだ、幕府の主導権争いがあったのだろうか？

それとも、後白河法皇亡き後の、朝廷からの裏工作だったのか。

どちらにしても、ここで巨星・頼朝は歴史の表舞台から姿を消してしまった……。

橙子が窓の外に目をやれば、新幹線は小田原《おだわら》を過ぎて熱海《あたみ》に向かっていた。あと二十分ほどで三島に到着するだろう——。

さて、と俊輔は言う。

「さっき名前の出た範頼の話に移ろうか。久安《きゅうあん》六年（一一五〇）頃の生まれといわれているから、頼朝よりも三歳ほど年下で、義経より九歳ほど年上になる。彼は常に頼朝の代わりに、源氏の大将として戦い、義経と共に平氏を滅ぼした。源平合戦において、かなりの功績を残している人物だ」

「それなのに」橙子は尋ねる。「余り評価されていないのは、やはり天才・義経の陰に隠れてしまったからですか？」

「先生がおっしゃったように」と誠也も言う。「一の谷の鵯越の坂落としで、平氏を壊滅させるきっかけを作った多田行綱も、彼の麾下《きか》の武将だったわけですからね。でも、その軍功も義経のものとされてしまった」

しかし、と俊輔は言う。

「彼の下には、その行綱の他にも、梶原景時、畠山重忠、仁田忠常、比企能員《ひきよしかず》、和田義盛などの、勇猛果敢でしかも一癖も二癖もある武将たちがいた。その彼らをうまく束ねて戦ったんだから、かなり器の大きな人物だったと思われる。そういう意味では、梶原景時の言うように、義経は大将としての器が小さかったように思えるね。但しこれは、往々にして天才にありがちなことだから仕方ない」

「でも、今加藤さんが言ったように、範頼の歴史的評価は、それほど高くありませんよね」誠也は眉をひそめる。「やはり行綱の時と同様に、全ての功績は義経に、という思惑が絡んでいたんでしょうか」

「もちろんそれもあるだろうが、まさに行綱と同じだったんじゃないかな」

「とおっしゃると?」

「血筋だよ。父親はもちろん、頼朝たちと同じく義朝だったが、母親は遠江《とおとうみ》国の名もない遊女だったからね」

「また、血筋ですか……」橙子は軽く嘆息する。「現代からでは想像もできないくらい、彼らはそこにこだわっていたんですね」

「いや。今でも決してないとは言えないよ、余り公にならないだけでね」俊輔は笑った。「その範頼だが、富士の巻狩事件の際に、大きな失言をしてしまう。『保暦間記』によれば、鎌倉で留守居を務めていた彼は、頼朝落命の報せを受けて悲嘆に暮れていた政子に向かって、自分が健在である限り源氏は大丈夫だと慰めた。そのために、後刻、頼朝から謀反の疑いを受けてしまったとある。それ以前にも、義経追討の命令を拒んだりしていたから尚更だった」

その上、と橙子は頷きながら言った。

「怪情報が鎌倉に届いていましたし、曾我兄弟も最初から頼朝の命まで狙っていたと誰もが思っていたでしょうからね」

「しかも」と誠也も言う。「永井路子の言うように、彼らの後ろには範頼がいたかも知れないとも考えられた」

しかし、と俊輔は念を押した。

「この言葉は、政子しか聞いていないからね。真実は、分からない。ひょっとすると、頼朝による範頼追い落としの陰謀だった可能性もある。自分を狙った暗殺計画の後ろに、もしも範頼がいたならば、殺される前に殺してしまおうという」

「猜疑心の強い頼朝らしいです」橙子は苦笑する。「でも、とってもありそうですね」

「その後、範頼は頼朝に対して、決してそんな考えはなかったという起請文を書いたが、義経の時と同様、許されることはなく、それどころか『源範頼』という署名に、頼朝は激怒したといわれている」

「え？」橙子はキョトンとした。「どうしてですか。だって、源氏じゃないですか」

「頼朝は、自分以外の人間が『源』の姓を名乗るのを不快に思っていたという」

「そんな——」

「その結果、範頼は伊豆・修善寺に流され、修禅寺近くの信功院《しんこういん》に幽閉されてしまう。そして『保暦間記』によれば」

俊輔は橙子からパソコンを借りると、画面上の文字を読み上げた。

「『範頼被誅』——範頼は誅殺されたと書かれている。一説では、幽閉されているところを梶原景時たち五百騎に突如襲撃されて討ち取られたとも、あるいは自刃したとも伝えられている」

「ああ……」

「彼の墓も修禅寺の近くにあるから、後でお参りしよう」

俊輔が言ってページを閉じた時、新幹線は三島駅へと滑り込んだ。


三人はJRの改札を出て、伊豆箱根鉄道駿豆線乗り場へと移動した。修善寺までは十二駅。約三十五分で到着する。ちなみに、駅名と地名は「修善寺」で、中心にある寺の名前は「修禅寺」だ。橙子たちの地元の地名が「四谷」で、駅名が「四ッ谷」というようなもので、いつもちょっと混乱してしまう。

三島駅から南東方面にゾロゾロと歩き出す大勢の観光客たちは、おそらく伊豆国一の宮の三嶋《みしま》大社に向かうのだろう。大社の祭神は、大山祇命《おおやまつみ》と八重事代主神《やえことしろぬし》だが、やはり頼朝が源氏再興を祈願し、それを叶えた大社ということで有名だ。旗揚げ後の初めての戦いだった山木兼隆館への急襲は、この三嶋大社祭礼の日を選んで決行されている。

やがて三両編成の駿豆線がやって来ると、橙子たちは俊輔を真ん中にして並んで腰を下ろす。

「もともと修善寺は」いきなり俊輔は口を開いた。「令外官《りょうげのかん》の一つで銭貨鋳造の際に置かれた『鋳銭司《ちゅうせんし》』と呼ばれる役所名からきている。日光の中禅寺《ちゅうぜんじ》と同様だね。さて、その修善寺と縁の深い、二代将軍・頼家《よりいえ》の話に移ろうか」

はい、と口を揃えて頷く二人に、俊輔は話し始めた。

「二代将軍・源頼家は、寿永元年（一一八二）に、比企能員邸で生まれた。そのために乳母は、能員の妹などが務めた。この比企一族の比企尼と呼ばれた女性は、頼朝の乳母でもあり、流人となってしまった頼朝を二十年にもわたって支え続けた女性だ」

「二十年にもわたって！」

「それくらい当時の乳母は、自分の乳母子を大切にしていたから、当然その分、発言力も強くなっていた。そんな中で頼家は誕生した。これは頼朝を始めとする源氏一族だけでなく、比企の人々にとっても待望の男子だった。頼朝の死後約十日、十七歳の若さで家督を継ぎ、頼家は鎌倉幕府二代目の征夷大将軍となる。しかし、その若さのため、周囲の御家人たちに対する配慮が欠けていたといわれている。いきなり守護職を取り上げてしまったり、他の人間の所領を自分のお気に入りの御家人たちに分け与えてしまったりしたといわれている」

「そのために」誠也も言う。「政子の許可を得て、十三人の御家人たちの合議制で、幕府が運営されるようになったんですよね。でも、それでも相変わらず訴訟の裁決などがでたらめで、畠山重忠が領内の神社の社領に関して訴訟を起こした時などは、双方を呼び出すと図面の中央に黒々と線を引いて『どちらが広いかは運次第』などと言い放ったりもしたとか」

「それは……」

　さすがに酷い、と橙子は思った。

　俊輔も言っていたように、当時は「一所懸命」の時代だ。自分の土地を守ることに命を懸けていたのだから。これでは、御家人たちもたまらなかったろう。

　しかし、

「ただ」と俊輔は言った。「その辺りの話も怪しくてね。ひょっとすると、頼家が暗愚で横暴だったという伝説は、合議制を敷きたいがための御家人たちによるでっち上げだったという可能性もある。または、一方的に合議制が敷かれてしまい、訴訟などに直接関与できなくなってしまった頼家の鬱憤が溜まって、横暴になってしまったということも考えられる。だがぼくは、後々の出来事などを考えれば、これも巧妙に仕組まれた罠だったんじゃないかと思っている。頼朝が亡くなったら、自分たちも政策に参画しようとしていた人々のね」

「罠ですか……」橙子は顔を曇らせて尋ねた。「一体誰がそんなことを?」

「それも、追い追い明らかになると思うよ。とにかく——。それから頼家は、自分の乳母の一族である比企氏しか信用しなくなる。ちょうど時期を合わせるようにして、もう一人の乳母の一族だった、梶原景時たちが、鎌倉から追放されてしまう」

「でも景時って、頼朝からも絶大な信頼を寄せられていた武将ですよね。後世の評判は散々だけど、それもフェイクだったって先生がおっしゃっていましたけど」

「そうだね。彼は、真面目すぎたのがかえって欠点だったかも知れないと思えるほど生真面目な武将だったと考えている」

「じゃあ、その追放劇は、どういう理由からだったんですか?」

「これもまた非常に怪しい話でね」俊輔は苦笑した。「頼家の弟の千幡《せんまん》——つまり、後の実朝《さねとも》を将軍に担ぎ上げようとする陰謀があります、と景時が『讒言』したことが原因だといわれてる。同時に、他の御家人たちと揉めて対立したとね。その結果、畠山重忠、和田義盛、三浦義村らの有力御家人たち六十六名による、景時糾弾の連判状が頼家に差し出された。そこで頼家は景時を呼び出して説明を求めたが、すでに覚悟を決めていたのか、景時は一言も弁明することなく鎌倉を退いて、自らの所領である相模国に還った」

「その後」誠也が頷きながら言った。「景時は、一族揃って討ち死にしてしまうんですよね」

「そうだ。正確を期して言えば、一族全員ではなく、主立った三十三名だ。正治二年（一二〇〇）正月二十日。これは奇《く》しくも、木曾義仲と同じ命日だが——朝廷と結ぼうとしたと思われる上洛を試みたところ、その途中で鎌倉軍と衝突して、これも勇猛果敢な武将として名を馳せた息子の、平次景高《へいじかげたか》・三郎景茂《さぶろうかげもち》らは討たれ、景時も源太景季と共に自害した。景季は享年三十八、景時は享年六十一という。頼朝暗殺から、ほぼ一年目のことだ。ちなみに景茂の子孫は、後世、織《お》田《だ》信長《のぶなが》の家臣となっている」

「その時、景時は本当に反乱を計画したんでしょうか？」

「いや」と俊輔は誠也に答える。「賢い景時のことだ。この状況で、そんな無謀なことを考えるはずはない。これも嵌められたんだろうね」

でも！　と橙子は声を上げた。

「景時が頼家に『讒言』した陰謀の話って、結果的に正しかったんじゃないですか？　その後で頼家は追い落とされ、本当に実朝が三代将軍の座に納まったわけですから」

そういうことだ、と俊輔は橙子を見て首肯した。

「つまり景時は、真実を進言してしまったばかりに、それを企《たくら》んでいた何者かによって排斥されたということになる」

「それは誰ですかっ。先ほどの御家人たちの中に？」

「直接的には、実朝の乳母である阿波局《あわのつぼね》といわれているが、当然、その背後には誰かがいたはずだ。そうでなくては、あんなに事がスムーズに動くわけもない。そのために『愚管抄』などでは、この『鎌倉本体の武士』であった景時を庇いきれず追放させて自害に追い込んだことが、頼家最大の『不覚』だと誰もが思ったと書かれている。まさに、その通りだと思うな」

「その後」誠也も硬い表情で頷く。「すぐに頼家も鎌倉を追われてしまうことになったんですからね」

そうだ、と答えて俊輔は再び『吾妻鏡』のページを開いた。

「ここだ」と言って覗き込む。「建仁三年（一二〇三）正月には鶴岡八幡宮の巫女が神懸かりして、『若君家督を継ぐべからず』と告げている。『今年中に関東で事件が起こるであろう。若君（頼家の長子の一幡《いちまん》）が家督を継いではならない。岸の上の木はその根がすでに枯れている。人はまだこれに気付かず、梢《こずえ》が緑になるのを待っている』とね。するとその年、頼家は原因不明の病に罹り、あっという間に危篤状態に陥った。しかも、間髪容れず頼家の遺言が鎌倉中に出回った」

「まだ、亡くなっていないのに！」

驚く橙子に、俊輔は「そうだ」と頷いた。

「それって、富士の巻狩の頼朝の時と同じじゃないですか！　最初から用意されていたってことですね」

「多分ね」

「つまり、頼家の病というのは――」

橙子の言葉を遮って、俊輔は続ける。

「しかし頼家の意識は、奇跡的に回復した。そこで愛妾の若狭局が、これは北条《ほうじょう》氏の陰謀だと頼家に告げる。頼家は、ただちに比企能員に時政を討つ許可を与えた。ところが、その話を政子が障子の陰から立ち聞きして、すぐに父・時政に伝えた。そこで時政は仏事だと偽って能員を呼び出し、仁田忠常らによって、一足先に謀殺してしまう。この時は、能員も薄々気づいていたようだが、敢えて出かけて行ったらしい。後の世の歌舞伎『幡随院長兵衛《ばんずいいんちょうべえ》』のようなものだな」

俊輔は橙子にしか通じない喩えをしたが、橙子が大きく何度も頷いたのを見て、続けた。

「その際に比企一族も若狭局も、八百余人、一人残らず殺害されてしまった。一幡は、その場で焼死したといわれていて、比企一族の墓がある鎌倉比企谷《ひきがやつ》・妙本《みょうほん》寺には、一幡の袖だけが見つかったので『一幡之君袖塚《そでづか》』として祀られているが、一説では北条義時《よしとき》に生け捕られて、その後刺殺されたともいう。とにかくここで、いわゆる『族滅』になってしまったため、これも詳しい真実は闇の中だ」

「族滅ですか……」

「『愚管抄』によれば」俊輔はページをめくる。「病床でそれを知った頼家は大いに怒り、側に置いてあった太刀を取って立ち上がろうとしたと書かれている。しかし、もちろん動くことができず、病床から、時政を討つように和田義盛と仁田忠常に命じた。ところが義盛は、あっさりと頼家を裏切って、今の話を時政に伝えてしまった。そこで時政は、忠常も誅殺したんだが、これもまた異説があって、既に忠常は比企一族滅亡時に殺害されていたのではないかともいわれている。富士の巻狩で曾我十郎を殺害しているし、比企能員も謀殺した。かなり、この辺りの真実を知っている人物だったからね」

「何だか……」橙子は頭を振った。「ドロドロの謀殺ばかりで、物凄い話です。変なノワール小説か嫌なミステリでも読んでいるようで」

「まだ、ほんの入り口だよ」俊輔は笑った。「ここで現実に起こった歴史の方が、そういったフィクションよりも、遥かにどす黒い」

「はあ……」

「その後、義盛は、頼家の部下たちを次々に殺害する。比企も梶原景時も既に失ってしまっていた頼家は、気がつけば文字通り丸裸になっていた。するとそこで、政子は頼家に出家を勧め、最後は強引に出家させられて、修禅寺に押し込められた。建仁三年（一二〇三）九月のことだ。そして翌年の元久《げんきゅう》元年（一二〇四）七月十八日、修禅寺門前にあった筥湯《はこゆ》——浴場で刺殺されてしまう。しかも、この時『愚管抄』によれば」

俊輔はパソコンを覗き込んだ。

「『修禅寺にて、頼家入道をば指（刺し）殺してけり。（中略）頸に緒をつけ、ふぐりを取りなどして殺してけりと聞こえき』なかなか殺すことができなかったので、首を紐で絞めて睾丸《こうがん》を握りつぶしてから刺し殺した、とある」

「えっ」と橙子は、思い切り嫌な顔をした。「でも、なかなか殺すことができなかったって言っても……その時、頼家は病気で衰弱していたんじゃないんですか？」

「修善寺にやって来てからは、近隣の子供たちと遊び回るほど元気になったという。だから、最期に臨んでかなり抵抗したんだろうね。故に、こんな悲惨な殺され方になってしまった」

「健康が回復していたんですね……」

ああ、と俊輔は首肯した。

「というより、鎌倉にいたからこそ、健康を害していたとも考えられる」

やっぱり！　と橙子は叫ぶ。

「毒を飲まされていた？　それこそ、トリカブトのような」

「おそらくね」俊輔は言った。「しかし修善寺にやって来てからも風呂に漆を入れられて、全身をかぶれさせられたりもした。これは事実と異なるようだが、その時の顔を模《かたど》って作られたという伝説の残る異様な容貌の面が、修禅寺宝物殿に所蔵されている。それが『修禅寺物語』に登場する面の原型だ」

歌舞伎にもなっている、岡本綺堂《おかもときどう》の戯曲だ。

ちなみに、その内容はといえば――。


修禅寺に幽閉された頼家は、自分の顔を形見として残そうと、当時、修善寺村で面作《おもてつくり》の名人と呼ばれていた夜叉王《やしゃおう》に、面作りを命じた。しかし、半年を過ぎても面が出来上がってこない。ついに業を煮やした頼家は、夜叉王の仕事場へ出かけ、遅れている理由を述べよ、と叱りつける。夜叉王は、さまざまな理由を告げて、面がまだ出来上がっていないと釈明するが、娘が「御覧くださりませ」と言って頼家の面を持って来てしまう。実は、昨夜のうちに出来上がっていたのだ。その面を目にして「あっぱれ」と誉《ほ》める頼家に向かって夜叉王は「それは夜叉王が一生の不出来」と言う。理由を尋ねる頼家に向かって、夜叉王は意外なことを口にした。それは、

「面は死んでおりまする」

という言葉だった。つまり頼家の面は、何度作っても死相が浮かび上がってしまうというの

だ。それゆえに、ずっとお渡しできなかったのだと——。

そして頼家は、この面を政子に見せようとしたという話もある。つまり、自分の置かれている酷い境遇を訴えようとしたとも。

だが結局、頼家は殺害されてしまう。

征夷大将軍になって三年目。享年二十二だった。

しかし、と俊輔は言った。

「少し時間を戻して、『吾妻鏡』の建仁三年（一二〇三）九月五日の条では、頼家が少し回復した時の様子を、こう書いている。

『将軍家（頼家）の御病痾《びょうあ》少減し、なまじひにもつて寿算を保ちたまふ』

とね。ここは通常『頼家の病が少しだけ回復して辛《かろ》うじて命を長らえられた』と訳されている。これも決して間違いとはいえないんだが、この『なまじひに』という言葉を正確に現代語訳すると——」

「『無理に行うさま』じゃないですかっ」誠也が叫んだ。「あるいは『しなくてもよいのに、してしまうさま』です！」

「えっ」

驚いた橙子が、データベースの古語辞典で調べる。

「本当です！」顔を上げて二人を見た。「『なまじっか』とか、しかも『すべきではない。しなくてもよい』と載っています！」

そういうことだね、と俊輔は静かに言った。

「つまり、頼家は回復しなくても良かったのに、と思われていたというわけだ」

「そんな……」

橙子が絶句した時、駿豆線は終点、修善寺に到着した。

此《こ》の里に悲しきものの二つあり
範頼の墓と頼家の墓と

と正岡子規《まさおかしき》が詠んだ「里」だ。

修善寺駅を出ると、橙子は近くの花屋に寄って白い花を買った。「どうしたの？」と尋ねる誠也に、範頼と頼家の墓に供えたいと伝えると、それを聞いた俊輔は優しく微笑んだ。

駅前からタクシーに乗って、修禅寺へと向かう。

大きな修善寺橋を渡り終えた時、俊輔はチラリと窓の外を見たが、そのまま口を閉ざした。何かに気づいたのだろうかと橙子は思ったが、特に何も言わなかったのでそのままにしておいた。

車は桂川《かつらがわ》沿いの、土産物屋や蕎麦屋がズラリと軒を並べている細い道を縫うようにして修禅寺へと進み、十分足らずで門前に到着した。タクシーを降りると橙子と誠也は、山門へと続く石段を登ろうとしたが、

「先にこっちだ」

俊輔は言って、今やって来た道を少し戻る。するとそこには、神社の細い参道が延びていた。

「まず、この土地の鎮守様にご挨拶しなくてはね」

はい、と答えて橙子が見れば、そこには「日枝《ひえ》神社」と掲げられて太い注連縄の架かっている石鳥居があった。橙子は立ち止まって、神社の由緒を読む。

この神社は修禅寺の鬼門に当たり、弘法大師・空海が建立した鎮守だったが、明治の神仏分離令によって分離させられ——云々とあり最後に、

「また、源範頼が幽閉され住んでいたという信功院《しんこう》跡（庚申塔のみ現存）もある」

と書かれていた。

えっ、と橙子は声を上げる。

「範頼は、この場所に幽閉されて自害、あるいは暗殺されたということですね！」

「そこに説明書きもあるよ」

俊輔の指差す方を見れば、ここにあった信功院に幽閉され、建久四年（一一九三）梶原景時五百騎の不意打ちに遭い——云々と書かれている。

三人は本殿と庚申塔に手を合わせて深くお参りすると、境内を出て修禅寺へと向かった。

修禅寺本堂は、大掛かりな改修中だった。骨組みごと組み直しているらしく、二年後の平成十八年（二〇〇六）の完成予定だという。境内の縁起を読めば、もともとこの寺は大同二年（八〇七）に空海が開基し、当時は地名の「桂谷《けいこく》」を取って「桂谷山寺」と呼ばれていたらしい。それがやがて、さまざまな歴史を乗り越え、延徳《えんとく》元年（一四八九）に、北条早雲《そううん》によって再興され

「福地山《ふくちざん》修禅寺」となったのだという。ということは、もしかすると範頼や頼家の頃は、今のように立派な寺容ではなかった可能性も高い。

お参りを終えると、三人は寺務所の前に建てられている宝物殿に入った。中には、大日如来坐像や丈六釈迦如来《しゃかにょらい》坐像、また金剛力士《こんごうりきし》像などが展示されていたが、目的はもちろん「頼家の面」だ。しかし、足早に展示ケースに近づいた橙子は、

「何ですか、これ」

思わず声を上げてしまった。

てっきり能面のように、整えられて端正な造りだとばかり思っていたのだ。しかしそこに飾られていた面は、目の穴が二つ、大きな鼻の穴が二つ、黒々とポッカリ開いて、むき出しの歯を硬く食いしばっている。それ以外の部分は、ごつごつと盛り上がり、木を荒く削った無骨な造りで彩色も施されていない。鎌倉の御霊神社で見た伎楽面よりも、更に不気味な面だった。

そして何よりもおどろおどろしいことに、面は額から顎にかけて一直線に亀裂が入り、真っ二つに割れていた。先ほど俊輔が言った、漆でかぶれさせられた顔を模って作られたという伝説も、あながち間違いではないかも知れないと思えるような印象を受ける。

俊輔が、持参してきた文庫本を開いた。岡本綺堂の『修禅寺物語』だ。

「この序文に、こうある」と言って読み上げた。「『伊豆の修禅寺に頼家の面《おもて》といふあり。作人も知れず、由来もしれず、木彫の仮面《めん》にて、年を経たるまま面目分明ならねど、所謂《いわゆる》古色蒼然《こしょくそうぜん》たるもの、観来つて一種の詩趣をおぼゆ。当時を追懐してこの稿成る』——とね」

橙子は頷きながら、面に見入った。

歌舞伎『修禅寺物語』に際しての、岡本綺堂の言葉があった。これが頼家の顔だったかどうかは別としても、

「頼家のやうな悲劇中の人物、其人の形見かと思ふと一種悲哀の感が湧いて、悲劇の仮面を着けてゐたといふギリシャの神などが連想されます。で、其の仮面をつくづく見てゐると、何だか頼家の暗い運命が其の面に刻み込まれて居る様に思われる」

ということだった。

〝確かに……〟

しばらく眺めているうちに、最初はただ恐いだけだった面が、徐々に悲しい顔に思えてきた。そして、この面に対して抱いた人々の思い——頼家に対する鎮魂の思いも、ひしひしと伝わってくるような気がした。近くには頼家の肖像画も展示されていて、そのふくよかで優しそうな顔を眺めると、ますますそう感じる。

その後、橙子たちは佐賀藩士で明治の政治家だった、副島種臣《そえじまたねおみ》が揮毫《きごう》した「修禅寺」の寺号額などを観て、宝物殿を出ると、そのまま修禅寺を後にした。

目の前の桂川に架かる虎渓橋《こけいばし》の手前に「指月殿《しげつでん》・頼家墓百五十メートル」と書かれた矢印つきの標識があったので、橙子たちは、その指示通りに移動する。見下ろせば川縁《かわべり》には、石に囲まれた「筥湯」が見えたが、あの場所で頼家が襲われたとも、また別の場所だったともいわれているようだった。

橋を渡り終えて少し行くと、すぐに「指月殿」が見えてきた。この建物は、政子が頼家の菩提を弔うために、その墓の側に建てた経堂だ。

しかし――。

橙子はその前に立って、絶句した。

〝これが、鎌倉幕府二代将軍を弔う建物？〟

確かに『この地で非業の死を遂げた鎌倉幕府二代将軍頼家の冥福を祈り、母北条政子が建立した』経堂だと書かれている。しかしそれは、五間方形――約九メートル四方の四角い木造建築で壁は板一枚。建物正面の戸はガラスが嵌まっているけれど、当然昔は、ガラスなどなかったはずだから、ただの格子の引き戸だ。おそらくは、丈六の釈迦如来像を風雨から守るので精一杯だったろう。普通に「経堂」といえば、漆喰塗りの立派な建造物を想像する。でも、これでは……。

橙子は、まじまじと見つめてしまった。

政子が我が子・頼家のために建立したから「経堂」だと認識できるが、何の説明もなくこの建物を見たら、仏具や御輿《みこし》を収納しておくための倉庫か何かだと思うのではないか。「鎌倉二代将軍」を供養するために建立したにしては、余りにも簡素で粗末すぎる。いくら「禅様式」だからといっても、先ほどの修禅寺だって「禅様式」の建造物だ。いや、鎌倉の建長寺だって、円覚寺だって「禅様式」だ。そうであれば常識的に考えて、修禅寺ほどの規模になってもおかしくはないのでは？

顔をしかめて首を捻る橙子を誘うようにして、俊輔たちはその近くにある頼家の墓へと向かった。橙子は、長い石段の下に用意されている説明書きを読む。

「源頼家の墓

正治元年（一一九九）に父頼朝の後を継いで十八歳で鎌倉幕府の二代将軍となった頼家は、父の没後に専横になった北条氏を押さえて幕府の基礎作りに懸命であったが、大きく揺れ動く時流と、醜い駆け引きに終始する政争に破れ、在位わずか六年でこの修善寺に流され、元久元年（一二〇四）祖父北条時政の手で入浴中に暗殺された（享年二十三歳）。

（中略）

この碑は、元禄十六年（一七〇四）頼家の五百周忌にあたって、時の修禅寺住職筏山《ばっさん》智船《ちせん》和尚が建てた供養塔であり、墓はその裏側にある二基の小さな五輪石塔である。


伊豆市」


三人は石段を登ってお参りし、橙子は線香と持参した白い花を手向けたが、ここでまたしても驚いた。確かに正面には黒く大きな石の供養塔が建っていた。ところが肝心の墓はといえば、供養塔の背後に隠れるように建っている、高さ一メートルあるかないかの（説明板の言葉通り）本当に「小さな五輪石塔」だったのだ。

お参りを終えて石段を降り、再び説明板に目をやった橙子は、更にとんでもないことに気づいた。そこでたまらず、

「先生！」俊輔に声をかける。「これって、変じゃないですか」

「どうした」

振り返る俊輔と誠也に向かって、橙子は叫んだ。

「説明板のここの部分です。見てくださいっ」

「どこが？」

　尋ねる誠也に、橙子は言う。

「『この碑は、元禄十六年（一七〇四）頼家の五百周忌にあたって、時の修禅寺住職筏山智船和尚が建てた供養塔であり』――って、じゃあそれまでの五百年間はどうしていたんですか？　そして、あの小さな五輪の塔。頼家は鎌倉幕府二代将軍だったんですよ！」

「それは……」

　言葉に詰まる誠也の隣で、

「その通りだね」俊輔は微笑んだ。「それよりも、二代将軍が暗殺されるという大事《おおごと》だったにもかかわらず『吾妻鏡』では、『昨日、十八日。左金吾禅閤《さきんごぜんこう》（頼家）、年廿三《としにじゅうさん》。当国修禅寺において薨じたまふの由、これを申すと云々』としか記されていないしね」

「えっ」

「さあ、頼家に続いて命を落とした十三士《じゅうさんし》の墓をお参りしよう。そして次は範頼の墓参だ」

「あ、あの――」

　という橙子の呼びかけが聞こえなかったかのように、俊輔は歩き出した。橙子と誠也も、その後を追う。頼家の墓へ続く石段の下に広がる小さな公園のような場所の片隅に、宝塔がズラリと並んでいる。ここが彼らの墓だ。説明板を読めば、十三士の墓というのは、頼家暗殺を受けて、その敵《かたき》を取ろうと立ち上がったが、逆に討ちとられてしまった家臣たち十三人が祀られているという。頼家と運命を共にしたということで、頼家の庵室があったという場所に祀られているのだという。

橙子たちはしっかり手を合わせると、次の目的地の範頼の墓に向かった。範頼の墓は、先ほどの標識によれば修禅寺から五百メートルだそうなので、川沿いの道を歩く。爽やかな竹林の小径《こみち》を過ぎて少し行った所に架かっている橋を渡ると、立ち並ぶ家々の間に突然「範頼の墓」と書かれた矢印の形をした案内板が見えた。この細い坂道を登って行くらしい。

ところが道は段々と険しくなり、同時に途切れ途切れになってきた。石段も延々と続き、橙子たちは竹林の中の山道を歩く。やがて景色が広がると、雑木林の暗がりに続く十数段の石段の奥に、小さな庵《いおり》と宝塔が見えた。説明板が立っていなければ、そのまま通り過ぎてしまっただろう。橙子は脱力したように立ち止まると、

「ここ……なんですね」

息を切らしながら尋ねたが、さすがに誠也も目を見開いていた。範頼といえば、頼朝の代理で鎌倉の大将ではないか。しかも、義経と共に平氏を滅ぼした大将軍だ。

それなのに、こんな規模の墓なのか——。

橙子は説明板を読む。

「源範頼の墓

範頼は鎌倉初期の武将。源義朝の第六子で蒲冠者《かばのかじゃ》と呼ばれた。治承四年（一一八〇）に兄頼朝と義仲が対立した時、弟義経と共に義仲を倒し、次いで一ノ谷の合戦で平家を破り、功によって三河守に任じられた。（中略）

建久四年（一一九三）の曾我兄弟仇討ちの際、頼朝討死の誤報が伝えられ、悲しむ政子を

『範頼あるかぎりご安心を』と慰めたため、幕府横領の疑いを招いた。範頼は百方陳弁に務めたが、ついに修禅寺に幽閉され、さらに梶原景時に攻められ、日枝神社下の信功院で自害したと伝えられている。

伊豆市」

と書かれていた。

橙子は、線香と白い花を手向けた。さっきの頼家の宝塔よりは多少大きかったが、こちらは三重の塔だった。しかし、周囲は綺麗に手が入っていることと、今までの全ての説明板の右下に「市の花」である山葵《わさび》の白い花が描かれていたことだけが、橙子の心をほんの少しだけ和ませた。

「明治になって」と俊輔がゆっくりと口を開いた。「正岡子規がここを訪れた際には、この庵もなく、墓石がじかに雨に打たれていたそうだ。余りに哀れなその光景を目にした子規は、墓石に思わず自分の笠を捧げて、

鶺鴒《せきれい》よこの笠叩くことなかれ

と詠んで涙を流したという」

「ああ……」

〝此の里に悲しきものの二つあり――〟

橙子は心の中で呟いた。

だが、それにしても彼ら、源氏の武将たちの墓は、どれも簡素過ぎはしないか？

今まで見て来たように、むしろ戦いに敗れた平氏の武将たちの墓や供養塔の方が、遥かに立派だ。これはやはり、平氏の怨念の方が強いということなのだろうか……。

戻る道すがら、橙子がそんなことを俊輔たちに言うと、

「そうだよね」誠也が応えた。「何万という軍勢を率いて平氏を滅ぼした範頼も、あんなに悲惨な殺され方をした頼家も、死後の扱いがこんなに酷いんだからね」

「昨日行った鎌倉の、頼朝のお墓もそうでした。やっぱり頼家と同じく、死後五百年以上過ぎてから、現在の五輪の塔になったわけです。ということは、それまでは一体どうなっていたのか推して知るべしです。といっても、頼朝が怨霊になっているという一般的認識はあった——」

橙子は首を捻った。

「どういうことか、分からなくなりました。同じく怨霊化していると思われる義経に関しては、大々的に祀っている寺社がありましたけど」

「そういえば、義仲もそうだね。滋賀県の義仲《ぎちゅう》寺に、松尾芭蕉と一緒に祀られている」

そう！　と橙子は叫んだ。

「それも知りたかったんです。資料には芭蕉が死に臨んで、

『骸《から》は木曾塚に送るべし』

と遺言して、本当に義仲の隣に葬られたとありましたし、また芥川龍之介も、彼の悪口を言う学者を嗤い飛ばしたって。でも義仲は、無教養で乱暴な武将だったんですよね」

「それは――」

微妙に口籠《くちご》もる誠也に代わって、

「『平家物語』が造り上げた虚像だよ」と俊輔が断定した。「騙りだ」

「えっ」

「その辺りの話に関しては長くなってしまうから、また別の機会に譲るとして、間違いなく義仲は希代の英傑だった。そうでなければ、今井兼平や樋口兼光《ひぐちかねみつ》、そして巴御前などの英雄・女傑たちが命を懸けてまで従うはずもない。だからこそ、今でも京都の近くの場所にきちんと祀られているんじゃないか。『平家物語』や後白河法皇が言うように、ただ粗野な武将だったら、もっと嫌われてる。彼は、立派な征夷大将軍だった」

「征夷大将軍って」橙子が尋ねた。「そうだったんですか？」

もちろん、と俊輔は首肯する。

「旭《あさひ》（朝日）将軍などというのは騙りだ。間違いなく、征夷大将軍だった。それを頼朝たちが隠したんだ。まさか、朝廷から認められた武家政権の長を討ち取るわけにもいかないからね。そこで、以仁王や頼政が命を落とした地名を、以仁王皇子を擁していた義仲に与えてそう呼んだ」

「そういうことなんですね！」

「――と、ぼくは勝手に思っているけど、そこらへんに関しては、いずれ誰かが詳しく解き明かしてくれるんじゃないかな」

「誰かが？」

「ぼくと同じような『自由人』の誰かがね」

俊輔は二人を見て、子供のように笑った。

三人は修禅寺まで戻るとタクシーをつかまえて、修善寺駅へと向かう。しかしその途中、修善寺橋が見えてきた頃、俊輔は運転手に声をかけて車を左に寄せて停めてもらった。行きの道で、俊輔がチラリと気にしていた場所の近くだ。

「もう一ヵ所、寄って行こう」俊輔はタクシーを降りると言った。「帰りの道の方が、車を停めやすいと思ってね。ここだ」

そこには、木々に埋もれるようにして神社が鎮座していた。案内板には、

「横瀬八幡神社」

とあり、石鳥居の扁額には、

「八幡宮」

と刻まれている。ここも、知らなければそのまま通り過ぎてしまいそうな小さな神社だ。

「政子ゆかりの神社だというから」俊輔は言うと、取ってつけたように造られている橋を渡り、石段に足をかけた。「前から一度来てみたかったんだ」

手水舎の水も涸れていたので、橙子たちは失礼してそのまま進む。正面には、こちらも木々に囲まれるようにして古い社殿が、そして右手には朱塗りの、低く小さな建物があった。

橙子は側に立てられている由緒を読む。

「八幡神社

当社は、旧修善寺村の氏神として古来より厚く尊崇《そんすう》されている神社で、相殿は鎌倉二代将軍源頼家公である。（中略）右側の本社には、頼家公の母北条政子悪病平癒の伝説をもつ『孔門石』又は『玉門石』と呼ばれる陰石が祀られている（後略）」

とあった。

ということは、今三人の目の前に建っている社殿は、頼家を祀った相殿ということになる。確かにこの社の名称は「八幡社」となっている。そこで橙子たちは、相殿の右脇に建てられている社、というより、田舎などで見かけるような、小さな石の六地蔵を祀っているような細長い建物へと進む。こちらは「横瀬八幡宮」となっていて、背後の塀には板に書かれた縁起も架かっていた。だが、そこに並んでいるのは、朱塗りの剝げた木像の祠が二基と、扉の閉ざされた小さな石の祠が三基だけだった。

橙子は、縁起を読む。

やはり、頼家が二十三歳にして北条氏のために、ここ修善寺で命を落とした（「虐殺」という言葉を使っていた）ので、彼を祀るとあった。そして、右端に祀られている、他と比べて二回りほど大きな祠は「比賣《ひめ》神社」であり、御神体は「女陰」であるらしい。だが、その由緒の先には、実に驚くべき事が書かれていた。

その年代は不詳だが、政子は「奥殿」つまり、陰部の病気に罹って修善寺に湯治をし、鎌倉から名医を招いた。しかし名医は、政子の陰部を見ることも触れることも許されず、困り果てた結果、女陰の形をした石を探し出し「糸の一端をとりて、他の一端をおそれながら」政子に握らせて、自分は石を手に患部を探った。また「丹粉鉄《あか》」――紅《べに》、粉《おしろい》、鉄《おはぐろ》を石に塗りつけて病状を問診し、彼女の病を探り当て、何とか平癒させた。その石を「石尊」として祀ってあるのだという。確かに、その祠の奥には石が祀られていた。しかし前面には、朱色の布が架かっていて、中を覗くことはできない。気のせいか、何となくおどろおどろしい雰囲気がある。

橙子はこちらでも手を合わせると、俊輔たちと共に境内を後にした。

タクシーで修善寺駅まで戻ると、もう午後一時をまわっていたので、そこで昼食を摂ることにした。折角ここまで来たから、帰り道で頼朝と政子の故郷である韮山《にらやま》の「蛭ヶ小島《ひるこじま》」も見学して帰ろうと俊輔が言い出し、それならここで食事をしてから向かおうという話になったのだ。

三人は駅前の日本蕎麦屋に入ると、簡単に済ませるためにせいろを三つ頼んだ。あと、お墓参りのお清めということで、冷酒を二合だけ……。

地酒が運ばれてきて献杯すると、俊輔は、

「さて、取りあえず先に進もうか」と言って口を開いた。「頼家がこの地で殺害された翌年、今度は鎌倉幕府開創からの忠臣だった、畠山重忠が謀殺される」

「一の谷の急坂を、馬を背負って駆け下りたという伝説の武将ですよね」橙子はお猪口片手に頷いた。「梶原景時や比企一族との戦いでも軍功を挙げた武将」

「その一方でも」俊輔は頷く。「鶴岡八幡宮での静御前の舞の際に、銅拍子あるいは笙で囃したというから、武芸一辺倒の武人ではなかった。しかも、愚直なほど誠実な人間だったため『坂東武士の鑑』と称えられていたという」

「そんな立派な人物が、何故ですか？」

「彼が京に上った際に、鎌倉から送られていた平賀朝雅《ひらがともまさ》という人物と諍いを起こしたからといわれている」

「たったそれだけの理由ですか？」

「朝雅は時政の後妻・牧の方の娘婿だったため『畠山重忠、謀反の疑いあり』という彼の讒言が、牧の方を通して時政まで届いてしまったからだ」

「何という……」

呆れる橙子の前で、俊輔は言った。

「その讒言を受けて時政は、重忠が自分の所領地である武蔵国に戻り、かつ息子の重保《しげやす》が鎌倉に詰めていた元久二年（一二〇五）六月二十二日に、彼らを襲撃する。しかも、そのやり口といえば、まず早朝に若宮大路で『謀反だ！』という声を上げさせ、郎党三人を引き連れて飛び出してきた重保を由比ヶ浜近くで取り囲むと、有無を言わせず滅多斬りにしてしまった。現在、供養塔が建っている、若宮大路一ノ鳥居の近くだ」

「え……」

「また、それより少し前に『鎌倉で謀反』という報せを武蔵国で受けていた重忠も、百三十騎ほどを従えて、大急ぎで鎌倉へ駆けていた。ところが、正午過ぎ頃に現在の横浜市・二俣《ふたまた》川近くまでやって来たところを幕府軍に取り囲まれる。そこで重忠は初めて、自分たちが謀叛人扱いされていることに気がついたが、すでに重保は討ち取ったと言われて覚悟を決め、鎌倉の軍勢と一戦を交えた。圧倒的に兵士の数が少ない中、四時間にもわたって死闘を繰り広げたが、最後は重忠を含め、全員がその場で討ち死に、あるいは自害して果てた」

「何だか、酷い話です……」

「ところが、まだ話は終わらない」俊輔は真面目な顔でお猪口を空けた。「翌二十三日には、重忠謀反という情報は完全に誤りだったということが判明する。そのため、重忠の首が鎌倉に運ばれてくると御家人たち誰もが涙を流し、偽情報発信の犯人捜しを始めた。その結果、重忠の従兄弟の稲毛重成が張本人ということになり、彼は三浦義村たちによって殺害されてしまう」

「その、稲毛重成って……」橙子は首を傾げた。「どこかで聞いたような名前ですけど」

「頼朝だ」俊輔は答える。「七年前に橋供養に出かけた頼朝が暗殺された。その橋を架けた人物だよ」

「何か……とっても怪しい臭いがします」

「どういう風に？」

「まるで、口封じをされたみたいで」

「誰に？」

たとえば、と橙子は口籠もる。

「今までの事件を振り返れば、政子とか……やっぱり時政とか」

「それは微妙だね」誠也が会話に加わってきた。「というのも、その二ヵ月後に時政は、義時《よしとき》と政子によって追放されてしまうんだから」

「そうなんですか」

「牧氏事件と呼ばれていてね、時政が牧の方と共に、頼家の跡を継いでいる三代将軍・実朝を暗殺して、先ほどの平賀朝雅を擁立しようとした事件が起こったんだ。そのために、鎌倉中が騒然となった。そこで義時と政子は、時政を呼びつけて厳しく叱りつけると、時政を出家させてしまった。当時の出家は、死んだも同じだから、頼家の時と同様に厳しい処罰だよ。しかも、その翌日には鎌倉を追放してしまった」

「それは確かに厳しい……」

「牧の方が朝雅を将軍にしたいと望んでいたことは、誰もが知っていた公然の秘密だったしね。続けてその数日後、朝雅も誅殺されてしまう。これは少し可哀想な気もするけど、仕方ない部分もあったかも知れない」

「それも、かなり手厳しい処置ですね」

「でも、おかげで義時は鎌倉中の御家人たちからその英断を称賛され、幕府の信頼が大きく増したみたいだよ。何しろ、父親である時政を処分して、その後二度と表舞台への登場を許さなかったんだから。しかも、時政が伊豆へ隠居してから暫くの間、鎌倉では大きな事件が起こらなくなった」

ということは、と橙子は、誠也から俊輔に視線を移す。

「つまり、今までの謀殺や誅殺は、全て裏で時政が糸を引いていたということなんでしょうか。でも、まさか頼朝暗殺は――」

「どうかな」

と言って俊輔は、地酒のとっくりを空けた。

さすがにまだ昼間なので、橙子と誠也はお猪口二杯ほどずつしか飲んでいないし、せいろを食べ終わった誠也は、早くも蕎麦湯を飲んでいた。ということは、地酒二合のうち、俊輔一人で七割ほど飲んでしまった計算になる——。

「富士の巻狩の事件に関しては『誹風柳多留《はいふうやなぎだる》』に、

烏帽子親ぢいの敵も討てといふ
烏帽子親そが一件に口をとじ
狸寝入りは北条の狩屋なり

などとある。烏帽子親というのは、曾我五郎時致の烏帽子親——元服親だった時政のことだ。何しろ『時致』の『時』は『時政』からもらっている。それほど面倒を見ていた」

「そうなんですか！　じゃあ、あの巻狩が頼朝暗殺計画で、時政も一枚嚙んでいたのではないかという話は、江戸人たちの常識だったんですね」

「真実かどうかは別としても、当時は誰もがそう考えていたということだ」

「でも、どうして時政が頼朝を？　それまで支えてきて、将軍にまで育てたじゃないですか」

「ぼくも、今まで見て来た事実を俯瞰して、ようやく全体図が見えてきた」

「えっ。源平合戦の全てがですか。それとも、鎌倉幕府以降の謀略事件の数々ですか？」

「両方だよ」俊輔は言うと、残りの蕎麦をたぐって、二口で呑み込む。「しかしそこでは、時政にとって想定外の出来事があったようだがね」

「さっきの、牧氏事件？」

「いや、違う」

じゃあ何ですか、と尋ねかけた橙子に向かって俊輔は微笑むと、

「さて、最後の目的地に向かうとしよう。八百年以上も前に、頼朝と政子が出会った地だ。そこから全ての歴史が始まったんだからね」

俊輔は立ち上がり、二人はその後に続いた。


修善寺駅から伊豆長岡《いずながおか》駅までは、駿豆線で四駅。約十五分ほどで到着する。到着したらそこからタクシーで、時政の隠居した場所であり、墓もある願成就院へ。続いて頼朝と政子の暮らした蛭ヶ小島へまわってもらい、今度は隣の韮山駅から駿豆線に乗り、三島に戻る予定になった。

駿豆線に乗ると、俊輔は口を開いた。

「これら一連の事件の犯人捜しは簡単だ。ただ単純に、最初から関与していて最後まで生き残っていた人間を捜せば良いだけだからね。どうということもない」

つまりそれは、橙子は頷く。

「政子と義時の姉弟ですね」

「でもそれまでは」誠也もつけ加える。「時政もいた。というのも今言ったように、時政が出家して伊豆国に隠棲させられてから、和田合戦が勃発するまでの約八年間は、鎌倉も平穏でしたからね。ということは、逆に言えば時政が鎌倉にいた間は、絶え間なく事件が起こっていた」

「和田合戦というと、和田義盛ですよね」橙子は、昨日の鎌倉を思い出しながら尋ねた。「江ノ電の和田塚《わだづか》駅のすぐ近くに供養塔と墓碑があるという」

「そうだよ」

「その和田合戦というのは、具体的にどんな戦いだったんですか？」

うん、と答えて誠也はパソコンを開くと、確認しながら説明する。

「建暦三年（一二一三）五月二日に、義時と和田義盛との間で起こった戦なんだ。実朝の信頼が篤かった和田に対して義時は、嫌がらせに次ぐ嫌がらせで何度も挑発した。でも和田は、じっと我慢を重ねていた。しかし、泉《いずみ》親衡《ちかひら》という人物が、頼家の遺児の栄実《えいじつ》を奉じて倒幕を謀り、その計画に和田氏一族が与しているという『噂』が立つ。和田はすぐ実朝に、それは虚言であると直訴した。それによって事態は一旦沈静化したかに見えたけれど、義時は将軍・実朝の意向を無視して、和田一族の逮捕にはじまり、そしてついには甥の胤長《たねなが》を流罪に処してしまう。それを知った胤長の娘が、悲しみの余り亡くなる。そこで和田は、もう我慢も限界とばかり立ち上がった。最初は優勢に戦っていたが、後世『三浦の犬は友を食らう』と揶揄された三浦義村の寝返りがあり、和田一族は各地で敗れ始めた」

「謀略や横暴が許せず決起したのに、その人たちに対する裏切りまで起こったんですね」

「日本史上でも」と俊輔が言った。「稀に見る陰湿な政争が繰り広げられた時代だね。堀越くん、続きを」

はい、と答えて誠也はパソコンの画面を覗きながら続けた。

「ちなみにこの時一人、朝比奈三郎義秀《あさひなさぶろうよしひで》が、獅子奮迅の働きを見せたんだ」

「木曾義仲と巴御前の子供ともいわれている人物ですね！」

「『吾妻鏡』によると三郎は、一人で門を破って敵方の陣に乱入したため、あわてた鎌倉方は実朝を擁して法華堂まで逃げた」

昨日、橙子が行った、頼朝の墓の近くにあったという建物だ。橙子が頷くと、誠也は言う。

「それほど三郎の暴れ方は物凄くて『壮力を彰《あら》はすこと、すでにもつて神のごとし。彼に敵するの軍士《ぐんじ》、死を免るることなし』とまで書かれている。まさに、鬼神だった」

その話を聞いて、橙子は思う――。

やはりこれは本当に、三郎は義仲と巴の子供だったのではないか。火のない所に煙は立たない。そう考えることによって、義仲最後の戦いで、巴が死ぬよりも辛い別れを選んで木曾へと落ち延びて行った理由も分かる。

それは、木曾に義仲と自分の子供がいたから。

義仲が最後に「木曾の我が妻に伝えよ」と巴に命じたといわれているが、本当は「木曾の（巴との間の）我が子」だったのではないか。そうであれば、あの気丈な巴が義仲と兄を残して木曾へ帰った理由が納得できる。そもそも、巴こそが義仲の正妻だったという説もあるから、巴は後ろ髪を引かれる思いで木曾に落ち延びた。そして、その子の将来と自分や兼平の供養を、最も信頼できる巴に託したからこそ、たった二騎になってしまった義仲たちも、心置きなく最後の戦いに臨むことができたのではないか。

また、義盛は義仲に敬意を表して巴には指一本触れなかったとも、ずっと別棟で暮らしていたともいう伝説が残されているようだ。先日の俊輔の、最後に乳兄弟の今井兼平のもとに巴と共に駆けつけた義仲を見て、鎌倉武士の誰もが「腰を抜かした」という言葉は正しかったのだろう。義盛ほどの武士でも、義仲を密かに尊敬していたということになる。それなら、三郎の年齢が云々という以前に、義盛と巴の子供であるはずもない。

　これには、当然、頼朝の許可が必要だったわけだろうから、頼朝がそれを許したということは、彼も実は（心の中で）義仲と巴に感銘を受けるところがあったということになる。

　そして、三郎の住んでいた土地の名前から取ったという「朝比奈」という姓は、本当は義仲の「旭将軍」からではなかったのか。事実、三郎だけが「和田」を名乗っていないのだから――。

　橙子は一人納得しながら、誠也の説明に耳を傾けた。

「しかし、兵力の差はどうすることもできず、徐々に和田軍は押され始める。そしてついに和田義盛は、息子たち共々討ち死に。三郎はどこかに逐電して、和田合戦は終結したんだ」

　と、誠也はパソコンを閉じたが、

「ところが」隣で俊輔は言う。「倒幕を謀った張本人とされる、その泉親衡は、生死・行方共に不明になっている。しかも、三郎たちのように鎌倉軍相手に戦ったという記録も残っていない」

「ということは」橙子は目を見開く。「もしかして親衡は――」

「しかもその後、和田の残党に担ぎ上げられて再び決起しようとした栄実が、直前になって義時たちの襲撃を受けて自害した。比企能員の変の時に殺された一幡に続き、この時点で頼家の遺児五人のうち二人までが、義時によって殺された」

「五人のうち二人も！」

「いや」と俊輔は笑う。「まだまだ、これからだ」

「え……」橙子は眉根を寄せた。「でも、やっぱりこの事件も、裏には義時と政子がいたことは間違いないですね。彼ら二人の謀略です」

「そして、もう一人」

「もう一人って……それは？」

もちろん、と俊輔は答えた。

「時政だよ」

「はあ？」

キョトンとした橙子に代わって、誠也が言った。

「で、でも先生。時政は、とっくに鎌倉を追放されて、出家しているんですよ！　事件の八年前から、伊豆に蟄居《ちっきょ》していたはずです」

「八年前から、ということ自体が変じゃないか」

「どういうことですか？」

「確かに時政は、元久二年（一二〇五）閏七月に、六十七歳でここ伊豆国へと逐われた。そして、和田合戦の二年後の建保《けんぽう》三年（一二一五）正月に病没している。つまり、謀反を疑われて鎌倉を追放されてから、十年もの月日を生きたんだ。ちなみに、一緒に逐われた牧の方の死亡年月日は定かではないが、追放後は京都に移り住んで贅沢に暮らし、藤原定家《ふじわらていか》らの顰蹙《ひんしゅく》を買ったようだ」

「え……」

「鎌倉を逐われた後で、こんな暮らしができた人間が、彼ら二人の他に誰かいるかな？」

い、いえ……、と誠也は、半ば絶句しながら答えた。

「特例中の特例。異例中の異例です。大抵は、範頼や頼家たちのように、すぐに誅殺されていますから」

「では、その理由は何だと思う？」

「当然」誠也は息を呑む。「時政たちが黒幕だったから……」

「動機も容易に想像できるね。彼がそれまでの時点で行っていた、比企能員殺害、頼家の子・一幡の殺害、頼家殺害、畠山重忠・重保親子殺害、稲毛重成殺害という事件の犯人について、さすがに御家人たちや鎌倉の人々も、薄々感づき始めていたからだ。特に畠山重忠親子誅殺は、余りにもあからさますぎた。そこで時政は、大芝居を打った。その準備に、一ヵ月ほどかかったというわけだ。そして、ほとぼりが冷めたと思える頃に、和田義盛と栄実を殺害した」

「つまり！」橙子が叫ぶ。「この一連の事件は、全て時政たちの手によるものだったというわけですね。だからさっき先生は『最後まで生き残っていた人間を捜せば』その人間が犯人だと」

「実に単純な話だね」俊輔は楽しそうに笑った。「次々に人が殺されていくが、そして誰もいない、いない、いなくはならなかった。それなら、生き残った人間が犯人だ。茶番劇だよ。しかし、余りにも上手くやったために誰もが騙されてしまった」

「そんなに簡単に騙されるものでしょうか？」

「あの海音寺《かいおんじ》潮五郎《ちょうごろう》でさえ、

『牧の方という女性が恐るべき人物であったことは言うまでもないが、こんな浅はかな計画に動かされた時政もどうかしている』

と、時政が一方的に彼女の話に乗ってしまったように書いている。時政は『いささか耄碌《もうろく》』してしまっていたんだろう、とね。というより、今まで堀越くんたちだって騙されていたろう」

「それは……」

思わず俯く誠也を見て、俊輔が微笑んだ時、駿豆線は伊豆長岡に到着し、橙子たちはあわてて荷物をまとめると電車を降りた。


駅前からタクシーに乗り、助手席の窓を流れてゆく緑の景色を眺めながら、橙子は思う。

今まで学校で習ってきたように、通史を「○○時代」「△△時代」と区切ってしまうから、真実の歴史が分からなくなってしまうのではないか。その時点で、異なる時代になったような、全てが一新されたような感覚に陥ってしまうのでは？

たとえば、元暦二年（一一八五）まで、あるいは建久《けんきゅう》二年（一一九一）までが、京都を日本の中心に据えた「平安時代」で、翌年からは、東国・鎌倉武士の「鎌倉時代」と分けてしまうと、決して間違いではないとしても、本質を見誤ってしまう。

二つの時代を通じて生きていた人々の存在を忘れてしまう。たとえば俊輔が言っていたように、最初から頼朝の背後にいて、冷ややかな視線で彼を見つめていた時政のような人物を。

昭和に起きた大きな出来事の原因は明治にある。

明治に起きた大きな出来事の原因は江戸にある。

事件の萌芽は、既に生まれているのだ。

三十三歳まではただの流人で、その後のたった十二年間で征夷大将軍にまで昇りつめたのは、単なる幸運（もちろん、それもあったにしても）だけではない。彼の後ろには、きちんと将来を見通していた時政と牧の方という、冷徹な人々が存在していたからだ。

大胆に言ってしまえば、頼朝は彼らの敷いたレールの上を走らされていただけだ。そして、無用になった時点で脱線・転覆させて――葬られた。

そう考えると、今まで橙子が抱いていた頼朝像も覆る。

俊輔も言っていたように、甲斐国・善光寺に所蔵されているという頼朝像が「穏やかで、とても人が好さそうな」「むしろ少し情けない」顔だというのも本当なのだろう。きっとそれが、頼朝の実像だったのだ。

今思えば、治承四年（一一八〇）の富士川の合戦で勝利した際、その勢いに乗って京まで攻め上ろうとした頼朝は、時政を含む周囲の人間たちに押し留められ、その言うことを聞いて素直に鎌倉へ戻った。

また、これも俊輔が言っていたが、山木兼隆の館を攻めた際には「時政の邸で、じっと報告を待っていた」「もしも時政たちが敗れたら、その場で切腹して果てる約束をさせられていた」という話も、非常に信憑性が高くなってくる。「いくら娘の婿とはいえ、頼朝など単なる流人だったわけだからね」という話も。

だから、頼朝が人並みはずれて怜悧で計算高い人間だったというのは、あくまでも後世の作り話なのだろう。橙子は、いつか甲斐国・善光寺を訪ねて、優しい面影の頼朝像と対面してみようと心に決めた――。


一時間後。

橙子たちは、再び駿豆線に乗り込んだ。ここ、韮山から二十分ほどで三島に到着する。座席に腰を下ろすと、三人はそれぞれ休憩する。俊輔は、先ほどから目を閉じて何か考え事をしている様子だったし、誠也は膝の上に開いたパソコンに、時折思い出したように文字を打ち込んでいた。

橙子は軽く目を閉じて電車に揺られながら、たった今まわってきた場所を振り返る。

まず、願成就院。

この寺の正式名称は「天守君山　願成就院」。寺伝では、聖武《しょうむ》天皇の天平《てんぴょう》元年（七二九）の創建とされているが『吾妻鏡』によれば、文治五年（一一八九）に、時政が頼朝の奥州征討勝利を祈願して建立したとなっている。

その後、北条の氏寺として繁栄を極めたが、数々の戦禍に見舞われて、所有地こそ膨大ではあるものの、現在は質素な寺院となっている。ズラリと並んだ供養塔や、綺麗に飾られた六地蔵などを眺めながら橙子たちは本堂前で手を合わせると、境内奥の花で飾られた苔むした塚、時政の墓にお参りした。

次に、駿豆線の踏切を渡って蛭ヶ小島へと向かってもらった。ここ韮山には、国指定史跡の反射炉などもあるようだが、今日の目的はそちらではないので、今回はパス。

蛭ヶ小島は、周囲の景色が開けた広々とした公園で、入り口近くに頼朝と政子の像が並んで建っていた。二人揃って北西の方角を眺めているのは、そちらに富士山があるからだという。しかし今日は春霞で、青い連山しか見えなかった。

その横の説明板には、頼朝がこの地で過ごした、約十七年の歴史が書かれていたが、きちんと特定されているわけではないらしい。でも説明板にあるように、「往時は大小の田島（中州）が点在し、そのひとつが、この蛭ヶ島であった」ことは間違いなさそうだった。

これも改めて思えば「蛭」の島というのも凄いネーミングだ。但しここでいう「島」は、説明板にもあるように川に囲まれた中州のことだから、実際に蛭がたくさん生息していたという意味ではなく、中州の形が「蛭」のようだったという可能性もある。どちらにしても余り快適とは言えない場所だが、もっとも当時は流刑地だったわけで、今と違って暮らし易《やす》い場所であるはずもない。鎌倉と同じ、泥湿地帯だったのだろう。それなら頼朝も、同じような環境だった鎌倉への移入も、現在橙子たちが思うほど、苦痛ではなかったかも知れない。

というより——。千葉介常胤たちはそれを知っていたから、喜んで頼朝の鎌倉入りを「勧めた」可能性もある。しかし頼朝はその提言に乗り、非常に住みづらかった鎌倉に、それこそ一所懸命に道を造り、町を整えた。

そう思うと、ますます頼朝が従順で素直な良い人間に感じてくる。しかも最後には、お役御免で暗殺され、怨霊として封じられ、大した墓も造ってもらえず何百年も過ごした。

頼朝もまた、源平の歴史の被害者ではないか——。

橙子が嘆息して軽く頭を振った時、駿豆線は三島に到着した。三人は改札を出て、東京行き新幹線乗り場へと向かった。

十六時過ぎのこだまを捕まえて、橙子たちは東京へと帰る。ここから東京駅まで約一時間。十八時前には、四谷に戻れるので、到着してから皆で夕食を摂ろうという話になった。

俊輔とこうやって会えるのも、今日で最後。

そう思うと、橙子の胸は痛んだが、でも今はそんなことをウジウジと考えている場合ではない。それよりも、源平合戦最後の話と言っていた、実朝暗殺に関して聞かなくては！

橙子たちは、行きと同じようにボックス席を作ると、やはり同じように俊輔を前にして、誠也と橙子が並んで腰を下ろした。

「では」と俊輔が口を開く。「長かった源平合戦も、いよいよ終盤だね」

「というより、先生」橙子が尋ねる。「昨日あたりからずっと源氏ばかりで、平氏は出てきていないんですけど——」

「そうかね」俊輔は、謎のように微笑むと続けた。「いずれ分かると思うが——。では、鎌倉幕府三代将軍・実朝の話に移ろうか」

「……はい」

「きみたちも知っているように、実朝は頼朝の次男で、頼家の弟として建久三年（一一九二）八月九日に生まれた。幼名を千幡。頼家が修善寺に逐われてしまった建仁《けんにん》三年（一二〇三）九月七日に三代将軍となった。しかし実朝は、兄の頼家とは違って、武芸や幕府の実務より、和歌に造詣《ぞうけい》が深かった。実際に歌の素養もあり、編纂されたばかりの『新古今和歌集』を定家から贈呈されると、とても喜んで師と仰ぎ、歌の道に入っていった。しかしこれは、決して政治を蔑《ないがし》ろにしたわけではない。これが実朝にとっての『政治』だったんだ」

「歌を通して朝廷と繋がる、という意味ですね」

誠也の言葉に俊輔は「そうだ」と首肯した。

「その結果、公家の坊門信清《ぼうもんのぶきよ》の娘を正室として迎えることで、彼女の姉妹が入内している後鳥羽上皇とも相婿《あいむこ》という関係になった。もちろんこれは、後鳥羽上皇にとっても、当の実朝にとっても政治的に好ましい状況だった。そもそも『実朝』という名も、後鳥羽上皇によって定められたといわれているからね」

「そんなに親しかったんですね」

「ところがここで、さっき言った、時政と牧の方による『牧氏事件』が起こる。その結果、時政たちを追放した政子と義時は、実朝を補佐して助けるという名目で幕府の実権を掌握し、義時は時政から執権の地位まで受け継いだ」

まさに、と誠也が軽く嘆息した。

「最も利益を得た者を疑え、ということですね。これだけを見ても、牧氏事件は先生のおっしゃるように、時政たちが仕組んだ茶番劇でしょう」

間違いなくね、と俊輔は続けた。

「更にその八年後に起こった和田合戦では、実朝が最も頼りにしていた和田義盛が敗死してしまう。もちろんこれも、余りにあからさまに接近していた実朝と義盛を見て、義時が不快感と同時に不安感を持ったため、義盛を謀殺したんだろう」

橙子がその言葉に納得していると、

「そう考えると――」と言って俊輔は続けた。「もちろん、きみたちは実朝の家集『金槐和歌集』を知っているね」

はい、と誠也が答える。

「その歌集名の『金』は『鎌』の偏で、『槐』は、大臣の唐風の表記です。つまり『鎌倉右大臣（＝実朝）和歌集』を意味している名前で、収載されている中で有名な歌では、

箱根路をわが越えくれば伊豆の海や
　沖の小島に波の寄るみゆ

おほ海の磯もとどろによする波
　われてくだけてさけて散るかも

などがあります」

「あとは」橙子も言う。「それこそ定家の撰《えら》んだ『百人一首』に載っている、

世の中は常にもがもな渚こぐ
　海人《あま》の小舟の綱手《つなで》悲しも

ですね」

「加藤くんにも言ったが」と俊輔がつけ加える。「義朝や義経の子供らが葬られている勝長寿院の梅の花を見て詠んだ、

古寺のくち木の梅も春雨に
　そぼちて花もほころびにけり

の歌や、後鳥羽上皇への忠誠を誓った、

山はさけ海はあせなむ世なりとも
　君にふた心わがあらめやも

なども載っている。その内容も素晴らしいが、ぼくはこの歌集が編纂された時期も重要だと考えてる」

「というと……?」

「この歌集の奥書には、建暦三年(一二一三)十二月十八日、とある」

「建暦三年というと……」誠也は首を捻ったが「あっ」と声を上げた。

「和田合戦が勃発した年じゃないですか! 建暦三年五月二日です」

「えっ」と橙子は手元の資料をめくる。「ということは、それから約半年後に撰上《せんじょう》された」

つまり、と俊輔は言う。

「和田合戦によって、非常に信頼していた義盛を失ってしまった上に、彼の役職だった侍所《さむらいどころ》別当――つまり、御家人たちの招集や指揮を司る役割まで、義時に持って行かれてしまった実朝は、この歌集を作ることによって、定家や後鳥羽上皇――つまり、朝廷と更に結びつきを深めたいという思惑があったんじゃないかとぼくは思っている」

なるほど、と橙子は頷く。

昔は歌も政《まつりごと》だった。そう考えれば納得がいく。もちろん実朝は、それ以前から準備をしていただろうが、義盛を失ってから危機感を持って急いだという可能性もある。

「その後」と俊輔は言った。「実朝が宋の国に亡命しようとして建造させた大船が、完成後に倒壊してしまったり、子供のいなかった実朝の跡継ぎとして後鳥羽上皇皇子の名前が挙がったりという事件などが続いた後、いよいよ建保七年の正月がやって来る」

その言葉に身を乗り出す橙子たちに向かって、俊輔は続けた。

「『吾妻鏡』によれば、一月二十七日に、実朝の右大臣昇進拝賀の式典が、鶴岡八幡宮において執り行われることになったため、実朝たちは酉《とり》の刻――午後六時頃に御所を出発した。この日は、三日前に降った大雪と、更に当日夕方から降り出した雪で『二尺』――六十センチほども積もっていたという。その中を、実朝を中心にして一千騎もの人々がつき従って進んだ。しかし、ここで不思議なことがいくつか起こる。まず一番目は、出発直前の大江広元《おおえのひろもと》だ」

「幕府の財務などを請け負っていて、頼朝が非常に信頼していた人物ですね」誠也が言う。「義経が、腰越状を送ったのも広元だった」

「その広元が実朝を見て突然落涙し、しかもその涙が止まらなくなってしまう。そして、不吉な予感を覚えるので、用心のために衣冠束帯の下に鎧――腹巻きを着用するように勧めた。だが、文章博士の源仲章《なかあきら》に止められた。続いて、近侍の宮内公氏《みやうちきみうじ》が実朝の髪を梳《す》いた時、実朝は自ら

の鬢《びん》の毛を一本抜いて、記念だと言って彼に与えると、

出でていなば主《ぬし》なき宿と成りぬとも
軒端《のきば》の梅よ春をわするな

と一首詠んだ」

「その歌は……」

絶句する橙子を見て、

「そうだ」と俊輔は頷いた。「菅原道真が、太宰府に流される際に庭の梅を見て詠んだ、

東風《こち》吹かば匂《にお》ひおこせよ梅の花
あるじなしとて春を忘るな

の本歌取りともいえるね」

「ということは、実朝はその時点で、自分の運命を知っていたんですかっ」

「もうどう転んでも助からないと覚悟を決めたんだろうな——。さて、一行の行列が鶴岡八幡宮に到着して楼門をくぐった時、御剣奉持《ほうじ》役だった北条義時が、自分の目の前を白い犬が走りすぎて行く姿を見たと言って目眩《めまい》を起こし『心神御違例《しんしんごいれい》』——気分が悪くなって、その役目を仲章に譲って帰宅してしまった」

「白い犬を見たからって……」

「それ以前に義時は『戌神《いぬがみ》』からのお告げによって、この日の拝賀に供奉《ぐぶ》すべからずと言われていたという。そこで、お告げが顕現したのだと思って退出したという」

「とんでもなく怪しいです！」

断言する橙子に向かって微笑むと、

「やがて」と俊輔は続けた。「滞りなく式典が終わり、実朝が社前の石段を下りていった時、頼家の子の公暁《くぎょう》が、大銀杏の陰から飛び出してきた」

「石段脇の、立派な大銀杏ですね」

「但しこれも諸説あって、違う場所だったという話もある。だが、とにかく公暁は実朝に斬りかかって首を落とすと『父の敵を討った』と呼ばわり、返す刀で仲章も斬殺した。この言葉から、公暁は父・頼家の殺害を命じたのは実朝だと思い込んでいたといわれる。二人を殺害すると、公暁は実朝の首を手にその場を逃走し、雪ノ下にある自分の坊に逃げ込む。そこから三浦義村に『今、将軍はいなくなった。私こそが関東の長にふさわしい。速やかに計らうように』という使者を遣わした」

「どうして、三浦義村に？」

「だから、公暁の後ろには義村がいたとする説があるんだ。義村の妻は公暁の乳母だったしね。ところが義村は、公暁からの連絡をそのまま義時に伝えてしまった」

「和田合戦の時のように、土壇場で裏切ったんですね」

「それを聞いた義時が『公暁を斬れ』と命じたところへ、なかなか返事が来ないことに焦れた公暁が、自ら三浦の館までやって来た。そこで義村は、武士たちに命じて一斉に公暁に襲いかからせ、その場で斬殺してしまった」

「酷すぎる――」

顔を歪める橙子の前で、俊輔は続ける。

「こうして源氏の嫡流は根絶されてしまったわけだが、この事件に関しては、まだいくつか謎がある」

「それは？」

「まず、当日の実朝の周囲には大勢の警護の武士たちがいたはずだ。事実『吾妻鏡』には『随《ずい》兵《ひょう》一千騎なり』と載っている。これは、馬に乗っている武士が一千人ということだから、それに従う徒《かち》の兵がその数以上にいたはずだね。おそらく、総勢四、五千と考えて良いだろう。それほどの武士が八幡宮を取り囲んでいたにもかかわらず、公暁はたった一人で八幡宮の石段下まで到達できた」

「それって！」橙子は叫んだ。「頼朝の、富士の巻狩の時と同じじゃないですかっ」

「それに加えて、八幡宮関係者も大勢いただろうからね。しかも、伝説の通りあの大銀杏の陰に身を隠していたとしても、反対側からは丸見えだ。きみも見たと思うが、とても隠れ切れるものじゃない。だが、公暁は隠れていて実朝を襲い、しかもおそらく何重にも八幡宮を取り囲んでいたろう、その包囲を破って逃走した」

「変ですよ、それ！」

「まだ謎がある。宮内に警護の武士が少なかったという理由に関して、この事件の四ヵ月前に、幕府は宮内の警固所を取り払ってしまい、それまで何十年も続けてきた、武士たちによる八幡宮警護を中止していた」

「ますます、いえ、かえって怪しいです！　余りにあからさますぎませんか？」

つまり、と今度は誠也が言った。

「この事件は、公暁一人の思いつきではなくて、先生もおっしゃったように、背後に黒幕がいたんじゃないかと言われてるんだ」

「三浦義村と、それを逆手《さかて》に取った北条義時ですねっ」

間違いないだろうな、と俊輔も言う。

「そもそも公暁の言葉がおかしいと思わないか」

「『父の敵を討った』ですか？」

そう、と俊輔は頷いた。

「言い伝え通り公暁が、頼家殺害を命じたのが実朝だと思っていたとしたら、年齢がおかしいし、公暁がそこに疑問を持たないはずがない」

「そうですね」誠也も大きく頷いた。「頼家が修善寺で暗殺されたのは元久元年（一二〇四）で、実朝はまだ十二歳でした」

「そんな子供が、自分の兄の殺害を命じるなんてことがあり得るかね？　親の仇なんて、完全にでっち上げだ。もしも本当に公暁がそう叫んだとしても、知っていてわざと呼ばわったんだろう。表向きの大義名分としてね」

「もしかしてそれも……」橙子は絶句する。「富士の巻狩と一緒ですか？　仇討ちだと言って曾我兄弟が乗り込んだけれど、本当は頼朝暗殺が最大の目的だった……」

「同じ手法だと考えるのが順当だ」俊輔は首肯する。「名目上は、親の仇といって実朝を狙わせ、実はもう一人殺そうとしていた」

「北条義時ですね」誠也が頷く。「彼がいなくなれば、義村は自分が執権になれると踏んでいた」

「しかし、直前でその情報が漏れ、義時は仲章を自分の身代わりにして逃げた。計画が失敗したと気づいた義村は、すぐに義時側に寝返る。そして口封じの意味も込めて、公暁を斬殺する。生かしておくと、後々面倒なことになるからね。富士の巻狩で頼朝を襲った曾我十郎・五郎の兄弟も、すぐに殺された。そして頼朝自身も、建久十年（一一九九）に稲毛重成の催した『橋供養』の際に命を落とし、この暗殺事件に深く関与していたと思われる当の重成も六年後に殺害された。重成は、殺される直前に、畠山重忠・重保親子謀殺事件にも関与していたから、こちらも口封じだったろう」

「Aを暗殺した、あるいは謀殺した犯人と考えられるBは、その後で必ず殺されているということですね」

　頷きながら言う橙子を見て、俊輔は微笑んだ。

「このパターンは、日本だけじゃない。最も有名なのが、ジョン・F・ケネディ暗殺事件だね。昭和三十八年（一九六三）、テキサス州ダラスで、当時大統領だったケネディが暗殺され、すぐに犯人としてリー・ハーヴェイ・オズワルドが逮捕された。しかしその二日後、彼は移送中に、ジャック・ルビーによって射殺されてしまい、ケネディ暗殺事件に関するさまざまな事実が闇の中に隠されてしまった」

古今東西、人間の考えることは余り変わらないのか。

橙子は、脱力したように一つ嘆息した。

「それで結局、実朝暗殺事件の犯人は、北条義時と三浦義村だったわけですね」

それは間違いない、と俊輔は首肯する。

「実朝は、朝廷と結びついたことによって、巷間言われているよりも、実際はかなり大きな権力を手にしていたという。今は残存していないが、大慈寺《だいじ》というかなり立派な寺院も建立したようだしね。ところがこの事件によって、実朝は命を落とし、同時に殺害されるはずだった義時は偶然にも難を逃れ、たまたま役目を代わった実朝と親しかった仲章は殺害された。そう考えると、いいいい
北条と三浦は最初からグルだった可能性もある」

「確かに……」橙子は頷く。「それで、その後三浦義村はどうなったんですか？」

「じゃあ、その辺りの歴史を簡単に見てみようか」

と言って、俊輔は二人が頷くのを眺めながら口を開いた。

「公暁が実朝を暗殺した件に連座したといって、京都にいた頼家の四男・禅暁《ぜんぎょう》が殺害される。続いて承久《じょうきゅう》三年（一二二一）には承久の乱が起こり、政子が鎌倉武士たちをまとめて朝廷軍に勝利し、後鳥羽上皇、順徳《じゅんとく》上皇が二人共に配流されてしまうという、前代未聞の出来事が起こった。そのために京では、これは崇徳上皇の呪いだという噂が立つ」

「それは」と誠也が補足する。「『皇を取て民となし、民を皇となさん』――天皇家を引っ繰り返すぞ、という崇徳上皇の言葉ですよね。それがついに顕現したんだと」

「そういうことだね。大怨霊・崇徳上皇はまだ『生きて』いたんだと、人々は恐れおののいた。

そして三年後の貞応《じょうおう》三年（一二二四）、義時が没して、長男の泰時《やすとき》が、鎌倉幕府三代執権になる。続いて政子も没したその七年後の寛喜《かんき》三年（一二三一）には、頼朝の三男で出家していた貞暁《じょうぎょう》が死亡する。病没とも自害ともいわれている」

「もしも自害だとしたら、それは何故ですか？」

「全く証拠がないから、何とも言えない。ただ貞暁は以前、実朝亡き後に、政子から四代将軍になる気はないかと打診されている。しかし彼はその時、自ら片眼を抉《えぐ》り出《だ》して手のひらに載せ、全くその気はないといって辞退した」

「自ら片眼を！」橙子は息を呑む。「どうしてそんなことをっ」

「おそらく政子からカマをかけられたと気づいたからだろうね。その時、もしも彼が将軍職を引き受けたら――」

「殺されていた！」

叫ぶ橙子に、

「想像でしかないが」俊輔は静かに答えた。「きみの言葉は、外れていないと思う――。さて、その三年後の天福《てんぷく》二年（一二三四）には、北条氏の傀儡《かいらい》として第四代将軍に祀り上げられた藤原頼経《よりつね》の妻となっていた、頼家の長女・竹御所《たけのごしょ》が亡くなった。これによって、頼朝から続く血筋は完全に断絶し、定家によれば、鎌倉の武士たちが激しく動揺したという。一方、三浦義村は北条氏とうまくつき合っていたが、彼の死後、北条の専横に不満をつのらせていた故・義村の子の光村《みつむら》は、兄の泰村《やすむら》たちと共に、ついに反旗を翻す。これが、宝治《ほうじ》元年（一二四七）の宝治の乱だ。しかし、衆寡敵せず三浦一族五百人余りは、鶴岡八幡宮裏手の法華堂に集まり、頼朝の御影の前で揃って壮烈な自害を遂げ、庭も彼らの血で朱に染まったという」

昨日、橙子も訪れた。頼朝の墓所近くの場所だ……。

「この戦いが終結したことによって」俊輔は続ける。「梶原景時の梶原氏。比企能員の比企氏。畠山重忠の畠山氏。和田義盛の和田氏。そして三浦氏と、鎌倉幕府開創以来の有力御家人の一族が完全に消滅した」

「そして、北条氏だけが残った……」

「そういうことだね。ちなみに鎌倉四代将軍の頼経は、建長八年（一二五六）に死亡。その翌月には、子の頼嗣《よりつぐ》も相次いで死亡する」

「もしかして、それも……？」

「分からない。一応、疫病《えきびょう》によるものとされているがね。しかし、暗殺ではなかったかという説もある――。とにかくここで、頼朝から始まった『源氏の鎌倉』は、見事に壊滅したことになる」

「北条氏の世の中になったわけですね」

「ほぼ百パーセントね」

俊輔は二人を見た。

「そしてここで、今まで見て来た義経、頼朝、実朝の三人に関して、一つの共通点があることに気がついたかな？」

「義経と頼朝と……実朝、ですか」橙子は首を傾げる。「もちろん全員が義朝から繋がる河内源氏で、名声を得て……。堀越さん、分かります？」

「……時政たちに疎まれた、というくらいしか」

「そういうことだ」と俊輔は笑った。「彼らから非常に疎まれた。では、何故？」

「大きな権力を握った――といっても、義経は違いますね」

それは、と俊輔は二人を見た。

「三人とも、朝廷ととても親しくなった、あるいは親しくなろうとしたからだ」

「あっ」誠也は膝を叩く。「そうですね。義経は後白河法皇に取り込まれてしまっていたし、頼朝は自分の娘の大姫や三幡《さんまん》を、何とか後鳥羽天皇に入内させようと試みていますし、実朝は今先生がおっしゃったように、天皇の相婿になった」

「たとえば、朝廷に近づく頼朝に関して鎌倉の武士たちが『平氏と同じ道を歩むのか』と憤ったといわれているが、これもおそらく騙りだ。鎌倉の武士たちではなくて、実情は時政たちだっただろう。それを、鎌倉武士全体の声だと主張した」

「朝廷と固く結びつかれては、全ての権力を手に入れようとしている時政たちにとって、非常に都合が悪いからですね」

「そういうことだね」と俊輔は言った。「そこで、義経を頼朝に殺させて、後に頼朝を暗殺し、実朝を頼家の子・公暁に殺させ、その公暁も口封じのために殺した。これでもう、鎌倉と朝廷とのパイプがなくなった」

「なるほど……」

茫然と呟く誠也の隣で、でも、と橙子は眉根を寄せた。

「政子にしてみたら、とっても微妙なところだったでしょうね。半分は父・時政側の北条氏。半分は夫・頼朝の源氏。だから、生まれた子供たちも――」

「いや」と俊輔は、あっさり答える。「そんなためらいなど、全くなかったはずだ」

「えっ。でも、頼家や実朝たち、自分の子供が次々に――」

「頼家暗殺に関しては、江戸時代の歴史家の頼山陽《らいさんよう》も、自分の子供を殺させてしまったという点において、政子は中国の悪名高い則天武后《そくてんぶこう》以上の悪女であると言っている。また歴史学者の奥富《おくとみ》敬之《たかゆき》や青《あお》木《き》重數《しげかず》らは、頼家を守るためには出家させるしか方法がなかったと言い、また渡辺《わたなべ》保《たもつ》は、政子は頼家暗殺など許すはずがなかったから、北条氏の誰かが政子に黙ってこっそりと暗殺者を差し向けたと思うほかはない、と言っている」

「確かに、その通りなんじゃないですか？」

「しかし、今見て来たように、政子が『頼家の冥福を祈って建てた』といわれる指月殿はどうだったかな」

「ええ……かなり簡素な造りの建物でした」

橙子は素直に感想を述べた。本来であれば、修禅寺ほどの規模の寺になっても良かったのではないか。その修禅寺に納められていた例の不気味な面も、頼家がわざわざ政子に見せようとしたという伝説すらあった。かなり親子仲が悪かったのでは――。

その言葉に軽く頷くと、俊輔は続ける。

「また、富士の巻狩の際に頼家は、十一歳という若さながら見事に大鹿を射止めた。頼朝は大喜びで梶原景高を使者に立て、早速政子にこの吉報を伝えた。しかし政子は、武士の息子が鹿を一頭射たくらいでこの大騒ぎは何事、と言って不快の念を表したため、景高の面目は丸潰れになったというエピソードもある」

「それは、かなり冷たい態度ですけれど」誠也が言った「でもそれは、武士の子たるものが、そんなことくらいで喜ぶのではないという戒めの意味で――」

「更に実朝になると」俊輔はその言葉を遮るようにして言う。「さっきの『金槐和歌集』に、有名な歌が載っているね」

はい、と誠也は答えた。

「政子へ向けた実朝からの切々たる歌です。

物いはぬ四方《よも》の獣《けだもの》すらだにも
あはれなるかな親の子を思ふ

言葉を喋らない獣たちでさえ、あなたのように冷たくはない。子を思う親の愛というものがあるのだ――という」

「ぼくは」と俊輔は誠也を見た。「その一、首、前の歌も、とても重要な意味を含んでいると考えているんだ」

「一首前ですか?」誠也は大急ぎでパソコンを開くと『金槐和歌集』を探し出した。「……ああ、ありました。これですね。

いとほしや見るに涙もとどまらず
親もなき子の母を尋《たず》ぬる

意味は、ここに書かれている通りです。親を失ってしまった子供がそれでも母親を尋ねて歩いているのを見ると涙が止まらない、という心優しい歌です」

「その歌は、実朝が道端《みちばた》でたまたま見かけた子供を詠んだということになっているが、実は、自分のことを詠んだんじゃないかと思う。それを敢えて、他人の子供に重ね合わせた」

「自分のことって……どういう意味ですか？」

「まさか先生は！」橙子が、ハッと顔を上げた。「実朝は、政子の実の子供じゃなかったと？」

「ええっ」

愕然《がくぜん》とする二人に向かって俊輔は、

「そう考えている」と頷いた。「そして、頼家も」

「そんな！」

思わず大声を上げてしまい、橙子はあわてて周囲を見回したが、空いていたためにそれほど顰蹙を買った様子はなかった。心の中でホッとして、今度は声を落として尋ねる。しかし、強く！

「それって、どういうことですかっ」

しかし、

「そのままだよ」俊輔は冷静に答えた。「そう考えることによって、政子が頼家や実朝に対して極端に冷たかったことも、子供たちの暗殺を二度にわたって見逃したことも、死後の供養もきちんと為されていなかったことも、全て納得できるだろう」

でも！　橙子は身を乗り出して尋ねる。

「大姫や三幡が亡くなった時、政子は気が狂わんばかり悲嘆に暮れたというじゃないですかっ」

「それは別だ。ぼくは、頼家と実朝が、政子の子供ではなかったんじゃないかと言ったんだ。もちろん、頼朝の子供ではあったにしてもね」

「はあ？」橙子は思い切り首を捻る。「意味が分かりません」

「修禅寺の帰りに、横瀬八幡宮に行ったろう。そこで閃いたんだ」

「ご一緒しましたけど、特に何も――」

「比賣神社を見たね」

「見ました！」

「そういうことだと思う」

「そ、そういうことって……？」

　つまり、と俊輔は二人を見た。

「政子は下の病で、男子を産むことができなかったんじゃないか。だから、秘密が厳守される自分たちの地元の修善寺まで、わざわざやって来て、そんな診察を受けたんじゃないかな。しかし、生まれた女子も病気がちで早世してしまったけどね」

「え――」

　絶句する橙子に代わって、

「ということは……」誠也がおずおずと口を開いた。「頼家と実朝は、頼朝が外で産ませた子供だと？」

　それが、と俊輔は言う。

「頼朝の浮気じゃないか」

あっ、と誠也も叫んだ。

「政子が妊娠すると、毎回のように浮気を繰り返していたといいますから、もしかするとその時にできた子供ですか！」

「おそらくそういうことだろう。その死因さえも、浮気のせいだったと言われるほど、頼朝は浮気を繰り返した。しかも、政子の妊娠に合わせるかのようにね。だから、頼朝の浮気はほぼ決まって政子が妊娠している時に起きるといわれている。『吾妻鏡』を見れば明らかだね」

「それも、計算の上だったと？」

「当然そうだろう。というのも、そこまで分かっていて、誰一人として未然に止められる身内がいなかったというのもおかしいじゃないか。時政や牧の方も、当然承知していたということだろう。いや、むしろ勧めていた可能性が高いとぼくは思ってる。自分たちが執権として実権を握るためには、どうしても男子の跡継ぎが必要だった。しかも安徳天皇の時とは違って、征夷大将軍だ。いつも御簾の向こうに座られている天皇ならばまだしも、将軍は常に人目にさらされなくてはならないから、男女のごまかしが利かない」

「でも……」

「そしていつも必ず、終わってからああだこうだと騒ぎ、政子も怒ったフリをする。いや、彼女の場合は本当に怒っていたろうな。今まで見て来たように、政子は本心から頼朝を愛していたようだからね。だが、時政に言い含められて、泣く泣く我慢してきた。そう考えると」

俊輔は軽く嘆息する。

「政子も、冷徹な政争に巻き込まれてしまった不幸な女性の一人といえる。自分の親や氏族のために犠牲になった、悲しい女性だ」

「まだちょっと……」橙子は頭を振った。「信じられません」

「その証拠がある」

「証拠？」

すると俊輔は橙子に、さきほどの横瀬八幡宮で撮った写真を見せてくれと頼んだ。「はい」と答えて橙子はデジカメの中を探った。

「ありました」

答える橙子に、

「比賣神社の後ろに、神徳が書かれていた説明板があったろう。それを読んでくれないか」

橙子は画像を拡大して、目を走らせる。

「ええと、神徳は……『婦女の下の病、子宝開運の御霊験あらたかなり』――ですっ。つまりこれって！」

「そういうことだ」と俊輔は悲しそうに微笑んだ。「結局、政子は『子宝』に恵まれなかったというわけだ」

「あっ」

橙子と誠也は啞然として画面を眺めた。

〝自分が叶わなかった望みや、自分たちを襲った不幸が我々に降りかからないようにしてくれる。それが、いわゆる神徳であり、御利益〟であり、

〝『安産』は子供を産めなかったり、あるいは死産や、産褥で自分が命を落としたりした〟神や人間だ――。

一昨日の俊輔の言葉が、橙子の頭の中でぐるぐると大きな渦を巻いた。

「だから」橙子は、ゆっくり口を開いた。「政子は、頼家や実朝に対してあれほど冷たかったんだと……」

でも！　と誠也は俊輔に問いかける。

「政子の墓は、実朝の隣にありますよ。もしも、本心から実朝に対して冷淡だったら、死後そんな場所に眠っていないんじゃないですか？」

「鎌倉・扇ヶ谷《おうぎやつ》の寿福寺《じゅふく》だね」俊輔は答えた。「だが、江戸時代の古地図『鎌倉勝概図《しょうがいず》』などを見てみると、寿福寺には『実朝墓』とあるだけで、政子の墓の記載がない。もしも、政子がそこに眠っているのならば、書き落とすはずはないだろう」

「えっ」

「鎌倉・大町《おおまち》の安養院《あんよう》にある立派な宝篋印塔が政子の墓とも伝えられているから、寿福寺ではなく、そちらの可能性が高いんじゃないかな。政子の法名は『安養院殿』だから」

「じゃあ、寿福寺の墓は！」

分からない、と俊輔は軽く首を傾げた。

「これはあくまでも推測にしか過ぎないが、実朝の正室だった坊門信子《ぼうもんのぶこ》の可能性があるとぼくは考えてる。信子は実朝の死後、寿福寺で出家しているからね」

「ああ……」

そして、と俊輔はつけ加える。

「彼らは、ある程度の仕事を終えたら、北条氏のためにいいなくないなっていてもらいう必要があった。というのも頼家や実朝は——」

「北条氏の血を引いていないから！」

橙子はまたしても叫んでしまい、辺りを見回す。そして再び声を落として言う。

「頼朝——源氏の子孫ではあるものの、政子——北条氏の子孫ではないからですねっ」

「時政たちは、自分たちの氏族以外を全て排除してきた。それは頼朝たち源氏も例外ではなかった。そして結果的に、平維将《これまさ》——北条の血を引く人間だけを残した。だから、以前に静御前と義経の間の子供を殺せと命じたのは、頼朝というよりは、時政や牧の方である可能性が強かっただろう。義経から繋がる源氏の血を、絶やしておくためだ」

「そういうことだったんですね！」

橙子は何度も頷いたが、

〝何という時代だったの……〟

心の中で、何度目かの大きな溜息をついた。

安徳天皇や、二位尼・時子もそうだった。

そして、最終的な勝者であったはずの政子も。

特に政子は、男子を産めない——北条氏の子孫を残すことができないばかりに、頼朝と他の女性との間の子供を（表向きは許して）自分の子のようにして育てなくてはならなかった。

それで彼女は、頼家や実朝に必要以上に冷たく接してしまったのかも知れない。頼朝を愛していればいるほど、彼と他の女性との間の男子が恨めしいが、北条氏のために涙を呑んでこらえなくてはならない――。

もしも自分がその立場に置かれたらなどと想像するまでもなく、橙子は胸が痛くなった。歴史上では凜々しい「尼将軍」などと称えられている政子だが、ここにも辛く悲しい「闇」が隠されていたのだ。

愕然とする橙子たちを見て、

「昨日、この一連の出来事をごく簡単にまとめてみたんだ」

俊輔は、自分のバッグの中からレポート用紙を数枚取り出すと、二人に見せた。

「かなり雑ではあるが、こんな感じかな。また平氏滅亡以前の事もいくつか挙げておくと――。


養和二年（一一八二）二月。伊東祐親、自害。

寿永二年（一一八三）十二月。上総介広常、梶原景時によって殺害。


但しこれは、頼朝が景時に広常を討つことを命じたであろうことが書いてあったと思われる『吾妻鏡』の寿永二年の条が、一字残らず消滅しているので、真実は分からない」

「またですか！」

驚く橙子見て微笑むと、俊輔はレポート用紙を二人に手渡した。橙子たちは急いでそれを覗き込む。

寿永三年（一一八四）一月。木曾義仲、討ち死《享年三十》。

元暦元年（一一八四）四月。義仲の子、義高《よしたか》斬首《享年十二か》。

六月。義高を殺害した藤内光澄《ふじうちみつすみ》、斬首。

元暦二年（一一八五）三月。壇ノ浦において平氏滅亡。

文治元年（〃）十月。義経の義父・河越重頼《かわごえしげより》、殺害。

二年（一一八六）五月。頼朝の叔父・新宮《しんぐう》十郎行家、殺害《享年四十六か》。

六月。頼政《よりまさ》の孫・有綱《ありつな》、自害《享年三十か》。

閏七月。義経と静御前の子、由比ヶ浜にて殺害《享年数え一》。

五年（一一八九）閏四月。義経、奥州で自害。

武蔵坊弁慶ら、自害・討ち死。

九月。義経を攻めた藤原泰衡《やすひら》、殺害。奥州藤原氏滅亡。

建久四年（一一九三）五月。曾我十郎祐成《すけなり》、五郎時致、工藤祐経を討つ。十郎祐成、仁田忠常《にったただつね》に討たれる。五郎時致、頼朝の寝所まで達するが、捕縛後斬首。翌未明、頼朝落命という噂が鎌倉に届く。

七月。曾我兄弟の弟・実栄、自害。

八月。政子を慰め励ました範頼、修善寺《しゅぜんじ》に流罪。家人ら、誅殺。その後、範頼も梶原景時により暗殺。あるいは自害《享年四十三か》。

但し、範頼の命によって頼朝の館に潜んでいたという当麻太郎は、何故か命を永らえる。

八年（一一九七）七月。頼朝長女・大姫、病没《享年十九》。
九年（一一九八）一月。頼朝の子・忠頼《ただより》（伊東祐親の娘との子）暗殺。
二月。六代（平高清）斬首《享年三十三か》。
★清盛の嫡流、絶える。
十年（一一九九）一月。頼朝、死亡《享年五十二》。
正治元年（〃）六月。頼朝次女・乙姫（三幡）、病没《享年十三》
正治二年（一二〇〇）一月。梶原景時《享年六十一》・景季《かげすえ》《享年三十八》・景高《享年三十五》
親子、敗死。
★梶原一族、絶滅状態に。
建仁三年（一二〇三）六月。頼朝の義弟・阿野全成《あのぜんじょう》、殺害《享年五十》。
七月。全成の子・頼全《らいぜん》、殺害《享年不詳》。
八月。頼家、危篤に。すぐさま死亡の情報が京にまで届く。
九月。頼家の乳母父・比企能員《ひきよしかず》、仁田忠常に謀殺《享年不詳》。
頼家の嫡男・一幡《いちまん》、殺害《享年五》。
★比企一族、滅亡。
頼家、出家。修善寺で幽閉。
仁田忠常、殺害《享年三十六》。
元久元年（一二〇四）七月。頼家、修善寺で暗殺《享年二十二》。
二年（一二〇五）六月。畠山重忠《享年四十一》、重保《享年未詳》親子、殺害。

重忠の従兄弟・稲毛重成、殺害《享年未詳》。
★畠山一族、滅亡。
閏七月。牧氏陰謀事件。

時政、出家して伊豆に隠居。義時、執権に。

ここで少し間が開いて――。

建暦三年（一二一三）五月。和田義盛挙兵。和田合戦で敗死《享年六十六》。
★和田一族、滅亡。
建保二年（一二一四）十一月。和田氏残党と共に立ち上がろうとした頼家三男・栄実自害《享年十三》。

三年（一二一五）一月。北条時政、没《享年七十七》。

七年（一二一九）一月。実朝、鶴岡八幡宮にて、公暁により暗殺《享年二十七》。

暗殺犯・公暁、殺害《享年十九》。
★源氏の正統、絶える。
承久二年（一二二〇）四月。頼家の四男・禅暁、謀殺《享年未詳》。

三年（一二二一）五月。承久の乱。

貞応三年（一二二四）六月。義時、没《享年六十一》。

嘉禄元年（一二二五）七月。政子、没《享年六十八》。

寛喜三年（一二三一）二月。頼朝三男・貞暁、没（自害か）《享年四十五》。

天福二年（一二三四）七月。頼家長女・竹御所、死亡《享年三十一》。
★頼朝と政子の血筋、絶える。
宝治元年（一二四七）六月。宝治の乱。三浦泰村、敗死《享年四十三か》。
★三浦一族、滅亡。
建長八年（一二五六）八月。元鎌倉幕府四代将軍・藤原（九条）頼経・死亡《享年三十八》。

九月。頼経の子・頼嗣死亡《享年十七》。

そして、

元弘三年（一三三三）五月。鎌倉幕府、滅亡。


で終わっていた。

凄い……としか言葉が出ない。

この殺戮史には、ただ絶句するしかないではないか。

しかし、これらはあくまでも「鎌倉幕府」が関与している事件であって、それ以前には源氏同士での激しい争いがあった。ここには、義仲が載っているが、何故そんなに身内同士で争わなくてはならないのだろうという、暗い戦いだ。だから頼朝が、身内といえども（身内だから尚更か）信じられなかったというのも良く理解できる――。

「この表で、頼朝が鎌倉に幕府を開いた頃から見てもらえば、時政たちの企みが一目瞭然だね」

「……とおっしゃいますと？」

「各人の没年齢だよ」俊輔は言った。「明らかに北条一族以外の人間は、誰もが若くして亡くなっている。余りにも、あからさまだ」

橙子は改めて表に見入って確認すると――もう今日何度目だろう――大きく溜息をついてしまった。

「……確かに」

「北条氏以外で六十歳を越えているのは、頼朝の時代からずっと従っていた梶原景時や和田義盛だけです……。一方の時政は、罪を得て出家させられたにもかかわらず、七十七歳まで生きて天寿を全うした」

「これできみたちも『源平合戦』の全体像が見えただろう」

「つまり、結局は平氏でも源氏でもなく、北条氏が勝ったということですか……」

頷きながら橙子が答えたが、

「いいや」俊輔は首を横に振った。「全く違う」

「えっ」

「あ、あと確かに現在では」誠也が割って入る。「『源平合戦』という名称は適当ではなく『治承・寿永の乱』と呼ぶのが正しいと――」

「そういう意味でもない」俊輔は真剣な顔つきで二人を見た。「これら一連の戦いを『源平』という枠で捉えてしまうから、勘違いするんだ」

俊輔は、自分のバッグからもう一枚資料を取り出した。それは、源氏と平氏の系図だった。それを膝の上で広げて橙子たちに向けながら言った。

「きみたちも知っているように、平氏は第五十代・桓武天皇から発している。その後、葛原《かずらはら》親王、高見《たかみ》王、高望《たかもち》王と続き、ここで臣籍降下して『平』の姓を賜った。一方、高見王の兄である高棟《たかむね》王も『平』姓となる。この王の十一代目の子孫に、清盛の妻となった時子がいる」

指で系図を追う橙子たちに、俊輔は言う。

「一方の高望王の子孫は、実にたくさんの氏族に分かれる。良将《よしまさ》、良文《よしふみ》、良茂《よしもち》、良望《よしもち》（国香）、らの子供から続く子孫だ。まず」

と言って俊輔も、系図を指差した。

「良将の子孫には、あの平将門《まさかど》がいる。だから、良将流の相馬《そうま》氏は、将門と同じ『九曜紋《くようもん》』を家紋にしている。

良文の子孫には、畠山重忠・重保らだ。

良茂の子孫には、梶原景時、和田義盛、三浦義村など。

良望の子供の貞盛《さだもり》からは維衡《これひら》、維将と分かれ、維衡の子孫には、平清盛、重盛、徳子、知盛らの、主立った西国平氏の人々。そして――」

俊輔は顔を上げて二人を見た。

「維将の子孫には、時政、政子、義時らがいる」

「つまり」誠也も顔を上げた。「時政――北条氏も平氏だと！」

「しかも」橙子も二人を見る。「梶原氏も、畠山氏も、和田氏も、三浦氏も。主立った人たち全員が平氏なんですねっ」

「当たり前と言えば当たり前なんだが」俊輔は笑った。「もちろん少し違う系図も存在しているが、大まかなところはこんな感じで、彼ら全員が東国平氏だ。そのうちの、清盛の先祖が伊勢や西国に移り住んで、大成功を収めた。つまり、これら一連の戦いは『源平合戦』などではなく、東国対西国の『平平合戦』だったということだ」

「平平合戦！」

「この戦いを正確に言えば、源氏の傍流・河内源氏と、桓武平氏の一派である伊勢平氏との抗争だったという説もある。しかし更に正しく言えば、大将の頼朝が完全に時政の傀儡だった以上、源氏は全員、彼ら北条氏に使われていたに過ぎない。以仁王の令旨以降、純粋に『源氏』として戦ったのは、源頼政と木曾義仲だけだ。あの義経でさえ、頼朝の呪縛からは逃れられなかったんだからね」

「そういうこと……ですか」

だから、今回まわった場所は源氏ばかりで平氏は関係なかったと橙子が言った時、俊輔は「そんなことはない」と答えて笑ったんだ。全て時政――平氏が関与していたから。

「じゃあ」誠也も脱力したように言った。「義経を含めた源氏の兵士たちは、時政や政子からしてみれば単なる傭兵のようなものだったと……」

「しかも彼らは、すぐに骨肉の争いを繰り広げてしまう性質を持っていたからね。たとえば――

平氏系図

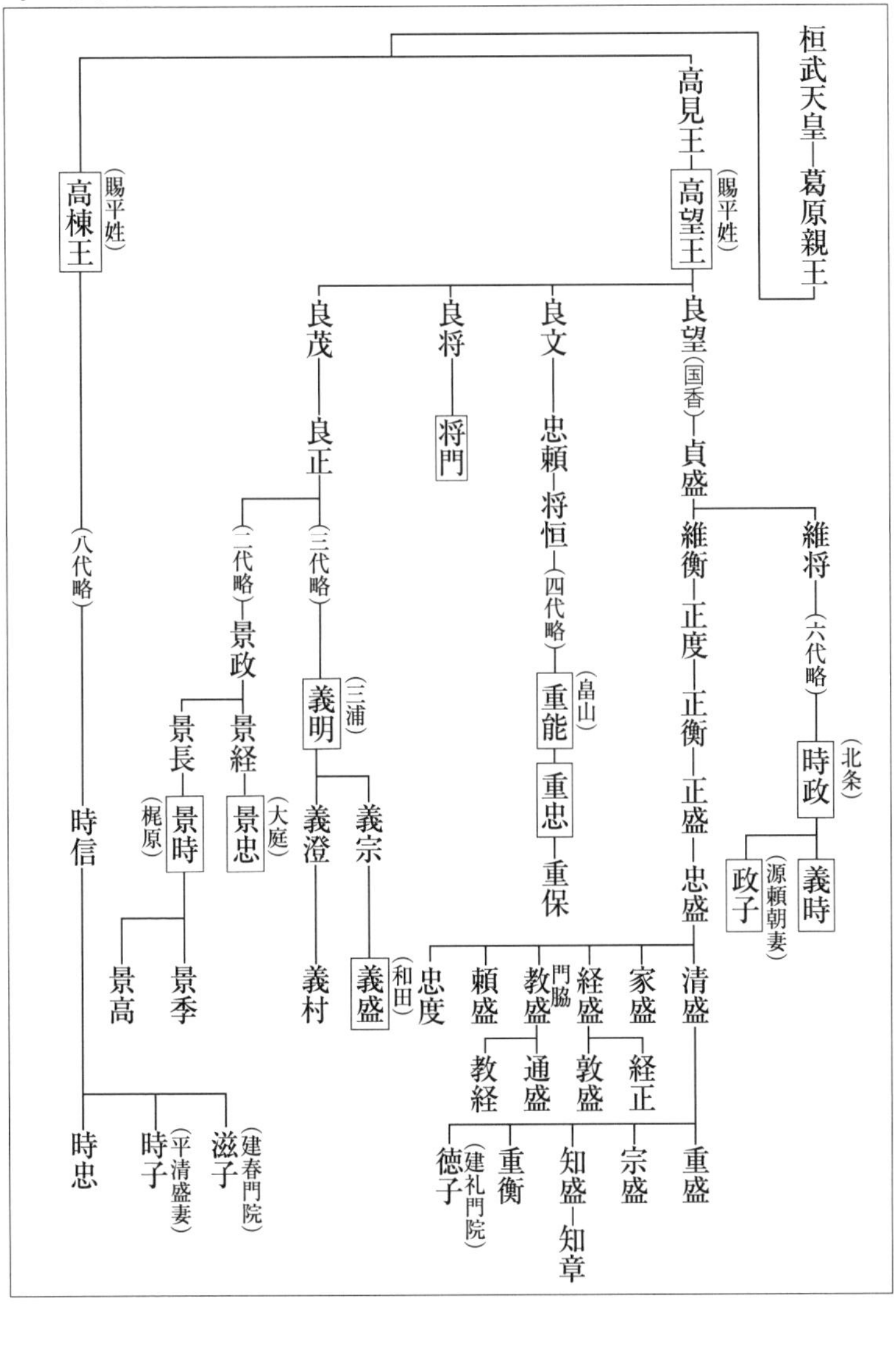

桓武天皇
葛原親王
高見王
高望王
(賜平姓)
高棟王
(賜平姓)
良望(国香)
良文
良将
良茂
貞盛
忠頼
将恒
将門
良正
維衡
維将
(四代略)
(三代略)
(二代略)
(六代略)
(八代略)
正度
正衡
正盛
忠盛
重能
(畠山)
重忠
重保
義明
(三浦)
景政
景経
景長
景忠
(大庭)
景時
(梶原)
時政
(北条)
義時
政子
(源頼朝妻)
義宗
義澄
義盛
(和田)
義村
景季
景高
清盛
家盛
経盛
教盛
門脇
頼盛
忠度
経正
敦盛
通盛
教経
重盛
宗盛
知盛
知章
重衡
徳子
(建礼門院)
時信
時忠
時子
(平清盛妻)
滋子
(建春門院)

頼朝や義経の父・義朝《よしとも》は、異母弟であり木曾義仲の父である義賢《よしかた》を殺害し、保元の乱では、父の為義《ためよし》や弟の為朝《ためとも》を討った。続く平治の乱では、今度は義朝や悪源太義平《よしひら》が頼政に見捨てられて討たれる。その頼政も、以仁王の令旨を受けて立ち上がり自害すると、その後は義経が登場して従兄弟の義仲を討つ。しかし彼も、兄の頼朝によって自害に追い込まれる。頼朝はその後、従弟義仲の子供の義高や、弟の範頼、叔父の行家を殺害してしまう。やがて頼朝も暗殺されてしまうが、その後は今言ったように、頼家の子の一幡や頼家自身を始めとする『鎌倉殺戮史』が展開されることになった。但し、ここからの犯人は、全て北条氏だけどね」

「何かもう、ムチャクチャです！」

溜息をつく橙子を見て、俊輔は微笑む。

「いや、とても簡単な話だよ。時政や政子たちが、維将から繋がる血筋以外の人間を、全員滅ぼしただけだ。実に単純な構図で、とても理屈に合っている」

「そうかも知れませんけど……」

「源氏の幼子を殺さないという、清盛の下した一つの決断によってその後の平家がどうなったか、時政たちは嫌というほど心に刻み込んでいただろうからね。だから、自分たちの血筋以外の人間は、残らず殺し尽くした。更に源氏と違って平氏の彼らは、自分たちの血筋を非常に重んじたと考えれば良い」

「そう言われれば……確かに清盛たち身内の間で殺し合いがあったという話は聞きませんね。源氏と違って、一族がとっても団結していた」

「平氏は、もともとそういう『血筋』だったのかも知れないな」

でも、と誠也が尋ねた。

「時政たちは、最初からそのつもりだったんでしょうか。頼朝が自分たちの所に流されてきた時から？」

「じゃあ、そんな話をしようか。というより、そこがこの『平平合戦』の全てだと思うから」

「まだ先があるんですかっ」

目を丸くする橙子を見て、俊輔は笑う。

「何を言っているんだ。その話をするために、延々とここまで来たんじゃないか。ここからが、『源平』の一番肝心なところだよ」

「えっ」

しかし、と言って俊輔は窓の外を見る。

「そろそろ東京に到着するな。四谷に戻って、どこかでゆっくり話そうか」

「はいっ」

二人は大きく頷いて、降りる支度を始めた。

橙子も、もちろんこのまま帰るつもりはない。それに今夜は、俊輔とじっくり話ができる最後の日だ。何なら、朝までだって一緒にいて、ずっと話を聞いていたい。

荷物をまとめる俊輔の横顔を眺めて、心からそう思った。

でも、それにしても——。

まさに、その時代の萌芽は全て、前の時代にある。それらを通して俯瞰しないと本質が見えないということを、橙子は改めて痛感した。

＊

東京駅から四ッ谷に向かう中央線の中で、橙子はまだ茫然としていた。だが、それは誠也も同じと見えて、やはり一言も口をきかずに、座席にじっと腰を下ろしていた。そこで橙子は、電車に揺られながら一人、これまでの俊輔の話を振り返った——。

寿永三年（一一八四）、義経による一の谷の坂落としはあり得ないが、しかしそれら全てが彼の功績になった意外な理由。

翌年の屋島で、義経が那須与一に命じた非情な行動は「狐矢」に絡んでいるという話。

壇ノ浦での「水夫《かこ》・梶取《かんどり》を射よ」という義経の命令は後世の創作で、しかもそれは悪意に満ちた虚言だったという話。

その義経が、江戸の人々に大喝采で迎えられた「判官贔屓《ほうがんびいき》」に隠されている別の理由。

安徳天皇女性説について、橙子が予想もしていなかった方面からの証明と、それに関連して、二位尼・時子が壇ノ浦で三種の神器を海に沈めた暴挙に隠されていた悲しい理由。

壇ノ浦・赤間神宮で祀られている「七盛塚」には「盛」の名前がつく武将が「六人」しかいないその理由。

少し余談になるけれど、無知蒙昧《もうまい》な乱暴者という印象のある木曾義仲が、実はとても素晴らしい武将だったという話。但し、これに関してまだ詳しく聞いていないが、義仲の悪い評判も平氏や時政たちによって捏造されたという話。

鎌倉に関して言えば、頼朝が鎌倉に入った理由。それは「三方が山、一方が海」などという、取ってつけたような理由ではなかった。「一所懸命」な鎌倉武士たちの思惑もあった。そして鎌倉武士・梶原景時たちの先祖、鎌倉権五郎景政や「鎌倉党」に関しての話。

橙子は、鎌倉から長谷、腰越、藤沢というマニアックなフィールドワークを思い出して、思わず苦笑してしまった——。

建久四年（一一九三）五月の、富士の巻狩から続く頼朝暗殺の話。

修善寺に移動して、政子が男子を産むことができなかったのではないかという話。その結果、頼家暗殺、実朝暗殺、公暁の斬殺などがあって、天福二年（一二三四）には、頼家の長女・竹御所が死亡して、源氏の血筋が完全に絶えた。

それと並行するように、梶原・比企・畠山・和田・三浦など、鎌倉幕府を支えてきた古くからの御家人たちも全員が謀殺され、元弘三年（一三三三）の鎌倉幕府滅亡時まで残って実権を握っていたのは、北条氏だけ。

余りにも、あからさまだ。

実朝暗殺後くらいから、隠す必要すらもなくなったということかも知れない。

そして、源氏——頼朝を裏で操ってきた時政や、景時や重忠を始めとする殆どの有力御家人たちも家系を辿れば平氏なので、これは「源平合戦」ではなく、最初から「平平合戦」だったという話。

しかも、それらにあの大怨霊・崇徳上皇が関係しているという。

どういうことだ？

それに加えてまだ解決していないのは「池禅尼」。

彼女がどうして自分の命まで懸けて、頼朝の助命嘆願をしたのか？　あの清盛が何故、その嘆願を受け入れたのか？　俊輔は、それが「源平合戦」いや「平平合戦」の根本なのだという。そのために、ここまで延々と「源平」を追って来たのだと。

〝分からない……〟

橙子が眉根を寄せて思い切り首を傾げた時、三人を乗せた中央線は、四ッ谷駅のホームへ滑り込んだ。

時計を見れば十七時二十分。

「どこかで食事でもしながら、話をしようか」俊輔は二人を見た。「どこが良いかな――。そうだ、久しぶりだから、トレーダーヴィックスへ行こう。あそこなら食事もできるし、お酒も飲めるから」

どちらがメインかは分からなかったが、俊輔は言った。

トレーダーヴィックスは、ホテルニューオータニにあるレストランバーだ。この時間だと、レストランは予約になるかも知れないが、バーは空いているはずだ。そしてニューオータニなら、四ッ谷駅から歩いて五、六分で行かれる。

誠也と橙子はすぐに同意して、三人でトレーダーヴィックスへと向かった。

店は相変わらず、フィジーかポリネシアのバーに迷い込んだような雰囲気だった。南国風のインテリアが並び、あちらこちらにカラフルな色のガラスの浮き球がぶら下がっている。

実を言うと橙子は、このアイランドリゾートのようなバーが大好きで、気分が向くと一人でもやって来るほどだった。最後にこの店を選んでくれた俊輔に、心の中で感謝した。

三人は席に案内されると、早速飲み物を注文する。俊輔はダイキリを、誠也はマイタイを、橙子はホニホニ――陶器製のマグカップに入ったバーボンベースのカクテルを注文した。それと、クラブハウスサンドや、チキンウィングや、サラダなどなど。

カクテルが運ばれてくると「お疲れさま」と乾杯する。駆け足だったので本当に少し疲れたが「源平」のメインは、まだこれからだ。エキゾチックな香りのホニホニを一口飲んだ橙子は、すぐに幸せな気分になってしまったが、今夜はダメ！　そう思って、俊輔に源平――平平合戦の根本だという話と、池禅尼に関する質問をした。

確かに池禅尼は、清盛の父親・忠盛の継室ではあるけれど、彼女のいうことならば、清盛が何でも聞くというわけでもなかったろう……。

「『愚管抄』には」誠也も言う。「彼女に関して『身分からすればいうにたりない女房』とまで書かれていますからね。そういった意味では、先生のおっしゃったように、清盛を説得しきれる可能性は低いですよね」

「ではまず」俊輔は、大振りのグラスを傾ける。「当時の『乳母』の話から入ろう。その頃は現代で考える『乳母』とは、全く意味も性格も違っていた。前にも言ったが、二位尼・時子は二条天皇の乳母だったため、絶大なる権力を握った」

橙子は無言で頷く。

その権威を笠に着た弟の時忠が「この一門にあらざらむ人は、皆人非人なるべし」と言った。そして清盛の死後、彼女は清盛の「遺言代行者」と見なされるまでになっている――。

「さっきも言ったように」俊輔は続けた。「比企尼や比企一族なども、頼朝を二十年にもわたって面倒を見たために、彼が成人した時点で、大きな権力を握ることができた。しかも、次の頼家の乳母も出したために、時政らに狙われて族滅にまで追い込まれてしまった。当時の乳母というのは、それほど大きな力を持っていた」

「ということは」橙子はマグカップに刺さったストローに口をつけながら尋ねる。「もしかして、池禅尼も誰かの乳母だった？」

そう、と俊輔は頷く。

「重仁《しげひと》親王だ」

「重仁親王というと――」

「崇徳上皇の第一皇子だ」

「大怨霊の！」

「もちろん、まだその頃は亡くなっていない。しかし、池禅尼が清盛に助命嘆願をした時には、崇徳上皇が讃岐に流されて四年ほども経っていたから、さまざまな噂が都を駆け巡っていたろうがね」

きっとそうだ。

何しろ、四百年ぶりの天皇の配流だったのだから。そこらじゅうに嫌な噂が流れていたろうことは、想像に難くない。

その第一皇子の乳母。

「しかも」俊輔は言った。「夫の忠盛も、ずっと重仁親王の守り役だった。比企氏同様に池禅尼たちは、夫婦揃って親王の面倒を見ていたんだ。当然それが、清盛にとっても、大きなメリットとなっていたはずだ。また、彼女たちの間には、清盛の異母弟にあたる家盛《いえもり》という子供がいた」

「池禅尼が、頼朝の顔が似ていると言った子ですよね」

「そうだ」と俊輔は笑った。「その家盛は、保元の乱の数年前に祇園乱闘事件などを起こしていた清盛よりも一般的な評判が良く、平氏を継ぐのは家盛だろうといわれていた。しかし、久安五年（一一四九）、病を得て急死してしまったために、清盛が平氏の後継者となった」

「突然死ですか？」

とても怪しい。

頼家たちの例を見るまでもなく、突然の病を得て急死する人間の何と多いことか。

すっかり疑い深くなっている橙子が言うと、

「彼の死は、清盛が騒動を起こした祇園社《ぎおんしゃ》の祟りだ、と言われているから、今加藤くんが想像したように、暗殺という可能性も充分に考えられる。あるいは、その犯人は清盛の周囲の人間かも知れないね」

はい、と橙子は頷く。

さっきまでの「鎌倉殺戮史」を聞いてしまうと、そんなことも決して荒唐無稽の一言では片づけられない。その事件によって、一番利益を得た人間を疑うのは常識だから。

「そこで池禅尼は」俊輔は言う。「助命嘆願の際に、家盛が生きていれば、あなたのように不行跡を働く男に代わって、間違いなく平家の棟梁になっていた。そして彼ならば、私の言うことを聞いてくれたろう、くらいは言ったはずだ。事実、『あわれ恋しき昔かな。刑部卿（忠盛）の生きておわさば、わたしの願いがこうもすげなくあしらわれることはあるまいに』とは言ったようだからね」

「清盛の負い目を突いたわけですか」

「彼の負い目は、もっとあった。保元元年（一一五六）に保元の乱が勃発し、崇徳上皇と後白河天皇が敵対して、それぞれに源平の武士たちがつくことになる」

「崇徳上皇側には、源為義、為朝らが。そして後白河天皇側には、源義朝や清盛たちがついた戦いですね」

橙子の言葉に「そうだ」と俊輔は言って続けた。

「その時、池禅尼は息子の頼盛《よりもり》を呼ぶ。呼ばれた頼盛は、母が重仁親王の乳母であるからには、崇徳上皇側につけと言われるものだとばかり思っていた。しかし禅尼は『ぴったりと兄の清盛についていなさい』と言った」

「えっ。何故ですか？」

「『愚管抄』を見せてくれるかな」

俊輔の言葉に橙子はパソコンを開き、データベースにアクセスする。そのページを覗き込んで、俊輔は言った。

「巻五『池の禅尼』だ。こう書かれている。

『コノ事ハ一定《いちじょう》新院ノ御方ハ負《まけ》ナンズ』

『ヒシト兄ノ清盛ニツキテアレ』

崇徳上皇は必ず負けるだろう、だからあなたは清盛側についていろ、とね。頼盛がその言葉に従ったため、迷っていた大勢の平氏も清盛のもとに結集し、この戦いに勝利した」

「なん……」

という冷静さ。いや冷徹さか。

しかし、実に正しい政治的判断だった。

もしも頼盛が崇徳上皇側についていれば、間違いなく敗死。そして平氏も、おそらく源氏のように分裂していた。池禅尼は、直前でそれを食い止めたのだ。

橙子が想像していた以上に凄い女性かも知れない。

「ちなみに、崇徳上皇には」俊輔は続ける。「妹の上西門院統子《じょうさいもんいんとうし》という内親王がいた。父親は違うが、母親は同じく待賢門院璋子《たいけんもんいんしょうし》だ。そして、その統子のもとに出仕していたのが、由良《ゆら》御前」

「その人って、もしかして！」

そう、と俊輔はグラスを傾ける。

「頼朝の母親だ」

「頼、頼朝の！」

「しかも由良御前は、熱田神宮大宮司の娘。そのため、頼朝が生まれたのは熱田神宮の近くにある誓願寺《せいがんじ》といわれている。当然、大宮司も朝廷とも繋がりがあった。もちろん由良御前は、義朝の正室だ。誰もが非常に『血筋』が良い。その上西門院からも、清盛に圧力があったらしい」

「自分に出仕している女性の息子ですからね」

「それだけではない。誓願寺の中には『池殿屋敷』と呼ばれる住まいがあった」

「池殿！」

「もちろん、池禅尼の住まいだ。彼女たちは、とても強く結ばれていたようだから、由良御前は自分の子のために、上西門院や池禅尼に懇願したと考えて間違いない」

「当然でしょうね……」

「清盛に対してこれだけの圧力をかけた上に、池禅尼は断食してまで嘆願するという強硬手段に出た。それが、単なるポーズやフェイクであったとしても、万が一にでも何かあったら取り返しがつかなくなってしまう。そうなると清盛としては、どうしてもここで止めざるを得ない」

「何と言っても、自分の亡き父の継室で、あの崇徳上皇第一皇子の乳母で、しかも朝廷と熱田神宮の関係者ですからね」

「もしも、見殺しにしたなどという話になれば当然、清盛には責任問題が発生する。何しろ彼女の後ろには、朝廷があった。ここで、清盛の負けは殆ど確定した」

でも。

橙子は、ふと思う。

そういう意味では、清盛は本当に人の良い武将だったのかも知れない――。

「その清盛に関しては」俊輔は、グラスに口をつける。「頼朝の流された先を、きちんと知らなかったんじゃないかという説もある。というのも今日見てきたように、頼朝はあの地で、ほぼ普通の日常生活を送れたろうと想像できるからだ。実際に、その近辺では時政や政子たち一般の人々が大勢暮らしていたわけだし、俊寛が流された硫黄だらけだった鬼界ヶ島や、為朝が流された孤島の伊豆大島とは雲泥の差だ」

「そうですよね！」橙子は同意した。「私もさっき、そう感じました。『島』というのは名ばかりで、泥湿地帯ではあるものの、本土とは陸繋がりですから。でも、頼朝の配流先は間違いなく清盛に伝えられたでしょう？」

「もちろん」

「ということは、やっぱり頼朝は運が良かった――」

「関幸彦《せきゆきひこ》も」俊輔は、橙子の言葉を遮って続ける。「『頼朝が何故に伊豆韮山へと配流されたのか。考えてみれば、東国は義朝以来の基盤であり、危険ゾーンだったわけで、ここに頼朝を配流した理由こそが問われなければならない』と言ってる」

「じゃあ、それは何故！」

「そこに時政の継室、牧の方がいたからだ」

「は？」

「彼女は、池禅尼の一族なんだ」

「えっ」

「牧氏は、もともと駿河国の大岡牧《おおおかまき》という地を支配し、そこを拠点としていた。そしてこの地は、池禅尼の子・頼盛から与えられた領地だった。言うまでもなく、非常に強く繋がっていたんだろう」

「それで、頼朝を牧の方と時政のもとへ？」

「それだけじゃない」

「更にまだ！」

チーズボールを取った手を止めて叫ぶ橙子に、

「源三位《げんさんみ》頼政だ」

俊輔は静かに答えた。

「彼も非常に大きく関与している」

ここにきて、頼政？

橙子は、首を捻った。

「以仁王の令旨に呼応して、宇治平等院で自害した頼政が？」

「きみも行ったんじゃないか、平等院へ」

「行きました！　頼政が切腹したという扇之芝も見てきましたけど――」

「頼政というと、どうしても京の都辺りの人間だという印象が強い」

俊輔は真剣な顔つきで橙子たちを見た。

「母親と共に木曾まで逃避行を続けた義仲の兄の仲家《なかいえ》は、京で頼政の養子になっていたため、義朝や悪源太義平から守られた。しかし彼は京の外にも、重要な知行国――領地を持っていた」

「それは……？」

「伊豆国」

「い、伊豆って！」

そう、と俊輔は首肯した。

「今日見た、頼朝が流された土地だ」

「ということは……」

「ここで正確を期して言えば、知行国主が頼政。国司・伊豆守は実子の仲綱《なかつな》だ。ちなみに仲綱は宇治で倒れたが、彼の子――つまり頼政の孫の有綱と成綱《なりつな》は、頼朝の挙兵に加わり、有綱などは義経と共に吉野まで同行している。まあ、頼政が平氏に対して反旗を翻した以上、彼らは頼朝に与するしかなかったろうがね」

「で、でも何故、頼朝は頼政の土地へ？」

「朝廷の池禅尼たちも、源氏の頼政たちも、余りに急激な平氏の台頭、そういった人々にありがちな傍若無人の振る舞いに、かなりの危機感を抱いていたんだろう。しかも、平治の乱によって、彼らのライバルであるはずの源氏は、義朝の死を始めとして壊滅的な打撃を被ってしまった。ここで、もしも頼朝を殺されてしまったら、平氏の世は盤石になってしまう。そこに楔《くさび》を打ち込んでおく、最後のチャンスだと感じたんじゃないかな。そして頼政は従三位だ。当然、朝廷の人々である上西門院とも、池禅尼とも親しかったはずだ。ここで、全員の思惑が一致した」

「頼朝の命を助ける！」

「頼政としても、清盛たちに一矢を報いたいという思いは強かったはずだ。子の仲綱などは、清盛の子の宗盛から散々バカにされて、からかわれ続けていた。それが、頼政を決起させた直接の理由だと言われるほどにね」

「頼政は、その時点で平氏滅亡まで考えていたんでしょうか？」

「そこまでは無理だったろう。いずれ『源平』の戦になる、という程度だったかも知れない。でも、どうしてもその『萌芽』だけは残しておきたかった。そして、遅かれ早かれこの行為は、清盛に知れる。そこで、以仁王と共に立った。戦いに敗れはしたが、予想通り頼政の決断は清盛の激しい怒りを買い、伊豆の頼朝を無理矢理に決起させた。その後は、いままで見て来た通りだ」

俊輔はダイキリを一口飲むと言った。

「頼政の辞世の歌ではないが、花の咲かない埋もれ木から、見事に実が生ったというわけだな」

そういうことか――。

橙子は嘆息する。

池禅尼の助命嘆願は、子供の顔が似ていたなどという微笑ましい理由でなかったことだけは確実になる。今まで聞いたように、ある意味で凄腕《すごうで》の「政治家」だった彼女が、そんな甘いことを言うはずもない。もし口にしたとしても、その裏には必ず何かが隠されている――。

でも結局、と今度は誠也が尋ねる。

「池禅尼は、結果的に自分たちの子孫である平氏を滅ぼしてしまったんですよね。そう考えると彼女の嘆願は、巷間言われているように、大局的に見て、やはり正しい選択ではなかったんじゃないですか？」

「そんなことはないよ」と俊輔はグラスを大きく傾けた。「そもそも彼女は、平氏ではないんだからね」

「……あっ」

目を大きく見開いて俊輔を見つめる彼の隣から、

「どういうことですか？」

尋ねた橙子に、

「そう言われれば！」と誠也は、系図を取り出して確認しながら答えた。「そうだ！　彼女は君と同じように、藤原氏なんだ。決して、平氏ではない。滅亡したのは清盛たちの血筋で、自分の子供の頼盛は、平氏滅亡後もきちんと生き残っている」

「ええっ」

そういうことだよ、と俊輔は首肯する。

「頼盛は最終的に、平氏を見限って頼朝――つまり、時政のもとに身を寄せて命を永らえている。という以前に、義朝たちとの雪中の逃避行で頼朝を捕まえたのは平宗清《むねきよ》――頼盛の家人だったしね」

「そうなんですか！」

「池禅尼は、藤原北家《ほっけ》の娘だ。不比等《ふひと》から繋がる、歴《れっき》とした藤原氏だ。そして北家は、日本史上で最も権謀術数に長けた家系だ」

と言って、三杯目のダイキリを空けてしまった。

「在原業平《ありわらなりひら》や僧正遍昭《そうじょうへんじょう》たち、いわゆる六歌仙《ろっかせん》を陥れた良房《よしふさ》・基経《もとつね》父子や、菅原道真を左遷させた時平《ときひら》たちの家系だ」

「え……」

「おそらく池禅尼の嘆願は――もちろん、上西門院や熱田神宮からの要請もあったろうが、彼女が持って生まれた天性の政治的バランス感覚から来るものだったろう。同時に、もしも本当に自分の子・家盛が清盛のせいで暗殺されていたとしたら、その恨みを晴らすという、二重三重の思惑からきていたんだ」

「ああ……」

「つまり池禅尼は、世間一般で言う愚かな女性という評価とは真逆で、まさに天才だ。そしてぼくらは、もっと早くそのことに気がついても良かった」

「どういうことですか？」

「子供の名前だよ」

「子供？」

「頼盛だ」

「それが何か？」

「平氏の中で『頼』の文字を持っている武将は、彼の他に一人もいない」

「えっ」

「もちろん源氏には大勢いる。頼政、頼朝、範頼、頼家……などなど。何しろ、頼光、頼信から繋がる家系なんだから」

　俊輔は笑う。

「一方の平氏には、清盛、重盛、知盛、維盛……など『盛』の文字を持った武将が、こちらの頭が混乱してしまうほど大勢いる。加藤くんが言っていたようにね」

「……というと」誠也も唖然として俊輔を見る。「もしかして池禅尼は、源平のバランスを取った立ち位置にいようとして『頼盛』という名前に――」

「頼盛は平氏をあっさり見捨てて頼朝のもとへ行き、その後も無事に永らえている」

「そうだったんですか……」

関係略系図

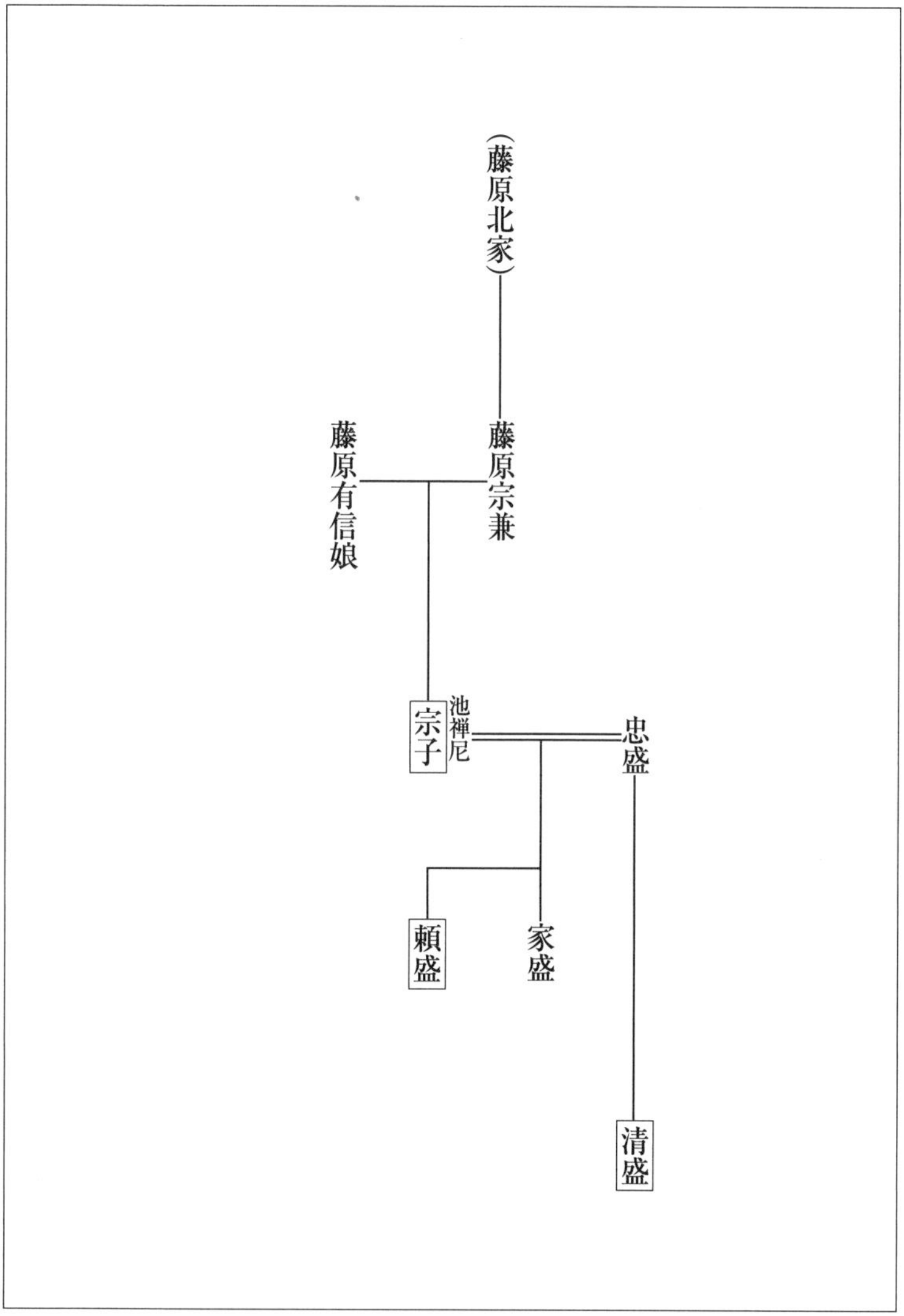

橙子は、茫然と俊輔を眺めた。

そう言われると、確かに全てが最初から一本の糸で繋がっている気がする。そこに多少は「偶然」という要素が入る余地はあったとしても、何らかの「意志」が働いていたことは確実だ。

とにかく、と俊輔は言った。

「ここで、由良御前・上西門院、そして池禅尼・牧の方・頼政という線が結ばれ、それが牧の方を通じて、伊豆国の時政まで届いたことは疑いがない。頼朝を生かして利用しようという思惑だ。そして時政は、その通りにした。もちろん、そんな文献はどこにも残っていないがね」

「何か証拠が見つかると良いですね……」

「物証ではないが、頼政に関しては能にあるね。『鵺《ぬえ》』という曲が」

「鵺ですか？　頼政が退治したという」

うん、と俊輔は頷いた。

「ぼくは個人的に、あの能は頼政を誉め称えるために作られた曲だと考えている。今はその詳しい話は置いておくとして——。頼政が退治したという、その『鵺』は、実は清盛のことだという伝説がある。まさに妖怪のような清盛のことだと」

「清盛？」誠也は驚く。「しかしそれでは、話が逆でしょう。現実には、頼政が清盛に『退治』されてしまったんですから」

「だから、ぼくもずっと納得できなかった」俊輔は笑った。「しかし、ようやく分かったんだ」

「とおっしゃると？」

「頼政は頼朝を生かすことによって、都の人々から『鵺』と呼ばれていた清盛を『退治』したんだとね。つまり、頼朝の命を救ったのは頼政だと」

「ああ、なるほど……」

頷く誠也の隣で、橙子も納得する。

最後は平等院で自害せざるを得なくなったとはいえ、頼政が以仁王の呼びかけに呼応したおかげで、木曾義仲と、頼朝・時政たちを立ち上がらせることになった。更に義経をも呼び込んで、あっという間に平氏を滅亡させたのだから——。

「以上が」俊輔は二人を見て言った。「平安・鎌倉を通して約二百八十年にもわたった『源平』いや『平平』合戦の真実だ」


しばらくの沈黙の後。

橙子は、ゆっくりとグラスを空け、サングリアロイヤルを注文する。誠也もマイタイを飲み干して、ウォッカベースのチチを注文した。俊輔は、今度はギムレットを頼んだ。少しアルコール度数を上げることにしたらしい。

食事に手を伸ばしながら、橙子は思う。

確かに、源平合戦の真実を読み解くためには、前九年の役から見直さなくてはならないと言った俊輔の言葉は、正しかった。その萌芽は、常に前の時代にあった。

保元の乱で生まれた、大怨霊の崇徳上皇。その第一皇子の乳母となった、池禅尼。

平治の乱に敗れた、義朝、頼朝たち源氏。

池禅尼の助命嘆願によって、頼政の領地であり、時政・牧の方がいる伊豆へと流されて命を永らえた頼朝。

頼政の挙兵と敗死。

木曾義仲、源頼朝の挙兵から、義経の登場する「源平合戦」「平平合戦」。

西国平氏が滅びた後は、想像を絶するくらいドロドロの「鎌倉殺戮史」。

全てが繋がっている。

というより、その原因を押さえておかないと、結果と理由が全く分からなくなってしまう。

その上今回は「源平合戦」という名はもちろん「治承・寿永の乱」などという名称では、とても収まらないほど規模が大きく深い戦乱だった。しかも、一般に教えられているように、後白河法皇や頼朝たちが歴史を動かしていたのではなかった。そこには、全く別の思惑と力が働いていた——。

橙子がそんなことを口にすると、

「特に後白河法皇は」と俊輔は、ギムレットに口をつけながら苦笑した。「悪人や黒幕と言うより、むしろかなり愚昧な方だったようだからね。実際に崇徳上皇には、こう言われている。『文にもあらず、武にもあらぬ』人物だと」

「え……」

驚いて誠也を見たが、彼も小さく頷いていた。

俊輔は言う。

「殆ど罵倒ともとれる評だね。だが法皇はもともと『享楽的で女色、男色とも大好きで、欠点を数え立てれば際限もない』といわれているからね。事実、彼の時代は失政に次ぐ失政だった。後白河法皇がこの時代の黒幕だったというのは全くの俗説だよ。だからこそ、あくまでも正論を吐く木曾義仲と激しく対立したんだ」

そういうことか。

つまりこの時代は、池禅尼や頼政が萌芽を育て、牧の方と時政が、源氏を利用して結実させ、最後は義時が全てを奪い去ってしまった——ということだ。

しかし、そうなると。

「まさかと思いますけど」橙子は確認の意味で尋ねる。「時政たちは、平氏打倒を最初から計画していたんでしょうか？」

いや、と俊輔は頭を横に振った。

「最初は、明日のことで手一杯だったろうね。目の前の敵を倒していただけだ。しかしある日、ふと気がついたら、いつの間にかそんな場所に立っていた。必死に山道を登っていたら、突然視界が開けたようなものだ」

「ちなみにそれは、いつ頃だと思われますか？」

「義経と奥州藤原氏を倒した頃じゃないかな。時政たちにとって、頼朝はもちろん、恐い者が誰もいなくなったんだろう。何と言っても、時政や牧の方が一番恐れていたのは、頼朝と義経が仲良くなることだったろうからね」

「えっ」

「奥州藤原氏と義経が結託してしまうとまずいと考えた鎌倉側の思考回路と全く同じだよ。時政は、かなり義経を恐れていたはずだ。何と言っても、自分の思考範囲から飛び出してしまっている『天才』だったんだからね。そこで彼らとしては、頼朝と義経の仲は、絶対に裂いておく必要があり、人の良い頼朝は、まんまとその作戦に乗ってしまった。だから、ひょっとすると腰越状で義経が訴えた頼朝への『讒言』の主というのは、景時ではなく、時政や牧の方のことだったのかも知れないな」

「ああ……確かにそうですね」

義経に関して言えば、と俊輔はグラスに視線を落として続けた。

「彼は、ただ純粋に頼朝が好きだっただけだろう。長い間、自分の肉親に会いたくて仕方なかった彼が、頼朝と黄瀬川の陣で会った時、頼朝は涙した。父親は同じとはいえ、母親は頼朝の方が数段『血筋』が良い。その頼朝が義経の手を取って涙した。これはきっと彼の本心だったろうし、天才・義経はこの時、頼朝の人の良さを見抜いた可能性もある。だからここで、兄・頼朝のためなら命はいらないと思っただろう。そう考えると、これ以降の義経が非常に分かりやすくなるんだ。全ての戦いに於いて、自分の命はいらない。そして、同じく命のいらない武士だけ自分についていてくれれば良いと考えた」

俊輔は顔を上げて二人を見た。

「つまり、親子、兄弟、叔父甥同士で血みどろの戦いを繰り広げてきた源氏では、義経だけが例外だったんだよ。ただただ兄が好きだった。しかも天才少年だ。だから、非常に理解しづらい。だがこれで『義経がなぜ怨霊にならなかったのか？』という疑問も解ける。何しろ、頼朝でさえ怨霊扱いされなかったんだからね。ましてや義経をや、だ。そして、その後の範頼・頼家もね」

というわけで、と俊輔は笑った。

「素直に義経を理解しろという方が無理で、こちらで勝手に変な理屈を考えてしまう。ところが義経はそんなことは全く考えていなかったんだろうな。勝って、頼朝を喜ばせたいというだけの、純粋すぎる少年だった」

そこを、と誠也が眉根を寄せた。

「後白河法皇たちに、つけ込まれてしまったというわけですね」

「そういうことだ」俊輔は首肯する。「無垢な純粋さは往々にして、腹黒い政治家につけ込まれてしまう。これは、古今東西いつの時代も同じだね。更に義経の立場に立って言えば、西国平氏を滅ぼしたのは、自分と義仲の功績であることは間違いない。それは父・義朝の仇討ちであり、同時に兄・頼朝の利益に直結している。故に京の都では、誰もが喝采してくれている。後白河法皇を始めとして、朝廷もその功績を認めてくれている。このことの何がいけないのか、という気持ちだったろう」

「何も間違っていませんね」誠也は認める。「それだからこそ、時政たちには都合が悪かったのかも知れません。正論だから必ず通用するとは限らない。これも、現代でも同じです」

「しかしここで、義経の持っているただ一つの弱点が表に出てしまった」

「それは？」

「天才は、自分のことを認めてくれる人間を常に必要とする、という法則だ。そうであれば、自分を認めてくれない『鎌倉』よりも——本心はどうか分からないにしても——認めてくれている『朝廷』が必要だった」

「なるほど……」誠也は頭を振った。「色々と複雑です」

「そして、天才は必ず自分の周囲の人間を不幸にしてしまう。絶世の美女が、城を傾けてしまうようにね。我々は、平々凡々たる生を全うできて嬉しいね」

俊輔が笑いながらグラスを傾けた時、誠也の携帯に着信があった。ディスプレイに視線を落とした誠也の顔が、一瞬こわばる。そして、

「すみません」と小声で言って二人に謝った。「ちょっと……あちらで、折り返し掛けてきます」

その様子を見て、

「熊谷教授だね」俊輔は静かに微笑む。「ぼくと一緒にいることに、気づかれたんだろう」

「いえ……」誠也は腰を浮かせる。「取りあえず……」

「ぼくも、一緒に行こう」

「えっ」

「いずれ、お詫びをしなくてはならないと思っていた」俊輔は立ち上がった。「電話で失礼とは思うが、早い方が良い」

「そんな！」

「いいから」俊輔は笑いながら、誠也の背中を叩く。「バーの入り口ならば、携帯で話しても構わないだろう。申し訳ないが、加藤くんは少しここで待っていてくれないか。好きな食べ物や飲み物を注文していて構わないから」

「は、はい……でも……」

「じゃあ、行こうか」

戸惑う橙子を残して、俊輔と誠也は入り口に向かって歩いて行ってしまった。橙子は、ドキド

キしながらグラスに口をつける。

大丈夫だろうか。

俊輔のことだから、まさかそんなことはしないと思うけれど、酔った勢いで喧嘩になったりしないか。そういえば以前、大学の研究室でも水野教授と取っ組み合いになりそうだったという話を聞いたことがある……。

そんなことを思うと落ち着かないが、仕方ない。

橙子は、ゆっくりとグラスに手を伸ばした。


バーの入り口、携帯の通話許可の場所で、誠也は熊谷に折り返した。熊谷は、すぐに電話に出る。用件は、やはり今日、誠也は研究室にも立ち寄らず、無許可で俊輔と共にどこかに出かけたのではないかという話だった。誠也は携帯のこちら側で――意味もなく――頭を下げて謝る。

「は、はいっ。それはもう、充分に承知しています。ええ、もちろんです。は……はい……。しかし、教授。今回は、ぼくもとても勉強になり――」

バカ者！　という熊谷の言葉が携帯の向こうから聞こえた時、

「代わろう」と俊輔が言って、誠也の手から携帯を取り上げると「こんばんは、教授」

勝手に話しかけた。

その横でオロオロする誠也を無視して、

「いえいえ、もちろんです」などと話を続ける。「ただ、今回の件に関しては、申し訳ありませんでした。ぼくが無理矢理に堀越くんを誘ってしまいまして」

「そんなっ」

叫ぶ誠也に向かって俊輔は、自分の唇の前に人差し指を立てると、誠也を見た。自分に任せて黙っていろということだ。

「はい、もちろん」俊輔は続ける。「そんな意図は全くありませんし、まあ、どちらにしても今夜でぼくは、大学関係者ともお目にかかる機会がなくなりますので、ちょっと近くのバーで最後のお別れをしていました。勝手にね。……まあ、そういうことですので、もしよろしかったら、教授もこちらにいらっしゃいませんか？」

ゾクッ、と背中に冷や汗をかく誠也の前で、俊輔は笑った。

「それはそうですね、そんなに暇ではないと。ああ、そういえば教授のご先祖に関する話なども、堀越くんたちとの会話の中で出ましたので、それはまた後日、機会があれば彼からお聞きください。では、長い間、たいへんお世話になりました。また、いつか……いえ、そんなことをおっしゃらずに、どこかでお目にかかりましょう。失礼します」

俊輔は話し終わると、携帯を切った。


ハラハラしながら待っていた橙子のもとに戻ると、俊輔は楽しそうに笑いながら、今の熊谷教授との話を伝えた。そして誠也に向かって、

「やはり、申し訳ないことをしてしまったね」

と謝る。それを聞いて誠也は、

「そんなことないです！」大きく首を振った。「ぼくが自分で勝手に参加させていただいたフィ

ールドワークですから。しかも、とっても勉強になりました。こちらこそ、不愉快な思いをさせてしまい、すみませんでしたっ」

深々と頭を下げる誠也を見ながら、俊輔はグラスに口をつけ、

「すっかり、ぬるくなってしまった」

と言って一息に空けると、新しいギムレットを注文する。

そんな様子を眺めて、誠也は冷や汗を拭うと、

「それで」と恐る恐る尋ねた。「先ほど先生は、熊谷教授の先祖の話云々とおっしゃっていましたけれど、それは一体――」

ああ、と俊輔は笑った。

「たまたま今回、話の中に登場したからね」

「もしかして、敦盛を討った熊谷次郎直実のことですか？」

いいや、と俊輔は首を横に振る。

「違うよ。教授の家紋は『橘』のようだから。教授のネクタイピンは、堀越くんも当然見ているだろう」

はい、と誠也は頷く。

「いつもされていますから」

「家紋が『橘』の熊谷氏は」と俊輔は言った。「桓武平氏の末裔なんだよ。維将流のね」

「え……」

「ということは！」橙子が叫んだ。「時政・政子・義時と同じ――」

そうだね、俊輔は新しく運ばれてきたギムレットに口をつける。

「ひょっとすると、そんなこともあって、ぼくらに『源平』に関して余りほじくり返されたくなかったのかも知れないね。だから堀越くんも、今回の話を教授に伝える時には慎重に」

「はい……」

「あと、堀越くんは、加藤くんのことを藤原氏だと言っているが、それは違うよ」

「だって、加藤——『加賀の藤原氏』じゃないんですか？」

首を捻る誠也から視線を外すと、俊輔は橙子に尋ねる。

「加藤くんの家紋は？」

「蛇の目、です」橙子は答えた。「お墓参りする度に目にしていますから、多分間違いないと」

「『蛇の目』紋の『加藤』は、嵯峨《さが》源氏だ」

「えっ」

「同じ源氏なのに義経が嫌いと言っていたから、困ったもんだと思っていたが、どうやらそんなこともなくなったようで安心した」

「そうだったんですか……」

「では、ちなみに先生は？」

「ぼくは」俊輔は笑った。「何でもないよ。先祖を辿れば、鬼か物《もの》の怪《け》だ」

「えっ」

と言っても、と俊輔は笑った。

「今見てきたように、ずっと遡れば皇族に繋がるとはいえ、平氏の彼らにしても、ほぼ『鬼』や

『人非人』と同じだった。それこそ平将門などは、幼名を『鬼王丸《きおうまる》』。その後『外都鬼王《げづおにおう》』と呼ばれた立派な鬼の王だった。我々は、殆ど全員が等しく『鬼』だったんだと思って間違いはない」

「……確かに」

橙子も、平安時代の五百万の人口のうち、たった五十人が「人」と呼ばれた貴族だったという話を、どこかで読んだことがある。つまり、全人口のわずか〇・〇〇一パーセントだけが「人」だった。我々の祖先は、たいがいが「鬼」だったのだ――。

「でも今回は」と誠也が晴れ晴れとした顔で言う。「いつも先生がおっしゃっているように、さまざまな角度から考察を入れなくては分からないことだらけでした」

「考えが自由じゃないとね」

「本当にそうですよ！」

真面目な顔で答える誠也を見て、俊輔は笑う。

「紫式部も『源氏物語』の中で書いている。物語は、神代の昔からこの世に起こった出来事を書きとめているのだから、

『日本紀などは、ただかたそばぞかし。これらにこそ道々《みちみち》しくくはしきことはあらめ』

つまり、官撰の歴史書などは、世の中の出来事のほんの一部を記した物であるに過ぎず、むしろ物語《フィクション》の中にこそ真実があるのだ――とね」

「そう言われてしまうと」誠也は肩を落とした。「歴史学を専攻しているぼくには辛いです……」

「そんなことはない。今、きみが言ったばかりじゃないか。どれか一つではダメだ。歴史学、文学、民俗学、芸能、そしてその地方だけに残る言い伝えまで。全てが等しく必要不可欠なんだ

よ。きみは、その一翼を担いつつ全てを鳥瞰することができれば、必ずそんな真実が見えてくるはずだ」

「その言葉を胸に、頑張ります」誠也は頷いた。「しかしこの数日は、本当に焦りました。何しろ今までとは違って、自分で考えなくてはならない新しい謎だらけだったので、一日の時間が急に短くなってしまったように思えました」

「それこそが『歴史を学ぶ』ということだね」俊輔は微笑む。「ただ、さまざまな知識を頭の中に詰め込んだだけでは、決して歴史を『学んだ』ことにはならない。その、得た知識をもとにして自分の頭で考えることが重要だ。いや、それが全てだと言っても良いんじゃないか。実際に、歴史上の人物たちだって、そうやって生きてきているわけなんだからね。それに『知っている』だけだったら、大学のデータベースの方が、ぼくらなどとは比較にならないくらい膨大な知識と情報を持っている」

「はいっ」

ということで、と俊輔は二人に向かって言った。

「ぼくの最終講義は、これを以て全て終了とする。何か質問は?」

「いいえ!」

と誠也は首を大きく横に振る。

一方の橙子は、湧き上がってくるさまざまな「個人的」質問を呑み込んで「いえ……」と俯きがちに答えた。

では、と俊輔は珍しく自分からメニューを広げた。

「さて、次は何を飲もうか」

「えっ」誠也は驚いて俊輔を見る。「先生っ。だって明日はもう、九州へ――」

「明日までは、まだ四時間もある」俊輔は顔も上げずに答えた。「せっかくだから、変わったカクテルにしてみようかな。当分ここに来られそうもないし、そろそろ本格的に飲むとするか」

これからが本格的なのか！

橙子は驚いたが、俊輔のことだ。そういうこともあるだろう。

隣で誠也も、覚悟を決めたように笑って、メニューに載っているカクテルを眺めながら、ラムベースがいいとか、ペルノーも捨てがたい、いやここはシェリー酒を使った物を、などと話し出した。

そんな二人の姿をぼんやりと眺めながら橙子は、俊輔から聞いた話を振り返る――。

源氏は、義朝といい木曾義仲といい義経といい、誰もが疾風《しっぷう》のように時代を駆け抜けて行き、一方の平氏は、繰り返し押し寄せて来る怒濤《どとう》のように、何度もうねりながら歴史を刻んだ。

どちらが良いという話ではない。歴史というものは、そういうものなのだろう。そこに、その時の人々のさまざまな思いが交錯して、複雑な景色を作り出す。そうであれば、時代の一部分だけを切り取って考えていては真実が見えない。常に、その萌芽は前の時代にあるのだから。

同時に、色々な思い込みや先入観に囚われていては、いつまで経っても真実は姿を現してくれないということも学んだ。あらゆる「自由」な視点で考察を入れる。そのためには、常に自分の絵頭で考えることが必要――。

今更ながら、余りにも当たり前のことに気がついた自分に驚きつつ、さまざまなカクテルの絵

が描かれたメニューを前に、子供のように言い合っている二人の姿を見ながら笑っていたが、

「加藤くんは、何にする？」

俊輔の声で我に返り、橙子もあわててメニューに目を落とした。しかし綺麗で幸せそうなカクテルの絵が目に飛び込んできて、胸が一杯になり泣きそうになる。

またこうして、三人揃って飲める日が来るのだろうか。

小余綾俊輔の「講義」を、次にこうやって聞ける日は、一体いつのことだろう。ひょっとしたら、もうないのかも知れない……。

いや、絶対にまたやってくる。必ず再び会える。

これが本当に「小余綾俊輔の最終講義」になったら悲しすぎるし、そんな現実は認めたくない。橙子は「はい！」と答えると微笑みながら、涙でにじんだ色鮮やかなメニューに視線を落とした。

《　エピローグ　》

「あわれ恋しき昔かな」

池禅尼は、自分に言い聞かせるように呟き、さめざめと泣いた。

「刑部卿忠盛《ぎょうぶきょうただもり》さまが生きておわさば、私のたった一つの願いが、こうもすげなくあしらわれることはなかったであろうに……」

「いや、義母上《ははうえ》――」

しかも、と池禅尼は目を細めて清盛を見た。

「我が子、頼盛《よりもり》が申すには、頼朝は若くして亡くなった、頼盛の兄・家盛《いえもり》と瓜二つとか」

「何と申される、義母上」

「私は、そう聞きましたが、そうなのですか」

春浅い庭では鹿威《ししおど》しが、コン……と乾いた音を立てた――。

その心地好い音を耳に捉えながら、
いえいえ、と清盛は口を開けて笑った。

「二人は、全く似ても似つかぬ顔ですよ。頼朝は源氏・義朝の、家盛は我が父・忠盛の面影を宿しておりますから」

いいえ、と池禅尼は涙に濡れた袂で顔を隠しながら言った。

「そっくりではないですか」

「どこがでしょう」

「家盛は、あのように命を落としさえせねば、今頃は間違いなくあなたに代わって平氏の棟梁。しかし、何故か突然命を落としてしまった。そしてまた、頼朝もいずれは源氏の棟梁になる男。ところがここで、あなたの手によって命を落としてしまうという。まさに瓜二つです」

「な……んと」

まさかここで、家盛の件を持ち出してくるとは！

この老女は、一体何を考えているのか。

絶句する清盛を袂の隙間からじろりと見て、禅尼は言った。

「あなたの考えは、充分に分かりました。そうであれば私にも、考えがあります。疾《と》くとお帰りなさい」

そうは言われても——。

やはり、その助命嘆願を受け入れるわけにはいかない。

清盛は、青ざめた顔でよろりと席を立った。


実に迷惑な嘆願だ。

敵の子孫は根絶やしにするというのが常識ではないか。現に六波羅の頼朝も、幼いながらに覚悟を決めているように聞いた。

どうして、突然こんな面倒なことを言い出されたのか。このような話を聞かされるくらいなら、敵も味方も目を見張った唐皮鎧《からかわよろい》を身にまとい、鏑矢の飛び交う戦場を駆け巡っている方が余程楽だ。

清盛が苦虫を嚙みつぶしたような顔で座っていると、嫡男の重盛《しげもり》がやって来た。平氏一族の中でも、とても人望が篤く、清盛の跡を継ぐのはこの男しかいないと平氏の誰もが思っている、実に頼もしい男だ。

しかし今、重盛は「父上」と硬い顔で告げた。

「少々忌々《ゆゆ》しき事態に」

「なんだ」

先日の池禅尼の頼朝助命嘆願の話は、重盛にも伝えてある。もちろん彼も、聞かぬことにしておいた方がよろしいでしょうと答えた。清盛と同じ考えだ。

ところが今、重盛の口から出てきたのは、思いもよらない話だった。

何と、池禅尼が断食に入っているという。

「どういうことだ！」

「自らのたっての願いを聞き入れてもらえなかったため、もうこの世に未練はないとおっしゃったそうで。ところが、ご高齢のため、あっという間に体調を崩され、このままでは命に関わるのではないかと――」

「馬鹿なっ」重盛の言葉に、清盛は忿怒の形相で立ち上がった。「何故に禅尼は、そこまでするのかっ」

「ご本心までは分かりかねますが、しかし――」

重盛は言った。

「このまま万が一にでも池禅尼さまの命に関わることにでもなりましたら、上西門院さまや、尾張国の熱田神宮までも敵に回してしまうことになりましょう。特に、上西門院さまの母上・待賢《たいけん》門院《もんいん》さまが崩御なされ、鳥羽《とば》院后《きさき》の美福門院《びふくもんいん》さまが伏せっておられる今の状況で、池禅尼さまと事を構えるのは――」

「分かっておるわい」

清盛は、苛々と叫んだ。

「では、あ奴の命を助けろと言うのか？　やがては源氏の棟梁ともなろうかという男をっ」

しかし、と重盛は詰め寄った。

「祖父・忠盛殿もいらっしゃらぬ今、朝廷を敵に回してしまっては父上始め、我々平氏一門の命運は窮まります。そこでここは一旦、池禅尼さまの言葉を聞いたふりをなされたらいかが」

重盛の話を聞き終えて、清盛は叫んだ。

「わしに一体、どうしろというのだ！」

すると重盛は、清盛に近づいて囁くように告げた。

「先年の、鎮西八郎為朝《ちんぜいはちろうためとも》のように、遠島という手段がよろしいかと」

「遠流《おんる》か……」

「そして時期を見て、謀反の疑いありといって攻め、奴の細首を討ち取ってしまえばよろしいのでは……」

「なるほど」

これで、全て丸く収まるか。

さすが重盛、智恵が働く。

清盛は、重盛を見ながら呵々大笑した。

「頼朝の斬罪は取り止めて、遠流とする」

「私から禅尼にお伝えしましょう」

いや、と清盛は手を振った。

「見舞いがてら、わしが行く」

「承知致しました」重盛は、深々と頭を下げた。「では、すぐに手配を」

「頼む」

そう言うと清盛は遠い目で庭を見やりながら、扇で自分の肩を叩いた。


清盛は、すぐさま池禅尼のもとを訪れた。

八重畳《やえだたみ》の上で衾《ふすま》を掛けて横たわっている禅尼を見舞うとその枕元で、おっしゃる通りに頼朝の斬首を取り止め、遠島を申しつけるつもりだと告げた。

「おお……」池禅尼は弱々しい声で、しかし大きく目を見開いて清盛を見た。「我が赤心《せきしん》が、そなたに通じたか」

「はい」清盛は低頭する。「重盛とも語り合い、そう決めましてございます。なので義母上さまには、ご安堵《あんど》の上、お体を大切になされますよう」

良きかな良きかな、と禅尼は嬉しそうに微笑み、心配そうにつき添っていた女房たちも皆、顔をほころばせた。

「して……」禅尼は目を細めながら尋ねた。「遠島と申しても、何処《いずこ》へ？」

「まだ、そこまでは」

「そうか……」

ただ、西国は止めた方が良いと、清盛は考えていた。ひょっとすると池禅尼は、崇徳院のおられる地方を勧めてくるかも知れぬと疑心暗鬼でいたのだ。

「因《ちな》みに」清盛は、かまをかける。「義母上は、どの辺りが良いとお思いか」

「何とも分からぬが」

禅尼は遠くを見た。

「以前に鎮西八郎を流したように、伊豆国の小島辺りが良いかと思いますよ。ほんの思いつきですけれど」

重盛と同じ地域を口にした。

「何しろ」と、今度は横目で清盛を見た。「今、あの辺りは伊豆守・頼政の知行国ですからねえ」

頼政か。

確かに近年、伊豆守となったはず。あの男ならば、下手な平氏の一族よりも信頼が置ける。平治の乱の時と同様、平氏の力となってくれるに違いない。

「伊豆国には」清盛は、ふと思って口にする。「誰が住んでおったか……」

「たかが伊豆の小島」池禅尼は、ほほほ……と笑った。「誰が住まいしておるところで、大した問題ではありますまい。どちらにしても、頼政の領地で思うがまま」

確かに、それはそうだ。伊豆の僻地《へきち》に、どんな人間がいようと大きな影響はないし、遅かれ早かれ首を刎ねて都に晒す。

それより何より、禅尼が重盛と同じ意見ならば望むところ。

清盛は安堵して、

「それは、良きご意見」顔をほころばせた。「そのように、頼政に持ちかけましょう」

「ええ、ええ」禅尼も嬉しそうに頷く。「良きかな良きかな」

しかし、と清盛は禅尼を見た。

「何故にそれほどまでして義母上さまは、あの頼朝の命を永らえさせたいのでしょうや」

「年を取りますとね」禅尼は目元を隠す。「もう、人の死には立ち会いたくなくなるものなのです。それに今、私は仏に仕え、回向《えこう》をする身。幼子の血を見るのは、御免《ごめんこうむ》被りたい」

それが、自らの命まで懸ける理由か。

つまり、本心《いい》は言わぬつもりだと清盛は感じた。これ以上の詮索《せんさく》は無用ということだ。

だが、どちらにしろ話は決まった。

「では」と清盛は立ち上がる。「全て了承致しました」

その姿をじっと見上げて、

「伊豆守には」と池禅尼はつけ加えた。「私からも、くれぐれもよろしく、とお伝えください」

「そうしましょう」清盛は頷く。「義母上さまも、何もご心配なく、お体を労ってくだされませ」

そう約束すると清盛は、涙を流して喜ぶ女房たちを残して、池殿を後にした。

四年後の長寛二年（一一六四）。

池禅尼は享年六十で、この世を去った。それは、清盛の恩赦によって斬首を免れた牛若丸――義経が鞍馬山へ入り、遮那王《しゃなおう》と名乗った頃だった。

参考文献

『平家物語』杉本圭三郎全訳注／講談社
『平家物語』佐藤謙三校注／角川書店
『新訳平家物語』渋川玄耳／金尾文淵堂
『現代語訳　平家物語』尾崎士郎／岩波書店
『保元物語・平治物語・承久記』栃木孝惟・日下力・益田宗・久保田淳校注／岩波書店
『保元物語』日下力訳注／ＫＡＤＯＫＡＷＡ
『平治物語』日下力訳注／ＫＡＤＯＫＡＷＡ
『義経記』梶原正昭校注、訳／小学館
『現代語訳　吾妻鏡』五味文彦・本郷和人編／吉川弘文館
『全譯　吾妻鏡』永原慶二監修・貴志正造訳注／新人物往来社
『愚管抄　全現代語訳』慈円／大隅和雄訳／講談社
『玉葉』図書双書刊行会編／名著刊行会
『保暦間記　二巻』国会図書館蔵
『金槐和歌集』斎藤茂吉校訂／岩波書店
『完訳　源平盛衰記』中村晃・西津弘美・石黒吉次郎訳／勉成出版
『源氏物語』石田穣二・清水好子校注／新潮社

『新版　伊勢物語』石田穣二訳注／角川文庫
『御伽草子』市古貞次校注／岩波書店
『新訂　徒然草』西尾実・安良岡康作校注／岩波書店
『おくのほそ道』久富哲雄全訳注／講談社
『曾我物語』梶原正昭・大津雄一・野中哲照校注、訳／小学館
『怪談・奇談』小泉八雲／平川祐弘編／講談社
『修禅寺物語　正雪の二代目　他四篇』岡本綺堂／岩波書店
『悪人列伝　中世篇』海音寺潮五郎／文藝春秋
『武将列伝　源平篇』海音寺潮五郎／文藝春秋
『日本の中世８　院政と平氏、鎌倉政権』上横手雅敬・元木泰雄・勝山清次／中央公論新社
『保元の乱・平治の乱』河内祥輔／吉川弘文館
『「鎌倉」とはなにか——中世、そして武家を問う』関幸彦／山川出版社
『北条時政と北条政子』関幸彦／山川出版社
『源頼政と木曾義仲』永井晋／中公新書
『「平家物語」の時代を生きた女性たち』服藤早苗編著／小径社
『成吉思汗《ジンギスカン》の秘密』高木彬光／光文社
『源平合戦の虚像を剝ぐ』川合康／講談社
『源義経のすべて』奥富敬之編／新人物往来社
『ＮＨＫ歴史発見３』ＮＨＫ歴史発見取材班編／角川書店

『炎環』永井路子／文藝春秋
『新装版　悪霊列伝』永井路子／角川書店
『平家物語の女性たち』永井路子／文藝春秋
『相模のもののふたち――中世史を歩く』永井路子／有隣堂
『平家物語の怪』井沢元彦／世界文化社
『義経はここにいる』井沢元彦／講談社
『伝説の日本史第2巻　鎌倉・南北朝・室町時代　源氏三代、血塗られた伝説』井沢元彦／光文社
『源氏物語はなぜ書かれたのか』井沢元彦／角川書店
『義経の謎　徹底検証』加来耕三／講談社
『平家物語図典』五味文彦・櫻井陽子編／小学館
『図説　源義経――その生涯と伝説』河出書房新社編集部編／河出書房新社
『図説　平家物語』佐藤和彦・鈴木彰・出口久徳・錦昭江・樋口州男・松井吉昭／河出書房新社
『源平合戦事典』福田豊彦・関幸彦編／吉川弘文館
『木曽義仲伝』鳥越幸雄／星雲社
『源頼朝の真像』黒田日出男／角川学芸出版
『吾妻鏡の謎』奥富敬之／吉川弘文館
『源氏三代　101の謎』奥富敬之／新人物往来社
『鎌倉大仏の謎』塩澤寛樹／吉川弘文館
『八幡神の謎』大里長城／まんぼう社

『日本伝奇伝説大事典』乾克己・小池正胤・志村有弘・高橋貢・鳥越文蔵編／角川書店
『日本史広辞典』日本史広辞典編集委員会編／山川出版社
『隠語大辞典』木村義之・小出美河子編／皓星社
『江戸秘語事典』中野栄三／慶友社
『柳田國男全集』柳田國男／筑摩書房
『鬼の大事典』沢史生／彩流社
『伊豆歴史散歩』沢史生／創元社
『鎌倉歴史散歩』沢史生／創元社
『木曽歴史散歩』沢史生／創元社
『ゆのくに伊豆物語——天狗と河童のはなし』沢史生／国書刊行会
「源平合戦と須磨寺」大本山須磨寺
「赤間神宮—下関・源平史跡と文化財—」赤間神宮
「義仲寺案内」義仲寺
「木曽義仲　関係史料比較表」今井弘幸／木曽義仲史学会
「木曽義仲論」芥川龍之介／東京府立第三中学校学友会誌
「満福寺」伊藤玄二郎／かまくら春秋社
「義経と腰越状」龍護山満福寺
「源実朝とその時代」鎌倉国宝館
『能楽大事典』小林責・西哲生・羽田昶／筑摩書房

『能と義経』櫻間金記／光芒社
観世流謡本『橋弁慶』丸岡明／能楽書林
観世流謡本『船弁慶』丸岡明／能楽書林
観世流謡本『熊坂』丸岡明／能楽書林
観世流謡本『敦盛』丸岡明／能楽書林
観世流謡本『経正』丸岡明／能楽書林
観世流謡本『屋島』丸岡明／能楽書林
観世流謡本『巴』丸岡明／能楽書林
観世流謡本『兼平』丸岡明／能楽書林
観世流謡本『碇潜』廿四世観世左近訂正著作／檜書店
観世流謡本『鞍馬天狗』廿四世観世左近訂正著作／檜書店
宝生流謡本『忠度』宝生九郎／わんや書店
喜多流謡本『頼政』喜多節世／喜多流刊行会
金剛流謡本『松山天狗』金剛巌訂正著作／檜書店
復曲能「鈴木三郎重家」小林健二監修／一乃会
『レンズが撮らえた　F・ベアトの幕末』小沢健志・高橋則英監修／山川出版社
『ヨーロッパ文化と日本文化』ルイス・フロイス／岡田章雄訳注／岩波書店
『時の娘』ジョセフィン・テイ／小泉喜美子訳／早川書房

＊作品中に、インターネットやデータベースより引用した形になっている箇所がありますが、それらはあくまで創作の都合上のことであり、全て右参考文献からの引用によるものです。
＊各章冒頭の引用文は全て『時の娘』ジョセフィン・テイ（小泉喜美子訳／早川書房）によりました。

『神の時空　京の天命』
『神の時空　前紀　女神の功罪』
『毒草師　白蛇の洗礼』
『QED ～flumen～　月夜見』
『QED ～ortus～　白山の頻闇』
『古事記異聞　鬼棲む国、出雲』
『古事記異聞　オロチの郷、奥出雲』
『試験に出ないQED異聞　高田崇史短編集』
（以上、講談社ノベルス）
『毒草師　パンドラの鳥籠』
（以上、朝日新聞出版単行本、新潮文庫）
『七夕の雨闇　毒草師』
（以上、新潮社単行本、新潮文庫）
『卑弥呼の葬祭　天照暗殺』
（以上、新潮社単行本、新潮文庫）
『源平の怨霊　小余綾《こゆるぎ》俊輔の最終講義』
（以上、講談社単行本）

《高田崇史著作リスト》

『QED　百人一首の呪《しゅ》』
『QED　六歌仙の暗号』
『QED　ベイカー街の問題』
『QED　東照宮の怨《えん》』
『QED　式の密室』
『QED　竹取伝説』
『QED　龍馬暗殺』
『QED ～ventus～　鎌倉の闇《くらやみ》』
『QED　鬼の城伝説』
『QED ～ventus～　熊野の残照』
『QED　神器封殺』
『QED ～ventus～　御霊将門』
『QED　河童伝説』
『QED ～flumen～　九段坂の春』
『QED　諏訪の神霊』
『QED　出雲神伝説』
『QED　伊勢の曙光』
『QED ～flumen～　ホームズの真実』
『毒草師　QED Another Story』
『試験に出るパズル』
『試験に敗けない密室』
『試験に出ないパズル』
『パズル自由自在』
『千葉千波の怪奇日記　化けて出る』
『麿の酩酊事件簿　花に舞』
『麿の酩酊事件簿　月に酔』
『クリスマス緊急指令』
『カンナ　飛鳥の光臨』
『カンナ　天草の神兵』
『カンナ　吉野の暗闘』
『カンナ　奥州の覇者』
『カンナ　戸隠の殺皆』
『カンナ　鎌倉の血陣』
『カンナ　天満の葬列』
『カンナ　出雲の顕在』
『カンナ　京都の霊前』
『鬼神伝　龍の巻』
『神の時空　鎌倉の地龍』
『神の時空　倭の水霊』
『神の時空　貴船の沢鬼』
『神の時空　三輪の山祇』
『神の時空　嚴島の烈風』
『神の時空　伏見稲荷の轟雷』
『神の時空　五色不動の猛火』
（以上、講談社ノベルス、講談社文庫）
『鬼神伝　鬼の巻』
『鬼神伝　神の巻』
（以上、講談社ミステリーランド、講談社文庫）
『軍神の血脈　楠木正成秘伝』
（以上、講談社単行本、講談社文庫）

この作品は完全なるフィクションであり、実在する個人名・団体名・地名等が登場することに関し、それら個人等について論考する意図は全くないことをここにお断り申し上げます。

本書は書き下ろしです。

高田崇史（たかだ・たかふみ）
昭和33年東京都生まれ。明治薬科大学卒業。『QED　百人一首の呪』で、第9回メフィスト賞を受賞し、デビュー。歴史ミステリを精力的に書きつづけている。
近著に『古事記異聞　オロチの郷、奥出雲』など。

高田崇史オフィシャルウェブサイト『club TAKATAKAT』
URL:http://takatakat.club　管理人：魔女の会
Twitter：高田崇史@club-TAKATAKAT
Facebook：高田崇史Club takatakat　管理人：魔女の会

2019年6月25日　第1刷発行

源平《げんぺい》の怨霊《おんりょう》
――小余綾《こゆるぎ》俊輔《しゅんすけ》の最終講義《さいしゅうこうぎ》――

著者　高田《たかだ》崇史《たかふみ》
発行者　渡瀬昌彦

発行所　株式会社講談社
〒112-8001 東京都文京区音羽 2-12-21
電話　出版　03-5395-3506
　　　販売　03-5395-5817
　　　業務　03-5395-3615

本文データ制作　講談社デジタル製作
印刷所　豊国印刷株式会社
製本所　株式会社若林製本工場

ISBN 978-4-06-516162-3
N.D.C.913 463p 20cm